tredition®

www.tredition.de

W0373798

Eric Verna

Der Trojaner

tredition®

www.tredition.de

Umschlagsillustration: fotolia

Verlag: tredition GmbH, Hamburg
ISBN: 978-3-8495-7145-0
Printed in Germany

PROLOG

PILSEN, TSCHECHOSLOWAKEI - MAI 1945

In den hohen, weiß gekachelten Laborräumen der Forschungs- und Entwicklungsabteilung der Skoda-Werke lag eine nervenzermürbende Stille. Die Amerikaner hatten der Belegschaft jegliches Reden untersagt. Zwei mit Maschinenpistolen bewaffnete Soldaten standen breitbeinig vor der Tür und stellten sicher, dass die Anordnung eingehalten wurde.

Professor Rudolf Berger, ein hünenhafter Mann Mitte Vierzig, rückte im Minutentakt seine Brille zurecht, um dann seine Hände wieder tief in die Taschen seines Laborkittels verschwinden zu lassen. Unsicher blickte er um sich. All diese jungen Männer. Ehrgeizige, strebsame Talente, denen eine glanzvolle Zukunft vorbestimmt war. Aber jetzt, wo sie wie versteinert vor ihren Arbeitstischen und Zeichenpulten standen, lag in ihren Augen eine seltsame Hilflosigkeit, die beinahe kindlich anmutete.

Dies war ein Tag, an dem ein jeder auf sich selber gestellt war. Heute würden Berger und die anderen Vorgesetzten ihren Schützlingen nicht helfen können.

Eine weitere Viertelstunde verstrich. Professor Berger kam sie vor wie Stunden. Dann endlich waren Schritte zu hören. Unmittelbar darauf wurden die beiden Türflügel aufgestoßen. Ein Mann, eskortiert von zwei Soldaten, trat in das grelle Licht des Raumes. Seine wachen Augen funkelten aus dem Schatten der Hutkrempe hervor wie polierte Manschettenknöpfe. Mit einer laschen Handbewegung wedelte er den Rauch seiner Zigarre aus dem Gesicht. Ihm folgte Dr. Mannheim nach, Ingenieur für

Elektrotechnik. Der Mann drehte sich um, tippte Mannheim kumpelhaft auf die Schulter und gab ihm mit einer Geste zu verstehen, sich zurück in die Reihe der Belegschaft zu begeben. Dann ließ er seinen Blick mit zusammengekniffenen Augen durch die Runde schweifen.

Plötzlich hellte sich sein Gesicht auf. Er nahm die Zigarre aus dem Mundwinkel und sagte in freundlichem Ton und fast akzentfreiem Deutsch: „Professor Berger, darf ich Sie bitten?"

Berger musterte den Mann mit dem rundlichen Gesicht, der schiefen Nase mit verstohlener Skepsis. Dennoch musste er sich eingestehen, dass der Mann mit seiner ruhigen Stimme auf befremdliche Art gewinnend wirkte. Er trug einen dunkelbraunen, komplett zugeknöpften Ledermantel - keine Uniform und keine Abzeichen, die seine Funktion oder seinen militärischen Rang preisgegeben hätten. *Militärgeheimdienst,* war Berger sofort durch den Kopf gegangen, als er ihn vor einer Stunde das erste Mal gesehen hatte.

Er löste sich aus der Reihe seiner Mitarbeiter und ging langsam auf den Amerikaner zu. Auf halber Höhe kreuzte Dr. Mannheim seinen Weg. Die beiden blieben einen Moment stehen und starrten sich an, als versuchte jeder, die Gedanken des anderen zu erraten. Mannheim war von den Amerikanern über eine Stunde lang verhört worden. Jetzt, zurück im Labor, waren seine fahlen, von einer Brandnarbe gezeichneten Gesichtszüge wie erstarrt.

„Nichts, was sie nicht schon wussten!", zischte er seinem Kollegen Berger hinterher, als dieser weiterging.

„Professor!", tönte es sogleich von der Tür her. „Kommen Sie, wir haben nicht ewig Zeit!"

Der Amerikaner streckte Berger schon von Weitem die Hand entgegen. Mit theatralischer Geste hob er seinen Hut und wiederholte, was er schon vor einer Stunde gesagt hatte: „Sehr erfreut, Herr Kollege. Mein Name ist Dr. Sam Pollack, wissenschaftlicher Berater des Befehlshabers hier. Folgen Sie mir." Er machte auf dem Absatz kehrt und schritt energisch auf die Tür zu, die zugleich von den beiden Wachmännern geöffnet wurde.

Es war allen Wissenschaftlern der Skoda-Werke klar, dass sich die Alliierten für die deutschen Forschungsprojekte interessieren und sie als legitime Kriegsbeute betrachten würden. Was aber die Zukunft der Forscher betraf, gab es kaum mehr Anhaltspunkte als die Gerüchte, welche hinter vorgehaltener Hand kursierten. So solle sich etwa Wernher von Braun, der Vater der revolutionären V2-Rakete, in Bayern zusammen mit weiteren Stabsmitgliedern den Amerikanern angeboten haben. Während die einen überzeugt davon waren, dass die Alliierten einem wie von Braun den roten Teppich ausrollen würden, hielten es andere für völlig undenkbar, dass von Braun, dessen Waffen Tausenden Zivilisten das Leben gekostet hatte, vor dem Kriegsgericht verschont bleiben würde. Sicher war nur eines: Die Zukunft war nicht absehbar, und ein jeder war auf sich alleine gestellt.

Auch Professor Berger hatte seine Vorbereitungen getroffen. Als er von zwei GI's mit Maschinenpistolen flankiert durch die Gänge der Anlage ging, waren seine Gedanken bei den Mitgliedern der hiesigen Kadermannschaft. Sie alle waren Eingeweihte in Angelegenheiten, die der strengsten Geheimhaltung unterworfen waren. Wer von ihnen würde reden? Wer würde zum Verräter werden? Gab es überhaupt noch etwas zu verraten? Berger wurde mit jedem Schritt, den er tat, nervöser.

Obschon sein Verhör unmittelbar bevorstand, arbeitete Bergers Gehirn mit analytischer Klarheit. Einige der am Institut versammelten Wissenschaftler und Techniker gehörten zu den Besten auf ihren Gebieten, und die meisten von ihnen würden versuchen, ihre Haut teuer zu verkaufen. Andere würden es schwerer haben und zuerst einmal vor der Aufgabe stehen, die Amerikaner von ihren Fähigkeiten und ihrem Wert zu überzeugen. Zu welchen Mitteln würden sie wohl greifen? Hochstapelei und Denunziation? Es musste schließlich allen klar sein, dass die Aussichten düster waren für jene, die nicht vor den Alliierten Geheimdiensten punkten konnten. Sie würden in Kriegsgefangenschaft geraten oder von den Russen aufgespürt werden. Oder beides. Berger zog den Schluss, dass vermutlich ein Großteil der Forschungsgeheimnisse verraten werden würde.

Raketentechnik, Strahltriebwerke, Windkanäle. Berger war dies im Grunde alles egal. Er war Wissenschaftler, kein Ideologe, und Parteimitglied war er seinerzeit nur aus formalen Gründen geworden. Wäre da nur nicht *dieses eine Projekt* auf dem Spiel gestanden. Das Rüstungsministerium hatte es mit der höchst möglichen Geheimhaltungsstufe versehen - *kriegsentscheidend.* Nun, dieser Krieg war entschieden. Doch das Potential dieser Technologie war in einem Masse überragend, dass Berger nur einen Begriff dafür fand: *Totale Macht.* Über das Projekt besaß außer ihm nur eine einzige Person detaillierte Kenntnisse - sein Kollege Werner Mannheim. Der Gedanke daran trieb dem Professor den Schweiß auf die Stirn. Was um Himmels Willen hatte Mannheim den Amerikanern gesagt?

Berger folgte Dr. Pollack in den Aufenthaltsraum. Bis zum gestrigen Tag hatten die Mitarbeiter hier in ihren Arbeitspausen Kaffee getrunken, Karten gespielt und geplaudert. Jetzt hatten die Amerikaner darin ein improvisiertes Büro eingerichtet, und bis auf einen einzigen waren alle Tische entfernt und in den Flur hinaus gestellt worden. Er sah stapelweise Aktenmappen, Ordner und ein Telefon. Auf dem Boden standen Leichtmetallkisten, und an eine Wand war eine riesige Landkarte aufgezogen worden. Dr. Pollack bedeutete Berger, auf einem Stuhl Platz zu nehmen und setzte sich auf die andere Seite des Tisches. Der Stuhl ächzte unter dem Gewicht des massigen Professors. Ein Soldat schloss die Tür von außen. Das Verhör begann.

Berger war bereit. Jetzt galt es vor allem, Zeit zu gewinnen, und irgendwie noch einen Weg zu finden, sich mit Mannheim abzusprechen. Doch dazu würde es nicht kommen.

Die beiden würden sich nie wieder begegnen.

Am Abend desselben Tages saß Donald Putt hinter seinem Schreibtisch und starrte ungläubig auf den Telefonapparat. Der stellvertretende General des Geheimdienstes der US Air Force nahm einen großen Schluck aus dem Cognacschwenker, ließ sich tief in seinen Sessel sinken und schloss die Augen. Wie eingebrannt widerhallten Sam Pollacks euphorische Worte in seinem Schädel: *„Volltreffer, General - Sie werden nicht glauben, wen wir für uns gewinnen konnten!"* Er presste die Lippen zusammen und ballte triumphierend seine Hand zur Faust, bevor er sich erleichtert wieder zurücklehnte. Die Operation war im Begriff, ein spektakulärer Erfolg zu werden. Und zweifellos waren er und sein Mann, Dr. Sam Pollack, diejenigen, welche heute die Sensation des Tages dazu beigesteuert hatten.

Putt griff nach einem Aktenstapel und breitete ihn langsam und bedächtig vor sich auf dem Schreibtisch aus. Er strich sich über das Kinn und betrachtete die Auslage. Die Dokumente waren alle gleich, unterschieden sich nur durch eine Nummer und einen Namen. Er nahm eine der

Akten vom Tisch und hielt sie sich ganz nahe vors Gesicht. Leise murmelte er den Namen auf dem Etikett vor sich hin und ließ ihn sich genauso genüsslich auf der Zunge zergehen wie den nächsten Schluck Cognac, zu dem er ansetzte.

MANN-HEIM…MANN-HEIM…

TEIL I

1. Kroatische Küste – Juni 1965

Dann eben zum Engelsriff, dachte sich der junge Engländer. *Warum auch nicht.* Er drehte den Gashebel des Außenbordmotors bis zum Anschlag auf und peilte die drei markanten Felsen an, die dem Riff den Namen gaben. Nach Meinung der lokalen Fischer lag hier vor der Südküste der Insel Krina ein ergiebiges Revier für Zackenbarsche, und schließlich würde sich kein seriöser Naturfotograf die Gelegenheit entgehen lassen, in Küstennähe Großfische vor die Linse zu bekommen. Das Boot kämpfte gegen die frontal anrollenden Wellen an und kam nur mühsam vorwärts. Gischt spritzte über die Bugplanken ins Innere des Bootes. Der Engländer schüttelte sich die blonden Strähnen aus dem Gesicht und beugte sich vor, um die Pressluftflasche am Wegrollen zu hindern, als das Boot von einer hohen Welle angehoben wurde. Zu seinen Füssen lag sein Taucheranzug, und in einer dunkelblauen Sporttasche seine erst vor wenigen Wochen erstandene *Calypsophot*-Unterwasserkamera samt Blitzgerät.

Seine Tarnung als Naturreporter war ihm in den paar Wochen, die er nun schon auf der Insel Krina verbrachte, zu einer zweiten Haut geworden. Als er sich nach seiner Ankunft nach einem Apartment umgesehen hatte, hatte er behauptet, als Fotoreporter für das *National Geographic Magazine* angereist zu sein. Irgend einen Grund hatte er vorschieben müssen, denn als allein reisender junger Mann, noch dazu als russisch sprechender Engländer, wäre er kaum als gewöhnlicher Tourist durchgegangen. Obschon die Insel seit der Eröffnung des Flughafens Dubrovnik vor wenigen Jahren zu den aufstrebenden

Touristenzielen gehörte - sein ungewöhnlich langer Aufenthalt hätte über kurz oder lang unangenehme Fragen aufgeworfen.

Die Wahl als Naturreporter war naheliegend gewesen. Bis vor wenigen Wochen hatte er tatsächlich als Journalist auf der Gehaltsliste des Londoner *Daily Mirror* gestanden. Einige Zeit hatte seine falsche Fassade ganz gut funktioniert, doch das zunehmende Interesse der Dorfbewohner an seiner Tätigkeit lenkte immer mehr Aufmerksamkeit auf seine Person - das genaue Gegenteil dessen, was er sich von seinem Aufenthalt auf der Insel erhofft hatte. Einige der Einheimischen dachten wohl, sie könnten auf die eine oder andere Weise an eine Scheibe seines vermeintlich unbeschränkten Spesenbudgets herankommen, oder sie würden in dem renommierten Magazin auf einem Foto verewigt werden - am liebsten mit stolzgeschwellter Brust neben einem kapitalen Schwertfisch, oder vor dem schicken Café im Hafen, das für die kommende Sommersaison extra einen neuen Anstrich erhalten hatte.

Eines Tages hatte er Besuch von einem unscheinbaren, untersetzten Mann namens Milan Borak erhalten. Der Polizeichef hatte auf durchaus charmante Art versucht, ihn in ein zwangloses Gespräch zu verwickeln, doch seine unruhigen Augen hatten nicht verhehlen können, dass er gekommen war, bei dem Fremden einmal richtig auf den Busch zu klopfen. Der Engländer war standhaft geblieben und hatte nichts preisgegeben, was auf den wahren Grund seines Aufenthalts hingedeutet hätte. Doch wenn er sich jetzt an die Worte erinnerte, die der Kommissar beim Weggehen gesagt hatte, lief es ihm kalt den Rücken hinunter: *Ich weiß, dass Sie nicht der sind, für den Sie sich ausgeben.* Danach hatte der Kommissar zuerst auf sein Ohr, und dann mit zwei abgespreizten Fingern auf seine wachsamen Marderaugen gezeigt und gesagt: *Ich höre alles. Ich sehe alles.*

Dies war der Beginn einer schleichenden Paranoia gewesen. Plötzlich waren sie überall: Die lauernden Blicke. Die langen Schatten. Der junge Fremde wusste, wenn der Polizeichef ein Spitzel war, dann saß er auf dieser kleinen Insel fest wie in einem Gefängnis. Der Polizeichef würde immerzu wissen, wann und wo er sich gerade aufhielt. Würde er nicht auch das Telefon im Apartment abhören und die Post ins Ausland überprüfen können? Doch dann wieder: Bildete er sich dies alles nicht bloß ein? War nicht gerade der blockfreie Staat Jugoslawien ein Ort, wo er vor den Geheimdiensten aus Ost und West einigermaßen sicher war?

Eines Tages werden sie dich finden, spukte es immer öfter in seinem Kopf. *Ohne Ankündigung. Sie werden dich verschleppen und nach den Methoden des KGB auseinandernehmen. Vielleicht haben sie auch die Postkarte abgefangen.*

Eine Touristin, die in einer Taverne eine Ansichtskarte schrieb, hatte ihn auf die Idee gebracht, wie er unbemerkt auf sich aufmerksam machen konnte. Vor ein paar Tagen hatte er seinem Freund Peter Hall eine Postkarte geschickt. Eine ganz normale Ansichtskarte mit einer kitschigen Hafenszene, einige Grußworte. Alles ganz unverfänglich. Einzig Peter Hall würde sie stutzig machen. Hall würde zweimal hinschauen, und er würde verstehen.

Und falls ihm in der Zwischenzeit etwas zustoßen würde, wäre Hall in der Lage zu finden, weswegen er sich hier versteckte: die Botschaft Professor Bergers.

Als das Engelsriff in Sicht kam, stellte er den Motor aus und kletterte über die Sitzplanke nach vorne zum Bug. Er ließ das Boot noch eine Weile treiben, bis er den Grund des Riffs erkennen konnte, dann hievte er den

Anker hoch. Er warf ihn über Bord und vertäute das Seil - nicht ahnend, dass er soeben die Stelle seines baldigen Todes markiert hatte.

2. LENINGRAD - FÜNF WOCHEN ZUVOR

Das Foyer des Palladium Hotels am Nevsky Prospekt glich einem aufgescheuchten Ameisenhaufen, in dem sich unzählige Stimmen zu einer monotonen Geräuschkulisse vermengten. Die gesamte Weltpresse hatte sich eingefunden, um Zeuge dessen zu werden, was die Sowjetregierung als neuerlichen Meisterakt seines Volkes angekündigt hatte: Der Astronaut Alexej Leonow hatte vor wenigen Tagen als erster Mensch den Weltraum betreten.

Mit dieser Sensation war es der UdSSR wieder einmal gelungen, im Wettlauf mit den Amerikanern um die Vorherrschaft im Weltraum die Nase vorn zu behalten. Und die sowjetische Führung wollte sich die Gelegenheit nicht entgehen lassen, diesen Meilenstein vor den Augen der Welt als Sinnbild für die Überlegenheit des kommunistischen Systems gegenüber dem Kapitalismus gebührend zu feiern. Die Presseleute wohnten in dem luxuriösen Hotel aus dem neunzehnten Jahrhundert, dessen klassizistischer Stil den Pomp und Charme der Zarenzeit aufleben ließ, und in dessen Ballraum die Präsentation der Russischen Akademie der Wissenschaften in Kürze beginnen würde. Eigentlich hatte die Sowjetregierung in den Jahren, in denen aus St. Petersburg Leningrad geworden war, etliche Bestrebungen unternommen, dem *Venedig des Nordens* ein sozialistisches Gesicht zu verpassen, und das Zentrum entlang des Nevsky Prospekts war

das pure Gegenteil stalinistischer Ästhetik - ein Widerspruch, den sich manch einer der geladenen Gäste mit einer Konzession der Regierung an die Vorlieben und Gepflogenheiten ihrer westlichen Gäste erklärt haben mochte.
Edward Stewart stand in der Warteschlange vor dem Portal, das ins Auditorium hineinführte. Ein Koloss in dunkelgrauer Uniform tastete die Leute von oben bis unten ab, während ein anderer mit argwöhnischer Miene die Ausweisfotos überprüfte und ein dritter Sicherheitsbeamter eine Liste mit Namen durchforschte.

Der junge Journalist hatte den Boden Russlands mit gemischten Gefühlen betreten. Eigentlich wäre dieses Land für ihn ein Stück Heimat gewesen, aber die Blutsbande stand unter keinem guten Stern. Es war das Land, aus dem seine Mutter vor fast vierzig Jahren geflüchtet war, ein Land, dessen Geschichte geprägt war von unsäglichem Leid, von Unterdrückung, Ausbeutung und Unmenschlichkeit. Die sprichwörtliche russische Seele, die ihm seine Mutter durch die Werke der großen russischen Dichter nahe gebracht hatte, war mit ihrem Tod für immer verstummt. Geblieben war die Fratze jenes totalitären Regimes, das Stalin mithilfe von Angst und Terror, Gewalt und Verblendung errichtet hatte. Seine gesichtslosen, uniformen Marionetten waren omnipräsent. *Apparatschiks.* Stewart betrachtete die Geschehnisse um ihn herum mit einer Mischung aus Faszination, Mitleid und Verachtung. Nein, mit *ihnen,* den Sowjets, hatte er nichts gemein.

Mit dreiunddreißig Jahren war er bereits zu einem viel beschäftigten Berichterstatter für Osteuropa und den Balkan geworden, und seit einigen Jahren bekleidete er einen festen Korrespondentenposten beim Londoner *Daily Mirror.* Ein respektabler Erfolg, über den sich Stewart allerdings nie so richtig freuen konnte - denn einerseits war er damit bei der wenig anspruchsvollen *Yellow Press* hängen geblieben, und andererseits fühlte er sich im Grunde zu etwas anderem, gar unpolitischem, hingezogen: dem Reisejournalismus und der Naturfotografie.

Nachdem er die Leibesvisitation hinter sich hatte, betrat Stewart das Auditorium. Das Täferwerk an den Wänden und die reichen Stukkaturen an der Decke zeugten von einer Zeit, als der Kongresssaal seinem ursprünglichen Zweck als Ballsaal diente. Die nüchterne Bestuhlung erinnerte Stewart an seine Studentenzeit. Damals hatten die Professoren über römische Geschichte referiert. Es lag in der Luft, dass das, was ihn heute erwartete, um nichts weniger seinen Weg in die Geschichtsbücher finden würde.

Er ging zu den vorderen Sitzreihen und setzte sich auf einen freien Platz. Es dauerte noch etwa zehn Minuten, dann wurde das Saallicht gedämpft, und ein untersetzter Mann in grauem Anzug betrat das Podium. Er begab sich ans Rednerpult und beugte das Mikrofon zurecht. Die Pressekonferenz konnte beginnen.

Der Funktionär des Politbüros der kommunistischen Partei begrüßte die internationale Presse und verkündete mit hallender Stimme das Programm. Danach wurden die grauen Vorhänge hinter dem Redner zur Seite gezogen. Sie gaben den Blick auf eine Leinwand frei.

Im Saal wurde es dunkel, dann wurde es still.

Der Lichtstrahl eines Filmprojektors durchdrang den Saal. Untermalt von den schweren Streichern der siebten Symphonie von Schostakowitsch glitten die Zuschauer direkt in den Weltraum hinein. Das grobkörnige Bild verstärkte den Eindruck von Authentizität, und ein erstes, ehrfürchtiges Raunen belegte, dass der Auftakt gelungen war. Eine plärrende Stimme, die dem Publikum eröffnete, es wäre im Begriff, einem historischen Augenblick beizuwohnen, mischte sich dazu. Die Szene wechselte. Ein gutes Dutzend Männer saßen mit Kopfhörern vor Schaltpulten in einer Kommandozentrale. Einer von ihnen beugte sich zu einem Mikrofon vor: *„Pjatje...Tschetirje...Tri...Dwa...Adin...Nol..."*

Unter Feuer, Rauch und einem ohrenbetäubenden Tosen startete die *Woschod*-Rakete, löste sich schwerfällig vom Boden und stieg dann immer schneller werdend in den nachtschwarzen Himmel empor. Ein Bildflimmern, dann waren die Astronauten zu sehen, die in ihrer Raumkapsel saßen und durch das Funkgerät verzerrte, unverständliche Worte mit der Kontrollbasis austauschten. Paukenwirbel, dramatisches, grelles Blech. Und dann: Schnitt. Die Musik setzte aus. In absoluter Stille glitt die Kapsel durch das All, während die Erde aus dem unteren Bildrand verschwand. Plötzlich öffnete sich wie von Geisterhand die Luftschleuse der Raumkapsel. Durch das Funkgerät ertönte eine aufgeregte Stimme, gleichzeitig wurde eine Übersetzung eingeblendet: „Hier spricht Diamant Eins. Ich bin soweit. Ich werde jetzt rausgehen..."

Nun war die Kapsel von außen zu sehen. Das Publikum hielt den Atem an, als ein Astronaut der Raumkapsel entschlüpfte und dabei so hilflos wirkte wie ein Neugeborenes an seiner Nabelschnur.

„Diamant Eins an Morgenröte: Alles läuft bestens. Unter mir sehe ich die Wolken. Und das Meer... und den Kaukasus!" Der Astronaut lachte, während er gemächlich in die Bildmitte schwebte. Auf seinem Helm prangten die Buchstaben CCCP, im Hintergrund war, weit unter ihm, die Erde zu erkennen.

„Ich sehe den Kaukasus direkt unter mir!", rief er erregt.

Die Musik setzte wieder ein, mit hellen Fanfaren. Nach einem Moment verkündete die durchdringende Stimme des Kommentators euphorisch: „Die Sowjetunion präsentiert den ersten Menschen im Weltraum: Alexej Archipowitsch Leonow...! Der erste Mensch im Weltraum: Alexej Leonow!"

Das Publikum war begeistert. Einige sprangen vor Begeisterung von den Stühlen auf, einzelne Rufe traten aus der Geräuschkulisse hervor. Der Begeisterungssturm hielt an, während die Vorhänge wieder zugezogen wurden und die Lichter im Saal angingen.

Die Bilder waren sensationell. Noch nie zuvor war es einem Menschen gelungen, den freien Weltraum zu betreten. Edward Stewart beobachtete gespannt die Reaktion der Leute, als ihn jemand von hinten her antippte.

„Hey, Ed!"

Er drehte sich um und blickte in das breite Grinsen eines Mittdreißigers mit zerzausten Locken. „Bruno Hartweger! Du hier?"

Das Grinsen seines Kollegen wurde noch breiter. Er beugte sich vor und sagte, während er mit einem Auge zwinkerte: „Immer da, wo es die beste Unterhaltung gibt – genau wie du!"

Stewart lachte auf, dann nickte er mit dem Kopf in Richtung Bühne. „Unglaublich, nicht wahr? Haben sie es den Yankees also mal wieder gezeigt!"

Hartweger stieß einen Pfiff aus und schüttelte die Hand, als hätte er glühende Kohle berührt. „Die werden vielleicht toben! Zuletzt Juri Gagarin als erster Mensch im Weltraum, und jetzt das hier."

„In der Tat nicht gerade Präsident Johnsons Glückstag. Auf jeden Fall..."

Stewart wurde jäh übertönt von der Stimme des Sprechers am Rednerpult, der die Leute gestenreich zur Ruhe bat. Als sich die Aufregung einigermaßen gelegt hatte, machte der Funktionär einen Schritt zur Seite, riss die Arme hoch und rief: „Alexej Leonow!"

Unter frenetischem Applaus betrat ein junger Mann in hellblauer, reich dekorierter Uniform die Bühne. Der Parteifunktionär umarmte den strahlenden Helden und führte ihn ans Mikrofon. Leonow bedankte sich für den Applaus, um gleich darauf von den Reportern mit Fragen bombardiert zu werden. Mit der Ruhe eines Mannes, der die Herausforderung seines Lebens gemeistert hatte, stand er da und begann, seine Eindrücke der eben beendeten *Woschod 2*-Mission zu schildern. An seiner Seite stand ein Übersetzer, der wohl mehr ein Aufpasser war, und mit einem gequälten Lächeln im Gesicht intervenierte, wenn ihm eine Frage zu sowjetkritisch erschien. Ausweichend verwies er auf die Referate des wissenschaftlichen Stabes der Mission, die im Anschluss folgen würden.

Eine dreiviertel Stunde nach Leonows Auftritt war die Pressekonferenz mit einem Schlussreferat des Präsidenten der sowjetischen Akademie der Wissenschaften zu Ende gegangen, und der Ansager war ein letztes Mal ans Mikrofon getreten und informierte die Pressefotografen über die Möglichkeit, im Anschluss in einem gesonderten Raum Aufnahmen von Leonow und den Referenten zu machen. Stewart erhob sich von seinem Sitz und legte im Vorbeigehen die Hand auf Bruno Hartwegers Schulter.

„Dann will ich mal. Man sieht sich vielleicht später noch in der Lobby."

Wenig später fand er sich im ersten Stock des Hotels in einem Saal ein, der wesentlich kleiner war und mit einem dunkelroten Teppich und langen, grünen Vorhängen ausgestattet war. Auf einer kniehohen Bühne standen Alexej Leonow, sein Kommandant Pawel Beljajew, zwei technische Leiter der *Woschod* 2-Mission und der Präsident der Akademie der Wissenschaften. Neben den Geehrten war ein mannshohes Modell des Raumschiffs aufgestellt, und an der Rückwand hingen Fotos der Raumkapsel, von Leonow und seinem Bordteam, sowie von der Erde aus der Weltraumperspektive. Die Männer aus der Bühne lächelten selbstbewusst und schüttelten sich für die Kameras die Hände. Einer der Fotografen fragte Leonow, ob er nicht in seinem Raumanzug - eine der technischen Innovationen der Mission - posieren könne.

„Amerikanski?", scherzte Leonow in Anspielung darauf, es könnte sich ein Spion unter den Fotografen befinden, und alle Anwesenden stimmten in sein Lachen ein.

Nach einer Viertelstunde wurden die Fotografen aufgefordert, den Saal zu verlassen. Die Sicherheitsbeamten hielten die Türflügel auf und verabschiedeten die Fotografen mit einem Kopfnicken. Edward Stewart war im Begriff, seine Kameraausrüstung zusammenzupacken, als ihn ein anderer Fotograf anrempelte. Der Mann entschuldigte sich feierlich, dann bückte er sich und hob etwas vom Boden auf.

„Gehört das Ihnen?" Er hielt eine Filmdose in die Luft. Noch ehe Stewart etwas sagen konnte, machte der Mann einen Schritt zur Seite und stellte die Dose auf einen Tisch.

Der hat's aber eilig, dachte sich Stewart und ging hinüber, um sich die Filmdose anzusehen. Sie war leer. Er schüttelte den Kopf und war im Begriff, sich abzuwenden, als er ein merkwürdiges Geräusch, eine Art Zischen, hörte. Als er sich umdrehte, sah er, dass direkt neben dem Tisch eine unscheinbare Nebentür war, die einen Spalt breit offen stand. Und dann sah er den Kopf eines Mannes mit strähnigem, weißem Haar, der ihm mit gepresster Stimme etwas zuzurufen versuchte.

„Sie! Sie da!“ Sein Gesicht war gerötet, die Augen hinter den runden Brillengläsern weit aufgerissen. Stewart war überrascht, denn er erkannte den Mann: Es war der Physiker Viktor Tschernenko, der Wissenschaftler, der im Namen der Akademie ein Referat über die technischen Herausforderungen der Mission gehalten hatte. Und jetzt versuchte der Mann, der vollkommen aufgelöst schien, ihn durch den Türspalt herbeizuwinken.

Stewart schaute um sich. Die letzten Fotografen waren gerade dabei, den Saal zu verlassen, und niemand schien Notiz davon zu nehmen, was hier am Rande des Geschehens vor sich ging. Er näherte sich der Tür mit der Frage auf den Lippen, worum es denn ginge, als der andere ihn bereits am Ärmel packte und hinüber in den Nebenraum zog. Schnell schlug der Wissenschaftler, ein Mann mit der Statur eines Hünen, die Tür ins Schloss und warf sich mit dem Rücken davor. Breitbeinig und mit abgespreizten Armen stand er da, als wolle er den Leibhaftigen höchstpersönlich am Eindringen hindern.

„Sie müssen mir helfen!“, keuchte der Professor. auf seiner Stirn liefen Schweißperlen zu einem Rinnsal zusammen.

Entgeistert starrte Stewart ihm in die Augen. „Was zum Teufel...“

„Hier! Nehmen Sie das!" Tschernenko stürzte regelrecht auf Stewart zu, drückte ihm mit beiden Händen etwas in die Hand, dann sprang er sofort wieder vor die Tür. „Sie müssen dies der US-Botschaft übergeben! Es steht alles auf dem Spiel!" Der Alte brachte diese Worte nur mühsam unter einem Husten hervor. In diesem Augenblick wurde von der anderen Seite an die Tür gepoltert. Dumpfes Rufen drang in den Raum. Der Professor stemmte sich mit aller Kraft gegen die Tür, auf die nun richtiggehend eingeschlagen wurde. Stewart schreckte zurück.

„Sehen Sie zu, dass Sie hier rauskommen!", rief ihm Tschernenko zu. „Schnell! Gehen Sie…" Seine Worte brachen in dem Moment ab, als die Tür nachgab. Er wurde in den Raum geworfen, strauchelte, dann kippte der massige Körper des Mannes nach vorne und stürzte zu Boden. Zwei Männer stürmten in den Raum. Der Erste hielt eine Waffe in der Hand, die er sofort auf Stewart richtete.

„Sie bleiben, wo Sie sind!", herrschte er ihn an.

Stewart war wie versteinert. Seine Augen fixierten voller Entsetzen den Lauf der auf ihn gerichteten Pistole. „Was zur Hölle...", stammelte er.

„Mund halten!" Mit wenigen Schritten war der Mann hinter ihm. „Los, zurück in den Saal!" Stewart spürte einen eisernen Griff an der Schulter. Der Mann stieß ihn durch den Türstock und schlug die Tür hinter ihm zu.

Stewart vernahm die gedämpften Laute eines aufgeregten Wortwechsels. Dann hörte er Schüsse. Erst einen, dann nochmals zwei in schneller Folge.

Am frühen Abend saß der Schweizer Auslandskorrespondent Bruno Hartweger mit den anderen Presseleuten in der Lobby des Palladium Hotels. Die Fotografen und

Reporter unterhielten sich in kleinen Gruppen angeregt über die neuesten Ereignisse und spekulierten über deren politische Folgen. Die Stimmung war aufgekratzt, und es war absehbar, dass manch einer auf seine Trinkfestigkeit geprüft werden würde, wie überall, wo das Pressezentrum in räumlicher Nähe zu den Hotelbars lag.

Hartweger hatte einen Platz an der Bar mit gutem Überblick. Nach Edward Stewart hatte er sich über die Länge von zwei Drinks vergeblich umgeschaut. Als er allerdings eine füllige, extravagant gekleidete Dame um die fünfzig eintreten sah, leerte er den Rest seines Camparis mit einem großen Schluck hinunter, stellte das Glas auf den Tresen und rutschte vom Hocker. Er zupfte sein Jackett zurecht und ging zu ihr hinüber.

„Louise!", rief er und breitete die Arme aus. Die Angesprochene drehte sich erwartungsvoll um und lachte herzhaft auf.

„Bruno!", gab sie zurück, wobei sich ihre tiefrot geschminkten Lippen zu einer Spitze formten. Auch Hartweger musste unmittelbar lachen, als er seinen Namen in französischem Akzent hörte. Sie packte ihn und drückte ihn an ihren ausladenden Busen.

Die beiden gingen in den Speisesaal und setzten sich an einen freien Tisch. Nachdem sie eine Fischspezialität und ukrainischen Wein bestellt hatten, vertieften sie sich sofort in ein reges Gespräch, das sich selbstredend um ein einziges Thema drehte: Den Wettlauf der Supermächte um die Eroberung des Weltalls.

Gegenüber den Russen hatten die Amerikaner in den vergangenen Jahren stets das Nachsehen gehabt. Mit *Sputnik 1*, dem ersten künstlichen Satelliten, hatten die Sowjets vor bald zehn Jahren die gesamte westliche Welt geschockt und damit den Startschuss dafür abgegeben, was Historiker später *Space Race* nennen würden. Hinter dem sportlich klingenden Namen stand ein knallharter Krieg der Ideologien, der die Weltraumfahrt für beide Seiten zu einer Angelegenheit von höchster nationaler Priorität machte. *Sputnik 1* war nur die erste einer Reihe von Demütigungen, welche Russland mit ihrem vermeintlich rückständigen und unterlegenen kommunistischen System den USA verpasste. Nur einen Monat später war die Hündin Laika als erstes Lebewesen in den Weltraum geschickt worden. Dann folgte mit Juri Gagarin der erste bemannte Weltraumflug überhaupt. Walentina Tereschkowa war die erste Frau im All, und vor einem knappen halben Jahr war erstmals eine mehrköpfige Raumfahrtmission gelungen. Eine Rekordjagd, die sich innerhalb von lediglich vier Jahren abspielte.

1961 hatte John F. Kennedy ein ehrgeiziges Ziel verkündet, das alles bisher Dagewesene in den Schatten stellen sollte: Noch in diesem Jahrzehnt sollte ein Amerikaner den Mond betreten. Ein Zwischenziel bestand darin, einen Astronauten ins freie All zu schicken. Jetzt war ihnen Russland mit Alexej Leonow auch darin zuvorgekommen. Die USA kassierten eine erneute Blamage, Russland hatte einen neuen Helden.

Louise Bertrand, eine Analystin der *Agence France-Presse*, vermutete hinter den prestigeträchtigen Unternehmungen der Supermächte mehr als Entdeckereifer und übersteigerten Patriotismus. Sie war überzeugt, dass die bemannte Raumfahrt nur dazu diente, die massiven Kosten für die Entwicklung zuverlässiger Raketen in der Öffentlichkeit zu legitimieren. Dahinter würde in Tat und Wahrheit ein ganz anderes und weit weniger friedliches Ziel stehen: Der Transport von Atomsprengköpfen.

„Reine Propaganda!", rief sie und verwarf ihre in schillernden Farben beringten Hände. „Einfach lächerlich, diese pseudowissenschaftlichen Referate! Es ist immer dasselbe: Man gibt vor, den Fortschritt der Zivilisation voranzutreiben, dabei geht es in Wirklichkeit nur darum, die eigene Vormachtstellung zu behaupten." Sie warf sich lachend in den Stuhl zurück und fügte an: „Das erinnert mich übrigens an meine zwei Neffen, die sich gerne darum streiten, wer die größere Sandburg bauen kann."

Hartweger pflichtete ihr grinsend bei. „Dennoch muss man neidlos anerkennen: Eine unglaubliche Leistung! Natürlich lässt man uns über die technischen Details im Ungewissen, aber das ist ja auch irgendwie verständlich, wenn man bedenkt, ..." Er kniff die Augenbrauen zusammen und blickte finster über den Tisch. „...dass wir doch alle Spione sind!"

Bertrand lachte schallend. Sie erhob ihr Glas und rief feierlich: „Na dann...auf Leonow! Sa sdorovje!"

„Auf Leonow!"

Irgendwann, nachdem der Barmann sich auch durch gutes Trinkgeld nicht länger dazu hatte bestechen lassen, weitere Drinks auszugeben, ließ sich Hartweger in sein Hotelbett im zweiten Stock fallen. Seine trinkfeste Kollegin hatte darauf bestanden, ihm noch einen letzten Schlummertrunk auszugeben. Weitere Kollegen waren mit derselben großzügigen Absicht dazugekommen, und Hartweger verfluchte sie alle. Als seine Augenlider schwer wurden, und ihm die Ereignisse des Tages wie in einem Kaleidoskop durch den Kopf schwirrten, dachte er an die Begegnung mit seinem alten Bekannten Edward Stewart, und er fragte sich, ob dieser womöglich noch am Abend abgereist sei.

Nichts wäre Edward Stewart lieber gewesen, als sein albtraumhaftes Erlebnis mit einem guten Kollegen wie Bruno Hartweger teilen zu können. Als er jedoch den Kongresssaal verlassen und sich in sein Hotelzimmer zurückgezogen hatte, war sein Schicksal bereits im Begriff, eine ungeahnte Wendung zu nehmen.

Professor Tschernenko hatte ihm ein dreimal gefaltetes Briefpapier in die Hand gedrückt. Schon nach einem flüchtigen Überfliegen hatte Stewart erkannt, dass er in den Besitz von etwas gekommen war, das sein Leben verändern würde. Dies war sie - die große Chance, auf die er immer gehofft hatte.

Er war wie benommen von der Erkenntnis, dass ihn die zufällige Begegnung mit dem Professor geradewegs in eine machtvolle Position katapultiert hatte. Wie auch immer er sich nun verhalten würde, es würde weit reichende Konsequenzen haben. Mit seinem Handeln würde er mehr bewirken können als Legionen von Politikern. Er brauchte sich bloß zu entscheiden, *das Richtige* zu tun. Es war so einfach.

Vierundzwanzig Stunden später hätte Stewart alles dafür gegeben, den größten Fehler seines Lebens rückgängig machen zu können.

Aufgewühlt und fest entschlossen hatte er kurz nach der Konferenz vom Pressezentrum aus ein Telegramm nach London geschickt. Es ging an eine Person mit Namen Robert Kellings, und bestand aus lediglich einer Zeile:

Vier Spalten auf Titelseite reservieren

Dies war ein Code. Stewart signalisierte damit, dass er Kellings etwas anzubieten hatte, und zwar etwas von höchster Brisanz. Denn Kellings Posten als Redakteur beim Londoner Büro der *Associated Press*, einer der größten internationalen Presseagenturen, war in erster Linie

Tarnung. In erster Linie war er Führungsoffizier der CIA und hatte die Aufgabe, Journalisten anzuwerben und sie als Kontaktperson zu unterstützen. Junge, leidenschaftliche und motivierte Leute. Leute wie Edward Stewart.

Später dann, in der Nacht, hatten sich die ersten Zweifel eingeschlichen. *Warum gerade ich? Wieso ließ mich das Wachpersonal gehen, nachdem es mich zusammen mit dem Professor erwischt hatte?* Stewart hatte sich in rationalen Erklärungen versucht, doch sein Bauchgefühl sprach eine andere Sprache. *Irgendetwas stimmt hier nicht.* Der Mann, der ihn angerempelt hatte, und die leere Filmdose auf den Tisch gestellt hatte, genau dort, wo die Nebentür zu sehen war. War das nicht ein Trick? Und was war mit den Schüssen? Schließlich hatte er nicht *gesehen,* dass der Professor erschossen wurde. Zu viele Zufälle, zu viele Ungereimtheiten.

Je länger die Nacht dauerte, desto mehr reifte aus einem vagen Gefühl die Überzeugung: Dies war ein abgekartetes Spiel. Und irgendjemand hatte ihm bei diesem Spiel eine besondere Rolle verschrieben. Er beschloss noch in dieser Nacht, bei seinem Zwischenhalt auf dem Flughafen in Paris am nächsten Tag irgendetwas zu unternehmen, das ihm wenigstens etwas Zeit verschaffte.

Am folgenden Tag gegen Mittag stand Stewart am Tresen eines überfüllten Bistros am Flughafen Paris-Orly und schlürfte seinen Kaffee. Nachdem er bezahlt hatte, nahm er sein Gepäck und schaute sich nach einem Telefon um. Er folgte den Piktogrammen auf den Hinweistafeln.

Vor dem Apparat stellte er sein Gepäck auf den Boden und suchte in der Innentasche seines Jacketts nach einem Adressbüchlein. Rasch blätterte er die Seiten durch bis er den Eintrag *R.K.* fand. Er starrte auf die daneben stehende Nummer wie ein Wahrsager auf seine Karten. Ein letztes Zögern, dann griff er beherzt zum Hörer, warf etwas Kleingeld in den Automaten und wählte die Nummer.

Das Gespräch war von kurzer Dauer. Stewart wusste in dem Moment, als er den Hörer einhängte, dass er eine irreversible Entscheidung von größter Tragweite getroffen hatte. Mit seinem alarmierenden Telegramm hatte er die sprichwörtlichen schlafenden Hunde geweckt. Jetzt, nachdem er Kellings mitgeteilt hatte, dass er sich geirrt hatte, würde er seinen Vorgesetzten gegen sich haben. Dies bedeutete, dass er auf der Stelle seine Spuren verwischen und von der Bildfläche verschwinden musste. Und zwar so lange, bis er wenigstens ansatzweise aufgeklärt hatte, was sich an der Pressekonferenz in Leningrad tatsächlich abgespielt hatte.

Er machte sich auf zur Busstation, um zum *Gare de Lyon* zu gelangen, unwissend, dass seine Reise ihn quer durch Frankreich, durch halb Italien und über das Meer nach Jugoslawien führen würde. Unwissend, dass dies die letzte Reise seines Lebens sein würde.

3. London - Juni 1965

Der Schweiß rann Peter Hall in Strömen von der Stirn. Er wischte sich hastig mit dem Zipfel seines T-Shirts über das Gesicht, dann fasste er den Tennisschläger wieder mit beiden Händen und begab sich in Position.

„Satz - und Matchball Franklin!", tönte es aus den Lautsprechern der Tennisanlage im Westen von London. Von den Sitzreihen starrten einige Dutzend Augenpaare auf das Geschehen, das sich an diesem frühen Abend auf dem Turnierplatz des Holland Park Tennisclubs abspielte.

Eine hübsche, wohlproportionierte Frau Ende Zwanzig war von ihrem Sitz am Spielfeldrand aufgesprungen und rief auf den Platz hinaus: „Nicht nachlassen, Peter!“

Peter Hall warf ihr einen verärgerten Blick zu, als sein Gegner gerade zum Aufschlag ausholte. Der Ball donnerte exakt in die Ecke des Feldes und sprang in flachem Winkel nach hinten ab. Stolpernd erreichte Hall den Ball gerade noch und schlug ihn blindlings zurück. Der Ball flog und flog und beschrieb eine perfekten Fluglinie, die von einem anschwellenden „Ooh!“ der Zuschauer begleitet wurde und die in einer unerreichbaren Platzierung haarscharf an der Seitenlinie endete. Ein Glücksschlag.

„Einstand“, verkündete der Schiedsrichter. Die junge Frau kreischte vor Begeisterung.

Hall gelang es, einen weiteren Angriff abzuwehren und das Game für sich zu entscheiden. Der Schiedsrichter zeigte Aufschlagwechsel an. Es gab eine kurze Pause, dann begaben sich die Spieler zurück auf das Feld. Franklin ging in Abwehrstellung, Hall richtete sich an der Grundlinie auf. Er hob den Schläger und visierte mit zusammengekniffenen Augen die andere Spielhälfte an.

„Peter, du schaffst es!“, rief die Frau erneut und strich sich aufgeregt ihre blonden Strähnen aus dem Gesicht.

Hall murmelte etwas, dann warf er den Ball hoch in die Luft und holte mit dem Schläger aus. Sein Körper spannte sich, und er schlug den Ball mit voller Wucht nach vorne. Mit einem pappigen Geräusch platzte der Ball an die Netzkante und fiel zu Boden. Hall schnaubte, nahm einen neuen Tennisball aus der Hosentasche und machte sich an seinen zweiten Aufschlagversuch. Der Ball landete sicher in der gegnerischen Seite, war jedoch viel zu vorsichtig gespielt, so dass sein Gegner kontern und wiederum die Kontrolle über das Spiel erlangen konnte.

Hall erkämpfte sich dank zwei gelungenen Stoppbällen ein weiteres Game. Doch nun lag der Aufschlag wieder bei Franklin, und nach einigen Ballwechseln verkündete der Spielleiter von Neuem die fast aussichtslose Lage: „Satz - und Matchball Franklin!"

„Oh, Peter!", tönte es wieder von der Seite her.

„Gloria...verdammt!"

Es war zu spät. Hall wurde auf dem falschen Fuß erwischt und blieb wie angewurzelt stehen, als der Ball in seinem Feld aufsetzte. Franklin stieß einen Schrei des Triumphs aus, und das Publikum applaudierte.

Howard Franklin hatte mit einem mustergültigen Ass gewonnen. Der feingliedrige Mann mit dem schmalen Oberlippenbart strahlte und reckte seine Fäuste in die Höhe, während Peter Hall seinen Kopf auf die Brust sinken ließ.

„Sieger der diesjährigen Clubmeisterschaften bei den Senioren: Howard Franklin!", schallte es über das Gelände, während sich die beiden Kontrahenten am Netz die Hand schüttelten.

„Tut mir leid, Peter!" Franklin verzog das Gesicht. Dann klopfte er sich auf den Bauch und lachte: „Warst ja auch schon besser im Lot!"

Hall schäumte innerlich. Diese Bemerkung hatte gerade noch gefehlt. Nicht genug damit, dass ihn Franklin einmal mehr knapp geschlagen hatte; er erdreistete sich auch noch, sich über ihn lustig zu machen. Er hielt sich im Grunde für einen sportlicher Verlierer, aber Howard Franklin war ein eitler, chauvinistischer Geck, laut und angeberisch. Gegen Franklin zu verlieren bedeutete mehr, als ein Spiel zu verlieren. Es war eine Demütigung.

Hall schwang sein Handtuch über die Schulter und ging schnurstracks auf die Garderobe zu, wobei er sich alle Mühe gab, den mitleidsvollen Blicken der Leute, insbesondere derer der melodramatischen Gloria, auszuweichen. Überhaupt schauten ihn gewisse Leute an, als würde er aufs Schafott geführt.

„Es ist bloß ein Spiel, oder?“, meinte er zu einer Gruppe älterer Herren. Er konnte nicht wissen, dass der Grund für die Reaktion der anderen darin lag, dass sein Name heute in unrühmlichem Zusammenhang in den Londoner Zeitungen stand. Er war noch an diesem Morgen in München gewesen, wo er sich vergeblich um die Veröffentlichungsrechte an den Memoiren eines kürzlich verstorbenen Industriemagnaten bemüht hatte. Er hatte es gerade noch so auf den Tennisplatz geschafft.

Eigentlich passte der silberne Plymouth Barracuda gar nicht zu einem Mann, der sich gerne unauffällig gab und der die Eitelkeiten der Jugend seit mindestens zwei Jahrzehnten hinter sich hatte. Mit seiner ruhigen Art widersprach er den Erwartungen vieler, denen zu Ohren kam, dass in seinen Adern ein Cocktail aus schottischem und italienischen Blut floss. Und gerade dieses unterdrückte, im Grunde hitzige Temperament, würde nun in dem schnittigen Sportwagen symbolisch zum Ausdruck kommen, meinte einmal sein Freund Walter Bishop mit einem Augenzwinkern.

Für Hall war der Gebrauchtwagen lediglich ein Ersatz für den VW Variant, den seine Exfrau nach ihrer Scheidung vor einem halben Jahr behalten hatte. Den kombiartigen Familienwagen hatten sie sich seinerzeit auf Drängen von Susan zugelegt, die damit signalisierte, wie sie sich ihre gemeinsame Zukunft vorstellte. Eine Familiengründung aber bedeutete für Hall vor allem eines:

Ein Dasein hinter dem Schreibtisch. Weg von der Front, weg von seiner Rolle als unbequemer Investigationsjournalist, der unangenehmen Zeitgenossen unangenehme Fragen stellte, und damit immer auch Risiken auf sich nahm. Zwar war das Reisen in ferne Länder in den letzten Jahren weniger geworden, aber für einen Mann, der eine Vergangenheit als Kriegsreporter hatte, war solch ein radikaler Schnitt ganz einfach unvorstellbar. Schließlich war es Susan gewesen, die die Konsequenzen gezogen hatte. Seither war kaum ein Tag vergangen, an dem Hall sich nicht gefragt hatte, ob es nicht doch einen Weg hätte geben können.

Er grübelte über seine Niederlage gegen Franklin nach, während er den Wagen in Richtung Notting Hill steuerte. Letztlich hatte Franklin recht. Er war schon besser in Form gewesen und hatte eindeutig ein paar Kilo zu viel auf den Rippen, auch wenn er von Natur aus robust gebaut war. Zu viel Ärger. Zu viele Drinks. Außerdem hatte sich, seit er sich das Rauchen abgewöhnt hatte, nicht nur seine Kondition gesteigert, sondern auch sein Appetit. Aus seinem Vorsatz, dies durch ein regelmäßiges Lauftraining auszugleichen, war definitiv nichts geworden. *Verdammt!*

Die Ampel wurde rot, als er die Kreuzung erreichte. Hall richtete den Rückspiegel und zwang seine kurz geschnittenen, vom Duschen noch feuchten Haare zu einem Seitenscheitel. Deutlich traten die grauen Strähnen zutage. Auch in seinen kurz getrimmten Bart schlichen sich immer mehr Anzeichen des Alterns ein. Hall fragte sich, ob er mit seinen einundvierzig Jahren wohl schon zum alten Eisen gehöre.

Ungestüm trat er aufs Gaspedal, als die Ampel auf Grün wechselte. Der Barracuda röhrte auf und schoss nach vorne. Einige Passanten warfen ihm missbilligende Blicke nach. Hall ließ sie an der Heckscheibe abprallen.

Nach eingehender Analyse revidierte Hall sein Urteil und kam zum Schluss, dass es nicht an ihm gelegen hatte. Schließlich waren die Chancen auf den Sieg bis zuletzt da gewesen, körperliche Verfassung hin oder her. Nein, die naheliegendste, vernünftigste und im Grunde genommen einzige Erklärungen hatte einen Namen: Gloria.

Dass die Büroangestellte der Nachrichtenagentur *Reuters*, für die er als freischaffender Reporter regelmäßig Beiträge schrieb, ein Auge auf ihn geworfen hatte, war an sich nichts Neues. Ebenso wenig neu war allerdings die Tatsache, dass ihre Annäherungsversuche bei ihm noch nie auf Interesse gestoßen waren, was die für seinen Geschmack eindeutig zu schrille Frau eigentlich längst bemerkt haben müsste. Und nun war also diese Gloria ausgerechnet beim Finalspiel der Clubmeisterschaften aufgetaucht, in das er sich seit dem Frühjahr hinauf gekämpft hatte. Und natürlich hatte sie sich ihrem aufdringlichen Naturell entsprechend nicht wie die anderen Zuschauer auf der Tribüne, sondern direkt am Spielfeldrand installiert. Wie hätte sich da einer konzentrieren können.

Den ganzen Tag über war der Himmel verhangen gewesen, aber nun kündigten grauschwarze Wolkenflächen baldigen Regen an. Peter Hall hatte den Wagen geparkt und überquerte die von Platanen gesäumte Straße. Er ging auf einen schmucken Altbau am Lansdowne Walk zu, in dessen zweiten Stock die möblierte Wohnung lag, die er vor einem halben Jahr ohne Rücksicht auf den horrenden Mietzins bezogen hatte.

Er betrat sein Apartment, warf die Schlüssel auf den Esstisch und schlurfte, während er sein Hemd aufknöpfte, hinüber zum Kühlschrank. Er nahm eine Schale mit

Eiswürfeln aus dem Eisfach, ließ zwei davon in ein Longdrinkglas kullern und goss einen Schuss Gin darüber.

„Auf uns!", murmelte er und prostete dem *Beefeater* zu, der auf der Flasche abgebildet war. Mit einem kräftigen Schluck spülte er das Tennismatch, Howard Franklin und Gloria hinunter.

Dann prüfte er ohne große Erwartungen den Inhalt seines Kühlschranks. Er roch an einer Schale mit vorgekochter Tomatensauce, stellte sie neben den Herd und setzte einen Topf mit Wasser auf. Mit dem Drink in der Hand ging er hinüber zum Küchentisch, auf dem fein säuberlich die Post der letzten zwei Tage aufgestapelt war. Mrs. Sullivan, die Hausmeisterin, hatte sich während seiner Abwesenheit darum gekümmert.

Er hatte sich kaum hingesetzt, als das Telefon klingelte. Widerwillig raffte er sich auf, ging ins Wohnzimmer und nahm den Apparat von der Kommode. Es bellte ihm eine wohlvertraute Stimme entgegen.

„Hall, wo zum Teufel stecken Sie?"

„Wo brennt's denn, Wilson?", gab Hall zurück. Er setzte sich auf einen Stuhl, lehnte sich zurück und machte sich auf das Gewitter gefasst, das sein Agent bei der Nachrichtenagentur *Reuters* nun unweigerlich auf ihn loslassen würde.

„Wo es brennt? Lesen Sie denn auch mal eine Zeitungen, oder schreiben Sie nur?"

Hall wurde hellhörig. Worauf wollte Wilson hinaus? Er musste nicht lange auf eine Antwort warten.

„Nehmen sie zum Beispiel den *Guardian*, Seite 5!"

Hall wühlte in der Post nach der Zeitung und schlug die Seite auf. Als er die Schlagzeile las, stockte ihm der Atem.

„Hall, sind Sie noch dran?"

„Ich rufe zurück!“ Er ließ den Hörer auf die Gabel sinken und las die vernichtenden Zeilen, die ihn förmlich ansprangen:

Freispruch für Ronald McDougherty in Veruntreuungsaffäre

Ronald McDougherty, Anwärter auf einen Parlamentssitz im Unterhaus und Mitglied der Geschäftsleitung von "One World", der karitativen Organisation für Kinder in Not, wurde am High Court in erster Instanz von dem Vorwurf freigesprochen, systematisch Spendengelder veruntreut zu haben. Das Verfahren wurde eingestellt, nachdem die Verteidigung nachweisen konnte, dass Teile der belastenden Informationen widerrechtlich beschafft worden waren. Dem renommierten Journalisten Peter Hall, der die kompromittierende Geschichte aufgedeckt hatte, drohe nun ein Verfahren wegen Verbreitung rechtswidrig erlangter Informationen, so Malcolm Berry, der Anwalt des Angeklagten.

„Verdammt!“ Hall schlug mit der Faust auf den Tisch. Dann ließ er sich wieder auf den Stuhl sinken.

Es war ihm bewusst gewesen, dass er sich mit den Hinweisen seines Informanten in eine rechtliche Grauzone begab. Der Fehler war offensichtlich der, dass er dem zuständigen Staatsanwalt, einem integeren, jungen Mann, zugetraut hatte, das Gericht vom öffentlichen Interesse der Sache zu überzeugen und damit eine Güterabwägung im Sinne der Anklage zu erreichen. Damit hätte das Gericht selbst Beweismaterial, das widerrechtlich beschafft worden war, anerkannt. Dass die Sache nun auf ihn und nicht auf seinen Informanten zurückfiel, war die Konsequenz des Anonymitätsschutzes, den er seinem Informanten zugesichert hatte.

„Was für ein Tag“, seufzte Hall. Es drängte sich die Frage auf, ob die Nachrichtenagentur, welche die Exklusivrechte an der Story gekauft hatte, ihn rechtlich decken würde. Dass hieße, das Urteil anzufechten und auf *Erfüllung einer öffentlichen Aufgabe* zu plädieren - allerdings mit unabsehbarem Ausgang.

Mal sehen, was Wilson zu sagen hat - schlimmer kann es ja kaum kommen.

Bevor er zum Telefonhörer greifen konnte, klingelte der Apparat von Neuem. Er riss den Hörer von der Gabel und rief in die Muschel: „Was wollen Sie?"

Vom anderen Ende kam konsterniertes Schweigen. Und dann: „Peter?"

Hall benötigte einen Augenblick, um die Stimme zuordnen zu können.

„Ich bin's, Walter!"

„Entschuldige, Walter. Hör mal, ich..."

Walter Bishop ließ ihn nicht ausreden. Mit ernster Stimme sagte er: „Ich versuche schon den ganzen Tag, dich zu erreichen! Es geht um Ed Stewart. Sag mal, schickt ihr euch gegenseitig Ansichtskarten?"

„Was für Ansichtskarten?"

„Dachte ich's mir doch. Ich habe hier eine äußerst merkwürdige Postkarte von Ed. Sie ist für dich bestimmt, obwohl er sie hierher geschickt hat."

„Dann hat er wohl meine Adresse nicht aufgeschrieben."

„Entweder das, oder er will dir mit dieser Karte etwas Bestimmtes sagen."

„Wie meinst du das?"

„Nun, der Text ist, sagen wir, etwas eigenartig. Ich denke, es ist das Beste, wenn du dir das mal selber anschaust. Irgendetwas stimmt hier nicht!"

Hall stöhnte innerlich. Es wurde definitiv Zeit, dass dieser unglückselige Tag sich dem Ende neigte.

4.

Robert Kellings saß zu dieser Zeit in einem Pub in der Nähe seines Büros in London. Seine getrübte Stimmung war nach dem ersten Lagavulin, den er zum Entsetzen des Barmanns auf Eis trank, einem Gefühl stoischer Gleichgültigkeit gewichen. Lustlos trommelte er mit den Fingern zu *It's not unusual* und der Stimme von Tom Jones, die aus der Jukebox tönte. In seinem Kopf drehte sich alles um einen nicht eingetroffenen Telefonanruf. Er hatte lange genug zugewartet, bis zum heutigen Tag, der allerletzten, immer wieder hinausgeschobenen Frist.

„Dies ist nicht der Reader's Digest Club, aus dem Sie so mir nichts, dir nichts aussteigen können!", hatte er den Agenten bei dessen letztem Telefonanruf aus Paris gewarnt. *„Wegen Ihrem Telegramm aus Leningrad brütet in Langley ein ganzes Team von Analysten über der Frage, was sie der Agency vorenthalten. Ich weiß nicht, zu welchem Schluss man kommen wird, aber ich versichere Ihnen, die Konsequenzen werden unangenehm sein. Es liegt einfach nicht mehr in meiner Hand, verstehen Sie?"*

Es war mehr als eine leere Drohung gewesen, in der Hoffnung, Edward Stewart doch noch zum Einlenken bewegen zu können. Obschon er sich darauf eingelassen hatte, seinem Agenten Zeit für eigene Nachforschungen einzuräumen, arbeitete man jenseits des Atlantiks bereits auf Hochtouren an einem Plan B für den Fall, dass der Mann doch nicht aus freien Stücken mit den Informationen herausrücken sollte, die er offenbar in Russland entdeckt, zugespielt bekommen oder gekauft hatte. Zum jetzigen Zeitpunkt waren alle Stationsleiter in Europa informiert und angewiesen worden, ihn mit allen Mitteln aufzuspüren.

Dass sich Edward Stewart doch noch bei ihm melden würde, war umso unwahrscheinlicher geworden, je mehr Zeit verstrichen war. Und heute war klar: Den Mann konnte er abschreiben. Ausgerechnet Stewart, einen Mann, in den er nicht nur große Hoffnungen gesetzt hatte, sondern den er auch persönlich mochte.

Die fraglichen Informationen waren Kellings ziemlich egal. Er war im Netzwerk der CIA eine eher unbedeutende Nummer und hatte in seiner Rolle als Führungsoffizier selten länger mit einzelnen Fällen zu tun. Sein Job war die Betreuung von verdeckt arbeitenden Agenten und das Weiterreichen von Informationen - was die anderen in Langley damit machten, interessierte ihn kaum, zumal das Meiste sowieso in irgendwelchen Archiven versickerte. Außerdem hielt er wenig von der Idee, Journalisten für die Frontarbeit einzusetzen. Diese Leute waren Amateure und damit Sicherheitsrisiken. Edward Stewart war nur ein weiterer - trauriger - Beweis.

Kellings trank aus und verließ das Lokal. Er schlenderte zurück in sein Büro in der Norwich Street, das nur wenige Blocks entfernt war. Die meisten seiner Kollegen bei der *Associated Press*, wo er einen offiziellen Posten als Redakteur bekleidete, waren inzwischen längst nach Hause gegangen, und das Großraumbüro wirkte auf seltsame Art verwaist. Es war in diesen Stunden, in denen Kellings seiner ‚Nebentätigkeit' nachging.

Er knipste die Tischlampe an und rückte den Bürostuhl zurecht. Es kostete ihn einen Moment der Überwindung, den Hörer abzuheben und die Privatnummer des Stationsleiters in London zu wählen. Nervös tippelte er mit den Fingern auf der Tischplatte, bis sich am anderen Ende jemand meldete. Es war die rauchige, nasale Stimme eines Mannes im mittleren Alter.

„Kellings hier. Ich habe keine guten Neuigkeiten." Er spulte einen wohl überlegten Monolog ab. Als er fertig war, erschien ihm der Moment, während dessen er auf eine Reaktion wartete, quälend lang.

Dann endlich antwortete die andere Seite: „Sie sind ab sofort von der Sache entbunden. Unternehmen Sie nichts mehr."

„Es war nicht abschätzbar, dass..."

„Keine Sorge, Kellings. Ich bin überzeugt, dass Sie getan haben, was Sie konnten. Schicken Sie umgehend das Dossier dieses Stewart in die Botschaft."

Kellings versprach, dem Auftrag gleich am nächsten Morgen nachzukommen und hängte auf. Er schlüpfte in seine Jacke, knipste das Licht aus und verließ das Büro.

Er trat auf die schmale Straße vor dem Bürogebäude, blieb kurz stehen und blickte in den Himmel. Er legte einen Finger an seine Hutkrempe.

Mach's gut, armer Teufel, wo immer du bist.

5.

Peter Hall beeilte sich, seinen Wagen zu erreichen, ehe er vollends durchnässt wurde. Als er eine halbe Stunde später den Plymouth in einer Seitenstraße der Charing Cross Road parkte, goss es bereits wie aus Kübeln. Hall schlug seinen Jackenkragen hoch und stürzte in fast lebensgefährlicher Manier über die stark frequentierte Straße.

Der Häuserblock aus dem letzten Jahrhundert beherbergte zahlreiche Geschäfte. Eines davon hatte ein schmales, spärlich beleuchtetes Schaufenster, in dem durch einen Schleier von Regen die Umrisse von Büchern erkennbar waren. Über der Eingangstür hing ein Schild, auf dem in goldenen Buchstaben auf dunkelgrünem Grund geschrieben stand:

Willis & Bishop Science Books

Hall sprang mit einem Satz unter das winzige Vordach. Das Regenwasser spritzte nach allen Seiten, als er sich die Schultern abwischte.

Mit ihrem antiken Interieur hatte die Buchhandlung das schummerige Ambiente einer Alchemistenkammer. Erst bei genauem Hinsehen wurde deutlich, dass die Regale und Auslagen bis unter die Decke vollgestopft waren mit modernster wissenschaftlicher Literatur. In der Tiefe des schlauchartigen Ladens stand ein massiger, alter Holztisch mit einer Registrierkasse und einem Ständer mit Werbeprospekten. Von dort her vernahm Hall zwei Stimmen. Die eine, markig und nasal, ließ ihn schmunzeln.

„Es kommt darauf an. Ich würde Ihnen empfehlen, mit James Cook anzufangen. Er machte die britische Expansion nach Osten überhaupt erst möglich."

Er ging über den knarrenden Holzboden nach hinten. Dort stand ein dünner Mann von etwa fünfzig Jahren. In seinem abgetragenen Wolljackett und dem wilden Haarkranz, der seinen langen Schädel umfasste, sah Walter Bishop aus wie der Archetyp des Büchernarrs, der das Tageslicht nur selten zu sehen bekommt. Sein buschiger Oberlippenbart und ebenso buschige Augenbrauen betonten noch das kauzige Aussehen. Bishop legte ein dickes Buch auf den Verkaufstresen und ließ die Schublade der Registrierkasse aufspringen.

Eigentlich war Bishop gar kein Buchhändler, wie viele seiner Kunden dachten, die sich von ihm und seinem fast schon enzyklopädischen Wissen beraten ließen. Im Grunde genommen war der promovierte Historiker ganz einfach an seinem ehemaligen Studentenjob hängen geblieben. Dem Akademiebetrieb hatte er unmittelbar nach Erlangung der Doktorwürde den Rücken zugekehrt, frustriert und verärgert über den *rückständigen, undurchdringbaren Hochschulmief, an dem jeglicher Aufklärungsgedanke vorbeigegangen war*, wie er es auszudrücken pflegte. Obschon nie ein Hehl aus dieser Einstellung machte, wurde er von Fachkollegen immer mal wieder zu Gastvorträgen eingeladen.

Bereits zu Studentenzeiten hatte ihm die Anstellung in Arthur Willis' Buchhandlung ein Nebeneinkommen versichert. Seit sich sein ehemaliger Chef allmählich in den Ruhestand zurückgezogen hatte, führte Bishop den Laden mehr oder weniger im Alleingang. Einzig wenn er hin und wieder einer wissenschaftlichen Arbeit nachging und dafür tagelang in historischen Archiven verschwand, wurde er von Willis oder seiner Frau Julia im Laden vertreten.

Bishop schob die Geldscheine in die Kasse, verabschiedete sich von seinem Kunden und verfolgte über den Rand seiner Brille hinweg dessen Weg zur Tür. Erst als das Türglöckchen bimmelte, glätteten sich seine Stirnfalten, und er atmete hörbar auf.

„Na endlich, Peter! Ich weiß nicht, was ich von all dem halten soll..." Bishop rückte den Stuhl weg vom Tisch und zog eine Schublade auf. Er nahm eine Ansichtskarte heraus, die er Hall entgegenstreckte. „Hier, die ist gestern angekommen. Von Ed Stewart. Was sagst du dazu?"

Hall betrachtete die Karte mit zusammengekniffenen Augenbrauen. Sie zeigte in übersättigten Farben einen Fischerhafen mit Booten und aufgehängten Fangnetzen. Das Motiv hätte von irgendwo am Mittelmeer stammen können, wenn nicht unten rechts gestanden hätte:

Lijana – Willkommen in Kroatien

Hall sah sich die Rückseite an.

„Siehst du?", sagte Bishop. "Sie ist für dich bestimmt, aber geschickt hat er sie hierher."

Hall zuckte ratlos mit den Schultern. „Lieber Peter... ", begann er zu lesen.

Krina ist eine wahrhaft idyllische Insel und teilweise noch völlig unberührt – genau so muss sich „Robert the Bruce" einst gefühlt haben!
Meine Fotoreportage über die Meeresfauna kommt gut voran, und die neue Calypsophot macht sich hervorragend. Wie lange ich noch bleibe, ist also ungewiss.
Es grüßt Dich Ed

„Wirklich sehr eigenartig." Hall verzog die Mundwinkel.

„Was ist das für eine Reportage? Ich denke, er ist Politjournalist. Und recht erfolgreich dazu, soviel ich weiß."

„Nun ja, Reisereportagen und Naturfotografie sind so eine Art Hobby von ihm. Aber ich habe keinen blassen Schimmer, wieso er mir davon berichtet - noch dazu mit einer Ansichtskarte."

„Es geht offensichtlich um etwas anderes als um Fische und Korallen. Er will dir damit etwas sagen. Du kennst ihn doch sehr gut - was könnte er damit meinen?"

Hall nickt nur und zupfte nachdenklich an seinem Bart. „Was war das mit diesem *Robert the Bruce*?"

Bishop klopfte auf ein dickes Buch mit grünem Einband, das auf dem Tresen lag. „Robert der Erste, auch genannt *Robert the Bruce*, König von Schottland 1306 bis 1329, war ein schottischer Nationalheld, der seinerzeit im Unabhängigkeitskampf auf die Insel Rathlin fliehen musste", sprudelte er hervor. „Von dort aus hat er der Legende nach den schottischen Widerstandskampf gegen die Engländer geplant - müsstest du als Schotte eigentlich wissen."

„Halbschotte", entgegnete Hall trocken. „Wenn ich deine Vorlesung richtig verstanden habe, dann geht es im Kern darum, dass *Robert the Bruce* auf die Insel Rathlin geflüchtet ist."

Bishop nickte bedeutungsvoll. „Eben. Es ist metaphorisch gemeint, eine Allegorie."

„Ist es das, was Ed uns sagen will? Dass er sich auf der Flucht befindet? Flucht wovor?"

„Das weiß der Himmel." Die beiden schauten sich nachdenklich an. Nach einer Weile fügte Bishop an: „ Jedenfalls scheint Ed zu hoffen, dass dich dieser Text misstrauisch machen würde. Dass du Fragen stellen und die richtigen Schlüsse ziehen würdest."

"Wenn dies ein Hilferuf ist, wenn Ed da unten in der Klemme steckt..." Hall begann, auf dem knarzenden Boden hin- und herzulaufen. Auf einmal blieb er stehen und schnippte mit den Fingern. "Dann macht es auch Sinn, dass er die Karte hierher in die Buchhandlung geschickt hat. Er weiß, dass ich oft tagelang weg von zu Hause bin und es sicherer ist, wenn er sich bei dir meldet. Du könntest entweder wissen, wo ich bin, oder nach mir suchen!"

„Was schlägst du vor? Was sollen wir tun?"

Peter Hall war bereits dabei, seine Jacke zuzuknöpfen und sich nach der Ladentür umzudrehen. „Ich muss da hin, Walter. So schnell wie möglich!"

6. Kroatische Küste - Jugoslawien

In London hatte während der letzten Wochen ein angenehm mildes Sommerklima geherrscht. Als Peter Hall jetzt aus der Convair Coronado auf den Gangway hinaustrat, verschlug ihm die Hitze fast den Atem. Das Flimmern der heißen Luft über dem Asphalt ließ die Sicht derart verschwimmen, dass selbst der Schriftzug auf dem nur wenige hundert Meter entfernten Hauptgebäude des Flughafens nur mühsam zu lesen war: *Aeroport Dubrovnik.*

Hinter dem Rollfeld erhob sich der Kamm des dinarischen Gebirgszuges, dessen Felsen so rau und kahl waren, als wären sie gewaltige Findlinge aus dem alpinen Hochgebirge. Dagegen erinnerten der dürre Boden und die spärliche Flora eher an eine Steinwüstenlandschaft, wie Hall sie im Süden Kaliforniens schon gesehen hatte. Die seltsam anmutende Landschaft traf ihn unerwartet - nur die Macchia, die vereinzelten Pinien und Zypressen, und die Oleandersträuche gaben der Umgebung das typische mediterrane Bild.

Das Flugzeug war nur leicht verspätet in Dubrovnik gelandet. Hall hatte die Reisezeit von gut zwei Stunden genutzt, um sich Gedanken darüber zu machen, wie er vor Ort am besten vorgehen könnte. Viele Anhaltspunkte für einen Plan hatte er nicht. Der einzige Hinweis war lediglich der Name des Ortes, der auf der Ansichtskarte abgebildet war: Lijana. Dort würde seine Suche beginnen.

Die Passagiere wurden mit einem Bus vom Flughafen nach Dubrovnik gefahren. Während sich die Reisenden von den mächtigen Festungsmauern und Bastionen der mittelalterlichen Stadt in den Bann ziehen ließen, wurde Hall zunehmend nervöser. Die Ungewissheit um die Lage, in der Stewart sich befand, begann ihn umso mehr zu quälen, je näher er dessen letztem bekannten Aufenthaltsort kam.

Ed Stewart. Hall dachte zurück an jenen Herbst 1956, als sie sich zum ersten Mal im Nahen Osten getroffen hatten. Durch die Verstaatlichung des Suezkanals hatte der ägyptische Präsident Nasser einen Angriff der israelischen Armee provoziert. Israel erhielt dabei militärische Unterstützung von Frankreich und Großbritannien, den ehemaligen Kolonialmächten, die bis dahin den strategisch wichtigen Schifffahrtsweg kontrollierten. Die Suezkrise war ein Konflikt von großem öffentlichen Interesse und es war eines jener Ereignisse, bei dem sich nicht wenige Journalisten als Kriegsreporter zu profilieren hofften.

Stewart war in seinen Augen nichts weiter als ein Abenteurer gewesen, den wie viele andere lediglich die Aussicht auf Nervenkitzel und Ruhm an die Front im israelisch - ägyptischen Grenzgebiet getrieben hatte.

Winston Churchill, Ernest Hemingway, Robert Capa: Längst hatte die Branche ihre Helden, die das erhabene Gefühl, Zeuge von Geschichte zu sein, mit viel Pathos beschrieben und in Bildern gezeigt hatten. Bezeichnenderweise gehörte der *Daily Mirror* - Fotograf denn auch zu einer Gruppe von Reportern, die ihren Mut dadurch unter Beweis stellten, indem sie mit der ersten Welle von alliierten Fallschirmjägern über dem Suezkanal abgesprungen waren.

Dann aber änderte sich Stewarts Realität schlagartig. Er wurde Zeuge, wie die Fotografen Jean Roy und David Seymour von ägyptischem Maschinengewehrfeuer getötet wurden, als sie einen Gefangenenaustausch zu dokumentieren wollten. Stewart selbst blieb unverletzt, stand aber unter Schock, als er am Straßenrand von einem Geländewagen aufgelesen wurde. Am Steuer saß ein knapp zehn Jahre älterer Mann, der dafür sorgte, dass er eine Sanitätsstation aufsuchte, anstatt sich im Camp mit den Soldaten zu betrinken. Erst am nächsten Tag hatte Stewart realisiert, dass es sich bei dem Mann um *Peter Hall* handelte.

Auch heute noch, fast zehn Jahre später, musste Hall den Kopf schütteln, wenn er an die naive Ehrfurcht dachte, mit der ihm besonders die jüngeren Kollegen damals begegnet waren. Seit er im Koreakrieg bei einem seiner ersten Einsätze als Kriegsreporter zwei durch Granatsplitter verwundete Kollegen aus der Gefechtszone gerettet hatte, war sein Ruf als unerschrockener Held besiegelt. Dass es nichts als ein fataler Irrtum gewesen war, weshalb er sich plötzlich in Artilleriereichweite befand, wollte niemand wissen. Im Gegenteil, sein Name stand nun auch für den bescheidenen Gentleman, der es vorzog, seine großen Taten herunterzuspielen. Es war Ironie des Schicksals, dass Hall, der vom Beginn seiner Karriere an gegen eine verklärende, romantisierende Kriegsberichterstattung eingetreten war, nun selber zu einem ihrer Protagonisten geworden war. Hall meinte später, dass jeder Kriegsreporter irgendwann als Alkoholiker, Zyniker oder im Straßengraben enden würde. Doch letztlich war jene zweifelhafte Bewunderung, die an ihm haftete wie ein zäher Schatten, der Hauptgrund gewesen, weshalb er seit acht Jahren in keine Krisenregion mehr gereist war.

Die Sonne stand im Zenit und die voll belegte Fähre stampfte ihren Kurs durch das kristallklare Wasser der Adria. Hall stand am Heck, genoss den erfrischenden Wind und verlor seinen Blick in dem schäumenden Heckwasser, dessen Spur sich in den lauen Wellen am Horizont auflöste.

Nach einer Weile machte er sich auf zu einem Rundgang auf dem Oberdeck. Hie und da schnappte er Gesprächsfragmente auf, die erahnen ließen, dass es sich bei den Passagieren vornehmlich um englische und deutschsprachige Touristen handelte, die von Dubrovnik aus in Richtung der nördlichen Inseln reisten.

Ein zugiger Durchgang verband das Oberdeck mit dem Salon. Hall blieb vor einer Wand mit eingerahmten Landkarten und Bildern stehen, welche die kroatischen Inseln als Urlaubsziel bewarben. Die meisten waren von der Sonne völlig ausgebleicht und kaum leserlich. Dennoch entdeckte er auf einer der Karten die Insel Krina. Er betrachtete sie eingehend und versuchte, sich die wenigen Ortschaften und das Straßennetz einzuprägen. Er schätzte, dass er für die Fahrt vom Hafen nach Lijana etwa eine Stunde benötigen würde.

Direkt daneben hing ein Tourismusplakat mit Sehenswürdigkeiten, und tatsächlich war darunter eine

Luftaufnahme seines Reiseziels. Eine malerische Bucht, umgeben von satt bewachsenen Felsausläufern, die dem Ort auf natürliche Weise Schutz vor Unwettern boten. Auf einem der steil ins Meer abfallenden Felsen thronte eine stattliche Kirche, und im Hafen waren Yachten zu erkennen - Hall fühlte sich an das italienische Portofino erinnert, und er stellte sich vor, dass der gegenwärtige Lieblingsort des internationalen Jetsets vor hundert Jahren so ausgesehen haben mochte.

Am frühen Nachmittag lief das Schiff den Fährhafen auf der Ostseite der Insel an. An der Mole standen Männer mit sonnengegerbten Gesichtern und breiten Schnurrbärten, welche auf Pappschildern Bootstransfers zu Orten anboten, die auf dem Landweg schwer zugänglich waren. Bei der Straße stand ein einziger Bus, der mit ratterndem Motor auf die Passagiere wartete. Hall schulterte sein Gepäck und beeilte sich, um noch einen Sitzplatz zu erwischen. Ein Blick auf die mit Schlaglöchern gespickte Straße genügte um zu wissen, dass man diese Reise quer über die gesamte Insel nicht im Stehen hinter sich bringen wollte.

Der Reisebus kämpfte sich im Schritttempo bergauf. Erst als das Gelände ebener wurde, begann der Bus Fahrt aufzunehmen und durch die Kippfenster verdrängte der Fahrtwind die schweiß geschwängerte Luft aus der Kabine. Die Straße war gesäumt von unzähligen, mit hüfthohen Trockenmauern begrenzten Parzellen, und hie und da waren Ziegenherden und Rinder zu sehen. Ansonsten war das Land bedeckt von schroffem Kalkgestein und dichter Macchia, deren süßlicher Duft in intensiven Schwaden hineinströmte. Da es bis Lijana außer einigen Weilern, an denen der Fahrer auf Verlangen kurz anhielt, keine weiteren Ortschaften gab, erreichte Hall den Ort tatsächlich innerhalb der geschätzten Stunde.

Als er ausgestiegen war, ließ er sich von einem Mitreisenden eine ordentliche Unterkunft empfehlen, und kurz darauf stand er vor dem Eingang eines Hotels, einem unscheinbaren, dicht umgrünten Neubau.

Hinter der Theke saß eine mürrisch dreinblickende Dame, die ihn mit einem kaum merklichen Nicken begrüßte. Nachdem er sich nach einem Zimmer erkundigt hatte, schwang sich die füllige Erscheinung auf dem Drehstuhl kraftvoll um die eigene Achse und unterzog das Schlüsselbrett einem prüfenden Blick. Sie murmelte etwas, drehte sich wieder um und schob Hall ein aufgeschlagenes Heft entgegen. Während er sich ins Gästebuch eintrug, rief sie etwas über ihre Schulter hinweg, und es erschien im Nu eine zierliche junge Frau im Empfangsraum. Mit ihrem schüchternen Blick und dem blassen Teint verkörperte sie den puren Gegensatz zu ihrer Chefin.

Das Mädchen nahm den Schlüssel, den ihr die Frau hinter der Theke entgegenstreckte, bückte sich nach der Reisetasche zu Halls Füssen und ging wortlos auf die Treppe zu.

„Alenka wird Ihnen das Zimmer zeigen“, sagte die Empfangsdame ohne aufzusehen.

Hall wusste, dass die Matrone kaum seine erste Adresse sein würde, wenn es darum ging, nach Informationen über Stewart zu fragen. Trotzdem bedankte er sich und machte eine wohlmeinende Bemerkung über die hübsch drapierten Dahlienarrangements, mit denen das Foyer der Pension hergerichtet worden war. Er erntete in der Tat ein sparsames Lächeln, dann wandte sich die Empfangsdame einem jungen Paar zu, das die Pension betreten hatte. Hall folgte dem Zimmermädchen, das am Fuß der Treppe auf ihn wartete, in die obere Etage.

Er betrat ein Zimmer, das ihn mit seiner Größe und Ausstattung überraschte. Neben einem Doppelbett gab es eine komplette Sitzgruppe, einen Schreibtisch und Einbauschränke mit weißen Lamellen. Die Empfangsdame hatte ihm offensichtlich eine teure Suite aufgenötigt. Hall, der auf seinen Reisen oft genug mit dürftigen Unterkünften Vorlieb nehmen musste, sollte es recht sein.

Nachdem er sich umgeschaut hatte, nickte er dem Zimmermädchen zufrieden zu und kramte er aus seiner Hosentasche einige Dinar hervor. Die Gelegenheit schien ihm günstig, sein Glück gleich bei der jungen Frau zu versuchen. „Alenka, ich möchte gerne einen Freund besuchen. Sie wissen nicht zufälligerweise, wo der englische Fotograf Edward Stewart abgestiegen ist?"

Die junge Frau schaute ihn mit großen Augen an und wirkte dabei mit einem Mal noch zerbrechlicher. Es war offensichtlich, dass sie kein Englisch verstand.

Er griff in die Innentasche seines Jacketts und nahm ein Foto hervor. Darauf war Edward Stewart zu sehen, der dem Betrachter vor dem Hintergrund einer Bahnhofshalle entgegen lächelte.

Alenkas Gesicht hellte sich kurz auf, doch ihr Lächeln fiel in sich zusammen und sie blickte zu Boden.

„Was ist denn?" Hall zeigte mit dem Finger zuerst auf seine Brust und dann auf das Foto, während er in sanftem Ton erklärte: „Ich bin sein Freund. Er braucht meine Hilfe!"

Das Zimmermädchen bemerkte die aufrichtige Besorgnis in den Augen des Fremden und nickte verhalten. Sie schien ihn trotz der sprachlichen Barriere zu verstehen.

„Es ist sehr wichtig, Alenka. Wissen Sie, wo er ist?“ Er warf die die Hände in die Luft und hob die Augenbrauen, während er ihr die Frage stellte. Ihr Zögern verriet ihm, dass sie nachdachte. *Sie muss also etwas wissen*.

Sie ging zur Fensterfront hinüber und öffnete eines der Fenster. Dann drehte sie sich um und winkte Hall zu sich. Sie zeigte in Richtung Meer, wo auf einer Felsklippe ein Kirchturm aus den Baumkronen hervorragte. „Sveti Petar“, sagte sie. „Sveti Petar…i Pasike.“

Hall versuchte zu verstehen, was das Mädchen meinte. *Sveti*. Hatte er diesen Begriff nicht schon auf touristischen Karten und in Reiseführern gesehen, und zwar im Zusammenhang mit Sakralbauten? Er brauchte einen Moment, um sich zusammenreimen, dass die Kirche dem heiligen Petrus geweiht sein musste. Mit den Händen formte er die Umrisse eines Kirchturms in die Luft und wiederholte: „Sveti Petar?“

Das Mädchen nickte.

„Pasike?“, sagte er jetzt und machte dabei unbeholfene Gesten.

„Pasike!“ Sie öffnete ausladend ihre Arme, während sie sich drehte. „Stan…äh…“

„Eine Herberge? Hotel?“

„Da! Hotel!“ Alenka nickte aufgeregt, und ein schüchternes Lächeln huschte über ihr Gesicht.

„Verstehe. Er wohnt im Hotel Pasike bei der Kirche Sveti Petar!“

„Da!“

Hall lächelte ebenfalls. „Vielen Dank, Alenka.“ Er griff nochmals in seine Hosentasche und hielt ihr einen Geldschein entgegen. „Hier - für Sie!“

„Puno hvala!“ Sie nahm den Schein, steckte ihn in ihre Schürzentasche und eilte dann zur Tür.

Hall atmete auf. Trotz allem schien seine Reise unter einem guten Stern zu stehen. Er warf seine Reisetasche auf das Bett und suchte sich seine Toilettensachen und ein frisches Hemd heraus.

Eine Stunde später ging er einer pflastersteinbesetzten Gasse entlang, die sich zunächst durch das halbe Dorf schlängelte und dann so steil anstieg, dass am Horizont nur die Spitze des Kirchturms zu sehen war, der sich vor dem satten Blau des späten Nachmittags abzeichnete. Schließlich endete sie auf dem mit Kastanien gesäumten Kirchplatz, in deren Schatten alte Männer auf Bänken saßen und kleine Kinder auf dem Boden spielten. Einige Touristen schlenderten umher und machten Fotos von der imposanten Franziskanerkirche, einem Relikt aus der Zeit venezianischer Herrschaft, wie Hall in einer Informationsbroschüre gelesen hatte. Von hier oben bot sich eine grandiose Sicht über das Meer und über die Dächer des Dorfes hinweg. Hall aber hielt Ausschau nach dem Hotel, auf das ihn das Zimmermädchen aufmerksam gemacht hatte. Er schritt den ganzen Platz ab und ging dabei einmal um die Kirche herum. Es gab weit und breit kein Gebäude, das den Anschein eines Hotel machte.

Erst als er wieder bei seinem Ausgangspunkt angelangt war, fiel ihm das improvisiert wirkende Schild auf, das über der Holztür des letzten Hauses der Häuserreihe hing, die sich vom Dorfzentrum hinauf zur Kirche erstreckte. Darauf war mit roter Farbe der Name gepinselt, den ihm Alenka genannt hatte: *Pasike*. Neben einem Fenster mit verschlossenen Läden und einem Blumentopf auf dem Sims hing ein weiteres Holzschild mit der Aufschrift: *Zimmer zu vermieten*.

Hall trat aus dem Schatten der Kirche hinaus in die sengende Nachmittagssonne, ging hinüber und klopfte an. Da nichts geschah, drückte er den Türgriff hinunter. Die Haustür war verschlossen. Auf der Seite des Hauses sah er eine Steintreppe, die in das obere Stockwerk hinaufführte. Kurz entschlossen ging er nach oben. Eine heftige Brise überraschte ihn, als er die Stufen hochstieg. Hinter dem Haus tat sich glitzernd das Meer auf, und als er über die Brüstung blickte, sah er die schäumende Brandung, die tief unter ihm gegen den Felsen stürmte. Er fuhr sich durch das zerzauste Haar und nahm die letzten Stufen. Sie endeten vor einer schlichten Tür aus von der Sonne fast schwarz gebranntem Holz. Die Tür stand einen Spalt breit offen.

Er klopfte zweimal an die Tür und drückte sie sachte nach innen. Sein *Hallo?* blieb ihm im Hals stecken, denn er hatte die Tür kaum einen Fuß breit aufgestoßen, als sie gegen einen Gegenstand stieß, der mit einem lauten Scheppern zu Boden fiel. Hall schrak zurück und zögerte einen Moment. Dann steckte er vorsichtig den Kopf in den Raum. Einen Atemzug lang herrschte Totenstille - plötzlich aber brach in den hinteren Winkeln des Apartments ein lautes Poltern aus. Instinktiv drückte er die Tür mit der Schulter auf und stürmte Hals über Kopf hinein. Eine Glastür schepperte. Er jagte in die Richtung des Geräuschs und stolperte über das heillose Durcheinander, das überall verstreut auf dem Fussboden lag.

Mit wenigen Sätzen hatte er die Glastür erreicht. Er riss sie auf, sprang über die Schwelle hinaus auf die Loggia, blickte wild nach allen Richtungen. Er war allein. Fast spöttisch klimperten die Messingröhrchen eines Windspiels.

Hall stürzte zur Balkonmauer, beugte sich weit über die Brüstung und spähte nach unten. Kaum zwei Meter trennten die Hausmauer von der Felsklippe. Links von ihm rankte sich eine üppige Bougainvillea die Regenrinne empor. In diesem Augenblick sah er, wie sich ein Mann vom Stamm der Kletterpflanze hinunter auf die Erde fallen ließ. Geschickt federte er den Sprung mit den Beinen ab. Auf der Stelle drehte er sich um und riss den Kopf nach oben. Ihre Blicke trafen sich für den Bruchteil einer Sekunde. Dann jagte der Mann um die Ecke und verschwand.

Hall wirbelte herum und lief zurück in die Wohnung. Doch als er vor der Haustür stand, hielt er inne. Bestimmt hatte der Mann inzwischen in den verwinkelten Gassen untertauchen können. Und er selbst würde besser daran tun, sich vorerst bedeckt zu halten anstatt durch die Gassen zu rennen und einem Phantom nachzujagen.

Der Puls hämmerte in seinen Schläfen. Er schloss die Augen, atmete tief durch und versuchte, seine Gedanken zu ordnen. Was war hier soeben geschehen? Offensichtlich hatte er einen Einbrecher ertappt, *in flagranti*. Doch was hatte dies zu bedeuten? Und was um Himmels Willen war mit Ed Stewart geschehen?

Er schloss die Tür und ging zurück in den Wohnraum. Ratlos sah er sich um. Der Einbrecher hatte eine regelrechte Verwüstung hinterlassen. Schranktüren und Schubladen standen offen. Auf dem Boden lagen umgeworfene Stühle, Kleider, eine Landkarte, Bilder, unzähliges Papiermaterial. Instinktiv suchte er nach Dingen, die darauf hindeuteten, dass Edward Stewart tatsächlich hier gewohnt hatte. Er brauchte irgend einen rationalen Hinweis, auch wenn ihm sein Gefühl diese Frage bereits beantwortet hatte. Hall ging umher und verschaffte sich einen Überblick.

Das Apartment bestand im Grunde nur aus diesem einen Wohnraum. Es gab einen Schreibtisch, Schränke, Kommoden und ein Bett, auf dem nichts als die blanke Matratze lag. An den Wänden hingen Bilder voller Fischerromantik und Schwarzweißfotos aus vergangenen Zeiten. Eine offen stehende Tür gab Einblick in ein winziges Badezimmer mit Dusche und Toilette. Rechts vom Eingang gab es eine Kochnische, darüber ein Fenster, von wo aus das Seitenportal der Kirche zu sehen war. Auf einer der beiden Herdplatten stand ein Espressokocher. Unwillkürlich musste Hall an Stewarts Faible für Kaffee denken. Bilder zogen in seinem Kopf vorbei, als würde er in einem Fotoalbum blättern. Fröhliche Bilder, Szenen, in denen er mit seinem Kollegen in irgendeinem Hotel irgendwo auf der Welt beim Frühstück saß. Für Ed Stewart war die Qualität des Kaffees immer ein Thema gewesen, das dieselbe Beachtung verdient hatte wie die Ereignisse, derentwegen die Reporter für ihre Auftraggeber in der Welt herumreisten.

Der Anblick des Chaos in der Wohnung riss Hall abrupt aus seinen Gedanken. Selbst die Schränke der kleinen Einbauküche waren durchsucht worden; herumliegende Teller- und Glasscherben zeugten von dem rabiaten Vorgehen des Einbrechers. Auch auf dem Schreibtisch, der mit einem wunderbaren Ausblick auf das Meer neben der Balkontür stand, lagen Bücher, Dokumente und Fotos in wildem Durcheinander. Nichts schien unberührt.

Er nahm sich den Schreibtisch genauer vor. Darauf lagen biologische Bestimmungsbücher, Zeitschriften und Notizzettel, am Boden stand eine Fototasche. *Ed Stewart, der angehende Naturreporter.* Sein Magen krampfte sich zusammen. Es gab keinen Zweifel mehr, dass Stewart hier gewesen war, und dass sich sein Freund in größter Gefahr befand. Doch *warum*?

Hall vergegenwärtigte sich, was soeben geschehen war und versuchte sich an möglichst viele Details zu erinnern. Den Einbrecher hatte er nur für den Bruchteil einer Sekunde erhaschen können - dunkle Haare, schwarze Hose, ein braunes Hemd. Das war nicht viel. Und umgekehrt? Würde der andere ihn wiedererkennen können? Was, wenn der Mann nun plötzlich zurückkehrte? Das Gefühl von Unbehagen steigerte sich allmählich in Angst und Hall beschloss, dass es das Klügste war, diesen beklemmenden Ort fürs Erste zu verlassen. Er ging zur Tür und öffnete sie gerade weit genug, um durch den Spalt durchschlüpfen zu können. Dann huschte er die Treppe hinunter und trat hinaus auf den Kirchplatz. Er verlangsamte sein Tempo und ging davon, ein Tourist unter vielen.

Geistesabwesend stieg er die Gassen hinab, während er seine Situation analysierte und über seine Optionen nachdachte. Er fragte sich insbesondere, ob es eine gute Idee sei, sich bei der Polizei zu erkundigen. Doch wie sich bald zeigen sollte, war dies eine Entscheidung, die nicht ihm oblag.

7.

Es war früher Abend geworden, und in der Hotellobby tummelten sich Gäste, die entweder kamen oder gingen. Die Stimmung der Empfangsdame war ihrem Gesichtsausdruck nach zu urteilen nochmals um ein paar Grade gesunken. Als Hall eintrat, schaute sie nur kurz hinter der Theke auf und sagte, während sie mit dem Finger an ihm vorbei zeigte: „Sie haben Besuch."

Überrascht drehte er sich um. In einer Ecke, halb verdeckt von den Blättern einer Zimmerpalme, saß ein Mann in einem blumig gemusterten Fauteuil bei einer Tasse Kaffee. Der Sessel schien den kleinen Mann beinahe zu verschlucken, und seine träge Körperhaltung ließ vermuten, dass er schon eine ganze Weile im Entrée gewartet hatte. Als er umständlich aufstand, um Peter Hall die Hand zu reichen, nahm er seine getönte Brille ab und zum Vorschein kamen zwei verschlafen wirkende Knopfaugen, die jedoch sofort begannen, Hall lebhaft zu mustern. Der Mann stellte sich als Kommissar Milan Borak vor.

Hall ließ sich sein Befremden darüber, dass die Polizei von ihm wusste, nicht anmerken. Aus den Augenwinkeln warf er der Empfangsdame hinter der Theke einen schneidenden Blick zu. Die Frau tat demonstrativ beschäftigt, doch Hall war sich sicher, dass sie das Zimmermädchen Alenka ausgefragt und danach die Polizei verständigt hatte.

„Gehen wir ein Stück an der frischen Luft?" Die rhetorische Frage des Kommissars enthielt einen gebieterischen Unterton. Er hatte sich eine Zigarette in den Mundwinkel geschoben und hielt Hall mit einer übertrieben höflichen Geste bereits die Tür auf.

Die beiden Männer traten auf die Straße hinaus, und Kommissar Borak schlug den Weg in Richtung Hafen ein. Hall versuchte, den Kommissar einzuschätzen. Der untersetzte, behäbig wirkende Beamte hatte mit seinen quirligen Augen und den breiten, nach oben gezogenen Lippen etwas Spitzbübisches. Der buschige Schnurrbart und der hohe Haaransatz gaben dem Gesicht zusätzlich eine komische Note. Hall dachte, dass die gewinnende Ausstrahlung des Kommissars ihm bei seiner Arbeit bestimmt ein Vorteil, wenn nicht sogar ein ganz bewusst einsetzbares Werkzeug war.

„Wir sind hier ein kleines Nest, Mr. Hall", begann Borak. „Wundern Sie sich also nicht, dass ich über Ihre Anwesenheit im Bilde bin."

„Hat Sie der Hausdrachen angerufen?", fragte Hall ohne Umschweife.

„Das spielt keine Rolle", antwortete Borak gelassen. „Wissen Sie, ein gutes Informationsnetz ist in Zeiten wie diesen unerlässlich." Er ging weiter voran und nickte hie und da jemandem zu, als wolle er unter Beweis stellen, was er soeben gesagt hatte.

Sie schlenderten auf den Dorfplatz am Hafen zu, dem gesellschaftlichen Drehpunkt, wo um diese Zeit bereits ein buntes Treiben herrschte.

„Friedlich, nicht wahr?" Der Kommissar ließ seinen Blick theatralisch über den Platz schweifen. Hall sagte nichts und nickte nur.

„Nun, der Schein trügt. Auch hinter der idyllischen Fassade eines kleinen Fischerdorfes wie diesem wird unerbittlich um Macht und Einfluss gerungen." Der kauzige kleine Mann blieb vor Hall stehen, breitete die Arme aus und eiferte: „Infiltranten! Saboteure! Die Ustascha! Wir müssen unsere Augen offen halten und wachsam sein, verstehen Sie?" Seine Augen blitzten schelmisch auf, als er Hall von der Seite her anblickte. „Das gilt vor allem für euch Ausländer."

„Ich bin lediglich hier, um einen Freund zu suchen."

„Ich weiß." Borak wandte sich ab und sah ins offene Meer hinaus. „Ich habe schlechte Nachrichten für Sie."

Hall spürte, wie sich in seinem Hals ein Knoten bildete. Er wartete auf Boraks Erläuterung, aber der starrte weiterhin in die Weite. „Sagen Sie schon, Borak."

„Ein Tauchunfall. Ihr Freund ist tot, Mr. Hall...tut mir leid."

Hall schaute auf das glitzernde Meer hinaus. Die Leere, die ihn schlagartig befiel, ließ die Zeit gefrieren. Nach einer Weile fragte er den Kommissar: „Was ist passiert?"

Borak hob beschwichtigend die Hände. „Ein Unfall mit der Harpune. Ihr Freund war offenbar kein geübter Unterwasserjäger." Er schüttelte den Kopf und blickte zu Boden. „Bei Touristen passiert so etwas immer wieder."

Hall runzelte die Stirn. Er wusste, dass Stewart brevetierter Taucher war, aber seine Leidenschaft und Wertschätzung für die Natur schloss ganz einfach aus, dass er sich als als Unterwasserjäger betätigte. Er würde die Tiere mit seiner Fotokamera jagen, aber wohl kaum mit einer Harpune.

Seine skeptische Miene war dem Kommissar nicht entgangen. „Die Fischer haben ihn vor zwei Tagen hereingebracht. Der Pfeil der Harpune steckte mitten in seinem Bauch. Wahrscheinlich ist der Unfall beim Spannen der Gummizüge passiert."

Hall hatte sich in Gedanken bereits abgewendet, wie gelähmt von dem Schmerz, den das fröhliche Gesicht des Freundes vor seinem inneren Auge auslöste. Er schloss die Augen und versuchte, das Unfassbare und irgendwie doch Geahnte zu akzeptieren. „Er war so jung", sagte er leise. Seine Knie zitterten und er setzte sich auf eine

Mauer aus Stein. Borak besaß die Pietät, ihm etwas Zeit zu lassen und blieb ein wenig abseits stehen.

Der Kommissar hatte von Anfang an das Gefühl gehabt, dass mit dem jungen Fremden, der sich als Kenneth Roberts vom *National Geographic Magazine* ausgegeben hatte, etwas nicht stimmte. Doch sein Verdacht bestätigte sich erst, als er höchstpersönlich die Papiere des Toten in dessen Apartment gefunden hatte. Er hatte in der Zentrale in Belgrad nachgefragt, und dabei hatte sich herausgestellt, dass Stewarts Name auf einer internationalen Fahndungsliste war. Man wollte ihm zwar nicht sagen, weshalb und auf wessen Liste der Engländer stand, aber Borak war nicht derjenige, der sich darum riss, in eine Sache hineingezogen zu werden, die schon von Weitem nach Ärger roch. Man hatte ihn gebeten, die Augen offen zu halten und einen Rapport zu schreiben. Genau dies würde er gewissenhaft tun. Ein Unfallreport, eine runde, geschlossene Sache. Mehr brauchte auch dieser Peter Hall nicht zu wissen.

Von wegen Tauchunfall, dachte Hall. Der Einbrecher und die Verwüstung im Apartment waren eindeutige Indizien dafür, dass Ed Opfer eines Verbrechens geworden war. Der Gedanke an einen Mord, noch dazu unter solch spektakulären Umständen, ließ ihm das Blut in den Adern gefrieren. Und Borak wusste vielleicht mehr, als er im Moment zugab. Hall wog rasch seine Optionen ab. War es klug, den Kommissar über den Vorfall in Stewarts Herberge zu unterrichten? Vielleicht konnte er den Polizisten zu einer Reaktion provozieren. *Ich brauche jede Information, die ich kriegen kann.* Er betrachtete den merkwürdigen kleinen Mann. Ihre Blicke trafen sich. Dann entschloss er sich für die Offensive. „In sein Apartment ist eingebrochen worden. Es ist durchsucht und völlig auf den Kopf gestellt worden. Das reinste Chaos."

Boraks Augen verengten sich zu Schlitzen. „Woher wollen Sie das wissen? Es gibt Leute, die nicht viel auf Ordnung geben - vielleicht war Ihr Freund einer von der chaotischen Sorte."

„Ich habe den Mann *gesehen*, Kommissar!"

Borak kratzte sich am Kinn. „Ein Zufall - irgend ein kleiner Dieb, der von dem Unfall erfahren hat und die Situation ausnutzt. Was will man machen."

„Heißt das, Sie werden nichts unternehmen?" Halls Stimme schlug eindeutig einen schärferen Ton an und er trat von einem Fuß auf den anderen.

„Wie Sie wollen", sagte der Kommissar und packte Hall am Ärmel. „Kommen Sie!" Er machte rechtsum kehrt und ging über den Platz davon.

Als Peter Hall ihn eingeholt hatte, begann er über das Ereignis in Stewarts Apartment und den Einbrecher zu berichten.

Borak schritt mit nachdenklicher Miene weiter. Er schien jedes Wort Halls auf die Waagschale zu legen. „Der Mann, den Sie gesehen haben - wie sah er aus?"

Hall beschrieb den Eindringling, so gut es ihm möglich war.

„Na ja, das hilft uns nicht viel weiter", meinte Borak. Als die Gasse steiler wurde, geriet er ins Keuchen und verlangsamte sein Tempo.

Mittlerweile war die Sonne im Sinken begriffen, und in den Fenstern wurden die ersten Lichter angezündet. Die Kastanien warfen lange Schatten auf den Platz vor der Kirche und der Kirchturm war in ein sanftes, rotgoldenes Abendlicht getaucht. Die Herberge Pasike machte einen verlassenen Eindruck. Sie stiegen die Außentreppe hoch.

„Na dann." Borak fasste den Türknauf und drehte ihn sachte. Die Tür sprang mit einem Klacken auf. Hall folgte dem Kommissar hinein und schloss die Tür hinter sich.

Borak stand in der Mitte des Wohnraums und drehte sich mit ausgebreiteten Armen mehrmals im Kreis, bis er abrupt innehielt und Hall mit vorwurfsvoller Miene anstarrte. Dieser stand da wie versteinert. Fassungslos schaute er um sich.

Von der Unordnung, die er am Nachmittag angetroffen hatte, war keine Spur mehr zu sehen. Die Türen der Schränke und die Schubladen der Kommode waren geschlossen, und der Boden sah aus, als hätte ein Windstoß das ganze Durcheinander kurzerhand weggefegt. Auf Kommissar Boraks Gesicht lag ein gekünsteltes, abschätziges Lächeln.

„Ich sage Ihnen, heute Nachmittag..." Hall unterbrach seine Verteidigung, als ihm klar wurde, dass er es sich mit dem Kommissar verspielt hatte. Der Beamte musste ihn für einen Wichtigtuer oder Idioten halten. „Sie glauben mir kein Wort, Borak, nicht wahr?"

Der Kommissar machte bereits Anstalten, wegzugehen. „Ich glaube an Beweise, Mr. Hall. Und die sind in diesem Fall wohl eindeutig. Sie sehen ja selbst." Er winkte ab und ging zur Tür. „Belassen wir es dabei. Der Fall ist erledigt!"

Hall konnte kaum glauben, was er da hörte. Aber es hatte keinen Zweck, weiter zu insistieren. Der Polizist würde ihn nicht weiter bringen, zumal er, aus welchen Gründen auch immer, an der Aufdeckung der Wahrheit keinerlei Interesse zu haben schien. „Was geschieht mit dem Toten?", rief er ihm nach.

Borak drehte sich um. „Da seine Identität eindeutig festgestellt werden konnte, wurde er bereits kremiert. Seine Urne geht an die Angehörigen - wie wär's, wenn

Sie dies übernehmen würden? Die Formalitäten sind schnell erledigt, und Sie könnten morgen schon reisen."

Hall musste sich zusammenreißen und sich die spitze Bemerkung, die auf seiner Zunge lag, verkneifen. Stattdessen nickte er und gab ein resigniertes Schnauben von sich. „Dann erlauben Sie mir, dass ich mich um seine Sachen kümmere?"

Borak machte eine gleichgültige Geste. „Von mir aus. Treffen Sie mich morgen unten im Dorf bei Pucek, dem Bäcker. Ihm gehört der Laden hier." Der Kommissar war bereits halb zur Tür hinaus, als er sich noch einmal umdrehte. „Mein aufrichtiges Beileid."

8.

Es war eine Weile vergangen, seit Kommissar Borak die Herberge verlassen hatte. Hall hatte sich auf einen Stuhl gesetzt und grübelte über das Geschehene nach. Zweifellos hatte der Einbrecher etwas gesucht. Die Frage war nur, *was*, und vor allem auch, ob er fündig geworden war. Hall hatte den Mann während seiner Suche offensichtlich überrascht, doch allem Anschein nach war er zurückgekehrt und hatte sich die Zeit genommen, seine Spuren zu verwischen. Hall fand, dass dies eher darauf hindeutete, dass der Einbrecher sein Ziel erreicht hatte.

Nachdenklich hielt er seinen Kopf gesenkt. Hier an Stewarts letztem Aufenthaltsort schien die Suche ein Ende zu finden, noch ehe sie richtig begonnen hatte. Er prüfte seine Möglichkeiten. Von Borak und der Polizei war keine Hilfe zu erwarten. Was immer der Kommissar wirklich über den Vorfall dachte, die Akte war für ihn geschlossen. Versehen mit einem Code für die Kategorie

Unfalltod in den Keller gewandert. Spielte es überhaupt eine Rolle? Nichts, was er täte, würde seinem Freund das Leben zurückgeben. Sein Blick schweifte ratlos durch den Wohnraum. Er betrachtete das Abendlicht, das von der meerseitigen Fensterfront durch die Jalousien drang und ein schwaches Muster von Streifen auf die Wände warf. Er stand auf und ging zum Balkon.

Die Sonne stand tiefrot über dem Meer. Hall stand an der Brüstung und atmete die frische Meeresluft ein. Möwen ließen sich vom Aufwind tragen, und knorrige, von Wind und Wetter verformte Büsche duckten sich unter den Böen. Er warf den Kopf in den Nacken und massierte seine Schläfen. Wieder und wieder fragte er sich, was Stewart in diese fatale Lage gebracht haben könnte. In was mochte er nur hineingeraten sein? Sicher waren nur zwei Dinge: Es musste etwas von derartiger Brisanz sein, dass jemand selbst vor einem Mord nicht zurückschreckte. Und Stewart hatte um die Gefahr gewusst, in der er sich befand. Er hatte ihn, Peter Hall, um Hilfe gerufen. Er war gekommen, aber zu spät.

Hall fühlte sich elend, machtlos. Dann aber, als er sich auszumalen begann, wie der Mord sich abgespielt haben könnte, wich seine Ohnmacht dem Gefühl bitterer Wut. Hatte Stewart eine Chance gehabt? Hatte der Killer mit der Harpune sich wie eine Schlange angeschlichen, den richtigen Moment abgewartet und hinterrücks zugeschlagen? Wie ein Fieberschub stieg der Zorn in ihm hoch und seine Hand verkrampfte sich unwillentlich zu einer Faust. „Verdammter Hurensohn!", stieß er hervor. Er kämpfte gegen die grauenhaften Bilder an, die sich in seinem Kopf breit machten.

Inmitten von Stewarts Habseligkeiten fühlte er sich seinem Freund plötzlich ganz nah. Zum ersten Mal in seinem Leben verspürte Hall ein fremdartiges Gefühl von unheimlicher Intensität: den Wunsch nach Rache.

Hall holte sich in der Kochecke ein Glas Wasser. Er war jetzt hellwach und begann, jedes Detail in der Wohnung genauer zu betrachten. Es fiel ihm auf, dass kaum Lebensmittel da waren. Auf der Ablage befand sich ein halber Laib Brot in einer Papiertüte. Hall drückte darauf. Steinhart.

Er ging zurück in den Wohnraum und öffnete einen der Schränke. Er fand Teile einer Tauchausrüstung: Eine Pressluftflasche, Lungenautomat, Flossen, Maske und Kleinzeug. Daneben Bootsstiefel, ein Klappstuhl und ein Fotostativ. Das meiste sah aus wie neu gekauft, aber die Pressluftflasche war stark verkratzt - wahrscheinlich hatte Stewart sie irgendwo gemietet.

Daraufhin betrachtete Hall die Bücher im Regal. Das meiste waren Romane. Die verschiedenen Sprachen deuteten darauf hin, dass sie von früheren Feriengästen zurückgelassen wurden. In einer Abteilung fand er Sachbücher in Russisch. Er nahm einige heraus und blätterte darin. Die Bilder verrieten ihm, dass sie von Geografie, Nautik und Biologie handelten. Eines der Bücher war eindeutig als zoologisches Bestimmungsbuch zu erkennen. Sofort kam ihm der merkwürdige Text auf der Ansichtskarte in den Sinn, die ihm Stewart nach London geschickt hatte. Hall griff in die Innentasche seines Jacketts, nahm sie hervor und las noch einmal den unteren Abschnitt.

Meine Fotoreportage über die Meeresfauna kommt gut voran, und die neue Calypsophot macht sich hervorragend. Wie lange ich noch bleibe, ist also ungewiss.

Alles ganz unverfänglich und unspektakulär, dachte Hall. *Jedenfalls für jene, die dir auf den Fersen waren. Die ihre Au-*

gen und Ohren überall hatten, vielleicht auch auf dem Postamt. Und die nicht wussten, was die Postkarte wirklich bedeutete: Ein Hilferuf. Es war klar, dass auch dieser Teil des Textes eine verborgene Botschaft enthielt, und dass Stewart daran glaubte, dass er dies herausfinden würde. Nur, Hall war so ratlos wie zuvor.

Ich brauche einen Hinweis, irgendetwas.

Meine Fotoreportage über die Meeresfauna. Dies könnte ein Hinweis auf eines der Bücher sein; vielleicht war darin etwas versteckt, irgend eine Notiz? Vielleicht war es tatsächlich so einfach.

Er nahm eines der Bücher aus dem Regal, hielt es hoch und ließ den Daumen wie ein Daumenkino durch die Seiten rauschen. Da er nichts zwischen den Seiten fand, stellte er das Buch zurück und versuchte es mit dem nächsten. Nachdem er die ganze Reihe mit den Sachbüchern durchgesehen hatte, ohne irgendetwas zu finden, begann er, an seiner Idee zu zweifeln. Enttäuscht ließ er sich auf einen Stuhl sinken, doch schon Sekunden später sprang er auf. Stewart hatte noch noch einen anderen Gegenstand erwähnt:

...die neue Calypsophot macht sich hervorragend.

Natürlich...das ist es! Es brauchte nicht viel Fantasie um zu folgern, dass es sich dabei um eine Fotokamera handelte. Seine Gedanken rasten. Natürlich ließ sich in einem Kameragehäuse etwas Kleines verstecken. Er durchforschte mit hastigen Blicken den Raum, mit einem einzigen Ziel vor Augen: Stewarts Fotoausrüstung.

Er nahm sich den nächsten Schrank vor. Bis auf eine Jacke und einige unbenutzte Kleiderbügel war er leer. Unten waren noch zwei Schubladen. Er öffnete sie und wühlte darin herum. Schuhe, ein alter Pullover, Ölzeug. Daraufhin stand er auf und ging hinüber zur Kommode.

Er ging in die Hocke und öffnete das Doppeltürchen des Möbels.

Eine Welle der Erregung durchflutete seinen Körper. Er sah ein zusammengeklapptes Stativ, einige Filmdosen und zwei Fototaschen. Die größere von beiden war leer. Er nahm die zweite hinaus und zerrte den Reißverschluss auf. Die Tasche enthielt in ausgepolsterten Fächern ein Blitzgerät, Filmdosen und - die Calypsophot. Hall nahm die Kamera vorsichtig heraus, als wäre sie aus Glas, und betrachtete sie eingehend. Er brauchte eine Weile, bis er herausfand, dass man das Objektiv abschrauben musste, um das wasserdichte Gehäuse zu öffnen. Nun konnte er in das Innere der Kamera sehen. Er hielt den Atem an und sein Herz begann zu pochen - in der Kamera steckte tatsächlich ein mehrfach zusammengefaltetes Stück Papier, das sofort herausfiel, als er die Kamera etwas nach unten kippte. *Ed, du Teufelskerl!*

Hastig faltete er es auseinander. Als Erstes blickte er auf einen blauen Briefkopf in kyrillischer Schrift. Darunter standen - jetzt in lateinischen Buchstaben - Name und Adresse eines Hotels in Leningrad. Peter Hall sog den Text regelrecht in sich auf, der in sorgfältiger Handschrift geschrieben war.

Ich bitte Sie inständig, dieses Schreiben schnellstmöglich einer amerikanischen Botschaft zu übergeben!

Mein Name ist Rudolf Berger, Professor für Physik. Von 1943 bis Kriegsende 1945 war ich Stabsmitglied der Kammler-Gruppe, zunächst unter der Leitung von Professor Walther Gerlach in Pilsen, dann zusammen mit Werner Mannheim als Leiter des Geheimprojektes "Chronos" in Ludwikovice. Das Projekt war vielversprechend, konnte aber bis 1945 nicht mehr fertiggestellt werden. Nach einem Jahr in der sowjetischen Besatzungszone in Wien gelang mir die Flucht in den US-

Sektor, wo man mir umgehend anbot, nach Amerika zu reisen. Meine Evakuierung wurde jedoch fatalerweise von sowjetischen Agenten vereitelt. Allerdings gelang es mir, Aufzeichnungen über das Kernstück meiner Arbeit in der Bibliothek des Klosters San Martino in Südtirol zurückzulassen - suchen sie dort unter "Delisle". Werner Mannheim wird verstehen, wie zu verfahren ist.
Seit jener Zeit wird hier in Arsamas-16 auf Biegen und Brechen versucht, das Projekt zu Ende zu bringen. Es ist letztlich nur eine Frage der Zeit, bis der Durchbruch gelingt. Die Folgen sind unabsehbar, denn die Macht dessen, der diese Technologie beherrscht, ist total.

Ein kalter Schauer lief ihm den Rücken hinunter. *Denn die Macht dessen, der diese Technologie beherrscht, ist total.* Der letzte Satz des Professors setzte sich in seinem Hirn fest wie ein Brandmal. Sofort musste er an die Kubakrise denken. Keine drei Jahre war es her, seit die Welt am Rande eines Atomkriegs gestanden hatte, und der Machthunger der Supernationen war seither ungebrochen geblieben. Jetzt, da die USA vor wenigen Monaten in den Vietnamkrieg eingetreten waren, lasen sich die Worte des Professors wie ein Mahnmal. *Hiroshima. Nagasaki. Kuba. Overkill.* Vor seinem geistigen Auge tauchten Bilder auf, Atomwaffentests, gezeigt aus Propagandazwecken, infernalisch, surreal. Hall versuchte, die düsteren Gedanken abzuschütteln und stand auf. *Welche Ironie,* dachte er, als er den zerknitterten Zettel betrachtete, der aussah wie aus einem Mülleimer gefischt. Dann bemerkte er, dass auch auf der Rückseite etwas stand. Es war eine andere Handschrift. Als er fertig war, wusste er, dass der Zusatz von Ed Stewart stammen musste.

Erhalten in Leningrad, 8. April 1965 von Professor Viktor Tschernenko

Tschernenko wurde nach Übergabe entdeckt und vermutlich erschossen (habe Schüsse gehört!)
Scheiterte beim Versuch, in die Klosterbibliothek San Martino zu gelangen - zu wenig Zeit!

Rudolf Berger. Was für eine Geschichte, was für ein Schicksal! Es machte den Eindruck, als würde es sich bei Berger und Tschernenko um dieselbe Person handeln, zumindest schien dies Ed Stewart zu glauben. Begonnen hatte die Geschichte mit Berger, vor zwei Jahrzehnten, und sie hatte ihr vorläufiges Ende bei Ed Stewart gefunden, hier an diesem Ort. Beide hatten sie diese Botschaft in ihren Händen gehabt. Und beide hatten dafür mit dem Leben bezahlt. Hall spürte förmlich, wie sich die Gefahr, die von dieser Botschaft ausging, auf ihn übertrug wie ein magischer Fluch. Es gab kein Zurück mehr. Er war zum Erben eines Vermächtnisses geworden, das der Tod beglaubigt hatte.

Er wischte sich den Schweiß von der Stirn und öffnete einen Knopf seines Hemdes. Dies also war der Grund, weshalb sein Freund geflüchtet war, hierher auf diese Insel, weshalb er ihn zu Hilfe rief, als man ihm auf die Spur gekommen war. Was hatte Stewart wohl durchmachen müssen?

Hall wusste, dass es lediglich eine Frage von Stunden sein konnte, ehe sein Kopf im Fadenkreuz von Stewarts Verfolgern auftauchte. Sein Verstand schaltete um auf knallharte Berechnung, Sinne und Instinkt hellwach, eine Überlebensroutine, die er sich aus einer Zeit als Kriegsreporter bewahrt hatte. Wort für Wort ging er den Text noch einmal durch und achtete darauf, ob sich bei den Namen und Fakten irgendetwas assoziieren ließ, das ihn weiterbringen würde. Am Schluss war er zwar nicht schlauer als vorher, aber es war sonnenklar, an wen er sich wenden musste: Walter Bishop, der Historiker mit

Fachgebiet Geschichte der Neuzeit, würde ihm helfen können. Sein Freund hatte ihn in der Vergangenheit schon bei mancher Gelegenheit mit Recherchen unterstützt, und er verfügte außerdem zu Kontakten zu akademischen Kreisen jeglicher Couleur. Wenn es um schnell verfügbares, spezifisches Fachwissen ging, war sein Netzwerk pures Gold wert. Und genau darum ging es hier: So schnell wie möglich herauszufinden, was sich damals, am Ende des Krieges abgespielt haben mochte. Als Hall den Telefonapparat sah, der neben dem Bett auf dem Boden stand, stürzte er geradewegs darauf zu.

Er hob den Hörer ab und gab der Vermittlerin eine Nummer aus seinem Adressbüchlein an. Nach einer Weile wurde er verbunden und es meldete sich am anderen Ende sein Freund in London. In knappen Worten erzählte er ihm, was sich auf der Insel zugetragen hatte. Dann diktierte er Bishop den Inhalt der Botschaft.

Weder für Hall noch für Bishop war zu diesem Zeitpunkt absehbar, welche verhängnisvollen Folgen dieser Leichtsinn nach sich ziehen würde.

9. London

Zum zweiten Mal innert fünfzehn Minuten steckte Julia Bishop ihren Kopf in den Flur und bedachte ihren Mann mit einem Blick, der gereicht hätte, einen Wachhund einzuschüchtern. Walter Bishop stand am Telefon und versuchte sie mit Handzeichen zu beschwichtigen, während er ohne Unterbrechung weitersprach. Den Hörer hatte er sich unter das Kinn geklemmt, um mit der einen Hand einen Schreibblock an die Wand zu pressen, auf den er mit der anderen unaufhörlich Notizen kritzelte. Nach weiteren fünf Minuten hängte er auf und ging ins Esszimmer.

Als er sich zu seiner Frau an den Tisch setzte, war sein Essen kalt. Aber er hatte es fertig gebracht, innert kürzester Zeit die Eckdaten seiner bevorstehenden Reise so zu koordinieren, dass er schon übermorgen mit Peter Hall in Norditalien zusammenzutreffen konnte. Nun brauchte er es bloß noch Julia beizubringen.

„Für wie lange?", fragte sie und verschränkte die Arme vor ihrem üppigen Busen.

„Schwierig zu sagen. Höchstens zwei, drei Tage. Kommt darauf an, wie hilfsbereit die Archivare sind."

Julia senkte den Kopf gerade so, dass sie über den Brillenrand blicken konnte. „Ich wusste gar nicht, dass du Italienisch kannst. Oder sind das Archive, die das britische Staatsarchiv aus Platzgründen nach Italien ausgelagert hat?"

Bishop ließ die Gabel sinken und wischte sich mit der Serviette über den Mund. „Lateinisch ist praktisch dasselbe. Und außerdem ist ja gerade deshalb auch Hall zugegen. Seine Mutter war Italienerin, wie du weißt."

„Und sein Vater ein Abkömmling blutrünstiger Rebellen aus den schottischen Highlands", spottete Julia. „Peter Hall, das bedeutet Ärger. Da hilft ihm auch sein Charme nicht weiter."

„Du weißt, wie ich darüber denke. Es ist nun mal schlecht möglich, die skandalösen Machenschaften gewisser Politiker und Finanzoligarchen aufzudecken, ohne ihnen dabei auf den Schlips zu treten. Was ist eine demokratische Gesellschaft wert ohne eine Vierte Gewalt, die den Mächtigen im Staat auf die Finger schaut? Wir sollten also froh sein, dass es Reporter wie Peter gibt, die für eine freie, unabhängige Presse ihren Kopf hinhalten - schon bei Voltaire kann man nachlesen..."

„Papperlapapp. Und warum verkriechst dann ausgerechnet du in einem Bücherladen, anstatt *deine* Verantwortung zu übernehmen, beispielsweise an einem Lehrstuhl für Geschichte?

„Moment mal. Du weißt genau, dass ich mich nicht dafür hergebe, für irgendwelche Herrschaften den Lakai zu spielen, nur um an ihren Honigtopf zu kommen. Außerdem war ich schon immer gegen dieses elitäre System, das ist doch ständisches Denken, wie im Mittelalter!"

„Aber für Peter spielst du gerne den Wasserträger!"

„Das ist doch etwas völlig anderes. Außerdem vergisst du, dass *ich* es war, der zuerst von unserer Zusammenarbeit profitierte. Peter hat unsere erste Kollaboration immerhin den Job gekostet!"

Bishop lehnte sich gegen die Stuhllehne. Seine erste Begegnung mit Peter Hall lag zehn Jahre zurück, dennoch war sie ihm, vor allem ihrer Folgen wegen, in lebhafter Erinnerung geblieben.

Er war nicht der erste Historiker gewesen, der einen kritischen Artikel über die Rolle der Kriegsberichterstattung in der Geschichtsschreibung geschrieben hatte. Schon andere hatten etwa darauf hingewiesen, dass die traditionelle Kriegsberichterstattung nicht viel mehr war als Propaganda und ein Medium der Selbstdarstellung. Bishop belegte auf der Grundlage von Interviews mit Kriegsreportern, dass deren persönliche Motive letztlich zu völlig subjektiven und einseitigen Darstellungen von Ereignissen führen musste. Da es in England fast schon Tradition war, dass sich insbesondere Leute mit Verbindungen zu Politik und Militär als Kriegsreporter berufen fühlten, war der vielbeachtete Artikel nicht nur eine Kritik an den Medien gewesen, sondern auch eine Ohrfeige gegen das Establishment.

Einer der Journalisten, die Bishops These aus eigener Erfahrung stützten, war ein damals junger Peter Hall gewesen, der durch seine Arbeit an der Front früh zu Ansehen gekommen war. Die Folgen dieses Zusammentreffens hatten unterschiedlicher nicht sein können: Hall verlor als "Nestbeschmutzer" seinen Job, während Bishop für seine Arbeit von der Fachwelt Lob und Respekt erhielt.

Seine Frau Julia wusste das natürlich. Im Grunde hatte sie auch gar nichts gegen die Freundschaft der beiden einzuwenden. Aber sie war eine einfache Englischlehrerin, die an einem Gymnasium unterrichtete und mit Walter Bishop einen Wesensverwandten geheiratet hatte, den häuslichen und ruhigen Typ, dessen Welt die Bücher waren und dessen Haut viel zu dünn, um sich da draußen in verrückte Abenteuer zu stürzen. Offenbar war es ihre Aufgabe als Ehefrau, Walter gelegentlich daran zu erinnern, ohne seine Männlichkeit zu kränken.

Sie legte ihre Brille auf den Tisch und rieb sich bedächtig über die Augen. „Wie dem auch sei, ich bin dagegen. Und überhaupt, was geschieht unterdessen mit dem Laden?“

Bishop hielt den Kopf gesenkt und blickte sie von unten her an. Sein buschiger Schnurrbart verzog sich wie eine Handorgel.

„Das kannst du vergessen. Frag doch Willis!“

„Komm schon, Liebes. Es trifft genau auf deine schulfreien Tage. Außerdem ist das dem Alten nicht zuzumuten. Immerhin ist er auch schon Siebzig.“

Das mit dem Alter stimmte. Was aber seine Vitalität betraf, so konnte es Arthur Willis mit manch einem aufnehmen, der ein Dutzend Jahre jünger war. Der Grund, warum Bishop seinen früheren Vorgesetzten und späteren Partner bei *Willis & Bishop Science Books* nicht angefragt hatte, ihn im Laden zu vertreten, war der, dass er ihn bereits mit einer viel wichtigeren Aufgabe betraut hatte. Und die hatte mit Willis' Vergangenheit zu tun.

Willis hatte in den Kriegsjahren in der legendären Dechiffrierabteilung Station X in einen Posten als Rekrutierungsoffizier bekleidet. In dem alten Landsitz in Bletchley-Park hatte der britische Geheimdienst eine illustre Gesellschaft von Mathematikern, Sprachwissenschaftlern, Schachspielern und mehr oder weniger verrückten Genies versammelt, um die verschlüsselten Codes des deutschen Funkverkehrs zu entziffern. Dort hatte er sich mit Robert Samuels angefreundet, einem Physiker, der unmittelbar nach dem Krieg zu einem britischen Nachrichtendienst mit Namen *BIOS* gestoßen war. Das *British Intelligence Objectives Subcommittee* verfolgte die Aufgabe, im besiegten Deutschland Informationen über den Stand deutscher Technologien zusammenzutragen. Und genau von dieser Verbindung erhoffte sich Bishop, einige Antworten zu bekommen. "*Ich kann dir nichts versprechen*", hatte Willis am Telefon gesagt, "*aber wenn ich helfen kann, will ich es auf jeden Fall versuchen.*"

Wenig später schon hatte Willis ein Treffen mit Robert Samuels bestätigt. Beflügelt von diesem Zwischenerfolg begab sich Bishop im Geiste auf eine Zeitreise, zwei Jahrzehnte zurück, in eine Zeit, über der ein dunkler Mantel des Schweigens lag. Vielleicht würde dieser Robert Samuels tatsächlich etwas Licht ins Dunkel bringen können. Natürlich hoffte Bishop insgeheim auf Informationen, die irgendwelche Bürokraten damals als geheim klassifiziert und damit durch eine jahrzehntelange Sperrfrist vor der Öffentlichkeit verborgen hatten. Er selber würde am nächsten Morgen als Erstes die Bibliothek des Imperial War Museum aufsuchen.

10. Krina

Peter Hall schrak zusammen und ließ den Telefonhörer fallen. Wie aus dem Nichts hörte er hinter seinem Rücken eine Stimme. Sie klang ruhig und bestimmt.

„Bewegen Sie sich nicht. Ich habe eine Pistole auf ihren Kopf gerichtet." Der Beweis folgte mit dem hörbaren Entsichern der Waffe.

Adrenalin schoss durch seinen Körper. *Ruhig bleiben.*

„Drehen Sie sich ganz langsam um!"

Verwundert stellte er fest, dass die rauchige Stimme einer Frau gehörte. Er folgte ihrem Befehl und wollte dabei instinktiv die Arme heben, um seine leeren Hände zu zeigen. „Hören Sie, ich bin nur…"

„Halt! Ganz sachte!"

Er begann sich langsam aufzurichten. Fassungslos blickte er in zwei unter markanten Augenbrauen versteckte Augen, die ihn streng und eindringlich musterten. Es war ein Gesicht mit südländischem Teint, eingerahmt von schwarzen Locken, die ihr bis zum Kinn reichten. Die Frau trug eine dunkelgraue Hose, eine kurze Lederjacke mit Stehkragen und eine schwarze Baskenmütze.

Ihre Augen jagten hin und her, prüften innert Sekundenbruchteilen die Lage. Dann sah sie den Hörer, der neben dem Telefonapparat auf dem Boden lag. „Was…? Verdammt!" Sie stürzte wie ein Raubtier auf Hall zu, stieß ihn zur Seite und knallte den Hörer auf die Gabel. „Mist! Ich hätte früher hier sein sollen!"

Hall zupfte sein Jackett zurecht. Er spürte, wie ihm allmählich die Beherrschung zu entgleiten drohte. „Wären Sie so freundlich, mir zu erklären, was dies alles soll, und…", er deutete auf ihre Waffe während er seine Stimme erhob, „warum sie mit einer Pistole vor mir herumfuchteln?"

Sie ließ die Pistole hinter ihrem Rücken im Hosenbund verschwinden und setzte ein Lächeln auf. „Entschuldigen Sie, dass ich Sie erschreckt habe. Ich wusste nicht, wie Sie reagieren würden, Mr. Hall."

Er hob die Augenbrauen. Irgendwie schienen an diesem Ort alle einen Wissensvorsprung zu haben. „Sie wissen, wer ich bin?"

„Selbstverständlich. Es tut mir leid, im Moment kann ich Ihnen jetzt nicht alles erklären."

„Na hören Sie mal! Wissen Sie eigentlich, was Sie mir für einen Schrecken eingejagt haben?"

„Nicht jetzt." Sie machte eine beschwichtigende Geste. „Wir befinden uns im Moment auf heißem Pflaster, Sie und ich." Die rätselhafte Frau fixierte Hall mit ernstem Blick. „Sie müssen mir jetzt einfach vertrauen - ich bin auf Ihrer Seite! Mit wem haben Sie telefoniert?"

Hall konnte ein spöttisches Lachen nicht unterdrücken. „Das nenne ich dreist! Wer sind Sie überhaupt?"

„Rachel Gayle." Sie nannte ihren Namen beiläufig, während ihre Augen unruhig durch den Raum wanderten. „Die Telefonleitung ist unsicher. Was immer Sie gesagt haben; es ist gut möglich, dass Sie die Information nicht nur demjenigen mitgeteilt haben, für den sie bestimmt war."

Hall starrte sie an. „Was wollen Sie..." Noch ehe er seine Frage ausgesprochen hatte, dämmerte ihm, worauf sie hinaus wollte. Ein beklemmendes Gefühl stieg in ihm auf.

Rachel Gayle nickte in Richtung der Haustür. „Wir müssen wissen, woran wir sind. Los, kommen Sie!" Sie packte ihn am Ärmel und zog ihn mit sich zur Tür. Dann öffnete sie die Haustür einen Spalt breit, spähte ins Halbdunkel hinaus und ging dann hinaus auf die Treppe. Halls fragendem Blick entgegnete sie, indem sie mit dem Finger nach unten zeigte. „Im Keller", sagte sie. „Wir müssen außen rum!"

Hall folgte ihr die Treppe hinab auf die Pflastersteinstraße. Dort betraten sie das Erdgeschoss des Hauses über den Haupteingang. Sie standen in einem engen Flur, von dem aus eine Treppe nach oben führte. Gayle ging zielstrebig auf eine primitive Holztür unter der Treppe zu und drückte die Klinke herunter. Die Tür war unverschlossen. Sie tastete nach dem Lichtschalter, und sogleich fiel grelles, weißes Licht von einer nackten Glühbirne. Sie zeigte auf die Kabelstränge, die unterhalb der Decke entlang der Wand weiter nach unten verliefen. Die beiden folgten den Leitungen und stiegen die steinerne Treppe hinab. Unten weitete sich der Raum, und es waren einzelne, aus Dachlatten zusammengezimmerte Zellen zu sehen. Sie gingen weiter entlang den Kabelsträngen, bis sie vor einem kleinen Kasten aus Blech stehen blieben, der sich auf Kopfhöhe an der Wand befand. Ein Teil der Kabel mündete von unten in den Apparat.

„Der Verteilerkasten“, sagte Gayle und griff in ihre Umhängetasche, der sie ein kleines schwarzes Etui entnahm. Sie öffnete den Reißverschluss und nahm ein kleines Werkzeug heraus, mit dem sie sich am Schloss des Kastens zu schaffen machte. Nach wenigen Handgriffen war der Kasten offen. Sie stieß einen heiseren Fluch aus. Mit dem Werkzeug deutete sie auf eine Stelle mit Drähten, von denen einige durch ein Loch in der Rückwand des Kastens weggeführt wurden. „Sehen Sie? Mit diesen Kabeln ist die Leitung Ihres Freundes angezapft worden!“ Sie schlug den Deckel zu. „Jetzt sollten wir wirklich keine Zeit mehr verlieren!“

Sie schaute sich prüfend nach allen Seiten um. Dann sah sie das kleine Fenster am Ende des Kellerflurs. Durch den angesammelten Schmutz war es kaum als solches zu erkennen.

„Hören Sie zu, Peter. Wir müssen reden, aber nicht hier. Verschwinden Sie schnell und unauffällig zur Tür hinaus. Kommen Sie nicht wieder hierher zurück!“

„Und was ist mit Ihnen?“

Sie nickte in Richtung des Fensters. „Ich nehme diesen Weg. Es wäre nicht gut, wenn man uns zusammen sehen würde.“

Hall runzelte die Stirn. Rachel Gayle schuldete ihm mindestens noch eine Antwort. Entschlossen schaute er ihr in die Augen. „Erst will ich wissen, wer Sie sind und was hier gespielt wird!“

„Das ist Ihr gutes Recht“, sagte sie. „Aber hier im Ort ist es nicht sicher. Fahren Sie die Küste hinunter, Richtung Westen. Etwa eine Viertelstunde von hier gibt es auf der Strandseite ein Tanzlokal, den *Crown's Club*. Dort können wir uns unter die Touristen mischen und reden.“

Hall wusste, dass er nicht am langen Hebel saß. Es blieb ihm nichts, als es darauf ankommen zu lassen. Diese Frau, die ihn mit ihren dunklen Locken und dem schräg sitzenden Barrett an eine lateinamerikanische Guerillakämpferin erinnerte, würde sowieso keine Informationen preisgeben, die sie nicht preisgeben wollte. Soviel war inzwischen schon mal sicher. „Einverstanden", sagte er. Dann schaute er zu dem Fenster hoch, das sich fast zwei Meter über dem Boden befand. Rachel Gayle stemmte die Hände in die Hüften und warf ihm einen erwartungsvollen Blick zu.

„Die Räuberleiter - hab' schon verstanden", murmelte Hall und beugte sich vornüber. Er faltete seine Hände, und Rachel Gayle, eine Hand an seiner Schulter, stieg hoch. „So schwer sehen Sie gar nicht aus", presste er hervor.

Mit einem kräftigen Ruck riss sie das verdreckte Fenster auf. Der Sog wirbelte eine Staubwolke auf, die in Zeitlupe auf Hall hinunter nieselte. Angewidert verzog er das Gesicht.

„Upps!" Gayle konnte sich ein Grinsen nicht verkneifen. Dann zog sie sich am Fenstersims hoch. Mit athletischer Gewandtheit schwang sie ihr linkes Bein nach oben, und schon hockte sie oben auf dem Fenstersims.

Peter Hall wischte sich den Staub aus dem Gesicht und von den Schultern. „Alle Achtung!", sagte er.

Ihr Ton war wieder ernst geworden. „Dann also um zehn Uhr - verschwinden Sie jetzt, Peter!" Sie drehte sich um und war mit einem Satz nach draußen verschwunden.

Fünfzehn Minuten später war Peter Hall zurück im Hotel. Als er auf die Treppe zuging, wurde sein Name aufgerufen. Alenka, das Zimmermädchen, lief ihm entgegen und winkte mit einem Telegramm. Hall las es, während er nach oben ging. Es war ein Reiseplan für die nächsten Tage von Walter Bishop.

Zunächst stand ihm eine längere Schiffsreise bevor, von Split aus quer über das adriatische Meer nach Italien. Ein Schnellzug würde ihn dann von Ancona bis weit in den Norden Italiens ins Südtirol bringen. Dorthin, wo Professor Berger seinerzeit in einem Kloster seine Aufzeichnungen hinterlassen hatte. Die Reiseangaben auf dem Telegramm endeten mit: *Ankunft Trento: 19:48.*

11. Baltimore

Das Werftgelände im Hafen von Baltimore lag in nächtlicher Stille, als der Chevrolet mit ausgeschaltetem Licht langsam anrollte und schließlich am Straßenrand zum Stehen kam. Einen Moment lang geschah gar nichts. Dann ging mit einem verhaltenen Klacken die Fahrertür auf, und ein Mann stieg aus. Eine Windböe erfasste ihn, und er hielt seinen Hut fest, während er kurz nach links und rechts schaute und dann leicht geduckt über die Straße eilte. Sein Körper warf bizarre Schatten und spiegelte sich in ölig glänzenden Pfützen, und Miller war froh, als er den Windschatten des vor ihm liegenden Gebäudes erreicht hatte. Es war eine halb offene Werkhalle, die frontal und auf der einen Seite anstelle von Wänden verschiebbare Elemente aus grobem Maschendraht hatte. In der Halle standen Kisten, Kabelrollen und Boote unter Abdeckplanen. Im oberen Stockwerk, gut zehn Meter über Boden und unter einem Schrägdach aus Welleternit, gab es einige Fenster. Dort lagen die Büros der Reederei

Hanson Freight & Shipping Inc., und heute war das erste Mal, dass Miller sie als sicheren Ort für ein konspiratives Treffen benutzte.

Ein zweites Mal würde es an diesem Ort, zumindest für längere Zeit, nicht mehr geben. Miller war ein ausgekochter Profi, Sicherheitsvorkehrungen dieser Art waren für ihn längst Routine. Seine lange und steile Karriere bei der CIA hatte ihn zu einem mächtigen Mann innerhalb des US-Auslandsgeheimdiensts gemacht, nicht zuletzt deshalb, weil sich diese Institution hinter dem Rücken der Regierung über die Jahre hinweg zunehmend verselbstständigt hatte. Der CIA-Direktor der ersten Stunde, Allan W. Dulles, hatte den Geheimdienst zu einem *Staat im Staat* aufgebaut, und unter dem Deckmantel der kommunistischen Bedrohung immer mehr Macht angehäuft. Wohl hatte Präsident Kennedy, nachdem die verdeckten Operationen der CIA während der Kubakrise zu einem politischen Problem geworden waren, Dulles zum Teufel gejagt. Aber in der *Agency*, die nach dem Prinzip der Bruderschaft funktionierte, hatten längst andere auf weniger formellen Wegen ihren Einfluss geltend gemacht, allen voran der Chef der Spionageabwehr, James Angleton. Angleton, ein Sowjetkenner und knallharter Antikommunist, hatte sein Handwerk von der Pike auf gelernt und galt als Genie der Branche. Er war es, der Miller, mit dem er seit der Universitätszeit in Yale befreundet war, die Karriereleiter hingestellt hatte. Und heute war er hier, als Leiter der Abteilung Spezialoperationen ausgestattet mit umfassender Handlungsvollmacht, und bereit, seine bisher bedeutendste Operation anzutreten.

Er nahm einen Schlüssel aus der Manteltasche und öffnete das Tor im Maschendrahtzaun. Mit einem leisen Quietschen schwang es nach innen auf. Er steckte den

Schlüssel ein und ging hinein. Seine Schritte hallten auf dem Betonboden, während er zielstrebig über das Werkareal nach hinten ging, wo zwischen der Steuerungsanlage eines Lastkrans und einem Bootsanhänger die Tür eines Warenlifts auftauchte. Er nahm einen zweiten Schlüssel hervor und setzte mit einer halben Drehung den Warenlift in Betrieb. Durch ein Bullauge beobachtete er, wie der Aufzug langsam aus der Versenkung erschien und dann mit einem metallischen Geräusch zum Stehen kam. Miller ging hinein und drückte den Knopf nach oben. Er betrachtete die ramponierte Betonwand, die im Zeitlupentempo an ihm vorbeizog. In dem Moment, in dem dieser Aufzug still stand, würde er der Mann mit dem Namen *Father* sein.

Miller trat in den Flur hinaus und ging zu einer Tür, an der ein Plastikschild mit dem Logo der Reederei hing. Ein weiterer Schlüssel verschaffte ihm Zugang zu dem Büro. Er trat ein, drehte das Licht an und sah sich um.

Das Büro war ein weitläufiger Raum, dem der cremefarbene Teppich, eine wabenförmige Raumtrennwand und die Polstersitzgruppe im Design der fünfziger Jahre das Ambiente eines Wohnzimmers verlieh. An den Wänden hingen Landkarten und gerahmte Fotos von Schiffen, und über einem repräsentativen Schreibtisch aus Edelholz thronte ein Gemälde, das an Georges Braque erinnerte. *Gar nicht mal schlecht, Hanson,* dachte Miller, der das Büro des Reeders als Gegenleistung für eine frühere Gefälligkeit erhalten hatte.

Nach ungefähr zehn Minuten hörte er das gedämpfte Surren des Aufzugs. Gleich darauf klingelte es. Er ging zum Schreibtisch und drückte auf den Knopf der Gegensprechanlage. Eine tiefe, verzerrte Stimme antwortete ihm: „Kennwort *Maryland.*" Miller ging zur Tür.

Der Mann, den er hineinließ, hatte ein schwammiges Gesicht und bewegte sich träge. *So also sehen die Bosse des Verteidigungsministeriums aus,* dachte sich Miller und lächelte insgeheim. Irgendwie hatte er einen jener strammen Generäle erwartet, die mit visionärem Blick von der Titelseite des Time-Magazins schauten und die Leute von der guten Sache in Vietnam überzeugen wollten. Denn dieser unscheinbare Mann mit dem gütigen Blick war nichts weniger als der Chef und Verantwortliche für zahlreiche schwarze Programme des Pentagon, jene geheimen Forschungs- und Rüstungsprogramme, die offiziell nicht existierten. Seine Identität war ein Staatsgeheimnis. Miller würde ihn mit *Lloyd* ansprechen.

Keine fünf Minuten später erschien der Dritte im Bund. Der Mann mit dem Decknamen *Julius* war älter als Lloyd, vielleicht sechzig Jahre, und hatte kurzes graues Haar und ein schmales Gesicht. Er musterte Miller mit flinken, abtastenden Augenbewegungen, während sie den Raum durchquerten und zu einem Konferenztisch aus Glas gingen. Dort hatte es sich Lloyd bereits bequem gemacht, der sich nun erhob, um dem eben Eingetroffenen die Hand zu reichen.

„Nehmen Sie Platz, meine Herren", sagte Lloyd. Nachdem er sich selber hingesetzt hatte, blieben seine Augen mit fragendem Ausdruck auf Miller ruhen. Der räusperte sich und beugte sich vor.

„Wie ich Ihnen bereits mitgeteilt habe, hat sich der Verdacht erhärtet, dass der Agent, den wir verloren haben - Edward Stewart - in Leningrad an sensibles Material gelangt ist. Dies aus zwei Gründen: Es ist offensichtlich, dass die Zwischenfälle in Jugoslawien auf das Konto des KGB gehen. Wir sprechen von einem *Mord* an einem unserer Leute - das allein beweist, dass es sich dabei um etwas von staatstragender Bedeutung handeln muss.

Zweitens hat ein Telefonanruf, den dieser Peter Hall getätigt hat, ergeben, dass es dabei um ein Projekt geht, das im Zusammenhang mit dem Ort *Arsamas-16* steht. Wie Sie wahrscheinlich bereits vermuten, handelt es sich dabei um einen Tarnnamen für einen offiziell nicht existenten Ort tief im Herzen Russlands. Unsere Analysten meinen, es handle sich dabei um das geheime Kernforschungszentrum, in dem die Zar-Bombe entwickelt wurde, die größte je gebaute Wasserstoffbombe."

„Was für ein Telefonanruf?", fragte Lloyd.

„Der Mann hat Informationen weitergegeben, und zwar nach London, wie wir inzwischen wissen. *Was* er genau gesagt hat, wissen wir nicht, wir haben nur mitgekriegt, wie er von einem Projekt sprach und eben den Namen *Arsamas-16*."

„Das heißt, wir haben jetzt zwei Probleme", sagte Lloyd.

Miller nagte an seiner Unterlippe. „Wie meinen Sie das?"

Lloyd griff nach der Aktenmappe, die zu seinen Füssen stand, öffnete den Reißverschluss und nahm eine Zeitung heraus. Er ließ die alte Ausgabe des *Guardian* auf den Tisch klatschen und drehte sie zu den anderen hin. Unter einem Artikel war ein kleines Foto zu sehen - ein Porträt von Peter Hall. Lloyd klopfte mit dem Finger auf das Bild. „Es wäre nicht das erste Mal, dass Hall sich in heikle Angelegenheiten einmischt. Der Mann ist ein Enthüllungsjournalist - von dem können Sie doch keine Kooperation erwarten!" Die Zeitung wurde wortlos weitergereicht, während Lloyd sich weiter ereiferte. Nach einer Weile blieb sein Blick wieder auf dem CIA-Mann haften. „Wieso schicken Sie nicht jemanden los, der diesem Querkopf mal tüchtig einheizt und ihm beibringt, was Sache ist?"

Miller schaute betreten zur Seite. „Ich wollte Ihnen das nicht unbedingt auf die Nase binden, aber…“

„Raus damit, Father!“

„Nun, wir glauben, dass Hall ein Druckmittel gegen uns hat.“ Seine hellblauen Augen wanderten zwischen den beiden Männern hin und her, deren Reaktion einschätzend. Zögernd begann er von dem Ereignis zu erzählen, das inzwischen gut zehn Jahre zurücklag.

Monatelange Rückschläge und Berichte über grauenvolle Ereignisse an der Front hatten den Leiter des örtlichen CIA-Büros bereits zu Beginn des Koreakriegs an den Rand eines Nervenzusammenbruchs gebracht. Als dann Peter Hall in seiner Funktion als Kriegsreporter in Seoul eintraf, war er an ihn herangetreten, um ihm zu berichten, wie die CIA in unzähligen paramilitärischen Operationen Tausende Koreaner und Chinesen direkt in den Tod schickte. Die Guerillakämpfer waren schlecht ausgebildet, die Einsätze schlecht geplant, und vor allem war das Kommando die ganze Zeit über von nordkoreanischen Agenten infiltriert gewesen. Obschon die Indiskretionen des CIA-Offiziers damals die Schranken der Zensur nicht hatten durchdringen können, und der Mann geradewegs in den frühzeitigen Ruhestand geschickt worden war, blieb da doch dieses fragile Geheimnis, das jederzeit auffliegen konnte. Und es gab Zeitpunkte, die dafür denkbar ungeeignet waren.

Lloyd, der sowieso die Meinung vertrat, dass die CIA für paramilitärischen Aktionen weder vorgesehen noch fähig war, schüttelte nach dieser Bestätigung nur den Kopf, ein leises Zischen von sich gebend. Julius, der dritte Mann am Tisch, nahm die Geschichte ausdruckslos zur Kenntnis.

„Bestimmt verstehen Sie nun, warum wir erst mal die sanften Saiten anschlagen wollen“, fuhr Miller fort.

„Wenn der Mann will, kann er uns und dem Präsidenten gewaltig Ärger machen. Die Stimmung in der Bevölkerung ist wegen Vietnam gelinde gesagt etwas angespannt, wie Sie wissen."

„Dann will ich mal hoffen, dass Ihre Leute etwas mehr von Psychologie und Überzeugungsarbeit verstehen als von der Operationsplanung", meinte Lloyd abschätzig.

„Es gibt keinen Grund zur Beunruhigung", sagte Miller. „Wir haben eine unserer besten Agentinnen auf ihn angesetzt. Sie wird ihn vom Vorteil einer Kooperation überzeugen, oder gegebenenfalls halt andere Mittel einsetzen. Sie ist mit allen Methoden vertraut."

Jetzt meldete sich der grauhaarige Mann zu Wort. „Sie haben eine Frau hingeschickt?" Ungläubig fixierten seine graublauen Augen Miller, der ihm gegenüber saß.

„Mit Verlaub - Ihre Vorurteile sind absolut fehl am Platz. Captain Gayle wurde in der Abteilung D ausgebildet, hat reichlich Fronterfahrung, unter anderem Haiti, gesammelt und für diesen Fall hervorragend qualifiziert. Außerdem ist unser Mann geschieden und alleinstehend. Könnte sein, dass sich dies im Bedarfsfall zu unserem Vorteil nutzen lässt. Jedenfalls fahren wir erst mal eine defensive Taktik, mit der Brechstange erreichen wir bloß das Gegenteil."

Julius nickte kaum merklich und lehnte sich in seinem Stuhl zurück. „Dann können wir ja nur noch abwarten und hoffen."

„Ganz recht", ergriff Lloyd das Wort. Er schaute zu Miller und hob einen Finger. „Sie halten uns auf dem Laufenden - auf dem üblichen Weg. Und Sie, Julius, fahren mit ihren Vorbereitungen fort. Verlieren Sie keine Zeit. Bringen Sie die Anlagen auf Vordermann, egal was es kostet.

12. Krina

Mit einem Handtuch um die Hüften verließ Peter Hall das Badezimmer seiner Hotelsuite und ging hinüber zu den Einbauschränken. Er öffnete den ersten, betrachtete die spartanische Kleiderauswahl und wählte kurz entschlossen ein beiges Hemd zu dunklen Hosen.

Seine Gedanken kreisten um die mysteriöse Rachel Gayle. Ihr strenger Blick und ihre feste Stimme zeugten von Entschlossenheit und Durchsetzungskraft, und während ihrer Begegnung in Stewarts Apartment hatte sie die ganze Zeit über ein Verhalten von souveräner Selbstsicherheit gezeigt. Hall war sich sicher, dass die etwa dreißigjährige Frau ein militärisches Training gehabt hatte. Dazu sprach sie einen breiten, amerikanischen Dialekt, und dies in einem beinahe emotionslosen Ton, der ihrer gesamten Erscheinung eine Aura der Unnahbarkeit verlieh. Letztlich ließ ihr Auftreten nicht viele Möglichkeiten darüber offen, wer sie war. Hall vermutete die CIA. Dies verhieß nichts Gutes. Er musste sich eingestehen, dass ihn das bevorstehende Treffen, nicht nur wegen der unklaren Rolle, welche die Frau spielte, nervös machte.

Nachdem er sich fertig angezogen hatte, ging er zur Kommode, auf der ein paar Flaschen standen. Wahllos griff er eine heraus, schraubte den Deckel ab und roch daran. Eine hochprozentige Wolke stieg ihm in die Nase. Er verzog das Gesicht und stellte die Flasche wieder hin. Stattdessen nahm er eine Limonade aus dem Kühlschrank, setzte sich in einen Sessel und legte die Füße auf den Tisch der Sitzgruppe.

Durch das offene Fenster kündigte das Zirpen der Zikaden die werdende Nacht an. Bald schon würde er die Chance haben, mehr über das Schicksal Ed Stewarts in

Erfahrung zu bringen. Eine Chance, die es unbedingt zu nutzen galt.

Eine halbe Stunde später saß er auf dem Rücksitz eines Taxis. Der Fahrer roch nach einer Mischung aus Schweiß, Tabak und Alkohol und summte abwesend vor sich hin, während er den Wagen mit einer Hand steuerte und mit der anderen eine Zigarre aus dem Fenster hängen ließ. Hall redete sich zu, dass der Mann trotz allem fahrtüchtig war. Zum Glück war die Nacht sternenklar, denn Straßenlaternen gab es hier draußen keine mehr.

Die Lichtkegel der Scheinwerfer huschten über dichtes Gebüsch, während sich die Straße in engen Kurven die felsigen Hügel hinauf schraubte. Dann folgte eine mit Pinien bewaldete Ebene, die Straße verbreiterte sich und gab eine atemberaubende Sicht auf das Meer frei. Der Wagen folgte eine Weile entlang der Klippen, unter denen die Brandung im Licht des Mondes silbern schäumte. Dann führte die Straße in gleich bleibendem Gefälle wieder abwärts, bis sie wieder auf Meereshöhe anlangte. Auf der folgenden Geraden gab der Fahrer noch einmal ordentlich Gas. Fauchend zog der Fahrtwind durch die halb offenen Fenster und trug Düfte vom Meer, von Lavendel und Kiefernharz hinein. Nach wenigen Kilometern weiter westwärts auf der Küstenstraße hielt der Wagen am rechten Straßenrand. Hall bezahlte den Fahrer, stieg aus und überquerte die Straße.

Der Name *Crown's Club* prangte in rosa und hellblauer Leuchtschrift über dem Eingangstor, vor dem zwei effektvoll beleuchtete Palmen Spalier standen. Vor einer mannshohen Mauer waren Autos und Motorroller geparkt. Überall waren Leute, zumeist Paare oder kleine Gruppen, die sich gut gelaunt ins Nachtleben aufmachten.

Hall bahnte sich einen Weg durch die Menschentraube und betrat den Strandclub. Nachdem er sich etwas umgesehen und Rachel Gayle nirgends entdeckt hatte, ließ er sich von einem der Kellner einen Tisch in einer Ecke des Lokals geben. Er bestellte einen Negroni mit Soda und lehnte sich in seinem Korbsessel zurück.

Die Damen zeigten sonnengebräunte Haut in kurzen Kleidern, und die Männer trugen modische, seidenglänzende Hemden in allen Farben. Um eine Tanzbühne herum, zwischen Topfpalmen, Zitrusbäumen und bunten Oleandersträuchern, waren zahlreiche Sitznischen gruppiert. Die Band, fünf junge Männer in Hawaiihemden, spielte eine feurige Mixtur aus Jazz und südamerikanischen Rhythmen und schuf ein ausgelassenes Ambiente, das jeden zu ergreifen schien - außer Peter Hall, dessen Anspannung sich von Minute zu Minute steigerte.

Er ließ die Eiswürfel in seinem Glas kreisen und betrachtete die tanzenden Menschen, die sich im Rhythmus des Bossa Nova bewegten, den das Quintett zu spielen begonnen hatte. Plötzlich löste sich eine weibliche Gestalt aus der Menschenmenge heraus, die sich seinem Tisch zielstrebig näherte. Als sie in den Schein einer bunten Lichterkette trat, erkannte er Rachel Gayle. Hall war überrascht, hatte er doch noch immer das Bild der resoluten Freiheitskämpferin vor Augen.

Sie trug ein ärmelloses, schwarzes Kleid von schlichter Eleganz und dazu bordeauxfarbene Stiefel, die sie groß und gazellenhaft erscheinen ließen. Ihre schwarzen Locken hatte sie mit einem Haarband gezähmt, und eine silberne Halskette war der einzige Schmuck, den sie trug. Gegen die schrille Mode mit den falschen Wimpern und den aufwändigen Frisuren, welche viele der anderen weiblichen Gäste zur Schau stellten, mutete ihre natürliche Erscheinung fast schon puritanisch an. Sie begrüßte ihn mit einem verhaltenen Lächeln auf den Lippen.

Sie setzte sich ihm gegenüber in einen Korbsessel und schlug die Beine übereinander, so dass das Kleid knapp über ihre Knie rutschte. Hall tat unberührt. Angesichts der Vermutung, dass er einer CIA-Agentin mit ungewissen Absichten gegenüber saß, stand selbst dieser unscheinbare Moment im Verdacht, seiner Wirkung wegen inszeniert worden zu sein. Ein Kellner kam herbeigeeilt. Sie bestellte Whisky Sour.

Rachel Gayle nahm sich eine Zigarette aus einem silbernen Etui und sagte, während sie Hall dasselbe hinhielt: „Sie leben also gern gefährlich, Peter Hall."

Er lehnte mit einem Wink ab. „Wie kommen Sie denn darauf?"

Sie nahm Feuer und lächelte. „Ihr Ruf ist Ihnen vorausgeeilt. Seit dem Koreakrieg gelten sie als eine Art Legende unter Kriegsreportern. Entschuldigung - Sie mögen den Ausdruck nicht. Ich glaube, Sie bevorzugen *Krisenreporter*."

„Das ist mir einerlei", gab Hall lakonisch zurück. „Schnee von gestern, das steht bestimmt auch irgendwo in Ihrem Dossier."

Gayle hob kaum merklich eine ihrer kräftigen Augenbrauen. „Jedenfalls sind Sie auch in dem, was Sie heute tun, ziemlich erfolgreich. Und Sie scheinen eine gute Spürnase zu besitzen. Was Sie als investigativer Journalist so zutage fördern, bringt Ihnen nicht nur Freunde ein, kann ich mir vorstellen."

„Das mag stimmen. Bei Ihnen sieht das allerdings ganz ähnlich aus, wie ich bemerkt habe." Mit dem Zeigefinger betätigte er den Abzug einer imaginären Pistole. „Sie scheinen jedenfalls gut vorbereitet zu sein."

„Ist das nicht unsere Lebensversicherung? Gewappnet sein für alle Eventualitäten?"

„*Unsere* Lebensversicherung? Sie scheinen da etwas durcheinander zu bringen."

Sie lachte auf. „Kommen Sie, Peter. Wir sind vom gleichen Schlag, Sie und ich!"

„Täuschen Sie sich da mal nicht - auch wenn Sie offensichtlich mehr über mich wissen als ich über Sie."

Der Kellner kam zurück und stellte den Whisky auf den Tisch. Als er gegangen war, beugte sich Rachel vor und schaute Hall tief in die Augen. „Ich will Ihnen nichts vormachen. Ich arbeite für die amerikanische Regierung - aber das dürfte einen wie Sie kaum überraschen, nicht wahr?"

Er sagte nichts, sondern hob kurz die Schultern und griff nach seinem Glas.

„Was mit Edward Stewart geschehen ist, ist eine absolute Tragödie", fuhr sie fort. „Hinter dem Mord steht der KGB. Sie sind hier in der genau gleichen Gefahr und sollten sich uns anvertrauen. Was hat Ihnen Stewart erzählt?"

„Quid pro quo", erwiderte Hall. „Erzählen Sie mir erst mal, warum sich die CIA für Stewart interessiert!"

Sie überlegte kurz. „Nun, da seine Deckung jetzt überflüssig geworden ist..."

„Seine Deckung?" Er machte ein verstörtes Gesicht. Die Agentin hingegen schien sich über seine Reaktion zu wundern.

„Peter, Ihr Freund war einer unserer Informanten."

Hall schluckte leer. Ungläubig schüttelte er den Kopf und drehte sich zur Seite weg.

„Nun seien Sie nicht naiv, Peter - auch gute Freunde haben Geheimnisse." Sie schaute ihn lange an. „Wissen *Sie* als freier Journalist denn immer ganz genau, in welche Kanäle Ihre Informationen gelangen? Vermutlich arbeiten Sie die ganze Zeit schon für den MI6, ohne es zu wissen. Das gilt vor allem für die Agentur Reuters."

Hall tat sich schwer, seinen Ärger zu unterdrücken. Er wusste, dass sie im Prinzip recht hatte. Die viel gepriesene Unabhängigkeit der Medien war eine Angelegenheit mit Tücken. Schließlich gab es kaum eine Presseagentur, die nicht auf die eine oder andere Weise von staatlichen Subventionen abhängig war. Folglich waren die Regierungen im Gegenzug an gewissen Sonderleistungen interessiert wie nachrichtendienstlichen Informationen oder dem Recht, gewisse Informationen vor der Öffentlichkeit zurückzuhalten. Aber es gab einen Unterschied zwischen Vorsatz und dem Akzeptieren von unabänderlichen Umständen.

Gayle unterbrach seine Gedanken. „Möglicherweise hat Stewart Gewissensbisse gekriegt und mit Ihnen über seine Rolle beim CIA gesprochen?"

Alles in ihm sträubte sich gegen die Geschichte. Ausgerechnet die CIA? Auch Ed Stewart hatte gewusst, was das Fundament des Spionagegeschäfts war: Ein Gebräu aus Lügen und Verrat, Manipulation und Betrug. Bisher hatte er noch nie einen Grund gesehen, an Ed Stewarts Integrität zu zweifeln. Doch jetzt nannte Gayle, die ihm seine Zweifel anmerkte, das Stichwort. Es war, als hätte jemand in einem dunklen Keller eine Taschenlampe angemacht.

„Ich nehme doch an, Sie kennen seine Familiengeschichte?"

Er schwieg. Natürlich ging es um Stewarts Mutter. In den späten zwanziger Jahren war sie vor dem Terror Stalins aus Russland geflüchtet. Zeitlebens hatte sie unter dieser Entwurzelung gelitten, hatte um ihre Heimat gebangt, getragen von der Hoffnung, eines Tages ein neues

Russland zu erleben und ihre Verwandten wiederzusehen. Sie hatte Stalin um zwei Jahre überlebt, ohne dass sich ihre Hoffnung erfüllt hätte. Es stand außer Frage, dass diese Geschichte Ed Stewart ein starkes Motiv gab. Aber war er dadurch tatsächlich zu einem fanatischen Antikommunisten geworden? Sollte also das, was Gayle ihm hier erzählte, tatsächlich wahr sein? Hall kniff die Augen zusammen. Zunächst stand nur eines fest: Dass die CIA von Ed Stewart rücksichtslos profitiert hatte, und dass sie bei dessen Verschwinden eine Rolle gespielt haben musste. Er spürte, wie ihn eine Welle von Wut durchflutete. „Was ist das für eine Scheisse, die Ihr mit Ed durchgezogen habt?“, platzte er hervor. Es gelang ihm gerade noch, seine Lautstärke zu mäßigen.

Gayle hob wie zur Verteidigung die Hände. „Ich weiß nicht, unter welchen Umständen er rekrutiert wurde. Tatsache ist, dass er in Leningrad an irgendwelche Informationen herangekommen war und sofort seinen Führungsoffizier in London alarmierte. Tatsache ist weiter, dass Stewart nur einen Tag später vom Pariser Flughafen aus seinen Kontaktmann Robert Kellings, den Führungsoffizier, angerufen hat - er meinte, er bräuchte Zeit für gewisse Nachforschungen. Seit diesem Zeitpunkt herrschte Funkstille.“ Sie zündete sich eine neue Zigarette an und blies den Rauch geräuschvoll zur Seite.

„Und?“, fragte Hall. „Bestimmt hat man aus seinem Verhalten irgendwelche Schlüsse gezogen.“

„Es gibt zwei Hypothesen. Erstens: Stewart schnappt in Leningrad etwas auf. Er hält es für sehr wichtig und schickt ein verschlüsseltes Telegramm an Kellings in London. Dann aber wird er vom KGB aufgegriffen, wahrscheinlich noch in Leningrad, spätestens aber am Pariser Flughafen. Man zwingt ihn, besagtes Telefonat mit Kellings zu führen um Zeit zu gewinnen für irgendeine Form von Vertuschung."

„Hm". Hall nickte zurückhaltend. "Und zweitens?"

„Ganz einfach: Er hat die Seiten gewechselt."

Ein höhnisches Lachen platzte aus ihm heraus. „Wie war das nochmal mit seiner Familiengeschichte?"

Ihre dunklen Augen fixierten ihn hart. „In diesem Geschäft gibt es kein Vertrauen, Peter. Es ist ein Labyrinth aus Täuschung und Verrat, besonders in unserer Zeit. Wenn Sie wüssten, was ein einzelner fanatischer Ideologe ausrichten kann. Welche Ressourcen draufgehen wegen irgendwelchen Leuten, die ihre Loyalität an den Meistbietenden verkaufen!"

„Mein herzliches Beileid. Da sehen Sie mal, wie absurd es ist, Zehntausende in Vietnam sinnlos draufgehen zu lassen. Es ist ein Krieg der Ideologien, den können sie doch nicht mit Napalm gewinnen!"

„Sie weichen ab." Gayle hob den Zeigefinger. „Auch Sie werden zugeben, dass ihm seine Familiengeschichte ein perfektes Alibi verleiht. Niemand würde ihm zutrauen, mit den Kommunisten zu sympathisieren. Aber ich kann Ihnen versichern, dass wir unsere Lehren aus der Cambridge-Affäre gezogen haben!" Sie lehnte sich zurück und verschränkte die Arme.

Ziemliche Blamage, dachte Hall, der sich gut an die Geschichte erinnerte. Mitte der fünfziger Jahre war in England ein spektakulärer Spionagering aufgeflogen, dessen Mitglieder im britischen Geheimdienst in hohe Positionen aufgestiegen waren und dabei seit dem zweiten Weltkrieg für den KGB spionierten. Die fünf Agenten waren in ihrer Jugendzeit an der Universität in Cambridge angeworben worden, was zu der Legende mit dem Namen *Cambridge Five* geführt hatte.

„In meinen Ohren klingt das ziemlich paranoid. Aber das gehört bei Ihrem Job wohl zum Anforderungsprofil."

„Nun werden Sie mal nicht überheblich. Ich sagte, es sind lediglich Hypothesen. Unser Job ist es, jede Möglichkeit in Betracht zu ziehen. Das ist alles."

„In diesem Fall sollten Sie eine dritte Möglichkeit bedenken, und zwar die Naheliegendste: Ihr Verein würde doch keine Sekunde zögern, selber zu den rabiatesten und illegalsten Mitteln zu greifen, um das zu bekommen, was Stewart ihm offenbar vorenthält." Er lehnte sich zurück und kämpfte mit seiner Beherrschung. „Stattdessen bringt man solche Leute zum Schweigen, nicht wahr? Man lässt sie verschwinden - Hauptsache, es gibt keine kompromittierenden Spuren. Darin ist die CIA ja ziemlich gut, wie man weiß."

Sie schüttelte den Kopf. „Wir haben mit Stewarts Tod nichts zu tun, Peter. Das versichere ich Ihnen."

Hall setzte ein zynisches Lächeln auf. Jetzt war es Rachel Gayle, die gereizt die Stimme erhob.

„Jetzt machen Sie mal einen Punkt! Ihn aus dem Verkehr zu ziehen wäre absolut sinnlos gewesen - schließlich wollten wir etwas von ihm, verstehen Sie?"

Hall beugte sich vor, nahm einen Schluck und ließ sich wieder ins Kissen des Korbsessels zurückfallen. Gayle tat es ihm nach und ließ einen Augenblick verstreichen, ehe sie fortfuhr.

„Jedenfalls bringt uns das zu Ihnen, Peter. Wie war das? Quid pro quo?"

Er schaute müde auf. „Was wollen Sie wissen?"

„Wie hat er Sie kontaktiert?"

„Mittels Ansichtskarte."

Sie schaute ihn ungläubig an. „Sie haben nicht mit ihm gesprochen?"

„Zum letzten Mal in London. Ich habe, offen gesagt, keinen Schimmer, worum es geht."

Rachel Gayle zündete sich eine neue Zigarette an und betrachtete ihn misstrauisch. „Aber Sie waren in seiner Wohnung, und Sie haben telefoniert."

„Ja, und ich habe auch mit der Polizei gesprochen - aber das wissen Sie ja bestimmt von Borak persönlich!"

Sie blies eine Rauchwolke in die Luft. In ihren Augen lag ein verführerisches Funkeln. „Sie haben in der Wohnung etwas gefunden, nicht wahr?"

„Ja, einen Haufen Biologiebücher und seine Kleider", sagte Hall.

Sie lächelte. „Es wäre ja auch dumm von mir zu glauben, Sie würden es mir sagen."

Hall zog es vor, nicht zu antworten. Stattdessen leerte er das Glas mit einem kräftigen Schluck. Sie beobachtete jede seiner Bewegungen. Dann lehnte sie sich vor. In ihrer rauchigen Stimme, eben noch sanft, lag eine dunkle Entschlossenheit.

„Passen Sie auf, Peter Hall. Die Leute, die Stewart auf dem Gewissen haben, sind nicht zimperlich. Die wissen, wer Sie sind und was Sie tun. Warum geben Sie mir nicht einfach, was Sie haben und fliegen zurück nach London?" Nach einer Pause fügte sie an: „Ich glaube nicht, dass Sie auch nur die leiseste Ahnung davon haben, womit Sie es zu tun haben."

„Sag' ich doch." Hall hielt die Arme vor der Brust verschränkt. Nach einer wortlosen Minute meinte er: „Sie haben recht, Rachel. Ich kehre zurück nach London. Es gibt hier nichts mehr für mich zu tun."

Sie schaute wie abwesend auf den Tisch. Dann stand sie unvermittelt auf und sagte, während sie den Sessel zurechtrückte: „Wirklich zu dumm, dass Sie so stur sind, Peter." Sie schaute ihn lange an. „Passen Sie auf sich auf.

Es wäre schade um Sie." Sie machte ein paar Schritte, dann drehte sie sich noch einmal um. „Das meine ich wirklich."

Hall blickte ihr nach, bis sie wieder in der Menschenmenge verschwunden war. Er ließ den Kopf sinken und schloss einen Moment lang die Augen. Bleierne Müdigkeit breitete sich in seinen Gliedern aus. Nur sein Geist blieb ruhelos, gequält von zwei unaufhörlich wiederkehrenden Fragen: Wie war Ed Stewart an die Botschaft Professor Bergers gekommen? Und weshalb hatte er sich dessen dringliche Aufforderung, die Botschaft an die amerikanischen Autoritäten weiterzugeben, widersetzt?

13. Barcelona

Diese verdammten Penner, dachte Francesco Lardi, als er unweit der berühmten Flaniermeile *Las Ramblas* die Carrer de St. Rafael überquerte. Schon von weitem sah er den bärtigen, zerlumpten Alten vor dem Eingang des Wohnhauses hocken, in dessen drittem Stock sich sein Apartment befand. Natürlich war die Zweizimmerwohnung im Stadtteil El Raval nicht seine eigene Wohnung, sondern eine jener lausigen Unterkünfte, welche seine Auftraggeber in den strategisch wichtigsten Städten für temporäre Aufenthalte unterhielten. Die Wohnungen lagen vorzugsweise im Milieu oder in sonstigen armen Stadtteilen, auf jeden Fall dort, wo keiner Fragen stellte und fremde Gesichter, die kamen und wieder verschwanden, nicht weiter auffällig waren. Auch diese Absteige war nichts weiter als ein Loch, in das so gut wie gar kein Tageslicht gelangte, dafür aber Kakerlaken und übler Geruch aus den Abflussleitungen, vor allem bei

Regen. Das Viertel war die sprichwörtliche Kehrseite der Hafenstadt, in der an jeder Ecke prächtige Bauten an das schillernde Großbürgertum vergangener Tage erinnerten.

Der Bettler blickte ihn mit milchigen Augen an, die Hände ausgestreckt und zu einer Schale geformt. Lardi verzog das Gesicht zu einer angewiderten Grimasse. Wie er diese Armut verabscheute: Müll, Gestank und Ratten, und menschlicher Abschaum. Geradlinig ging er auf den Mann zu und zeigte mit dem Finger auf ihn. „Verpiss dich, Alter!"

Lardi wusste um die Wirkung, die sein selbstbewusstes Auftreten auf andere hatte. Er war nicht sonderlich groß, aber seine bullige Statur, der kräftige Nacken und die muskulösen Arme, die sich unter dem Hemd abzeichneten, machten ihn zu einer respekteinflößenden Erscheinung.

„Eine Gabe, Senor", murmelte der Alte heiser.

„Schwerhörig?" Lardi trat den metallenen Sammelbecher, den der Mann vor sich hatte, vom Gehsteig. Der Alte schrak hoch, rappelte sich mühsam vom Boden auf und humpelte dem Becher nach auf die Straße. Der Bettler bückte sich nach den einzelnen Münzen, die verstreut auf dem Asphalt lagen.

„Lass dich nicht mehr blicken, Ratte!", schrie ihm Lardi hinterher. Dann wischte er ein unsichtbares Staubkorn von seinem Revers, öffnete die Eingangstür und ging ins Haus.

Als er die Wohnung betrat, blies ihm ein abrupter Luftzug entgegen. Mit großen Schritten stapfte er hinüber zur Fensterfront, knallte das Fenster zu und zog mit einem Ruck die Vorhänge zusammen.

Zum Glück würde er, dank seinem neuen Auftrag, morgen hier rauskommen. Er würde nach Italien fliegen, und zwar fernab jeglicher verschmutzter, verstopfter und lärmender Großstädte. Seine Reisetasche lag bereits fertig gepackt auf der fleckigen Stoffcouch. Sie enthielt zweckmäßige Kleidung für diverse Gelegenheiten, Toilettensachen, ein Fernglas und zwei Umschläge mit Bargeld in französischer und italienischer Währung. Fehlten noch die Dokumente. Er ging zur Kommode, nahm einen Stapel Reisepässe aus der obersten Schublade und legte sie vor sich hin wie ein Croupier die Spielkarten. Er griff einen österreichischen Reisepass heraus, schlug ihn auf und betrachtete sein Ebenbild. Daneben stand der Name, den er auf dieser Mission tragen würde: Manfred Seidel.

Daraufhin öffnete er eine zweite Schublade, schob einige Wäschestücke beiseite und nahm einen schwarzen Kasten heraus. Darin lag, in einer passgenauen Samtaussparung, eine Makarow 9mm. Er nahm die Pistole in die Hand, fühlte ihr Gewicht und führte sie ganz nahe vor sein Gesicht. Dann blickte er auf und sah in den Spiegel. Er zielte auf einen durchschnittlich aussehenden Mann Ende dreißig mit falscher Brille und unauffälliger Kleidung.

Lardi spielte etwas mit seiner Körperhaltung und seiner Mimik. *Wie ein russischer Killer siehst du trotzdem nicht aus,* dachte er und lächelte in sich hinein. Dann legte er die Pistole zurück in ihren Kasten.

TEIL II

14. Italien

Nach der Hektik der letzten Tage war Hall die lange Reise nicht unangenehm. Er war heute in aller Frühe aufgestanden, um die erste Fähre von Split nach Ancona zu nehmen, und nun hatte er es sich in seinem Schlafwagenabteil gemütlich gemacht, in einer nicht enden wollenden Zugskomposition, die von Lecce im tiefsten Süden Italiens bis hoch in den Norden nach Bozen unterwegs war. Zeit, um ein wenig auszuspannen, und Zeit, die eigenen Gedanken zu ordnen. Die Sitzpolster waren breit und weich, so dass Hall gar nicht erst das Bett herunterklappte, das über der Sitzbank installiert war.

Er legte die Füße hoch und verlor sich in dem monotonen Rollgeräusch des Zuges und der vorbeiziehenden Landschaft. Die Strecke entlang der Adria und des Apennins lag bereits hinter ihm, und nun legte der Zug weitere Kilometer durch das grüne Landesinnere Venetiens zurück. Bereits waren in der Ferne die Alpengipfel auszumachen, und in Hall wurden unweigerlich Erinnerungen wach an seine Bergtouren in den Walliser und Berner Alpen, auf die ihn seinerzeit sein älterer Bruder mitgenommen hatte. Hall war damals keine zwanzig Jahre alt gewesen, und jetzt, so viele Jahre später, war ihm, als blickte er auf die schönste Zeit seines Lebens zurück. Seine sentimentalen Gedanken führten ihn auf eine Reise in die Vergangenheit. All die gemeinsamen Erlebnisse. Die Herausforderungen am Berg. Die Kameradschaft und das gegenseitige Vertrauen in der Seilschaft. Dann, als der Krieg England erreicht hatte, war alles auf einen Schlag vorbei gewesen.

Die achte britische Armee war im Sommer 1943 auf Sizilien gelandet und hatte die Insel zusammen mit den Amerikanern innert kurzer Zeit erobert. Mussolinis Allianz mit Hitler stand hier im Süden auf wackligen Füssen, und immer mehr Italiener schlossen sich der *Resistenza* an, nicht zuletzt weil den Westalliierten seit kurzem eine neue, unorthodoxe Waffe zur Verfügung stand: Eine eigene Abteilung der verbündeten Streitkräfte für psychologische Kriegsführung. David Hall, dessen Mutter Italienerin war und der die Sprache beherrschte, arbeitete bei den Einheiten, die in den neu besetzten Gebieten über Lautsprecher und mit Flugblättern der Bevölkerung klar zu machen versuchten, dass die Italiener von den Nazis lediglich gegängelt und ins Verderben gestürzt wurden. Eines Tages war David von seinem Einsatz nicht zurückgekehrt. Ein Offizier gab zu Protokoll, er wäre zu den Truppen Mussolinis übergelaufen und würde dort Gegenpropaganda betreiben. Obwohl mehrere Kameraden diese Behauptung für absurd hielten, endete die Lebensspur des Vermissten so mit dem Stigma des Verräters.

Jahre später hatte Peter Hall erfolglos versucht, der Wahrheit näherzukommen. Ehemalige Kameraden seines Bruders wussten zu wenig, um die Geschehnisse jenes Tages rekonstruieren zu können, und der Offizier, der die Denunziation in die Welt gesetzt hatte, war inzwischen verstorben. Nach Meinung seiner geschiedenen Frau Susan war Hall nie über diesen Schicksalsschlag hinweg gekommen. Sie sah im Gegenteil in diesem Trauma den Grundstein für Halls getriebene Suche nach Wahrheit und Gerechtigkeit.

Hall machte sich auf der Sitzbank lang und fiel bald darauf in einen Schlummerzustand. Die Gedanken und Bilder in seinem Kopf begannen sich in absurden Kombinationen miteinander zu vermischen, und wenig später war er eingeschlafen.

Er erwachte, als der Zug stillstand. Sein Schlaf war unruhig gewesen, und er fühlte sich matt und abgeschlagen. Mit einem leisen Stöhnen fasste er sich an die Stirn und setzte sich aufrecht hin. Vor seinem Fenster war ein Teil eines Bahnhofsschilds zu erkennen. Er lehnte sich zur Scheibe vor und las: Verona. *Immerhin,* dachte er. *Allzu lange wird es nicht mehr dauern.* Eine schmale Tür führte in das Toilettenabteil. *Kaffee,* sagte er zu sich selbst, als er sein zerknautschtes Ebenbild im Spiegel betrachtete.

Wenig später betrat Hall den Speisewagen. Er nahm sich eine der Zeitschriften aus dem Wandständer und setzte sich an einen Fensterplatz gleich neben dem Eingang. Er würde noch einen kleinen Imbiss zu sich nehmen und mit der Lektüre sein Italienisch etwas auffrischen.

Francesco Lardi hätte es vorgezogen, anstatt im Speisewagen alleine und ungestört in seinem Abteil zu reisen. Der Speisewagen war bis auf wenige Plätze voll belegt, obwohl die Mittagszeit bereits Stunden zurück lag. Jetzt hatte sich ihm gegenüber ein junges Paar hingesetzt. Er grüßte die zwei mit einem knappen Nicken und vertieft sich wieder in seine Zeitungslektüre.

Das Geduldsspiel wurde immer mehr zur Tortur. Vor ihm stand bereits die dritte Tasse Kaffee, und gespiesen hatte er längst. Doch der Platz, den er in Beschlag genommen hatte, bot ihm einen hervorragenden Überblick über das Kommen und Gehen im Speisewagen. Er hoffte, dass nun endlich bald jener Mann auftauchen würde, der ihm am Bahnhof in Bologna, wo er von Rom her kommend zugestiegen war, beschrieben worden war. Bisher aber passte das Foto, das er bei sich trug, zu keinem, der den Speisewagen betreten hatten.

Ein weiteres Mal schielte Lardi über den Rand der Zeitung hinweg und verschaffte sich eine Momentaufnahme. Das junge Paar erhielt gerade seine Bestellung, als die Tür am Waggonende abermals geöffnet wurde. Eine adrette Dame war im Begriff, den Speisewagen zu verlassen. Gleichzeitig kam ihr ein Mann entgegen, der umgehend stehen blieb, einen Schritt zur Seite machte und ihr den Weg freigab. Lardis Anspannung stieg. Dies könnte er sein. Etwa eins achtzig groß, robuster Typ, dunkle Haare mit grauen Strähnen, kurz gestutzter Vollbart. Unbemerkt von seinen Tischnachbarn nahm er das Foto aus der Außentasche seines Jacketts und hielt es knapp unter dem Tischrand. Ehe der Mann sich mit dem Rücken zu Lardi an einen freien Platz neben dem Eingang gesetzt hatte, war sich dieser sicher: Er hatte Peter Hall identifiziert.

Lardi wartete noch eine Weile ab, dann beglich er seine Rechnung und verließ unauffällig den Speisewagen. Im ersten Schlafwagen blieb er bei einem offenen Kippfenster stehen und zündete sich eine Zigarette an. Er setzte seine Sonnenbrille auf und schaute hinaus in die vorbeiziehende Landschaft. Verona lag bereits hinter ihnen, und die späte Nachmittagssonne warf ein goldgelbes Licht auf die Felder. Lardi wartete eine weitere halbe Stunde. Dann endlich kam Peter Hall den Gang entlang, zwei Personen folgend, die ebenfalls den Speisewagen verließen. Lardi machte sich schmal, als die Gruppe ihn passierte, und schaute wie beiläufig aus dem Fenster. Als ihm der Abstand günstig erschien, machte er sich daran, der Gruppe zu folgen. Die beiden vorderen Passagiere, ein Paar, betraten kurz darauf ihr Abteil. Lardi folgte seiner Zielperson zwei Schlafwagen weiter, bis Hall in der Wagenmitte plötzlich stehen blieb und die Tür zu seinem Abteil öffnete. Lardi ging unauffällig daran vorbei, als die Tür ins Schloss fiel, und merkte sich dabei die Nummer des Abteils. *Nummer 26. Bestens.* Mehr brauchte er vorläufig nicht zu wissen.

15.

In Trento wurde Peter Hall von einem heftigen Wetterumschwung empfangen. Grauschwarze Wolkenblöcke schlichen hinter den Bergspitzen hervor und legten einen dunklen Schleier über die Stadt. Auf dem Bahnsteig verteidigten die Leute ihre Hüte und Taschen gegen stürmische Windböen. Von Osten her schien sich ein kräftiges Gewitter zusammenzubrauen, aber noch regnete es nicht.

Walter Bishop hatte ihm eine Cafebar im Zentrum von Trento als Treffpunkt genannt. Das Lokal war innert fünfzehn Minuten leicht zu finden. Hall folgte einem Strom von Menschen, viele davon offensichtlich Touristen, in Richtung Innenstadt und fragte dann vor der Kathedrale San Vigilio einen Passanten. Die Bar befand sich inmitten einer schmalen Zeile reich verzierter Altstadthäuser nahe der Piazza del Duomo.

Hall betrat die Cafeteria und steuerte auf den Tresen zu, der sich über die ganze Länge des Lokals erstreckte. Hinter dem Tresen waren die *Baristi* in weißen Hemden und schwarzen Westen damit beschäftigt, an den riesigen Kaffeemaschinen zu hantieren und Milch aufzuschäumen. Es war laut und hektisch - die vornehmlich einheimischen Gäste waren damit beschäftigt, lautstark die Neuigkeiten des Tages zu kommentieren. Hall setzte sich auf einen Barhocker und bestellte Kaffee. Er schmunzelte insgeheim. Sein Freund hatte mit dem Lokal eine ideale Wahl getroffen.

Er warf einen flüchtigen Blick auf die Wanduhr, die zwischen einem Spiegel und dem Spirituosenregal hinter dem Bartresen hing, und griff dann zu der Zeitung, die auf dem Tresen lag. *US-Präsident Johnson schickt weitere Truppen nach Vietnam*, hieß die Schlagzeile des *Corriere della sera*. Er las den Artikel bis gut zur Hälfte, dann sprang der Minutenzeiger der Wanduhr nahe an die Sechs. Es wurde Zeit.

Er legte das abgezählte Geld auf den Tresen, stand auf und ging nach hinten, wo eine Tür in den Flur hinausführte. Er prüfte nochmals die Uhrzeit. *Punkt halb neun. Perfekt.* Er ging den Flur entlang und durch die Hintertür hinaus auf die Straße. Inzwischen hatte es leicht zu regnen begonnen, und die Lichter der Straßenlaternen spiegelten sich auf den nassen Pflastersteinen.

Keine Minute später fuhr ein schwarzer Alfa Romeo im Schritttempo vor. Die Limousine gab zweimal kurz Lichtzeichen und kam dann direkt neben ihm zum Stehen. Hall ging mit schnellen Schritten um den Wagen herum. Bishop hatte ihm bereits die Tür geöffnet und fuhr sofort los, als er eingestiegen war. Der Wagen bahnte sich durch die engen Gassen und nach einigen Kehren bog er auf die breitere Via Antonio Rosmini ein.

„Das war eine gute Idee, Walter!" Hall gab seinem Freund einen kumpelhaften Stups in die Seite. Sollte ihm jemand gefolgt sein, so würden sie ihn auf diese Weise bestimmt abgeschüttelt haben. Bishop schaltete den Scheibenwischer ein. Er startete mit einem Ächzen.

Hall brachte Bishop auf den neuesten Stand, während dieser die Augen hinter den Brillengläsern zusammenkniff und versuchte, sich an dem halben Dutzend Wegweiser am Straßenrand zu orientieren.

„Wo fahren wir eigentlich hin?“, fragte Hall.

„Zur Pension *Elisabetta*. Ein schöner, alter Palazzo aus dem neunzehnten Jahrhundert. Wird dir bestimmt gefallen. Julia und ich waren dort zu Gast auf unserer Hochzeitsreise. In etwa vierzig Minuten müssten wir da sein.“

Hall sah das Brautpaar vor sich. Angesichts der ungewissen Lage, in der sich jetzt nicht nur er, sondern auch Bishop befand, kam ein schlechtes Gewissen in ihm auf. „Was hast du Julia gesagt?“

„Sie glaubt, ich würde dich hier ein paar Tage lang bei Recherchen in den Provinzialarchiven unterstützen - das trifft doch in etwa den Punkt, nicht wahr?“

„Ich hoffe es“, murmelte Hall. Er wischte mit dem Ärmel den Beschlag vom Seitenfenster und schaute in den trüben Himmel hinaus, dessen Grau allmählich in nächtliches Schwarz überging.

Bishop steuerte den Wagen auf die Hauptstraße und trat aufs Gas. Die Straße führte nach Süden, und bis Rovereto kamen sie trotz des Verkehrs zügig voran. Dann ging es westwärts weiter durch ein unübersichtliches Tal zwischen den Bergen Monte Baldo und Monte Stivo, das schließlich am Nordufer des Gardasees endete. Der Verkehr lockerte auf, und bald waren nur noch wenige Fahrzeuge unterwegs. Das Wetter hatte sich weiter verschlechtert, der Regen prasselte lärmend auf das Autodach, und immer häufiger donnerte es. Die beiden mussten ihre Sprechlautstärke anpassen, während sie sich über die vergangenen Ereignisse austauschten und darüber spekulierten, was sie im Kloster San Martino erwarten würde. Als die Sprache auf die zwielichtige Rachel Gayle kam, wollte Bishop alles ganz genau wissen. „Sie sagte, Ed wäre ein CIA-Informant gewesen?“, fragte er ungläubig.

Hall schlug einen mürrischen Ton an. „Scheint so. Wahrscheinlich hatte er sich wegen seiner Familiengeschichte anwerben lassen.“ In groben Zügen erzählte er Bishop, wie Stewarts Mutter einst vor dem Regime Stalins aus Russland geflüchtet war und ihre Heimat nie wieder betreten hatte. „Man muss nüchtern zugeben, das gibt ihm schon ein starkes Motiv.“

Bishop klopfte mit den Fingern auf das Lenkrad. „Stimmt, aber war er dazu auch militant genug? Nicht jeder, der gegen den Kommunismus ist, rennt gleich zur CIA und begibt sich für seine ideologischen Motive möglicherweise in die Schusslinie!“

„Für Ed ergab sich wahrscheinlich einfach die Möglichkeit dazu. Wahrscheinlich liegt die Schwelle viel tiefer, wenn man umworben und mit Versprechungen geködert wird. Immerhin war er als Osteuropa-Korrespondent automatisch ein Wunschkandidat jedes westlichen Geheimdienstes.“ Hall bemerkte den leeren Ausdruck im Gesicht seines Freundes. „Aber vielleicht trifft das, was du sagst, genau den Punkt“, fuhr er fort. „Jedenfalls sagte Gayle, dass Ed seinem Vorgesetzten zuerst Material angeboten hatte, und dann von einem Moment auf den anderen abgesprungen und verschwunden sei. Das erklärt, was danach auf Krina passierte, als nicht nur die CIA, sondern auch der KGB ihn aufgespürt hatte. Sie ist überzeugt, dass ihn ein Killer des KGB umgebracht hat. Es sollte wie ein Tauchunfall aussehen.“

Bishop schnalzte mit der Zunge. „Es könnte genauso gut auch alles ganz anders sein. Die CIA-Leute haben nicht gefunden, wonach sie gesucht haben und ihn, den Dissidenten,…liquidiert.“

Der Motor des Alfa Romeo übertönte die Stille, die einen Moment lang zwischen ihnen lag.

Hall wusste, dass Bishop im Prinzip Recht hatte. Die Agentin konnte ihn genauso gut belogen und einfach versucht haben, ihn zur Abreise zu bewegen, damit er sich aus der Sache raushielt. Welche Strategie auch immer dahinter steckte, Hall wusste, dass es naiv wäre zu glauben, für den amerikanischen Geheimdienst wäre die Angelegenheit, was seine Person betraf, mit dem Gespräch im Crown's Club erledigt. Im Moment schien es einfach überall Unstimmigkeiten zu geben, und er spürte, dass es noch einiges brauchen würde, bis die vorhandenen Mosaiksteinchen ein abgerundetes Bild ergeben würden.

Als könnte er die Gedanken seines Freundes lesen, sagte Bishop: „Mit diesem Professor Tschernenko ist übrigens auch etwas faul - du sagtest, er sei erschossen worden?"

„Ja. Ed schrieb, Tschernenko sei erschossen worden. Nachdem er ihm in Leningrad seine Botschaft zugespielt hatte. Wieso, was ist mit ihm?"

Bishop zeigte mit dem Daumen nach hinten. „Nimm dir mal das Magazin vom Rücksitz!"

Hall drehte sich um und langte nach dem Heft. Es war eine Ausgabe der wissenschaftlichen Zeitschrift für *Scientific American*. Auf der umgeschlagenen Seite war ein groß aufgemachter Artikel über die *Woschod* 2-Mission. Bishop hatte eine Stelle angestrichen, ein Zitat aus einem Interview mit Professor Viktor Tschernenko. Eine weitere Markierung kennzeichnete das Datum des Interviews. Hall rechnete. Zwischen dem angeblichen Tod des Wissenschaftlers und dem Datum des Interviews lagen gut zwei Wochen. Die Verblüffung stand ihm ins Gesicht geschrieben, und er presste Luft zwischen den Zähnen hervor.

„Das stellt doch einiges in Frage, oder?“, meinte Bishop.

„Moment. Ed schrieb, dass er Schüsse lediglich *gehört* habe. Dennoch schien es ihm plausibel, dass man den Professor umbrachte.“

„Oder er hat sich ganz einfach getäuscht. Auf jeden Fall erfreut sich der Professor offenbar bester Gesundheit!“

Hall seufzte. „Und wir stehen vor einem weiteren Rätsel.“

Sie erreichten Nago, eine kleine, auf einer Anhöhe über dem Gardasee liegende Ortschaft, die mit den Palmen und dem üppigen Grün trotz des Wetters und der Dunkelheit das südliche Flair eines Rivieradorfes ausstrahlte. Gleich nach den ersten Häusern bogen sie ins Dorfzentrum ein. Der Regen und die engen, verwinkelten Gassen zwangen Bishop, im Schritttempo zu fahren. Unmittelbar nach dem Dorf erstreckte sich eine Ebene mit Rebfeldern. Sie fuhren einer Trockenmauer entlang, bis Bishop schließlich vor einem Olivenhain die befestigte Straße verließ und links in einen Schotterweg einbog. Vor ihnen tat sich der Gardasee als dunkle Fläche auf. Für Sekunden erhellten heftige Blitze die Szenerie und gaben einen atemberaubenden Ausblick auf den großen Alpensee mit seiner fruchtbaren Talweite frei. Hier am Nordende vollzog die Natur in einem harten Schnitt einen Stimmungswechsel, der abrupt von einer lieblichen mediterranen Kulisse in eine karstige, alpine Landschaft überging, deren gewaltige Berggipfel sich geradewegs aus dem See zu erheben schienen.

Die Bäume am Wegrand bogen ihre Äste unter den Böen, die durch das Buschwerk und die mannshohen Farne rauschten. Allmählich verdichtete sich die Vegetation zu einem Laubwald aus Kastanien und Buchen, und Bishop verlangsamte den Wagen, um am rechten Straßenrand Ausschau zu halten. Plötzlich tauchten Lichter auf, und es folgte eine Lücke im Unterholz, die den Blick auf ein schmales Eisentor freigab. Es stand offen. Bald war unter dem Licht einer Laterne ein Metallschild zu erkennen: *Pensione Elisabetta*.

Hinter dem Tor tauchte ein dreistöckiger *Palazzo* auf. Schmiedeeiserne Geländer schmückten die Zierbalkone vor den schmalen, langen Fenstern im Obergeschoss, und das Gebäude wies die typische, unaufdringliche Fassadendekoration der norditalienischen Landhäuser auf. Bishop bog in die von einem gepflegten Garten umgebene Einfahrt ein und hielt den Alfa Romeo auf dem Kiesplatz an.

„Hast du sie dabei?", fragte Hall, den Griff der Wagentür bereits in der Hand.

Bishop nickte und zeigte auf das Handschuhfach.

Darin lag, in einem Lederhalfter, Halls Beretta. Er hatte die illegale Waffe vor Jahren erworben, für alle Fälle. Weil die Staatsanwaltschaft bei Journalisten im Fall einer Klage schnell einmal eine Wohnungsdurchsuchung anzuordnen pflegte, verwahrte er die Waffe gut versteckt hinter Wandtäfer in Bishops Buchladen auf. Er nahm sie aus dem Handschuhfach und stieg aus dem Wagen.

Sie traten in strömenden Regen. Schnell holten sie ihre Reisetaschen aus dem Kofferraum und rannten los.

„Was für eine Sintflut!", schnaufte Bishop, als er das Vordach erreichte. In dem Moment wurde die Haustüre geöffnet, und die beiden wurden von der mitleidsvoll dreinblickenden Hauswirtin, einer Signora Pisoni, freundlich empfangen.

Nachdem sie im ersten Stock ihre Zimmer bezogen hatten, saßen sich die beiden an einem runden Holztisch im Salon bei einer Kanne Tee gegenüber. Der hohe Raum war im Stil der Jahrhundertwende möbliert, mit Clubsesseln, Kommoden und schweren, dunkelgrünen Vorhängen, die den Geruch von erkaltetem Holzrauch verströmten. Signora Pisoni hatte den Kamin angemacht, und das knisternde Feuer schuf eine behagliche Stimmung, während draußen vor den Fenstern das Wetter tobte. Die Signora hatte etwas Gebäck bereit gestellt, und auf dem Tisch stand eine Schale mit Früchten. Hall und Bishop waren die einzigen Gäste.

„Dann mal los, Walter", sagte Hall. „Was hast du mit der Botschaft von Professor Berger anfangen können?"

Bishop setzte seine Tasse ab und begann zu berichten, was er in London an Informationen hatte zusammentragen können. Während sich der Historiker in der Bibliothek des *Imperial War Museum* auf Recherche begeben hatte, war ihr gemeinsamer Freund und Bishops Geschäftspartner Arthur Willis mit Robert Samuels, einem Mitarbeiter des ehemaligen britischen Geheimdiensts *BIOS* zusammengekommen. Das *British Intelligence Objectives Subcommittee* war einer von mehreren Nachrichtendiensten, die unmittelbar nach dem Krieg das besiegte Deutschland auf der Suche nach Hochtechnologie durchkämmt hatten. Willis kannte den Mann noch aus gemeinsamen Aktivzeiten in Bletchley-Park. Bevor Bishop allerdings begann, nannte er Hall die Bedingungen, unter denen Samuels sich zu einem Gespräch bereit erklärt hatte: Er würde nicht als zitierbare Quelle zur Verfügung stehen und im Falle einer Publikation wären jegliche Aussagen, die auf ihn zurückgingen, ausdrücklich als Spekulation zu bezeichnen. Arthur Willis hatte ihm somit auch im Namen Halls, und auf Basis eines Handschlags, Informantenschutz zugesichert.

Bishop stellte eine Ledermappe auf den Tisch. „Nun, zunächst ist davon auszugehen, dass der Verfasser des Schreibens, Professor Berger, und der Überbringer der Botschaft - Tschernenko - dieselbe Person sind", begann er. „Dies ergibt sich nicht zuletzt aus seiner Flucht aus dem sowjetisch besetzten Teil Wiens, und was danach geschah."

„Berger wurde angeboten, nach Amerika zu gehen", erinnerte sich Hall. „Dann aber fiel er russischen Agenten in die Hände."

„Richtig. Man muss sich vorstellen, dass zu dieser Zeit der Eiserne Vorhang erst im Begriff war, sich unüberwindbar und definitiv über Europa zu senken. Es war eine Zeit, in der noch vieles offen und möglich war, aber auch unsicher. Eine Zeit der Neuformung, die..." Bishop bemerkte in Halls Gesichtsausdruck, dass er ins Dozieren abzugleiten drohte. Er räusperte sich. „Berger verschwand also in Stalins Reich, wo man ihm die neue Identität Viktor Tschernenko verpasste und in die eigene Forschungsindustrie steckte, nämlich in dem erwähnten Arsamas-16."

„Ein reichlich seltsamer Name für einen Ort", meinte Hall.

„Den man auf keiner Landkarte finden dürfte", ergänzte Bishop. „Dahinter verbirgt sich eine geheime Forschungsstadt, wie es in ganz Russland noch einige mehr geben soll. Wie aber gelangte Berger dorthin? Er erzählt uns, dass ihn die Amerikaner aus Österreich evakuieren wollten, aber hier ganz in der Nähe, in Drena, wurde seine Flucht durch sowjetische Agenten vereitelt. Für Robert Samuels, den *BIOS*-Experten, mit dem Willis gesprochen hat, war sonnenklar: Berger sollte damals im

Rahmen der Operation *Paperclip* in die USA gebracht werden."

Halls Augen weiteten sich erwartungsvoll. „*Paperclip*?"

Bishop nickte. „Eine tiefschwarze Operation, Peter, vielleicht der größte Skandal der Nachkriegszeit." Er nahm einen Schluck Tee, dann fuhr er fort: „Die Deutschen hatten gezeigt, dass sie den Alliierten in technologischer Hinsicht meilenweit voraus waren. Man denke nur an die Raketen, mit denen sie im letzten Kriegsjahr London beschossen. Unmittelbar nach Kriegsende begann dann die Jagd auf deutsche Wissenschaftler und ihr Wissen über Geheimwaffenprogramme, auf Prototypen, technische Dokumente und Patente. Die Frage war: Wer kommt zuerst an den Kuchen heran? Die Russen oder die Amerikaner? Es war im Grunde ein Plünderungszug, und gleichzeitig der Beginn des Kalten Krieges. Die ganzen Errungenschaften in der heutigen Raumfahrt basieren auf Technologien der Nazis."

„Wernher von Braun", warf Hall ein. „Der Entwickler der Raketen für das Apollo-Programm. Da war mal ein Artikel im *Time Magazine*."

„Er ist nur der Prominenteste unter vielen, Peter. Unter ihnen waren Leute, die aktiv an Kriegsverbrechen beteiligt waren, denen man unter anderen Umständen in Nürnberg den Prozess gemacht hätte, wären sie nicht so wertvoll gewesen. Wir sprechen dabei auch von Zwangsarbeit, von KZ-Häftlingen, die dabei zu Tausenden ums Leben kamen."

Hall schüttelte den Kopf. „Und dies ließ sich vor der amerikanischen Öffentlichkeit zu legitimieren?"

„Man darf nicht vergessen, dass das neue Feindbild, der Sowjetkommunismus, sich sehr schnell etablierte. Schon die Potsdamer Konferenz, welche die drei Sieger,

Churchill, Truman und Stalin, unmittelbar nach dem Krieg abhielten, hatte den Bruch vorgezeichnet. Dies hat sicher geholfen. Und außerdem war Präsident Trumans Bewilligung der Einreise von etwa hundert deutschen Wissenschaftlern wegen des Einwanderungsgesetzes an zwei Bedingungen gebunden: Keine Beteiligung an Kriegsverbrechen, keine Zugehörigkeit zur nationalsozialistischen Partei."

Hall schnaubte abfällig. Er ahnte, was nun kommen würde.

„Die Bedingungen waren natürlich nicht zu erfüllen", fuhr Bishop fort. „Also begann man, die Nazi-Vergangenheit der Leute unter den Tisch zu kehren und ganze Biografien reinzuwaschen - durch Fälschung von Personalakten und dubiose Begnadigungen durch den amerikanischen Hochkommissar in Deutschland, John McCloy." Bishop machte eine Pause und holte tief Luft. "Walter Dornberger zum Beispiel, einer der wichtigsten Mitarbeiter von Brauns, war zuvor vom Kriegsverbrechertribunal verurteilt worden. Von Braun selber war Sturmbannführer der SS, und die Versklavung von Häftlingen für die Produktion seiner Raketen wurde von ihm zumindest gebilligt - heute ist er Direktor des NASA Space Flight Centers in Alabama! Hubertus Strughold hatte Menschenversuche an KZ-Häftlingen durchgeführt, wurde nie angeklagt, und ist stattdessen hochangesehener Professor für Weltraummedizin geworden!"

Hall starrte seinen Freund fassungslos an. „Dies zeigt, dass selbst der Präsident die Macht des Pentagon nicht kontrollieren kann. Die kommen mit allem durch - der Zweck heiligt alle Mittel!"

„Es gibt nun mal keine Moral in der Politik." Bishop lehnte sich vor und griff zu seiner Teetasse. „Jedenfalls gelangten so bis in die Fünfziger Jahre mindestens einige hundert Wissenschaftler in die USA - das wahre Ausmaß kennt allerdings niemand." Er führte die Tasse zum Mund und leerte sie in einem Zug.

„Lass uns auf Bergers Botschaft zurückkommen", sagte Hall, nachdem er nachgeschenkt hatte. „Berger war demnach ein *Paperclip*-Wissenschaftler, der aus Österreich hinausgeschafft werden sollte. Dann passierte etwas, die Russen haben ihn sich geschnappt. Vielleicht ist er verraten worden. Auf jeden Fall schreibt er, dass er wichtige Aufzeichnungen in der Bibliothek des San Martino-Klosters hier in Südtirol hinterlassen hat. Was bedeutet das?"

„Nun, für Robert Samuels ist dies ein eindeutiger Hinweis auf die so genannte *Klosterroute*."

„Klosterroute?" Hall runzelte die Stirn.

„Eine Fluchtroute für Nazis. Unter der Protektion der römisch-katholischen Kirche und mit Hilfe des italienischen Roten Kreuzes wurden damals Kriegsverbrecher wie Adolf Eichmann, Josef Mengele und Klaus Barbie außer Landes geschafft. Die südliche Route führte über das Südtirol nach Rom und von da vor allem nach Südamerika. Als Schutz und Versteck wurden dabei Klöster benutzt, daher auch der Name *Klosterroute* - eine hässliche Geschichte."

„Ich habe einmal darüber gelesen", sagte Hall und malte Anführungszeichen in die Luft. *„Der Papst deckt Kriegsverbrecher*, hieß in etwa die Schlagzeile."

„Der Vatikan fühlte sich gleichermaßen vom Kommunismus bedroht wie die Amerikaner - ergo gab es auch gemeinsame Interessen. Klaus Barbie zum Beispiel war ein gefragter Fachmann für Antikommunismus und Partisanenbekämpfung, eine Expertise, die er sich seinerzeit im besetzten Frankreich holte. Er verantwortet unter anderem an die Deportation jüdischer Kinder nach

Auschwitz. Die Résistance bekämpfte er mit brutalsten Methoden, was ihm den Beinamen *Schlächter von Lyon* einbrachte."

Hall stieß einen Pfiff aus. „Wie dem auch sei", sagte er nach einer Weile, „das San Martino-Kloster war also eine Station auf dieser Fluchtroute."

„Scheint so."

Peter Hall stand auf und begann im Salon auf und ab zu gehen, während er sich vorstellte, wie sich die Geschichte vor zwanzig Jahren abgespielt haben könnte. Vor dem Kamin blieb er stehen. Er nahm ein Holzscheit auf und warf es ins Feuer, bevor er sich wieder zu Bishop umdrehte. „Halten wir fest: Professor Berger befindet sich mit seinen Aufzeichnungen auf der Flucht, sitzt in diesem Kloster, vielleicht nur für eine Nacht. Dann geht irgendetwas schief, sowjetische Agenten haben ihn aufgespürt und er wird entführt. Von jetzt an arbeitet er auf der anderen Seite, höchstwahrscheinlich unter Zwang und versteckt hinter einer neuen Identität - Tschernenko. Und jetzt, viele Jahre später, bietet sich ihm in Leningrad eine Gelegenheit, sein Geheimnis an den Westen weiterzugeben. Irgendwie hat er es zustande gebracht, Ed seinen Brief zu übergeben."

Die beiden schwiegen einen Moment. Die Worte Halls ließen sie vergegenwärtigen, welch fatale Folgen dieses Zusammentreffen für ihren Freund nach sich gezogen hatte. Der Raum schien plötzlich dunkler, die Luft kälter. Bishop durchbrach die beklemmende Atmosphäre, indem er weitersprach.

„Warum nur hat Stewart die Botschaft nicht im Sinne des Professors an die amerikanischen Autoritäten weitergegeben? Noch dazu als CIA-Agent, der er angeblich war?"

„Das wäre dann die Gretchenfrage, nicht wahr? Anstatt die Botschaft an seinen Führungsoffizier weiterzuleiten begann er, eigene Nachforschungen anzustellen. Er war im Kloster San Martino, aber anscheinend ist es nicht so einfach, in die Bibliothek zu kommen. Er schreibt, dass er zu wenig Zeit hatte. Er wusste natürlich, dass man mit allen Mitteln versuchen würde, ihn aufzuspüren. Er musste in Bewegung bleiben."

„Ed versuchte also, auf eigene Faust an die Aufzeichnungen des Professors heranzukommen, um mehr über diese Technologie zu erfahren, an der Berger und sein Kollege Werner Mannheim damals in Deutschland gearbeitet hatten."

„Das Geheimprojekt *Chronos*. Ich nehme mal an, darüber habt ihr nicht viel herausfinden können."

Bishop schüttelte den Kopf. „Es gibt inzwischen einige Publikationen und Verzeichnisse von deutschen Geheimwaffen aus der Nazizeit - der Deckname *Chronos* taucht aber nirgends auf." Er nahm ein Buch aus seiner Ledermappe und legte es auf den Tisch. Auf dem gelben Umschlag waren eine Rakete und ein Flugzeug mit Hakenkreuz abgebildet. „Das erste Buch ist bereits zwei Jahre nach dem Krieg erschienen. Leslie E. Simon, der Autor, war damals Oberst der U.S. Army."

Hall nahm das Buch und begann, darin zu blättern. Viele Seiten waren der Raketentechnik und neuartigen Düsenantrieben gewidmet, doch es waren vor allem die völlig unkonventionellen Waffensysteme, die Hall in Erstaunen versetzten. Ein Foto zeigte zwei riesige Metallschüsseln zur Erzeugung von Schalldruckwellen. Es gab exotische Apparaturen wie Wind- und Wirbelkanonen, und Panzer- und Artilleriesysteme einer völlig neuen Größenordnung, wie eine *V3* genannte Superkanone von hundertvierzig Metern Länge, von denen fünfzig Stück

London von der französischen Atlantikküste aus beschießen sollten. Allmählich begriff Hall, warum die technischen Nachrichtendienste der Siegermächte einen solch immensen Aufwand betrieben hatten, um sich dieser Innovationen zu bemächtigen. „Es wäre interessant zu wissen, auf welchem Gebiet die Wissenschaftler vor dem Krieg tätig waren", sagte er. „Habt Ihr das untersucht?"

Bishop nickte. „Wir hatten natürlich nicht viel Zeit. Vielleicht würde man in Deutschland Patentschriften oder ähnliches finden. Aber Berger und Mannheim sind zumindest für die beiden Physiker des King's College, die ich angerufen habe, keine klingenden Namen. Anders verhält es sich jedoch bei der Person von Professor Walter Gerlach - im Gegensatz zu den anderen Namen haben wir es hier mit einer wohlbekannten Persönlichkeit zu tun."

„Tatsächlich?" Hall riss die Augen auf. „Laut Berger war er der Leiter des Projekts!"

„Gerlach war schon lange vor dem Krieg ein ausgewiesener Experte für Kernphysik. Den Stern-Gerlach-Effekt etwa, den er mit dem späteren Nobelpreisträger Otto Stern entdeckt hatte, findet man in Grundlagenbüchern zur Quantenmechanik. In Nazideutschland hatte er dann entsprechend wichtige Posten inne wie *Leiter für Kernphysik im Reichsforschungsrat*."

„Was bedeutet das? Dass die Nazis eine Atombombe bauen wollten?"

„Die Beteiligung Gerlachs deutet jedenfalls darauf hin, dass das Projekt *Chronos* irgendwie mit Kernforschung zu tun hat."

„Hm." Hall rieb sich das Kinn. Dann schüttelte er den Kopf. "Das macht keinen Sinn. Es muss um etwas gehen, dass heute noch relevant ist, und das atomare Wettrüsten hat sich doch längst erledigt. Berger sagt auch, dass er befürchtet, dass in Russland der Durchbruch gelingt und eine neue Machtasymmetrie entsteht. Er spricht von *totaler Macht,* Walter! Was könnte heute noch so bedeutungsvoll sein, das vor zwei Jahrzehnten erforscht wurde?"

„Ich weiß es nicht, Peter. Deshalb müssen wir unbedingt Bergers Aufzeichnungen finden!"

16.

Die *Ora,* der Wind des Gardasees, dessen täglich zur Stunde eintreffende Wiederkehr ihm den Namen gibt, hätte zu dieser Zeit längst abgeflaut sein müssen. Francesco Lardi aber stand hinter der verglasten Balkontür seines Hotelzimmers und blickte wie der Kapitän eines Hochseefrachters auf das tosende Unwetter hinaus. Die Wellen des Gardasees brachen an der niedrigen Kaimauer, und er konnte sehen, wie ihre Gischt bis zu den Mauern des alten Zollhäuschens von Torbole spritzte. Der Regen bildete einen finsteren Vorhang vor den Fenstern, und die gewaltigen Berge, die den See wie einen Fjord umgaben, waren nur mehr als schwarze Blöcke zu erahnen.

Lardi machte ein verärgertes Gesicht. Es war beschämend, wie er auf den miesen Trick des Reporters hereingefallen war. Er hatte sich zunächst nichts dabei gedacht, als seine Zielperson in der Cafeteria in Trento auf die Toilette gegangen war. Als ihm, nur ein Wimpernschlag später, die mögliche Existenz eines Hinterausgangs einfiel, war es bereits zu spät gewesen. Er war nach hinten und auf die Gasse hinaus gerannt, hatte die Hintertür beinahe aus der Angel gestoßen, doch von Peter Hall war keine Spur mehr zu sehen. Am Ende der Gasse hatte er nur noch die roten Rücklichter eines dunklen Autos sehen können, das in der nassen Dämmerung verschwand. Er hatte seine Zielperson verloren.

Dieser Fehler hatte die unangenehme Konsequenz, dass eine normale Observation nun nicht mehr möglich war. Stattdessen würde er sich bereits am nächsten Morgen in der Nähe des San Martino-Klosters auf die Lauer legen müssen um das zu tun, wovor ihm bei seinem Job am meisten graute: Warten, und das unter den widrigsten Umständen. Offenbar hatte er den Journalisten unterschätzt. Lardi stellte sich im Geiste darauf ein, dass Peter Hall es ihm womöglich nicht allzu leicht machen würde, seine Mission zu erfüllen.

Er ging hinüber zu dem Tisch, auf dem seine Reisetasche lag, und schenkte sich ein Glas des billigen Chianti ein, den er einem Straßenhändler abgekauft hatte. Der Wein mochte den deutschsprachigen Touristen schmecken, welche die Region im Sommer in Scharen vereinnahmten und mit ihren Cabriolets die Gardesana Occidentale, die spektakuläre Westuferstraße mit ihren unzähligen Tunnels und Brücken, unsicher machten. Als Manfred Seidel, als den er sich mit seinem österreichischen Pass ausgewiesen hatte, war er nun selber einer von ihnen. Dies wäre weiter nicht schlimm gewesen; eine Tarnung als Tourist war, wenn es sich anbot, immer eine willkommene Deckung. Aber hier, keine achtzig Kilometer von seiner Heimatstadt Brescia entfernt, fühlte sich seine zweite Haut an wie ein schlecht genähtes Faschingskostüm.

Er öffnete den Reißverschluss seiner Reisetasche und nahm ein Paar Bergschuhe und eine dunkelgrüne Regenpellerine heraus. Aus der Innentasche des Mantels holte er ein Zigarettenetui aus Messingblech hervor, auf dem eine Frontszene mit Soldaten und eine Widmung in kyrillischer Schrift eingraviert war. Dieses Etui sollte er auf Anordnung seiner Auftraggeber jederzeit auf sich tragen. Zusammen mit der Makarow 9mm würde er damit, sollte ihm aus irgend einem Grund etwas passieren, eine falsche Spur zum KGB legen. Doch so weit würde er es nicht kommen lassen. Er hatte nicht vor, tot in einem Graben zu enden, und schon gar nicht, sich in seinem Heimatland als Angehöriger des zutiefst verachteten Sowjetapparats identifizieren zu lassen.

Lardi nahm eine Zigarette aus dem Etui und warf es zurück in die Tasche. Er zündete die Zigarette an, nahm einen tiefen Zug und spuckte eine Rauchwolke in den Raum. Der ganze Auftrag ekelte ihn an. Der einzige Trost war der Gedanke an die zweite Hälfte seines Honorars, die auf einem Schweizer Sperrkonto auf ihn wartete, bis er einem Anwalt in Lugano jene Dokumente übergeben würde, die Peter Hall hoffentlich schon bald im Kloster San Martino finden würde.

17.

Signora Pisoni betrat den Salon just in dem Moment, als ein greller Gong ertönte und die Kuckucksuhr über dem Kamin losging. Der hölzerne Vogel rief elfmal, während die Wirtin das Teegeschirr abräumte. Kurz vor dem Hinausgehen öffnete sie die Tür einer Schrankbar, und nahm einige langhalsige Flaschen hervor. Sie empfahl einen hiesigen Grappa, bevor sie sich für die Nacht verabschiedete.

Hall ging hinüber zur Kommode und schenkte zwei Gläser ein. Wortlos reichte er Bishop eines davon. Die beiden blickten sich tief in die Augen, während sie die schmalen Kristallkelche hoben und einen Schluck nahmen.

Bishop hatte eine beachtliche Menge an Informationen vorgetragen, doch ein Name war bislang ungenannt geblieben. In seiner Botschaft hatte Professor Berger einen *Kammler-Sonderstab* erwähnt, dem das Geheimprojekt *Chronos* unterstanden hatte. Als sie sich wieder in die Polstersessel gesetzt hatten, fragte Hall seinen Freund, was er über Kammler wusste.

Bishops Stirn warf tiefe Falten. „Kammler ist rätselhaft, ein einziger Widerspruch. Was man über ihn weiß, wirft nichts als Fragezeichen auf." Er kramte einen Notizblock hervor und blätterte darin. „Über seine Person ist praktisch nichts bekannt, das über die Positionen hinausgeht, die er im Dritten Reich inne hatte. Und die zeugen von einer unglaublichen Karriere innerhalb der Nazi-Elite."

Hall lehnte sich zurück und faltete die Hände hinter dem Kopf. Für einmal fieberte er den zu erwartenden Ausführungen des Historikers mit Spannung entgegen.

Bishop beugte sich vor und las von seinen Notizen ab. Der Aufstieg des Bauingenieurs Hans Kammler, der ihn innert weniger Jahre zum Leiter des SS-Bauamtes und schließlich zum General der Waffen-SS befördert hatte, glich einem Lebenslauf des Schreckens:

„Abtragung des Warschauer Ghettos unter Einsatz von Zwangsarbeitern. Oberaufsicht über alle KZ-Bauvorhaben. Planung und Ausbau der Gaskammern und Verbrennungsöfen des Konzentrationslagers Auschwitz, um die täglichen Tötungsraten von 10'000 auf 60'000 zu erhöhen. Verantwortlicher für die gesamte Raketenentwicklung und die unterirdische Verlagerung der Produktionsanlagen und Rüstungsfabriken. Prominentestes Beispiel: Das *Mittelwerk* bei Nordhausen, bei dem sich 20'000 KZ-Häftlinge zu Tode schufteten. Dann Befehlshaber der Vergeltungsschläge gegen die Zivilbevölkerung in London, Paris, Antwerpen und Brüssel mittels der sogenannten *Vergeltungswaffen,* der V1-Flugbomben und der V2-Raketen."

Hall spürte, wie sich sein Magen zusammenkrampfte. Bis hierher hatten die Recherchen Bishops die Hintergründe und Umstände aufgedeckt, die zu einer Jagd der Alliierten auf deutsche Wissenschaftler nach dem Krieg geführt hatten. Doch nun hatte Bishop einen unwiderlegbaren Zusammenhang mit den abscheulichsten Gräueln der Nazizeit dargelegt. Die Verbindung mit dem Namen Kammler rückte alles in ein völlig neues Licht, und Hall war, als hätten er und Bishop die Büchse der Pandora geöffnet. Er sprach mit belegter Stimme, als er sich gefasst hatte.

„Du sagtest, es gäbe im Bezug auf Kammler einen Widerspruch."

Bishop klappte den Deckel seines Notizblocks zu. „Die historische Forschung ist um kein anderes Thema so intensiv bemüht wie um den Zweiten Weltkrieg und seine Exponenten. Es gibt hervorragendes Quellenmaterial: Memoiren, Protokolle der Kriegsprozesse, die verschiedensten Tagebücher. Aber nichts zu Kammler - trotz der Bedeutung und der Macht, die Kammler hatte, scheint es, als hätte er niemals existiert!"

Verblüffung und Skepsis zeichneten Halls Gesicht. „Und was ist nach dem Krieg aus ihm geworden? Wurde er gefasst?"

„Das ist eben das Mysteriöse. Unmittelbar nach dem Kriegsende verschwinden seine Spuren."

„Das kann nicht dein Ernst sein!"

„Es gibt keine Anhaltspunkte - der Name wird einfach nicht mehr erwähnt. Es sieht so aus, als wäre niemals nach ihm gesucht worden!" Auf Bishops Stirn hatten sich Schweißperlen gebildet.

„Was ist mit dem Nürnberger Tribunal?"

„Nicht angeklagt!", rief Bishop und verwarf die Hände. „Wie ich schon sagte: Selbst sein Name schien sich in Luft aufgelöst zu haben. Während der ganzen Prozesse fällt sein Name nur ein einziges Mal bei einer Vernehmung von Rüstungsminister Albert Speer, und auch da nur beiläufig."

Hall erstarrte bei dem Gedanken, der sich ihm unmittelbar aufdrängte: „Dann kann es also sein, dass er immer noch lebt?"

Mit gepressten Lippen ließ Bishop den Kopf sinken. „Es scheint, als wäre alles möglich."

Das Kaminfeuer war inzwischen erloschen, und die Zeiger der Kuckucksuhr näherten sich Mitternacht. Nur das gleichmäßige Prasseln des Regens, das dumpf durch die Fenster drang, brach die Totenstille im Salon des italienischen Herrenhauses. Hall war aufgestanden und blickte gedankenverloren aus einem der langen Fenster in die Nacht hinaus.

„Er ist mit Sicherheit eine Schlüsselfigur", sagte er endlich. „Wir müssen versuchen, mehr über Kammler zu erfahren - was sagt der Historiker?"

„Wenn es keine Publikationen gibt, bleibt nur der Abstieg in die Archive." Bishop winkte ab. „Wir sprechen von Quellenforschung, Peter. Das kann ewig dauern. Die Zeit haben wir nicht - *tempus fugit*."

Hall gab ein leises Stöhnen von sich.

„Auch wenn wir Zeit hätten - viele Dokumente lägen noch unter der üblichen Sperrfrist von dreißig Jahren", fuhr Bishop fort. Nachdenklich strich er sich über seine hohe Stirn. „Das Rote Kreuz führt Suchlisten und Statistiken über Vermisste und Gefallene des Krieges. Vielleicht lässt sich da wenigstens etwas über Kammlers Schicksal nach dem Krieg in Erfahrung bringen."

„Es gibt noch eine zweite Möglichkeit", sagte Hall und drehte sich auf dem Absatz um. „Ich werde gleich morgen früh bei *Reuters* anrufen und Wilson bitten, via Telex einen Aufruf bei den wichtigsten Redaktionsbüros der Agentur zu starten. Vielleicht haben wir Glück, und es meldet sich ein Journalist, der irgendwann über den Namen gestolpert ist."

„Einen Versuch ist es allemal wert. Außerdem bleibt uns die Hoffnung, dass wir in den Aufzeichnungen Bergers im Kloster mehr erfahren."

„Die zu finden dürfte nicht ganz einfach sein", sagte Hall. Er dachte daran, dass bereits Edward Stewart beim Versuch, in die Klosterbibliothek zu gelangen, gescheitert war. „Berger schreibt, seine Aufzeichnungen seien unter dem Stichwort *Delisle* abgelegt."

Bishop nahm erneut seinen Notizblock zur Hand und setzte seine Brille zurecht. „Es gibt vier bedeutsame Personen mit dem Namen Delisle, allesamt aus derselben Familie und allesamt Wissenschaftler. Ein Vater und drei Söhne. Guillaume und Joseph Nicolas Delisle sind die bekanntesten. Guillaume war ein Kartograph, der im 17. Jahrhundert im Auftrag des französischen Königs tätig war. Joseph Nicolas war sein jüngerer Bruder; er schrieb 1738 eine 4 Bände umfassende Geschichte der Astronomie."

„Die Details können wir uns wohl sparen", warf Hall ein. „Irgendwo zwischen diesen Büchern hat Berger seine Aufzeichnungen versteckt. Jetzt müssen wir bloß noch irgendwie da reinkommen!" Er blickte seinen Freund erwartungsvoll an. Der verzog die Mundwinkel und schüttelte den Kopf.

„Als Wissenschaftler kann ich nicht auftreten, nicht mit leeren Händen. Ich bräuchte auf jeden Fall Papiere, die ein entsprechendes Forschungsprojekt belegen, zum Beispiel den Antrag eines universitären Lehrstuhls. Nichts, das sich auf die Schnelle auftreiben lässt. Wenn es sich bei der Bibliothek um ein altes Skriptorium handelt, ist es sowieso noch viel schwieriger."

Hall strich sich bedächtig übers Kinn. „Weißt du auch etwas über dieses Benediktinerkloster?"

Bishop blätterte weiter. „Das Kloster beherbergt seit seiner Gründung im Frühmittelalter eine Klosterschule - wie jedes Benediktinerkloster. Es war ja der Benediktinerordern, der die abendländischen Völker zum Christentum führte und…"

Hall hob die flache Hand, um die beginnende Belehrung abzuwehren.

Bishop hob die Stimme. „Jedenfalls wurde die Stiftsschule im Lauf der Jahre ausgebaut. Seit gut hundertfünfzig Jahren beinhaltet sie ein Gymnasium mit Internatsbetrieb. Ein Elitegymnasium, um genau zu sein. Es hat den Ruf, ziemlich gescheite Köpfe heranzuziehen."

„Ein Gymnasium…", sinnierte Hall. Beide schwiegen für eine Weile. Dann plötzlich lächelte Hall und sagte triumphierend: „Wer nicht fragt, kann nicht abgewiesen werden!"

„Was soll das heißen?", fragte Bishop mit verzerrtem Gesicht. „Du willst doch da nicht etwa einbrechen?"

„Nichts dergleichen, Walter. Aber es gibt da vielleicht eine Möglichkeit." Er stützte sich mit beiden Händen auf der Tischplatte ab und lehnte sich vor. „Kannst du einigermaßen glaubwürdig mit einer Fotokamera umgehen?"

Bishop musterte ihn wie einen Fremden. „Worauf willst du hinaus?"

„Ich habe Eds Fotoausrüstung aus Krina mitgebracht", sagte er mit einem spitzbübischen Funkeln in den Augen. „Es muss nur so aussehen, als ob. Ich habe da so eine Idee..."

18.

Der nächste Morgen kündigte einen weiteren trüben Tag an. Es hatte die ganze Nacht lang geregnet, und nun verschleierten Nebelschwaden die Sicht auf die Berge. Hie und da waren Aufhellungen in Sicht, doch als Hall und Bishop den Wagen vor dem Klostergymnasium oberhalb der kleinen Ortschaft Drena abgestellt hatten, begann es bereits wieder zu tröpfeln.

Die beiden Flügel des Tores in der weiß getünchten Klostermauer standen weit offen. Sie gingen einen breiten, mit Bäumen und Sträuchern gesäumten Weg entlang, der schnurgerade auf das Hauptgebäude zuführte.

Nasser Kies knirschte unter ihren Füssen, und irgendwo verklang ein einsamer Glockenton. Der Hof war mit einer gepflegten Wiese und mit Ziersträuchern begrünt, und etwas weiter entfernt konnte man Gemüsebeete und niedrige Treibhäuser sehen. Als Bishop und Hall im Eingang des Hauptgebäudes standen, hallte ihnen lautes Stimmengewirr entgegen. Sie waren in der Unterrichtspause gekommen.

„Ganz schöner Trubel hier!“, bemerkte Hall und machte sich schmal. Von überall her kamen ihnen Gymnasiasten aller Altersgruppen entgegen, die kreuz und quer herumliefen und dann wieder in den Gängen verschwanden. Irgendwie hatte er erwartet, dass es hier gesitteter zugehen würde als an einer weltlichen Schule.

Bishop sprach einen großgewachsenen, rothaarigen Jungen an und fragte ihn nach dem Büro des Schulleiters. Der Gymnasiast streckte seine schlaksigen Arme aus und erklärte ihm den Weg. Bishop winkte Hall zu sich hinüber und die beiden traten hinaus in den Kreuzgang. Sie gingen den abgetretenen, speckigen Steinplattenboden entlang bis zu dem beschriebenen Verwaltungsgebäude, wo ein Metallschild das Büro des Rektors kennzeichnete. Hall betätigte die Klingel. Die Tür wurde sogleich von einem schlanken jungen Mann geöffnet. Er trug eine schwarze Kukulle und stellte sich als Bruder Matteo vor.

„Was kann ich für Sie tun?“, fragte er in freundlichem Ton.

„Mein Name ist Peter Hall, und…“, er blickte zur Seite, „dies ist mein wissenschaftlicher Mitarbeiter, Walter Bishop.“ Das jugendliche Erscheinungsbild des Geistlichen irritierte ihn. „Nun...wir kommen mit einem Anliegen zu Ihnen, das Sie als Rektor...“

Bruder Matteo fiel ihm lachend ins Wort. „Nein, nein, ich bin nicht der Rektor. Ich bin lediglich sein Sekretär.

Unser Schulleiter ist sehr beschäftigt. Aber vielleicht kann ich Ihnen helfen?" Er lud die beiden Besucher mit einem warmherzigen Lächeln ein, Platz zu nehmen und setzte sich selber hinter den blank aufgeräumten Schreibtisch.

Hall und Bishop hatten ausgemacht, sich davor zu hüten, den Namen ihres Freundes zu nennen, denn Edward Stewart hatte auf seiner knappen Notiz lediglich erwähnt, dass er es nicht geschafft hatte, in die Bibliothek des Klosters zu gelangen. Auf welche Schwierigkeiten er dabei gestoßen war, war ihnen unbekannt. Jetzt gab Peter Hall in abgeklärtem Tonfall vor, eine Reportage herausbringen zu wollen, welche das Lernklima und das Bildungsniveau an verschiedenen Internaten vergleicht. Da das Klostergymnasium laut Bishop einen ausgezeichneten Ruf genoss, malte er sich gute Chancen aus, auf offene Türen zu stoßen. Bishop, der mit seiner hohen Stirn, seinem üppigen Haarkranz und der randlosen Brille wie der Prototyp des Akademikers aussah, gab ihrem Auftritt den nötigen seriösen Anstrich. Der Sekretär hörte aufmerksam zu, während er unentwegt sein Kinn massierte. Hall deutete dies als Skepsis.

„Wir haben erfahren, dass Sie an Ihrem Gymnasium hervorragende Abgänge verzeichnen und würden gerne einige Ihrer Schüler befragen. Bestimmt lassen sich mit einer entsprechenden Darstellung einige Vorurteile korrigieren, was das Klosterleben in der modernen Zeit betrifft."

Der Sekretär war offensichtlich geschmeichelt, und Hall fuhr fort, das Vorhaben in groben Zügen zu erklären. Am Schluss sagte er: „Wir haben uns vorgestellt, einige Ihrer Besten zu porträtieren. Dazu würden wir gerne auch einige stimmige Bilder machen, wir dachten etwa an die Bibliothek."

„Hm." Der Sekretär hatte sein Kinn auf die Hand abgestützt und dachte nach. „Nun, dies muss wohl unser hochwürdigster Abt entscheiden, aber es scheint mir eine ansprechende Idee zu sein. Ich werde mich bei ihm für Ihr Anliegen einsetzen."

„Sehr nett von Ihnen, Bruder Matteo." Hall und Bishop lächelten beide wie fromme Ministranten.

Der Sekretär stand auf und ging zur Tür. „Wenn Sie mich nach Mittag anrufen wollen?" Er streckte Hall eine Karte entgegen, während er mit der anderen Hand bereits die Tür aufhielt.

„Dafür schmorst du ewig im Fegefeuer", flüsterte Bishop als sie draußen waren und knuffte seinen Partner in die Seite. Ihre Schritte hallten durch die hohen Gänge und dumpfe Stimmen, die durch die schweren Türen nach draußen drangen, erinnerten daran, dass in den Klassenräumen unterrichtet wurde. Sie verließen den Haupttrakt und befanden sich bald wieder auf dem Kiesweg im Außenhof. Mittlerweile hatte der Himmel aufgerissen, und mit den blendenden Sonnenstrahlen kam auch die Sommerhitze zurück.

„Sehen wir uns noch ein wenig um", schlug Bishop vor. Sie bogen nach links in einen Rundweg ein, der zu einer Gartenanlage führte, die sich bis zur Klostermauer erstreckte. Bishop schaute zu den hohen Mauern des Hauptgebäudes auf.

„Hier also ist es geschehen, Peter. Hier ist Professor Berger seinerzeit gewesen."

„Berger...", wiederholte Hall nachdenklich. Er betrachtete die großen Buchen auf der Wiese, stumme Zeugen jener Geschichte, deren Geheimnis er mit Walter Bishop zu lüften hoffte.

Der Weg führte weiter der Klostermauer entlang, bis einige kleine Gewächshäuser auftauchten. Ein alter Mann mit Sonnenhut und Schürze kniete bei einem Blumenbeet und zog Unkraut aus der Erde. Als Hall und Bishop an ihm vorbeigingen, sah er auf und starrte die zwei Fremden mit steinerner Miene an, ohne ihren Gruß zu erwidern. Erst als die beiden weitergegangen waren, hörten sie den Alten in unverständlichem Italienisch etwas rufen, das wie ein Stoßgebet klang.

Das Portal kam wieder in Sicht und beendete ihren kurzen Rundgang. Sie verließen das Gelände und gingen zum Wagen zurück. Um die Mittagszeit zu überbrücken, fuhren sie südwärts bis zu dem historischen Städtchen Arco, wo sie sich die Beine vertreten und etwas essen wollten.

Das Ristorante Lorenzini im Dorfkern von Arco war, wie alle anderen Esslokale und Kneipen, voll bis auf den letzten Platz, und es herrschte ein lärmiges Gemisch aus Italienisch und Deutsch. Touristen mit Bergschuhen und Rucksäcken, die sich vor ihrer bevorstehenden Wanderung auf den Monte Baldo stärken wollten, mischten sich mit den Einheimischen ebenso wie jene, die gekommen waren, dem *dolce far niente* zu frönen und dies in der Aufmachung eines Bohemiens zur Schau stellten. Peter Hall kam aus dem hinteren Bereich des Lokals, von wo er den Sekretär des Rektors angerufen hatte und marschierte auf den Tisch zu, an dem Bishop vor seinem zweiten Espresso saß.

„Es ist alles klar, Walter!“, rief er, während er sich setzte. In seinen Augen lag ein siegesbewusstes Leuchten.

„Sie haben eingewilligt?“ Erwartungsvoll hob Bishop den Kopf.

„Und ob! Der Sekretär will uns zwei Gymnasiasten schicken, gleich heute Nachmittag nach dem Unterricht."

„Das ist ja großartig!" Bishop strahlte. Er war bis zuletzt nicht davon überzeugt, ob sie mit Halls Märchen durchkommen würden und hatte sich erfolglos den Kopf nach einer Alternative zerbrochen.

„Wir haben allerdings pro Interview nur eine halbe Stunde Zeit, also musst du das richtige Buch innerhalb einer Stunde gefunden haben."

„Ich soll also den Fotografen spielen und gleichzeitig in den Regalen herumstöbern." Bishop machte ein wenig glückliches Gesicht. „Na dann hoffen wir mal das Beste."

Hall nickte zuversichtlich. „Fahren wir erst mal zurück in die Pension. Ich werde mir noch ein paar überzeugende Fragen überlegen müssen, die ich den Jungs stellen kann." Er schaute sich nach dem Kellner um und verlangte die Rechnung.

Am späteren Nachmittag wartete Bruder Matteo mit einem der Gymnasiasten in der Eingangshalle des Klosters. Während er auf dem Weg zur Bibliothek voranging, erklärte er dem Jungen, wer die Besucher waren, und fragte daraufhin beiläufig, in wessen Auftrag die Studie stehe. Hall warf Bishop einen hilfesuchenden Blick zu.

„Es handelt sich um eine Kooperation mit dem pädagogischen Institut des King's College in London", log Bishop und blickte dabei starr nach vorne.

„Wegen der knappen Ressourcen beteiligen wir uns an der Feldforschung und erhalten dafür im Gegenzug Mitkredit an der Autorenschaft und Publikationsrechte", ergänzte Hall. Der Sekretär schien jedenfalls fürs Erste zufrieden zu sein.

Der Anblick der Bibliothekshalle löste bei Bishop sofort begeistertes Staunen aus. Sie war weder besonders groß, noch besaß sie den Prunk einer barocken Stiftsbibliothek, doch die verzierten Regale aus fast schwarzem Holz, die meterhoch in den Raum hinauf ragten und die unzähligen Bücherrücken, bedeckt von einer einzigartigen Patina, öffneten ein Tor in eine andere Zeit. Für einen Augenblick vergaß Bishop, weshalb sie hierhergekommen waren und sog die Atmosphäre mit den neugierigen Augen eines Jungen in sich auf. Hier schlummerten die Werke der großen Denker, Visionäre und Zweifler. Die Geschichte menschlicher Zivilisation, ihrer Fortschritte, ihrer Irrtümer. Jedes der Bücher ein Juwel aus längst vergangenen Tagen, als Papier, Tinte und feines Leder unerschwinglich, die Abschrift eines Buches ein monatelanges Unterfangen und die Gestaltung des Werkes großartige Handwerkskunst war.

Bruder Matteo sah die glänzenden Augen des Besuchers und verkündete stolz, mit ausgebreiteten Armen: „Wir beherbergen noch einige hundert Handschriften karolingischer und ottonischer Herkunft. Alles noch aus der Zeit vor dem Jahr 1000."

Bishop nickte dem Sekretär beeindruckt zu.

Sie gingen zu den Lesetischen, die in der Mitte des Raumes standen. Eine Reihe von Lampen, die von der hohen Decke an langen Drähten herunterhingen, warfen Lichtkegel auf den grünen Filz, mit dem die Tische bezogen waren.

„Ich hole dich um fünf Uhr wieder ab, Thomas", sagte der Geistliche und legte seinem Schützling die Hand auf die Schulter. Er blickte zu den beiden Gästen und verabschiedete sich mit einem Kopfnicken. Dann waren sie allein.

Hall legte einen Schreibblock auf das Pult und machte zunächst ein paar belanglose Bemerkungen über die Gegend und seine Eindrücke des Gymnasiums, um eine lockere Gesprächsatmosphäre zu erzeugen. Als der Junge im Gegenzug begann, immer mehr Fragen zum englischen Fußball zu stellen, lenkte Hall das Gespräch mit dem Hinweis auf die knappe Zeit auf seinen Fragenkatalog. Bishop war indessen bereits dabei, verstohlen am Bibliothekskatalog zu hantieren, um sich einen Überblick zu verschaffen.

Nach zwanzig Minuten begann Hall, diskret den Blickkontakt zu seinem Freund zu suchen. Bishop jedoch signalisierte mit einem Kopfschütteln: Noch nichts gefunden.

Um Punkt fünf Uhr kehrte Bruder Matteo mit dem zweiten Schüler zurück, den er in den höchsten Tönen lobte. „Dies ist Luciano. Er ist Jahrgangsbester in Altgriechisch. Er wird noch im Herbst sein Studium in München beginnen."

Hall schüttelte dem Jungen die Hand, auf dessen Gesicht das Lob des Sekretärs einen stolzen Glanz gezaubert hatte.

„Signori", sagte Bruder Matteo und verließ mit dem Schüler Thomas erneut die Bibliothek, während Luciano dessen Platz einnahm. Bishop brachte seine Kamera in Stellung und machte ein paar Aufnahmen. Dann entfernte er sich rasch und ging zu einer gewundenen Treppe, die zur ersten Galerie hinaufführte.

Auch Luciano gab bereitwillig Auskunft und berichtete ausführlich über seinen Internatsalltag. Hall hörte nur halbherzig zu, denn ihm war, als blickte er die ganze Zeit über Bishops Schulter, der die Bibliothek fieberhaft nach den Büchern von Joseph Nicolas Delisle durchforschte, während ihnen die Zeit durch die Finger rann.

Plötzlich erschütterte ein Poltern den Raum. Hall und der Schüler fuhren herum. Bishop stand unten an der

Wendeltreppe und hielt das Geländer umklammert. Er war ausgerutscht.

„Beinahe…ist wohl frisch gebohnert, die Treppe!“, rief er zu den beiden am Lesetisch hinüber.

Luciano lachte auf. „Sie wären nicht der erste, der die steile Treppe in hohem Bogen hinunter segelt! Die neuen Treppen sind viel steiler als die alten. Dafür brauchen sie weniger Platz.“

Hall betrachtete die Wendeltreppe, die auf die Galerie hinaufführte. Sie war im Stil dem alten Holzwerk angepasst, aber die Farbe und der glänzende Lack des Geländers hoben sich eindeutig von der mattbraunen Umgebung ab. „Die Bibliothek wurde renoviert?“, fragte er Luciano.

„Ein Teil ist neu und einiges haben sie nach dem Brand von einem Kloster in Österreich bekommen.“

Hall schaute den Jungen fassungslos an. „Was sagst du da?“ Auch Bishop, der inzwischen oben auf der Galerie stand, spitzte die Ohren.

„Von einem Kloster in Österreich. Dort hat es…“

„Es hat gebrannt?“ Hall unterbrach den Jungen, der ihn nun verdutzt anschaute. „Wann war das?“

Luciano zuckte mit den Schultern. „Irgendwann nach dem Krieg, glaube ich.“

Hall und Bishop warfen sich entgeisterte Blicke zu. Diese Neuigkeit drohte ihnen einen gewaltigen Strich durch die Rechnung zu machen. Sollte ihre Suche vergeblich gewesen sein?

Hall versuchte, Fassung zu bewahren. „Luciano, kennst du jemanden, der mehr darüber weiß?“

„Wieso? Mit dem Gymnasium hat das nichts zu tun, wir Schüler haben normalerweise keinen Zugang zur alten Bibliothek. Wir lernen mit denselben Büchern wie alle anderen auch.“

„Ich weiß. Trotzdem würde ich gerne mehr darüber erfahren."

„Das dürfte schwierig sein. Das Gymnasium gibt es erst seit 1949, und von den Mönchen ist schon lange keiner mehr hier."

„Es gibt niemanden mehr, der vor neunundvierzig hier im Kloster war?"

„Doch", antwortete Luciano. „Einer schon: Pater Stefano, der Abt."

„Der Abt?", wiederholte Bishop, der sich inzwischen zu den beiden gesellt hatte.

„Pater Stefano, ja. Ich..." Der Schüler hielt inne, als die Flügel der Bibliothekstür aufschwangen. Bruder Matteo kam herein.

Schnell fragte Hall: „Sonst gibt es niemanden mehr?"

„Cantieni, der alte Gärtner, war wohl auch schon da. Aber der ist, sie wissen schon...ziemlich plemplem." Luciano grinste, als er mit dem Finger an seiner Schläfe bohrte.

Der Sekretär des Rektors trat an den Lesetisch und rieb sich die Hände. „Ich hoffe, Sie sind zufrieden, Signori."

Hall nickte nachdrücklich und zwang sich zu einem Lächeln. Es war mehr eine Grimasse.

„Nun denn", sagte der Sekretär, „dann sind wir alle mal auf die Ergebnisse Ihrer Studie gespannt. Obschon ich annehme, dass es für uns kaum Überraschungen geben wird!" Seine braunen Augen funkelten verschmitzt.

Sie verließen die Bibliothek und folgten Bruder Matteo bis zum Haupteingang. Nachdem sie sich verabschiedet hatten, schauten Hall und Bishop einander ratlos an.

„Kein Delisle, Peter. Nirgends. Nicht auszudenken, wenn gerade diese Bücher bei dem Brand vernichtet worden wären.“ Die Enttäuschung stand ihm ins Gesicht geschrieben, und er sprach im Flüsterton, während sie den Haupttrakt verließen und in den Hof hinausgingen.

„Den Abt können wir auch vergessen“, meinte Hall. Er verzog das Gesicht und hob eine Hand gegen das blendende Sonnenlicht. „So wie es aussieht, hat er damals selbst eine höchst zweifelhafte Rolle gespielt. Der würde uns nichts sagen. Außerdem müsste er uns erst mal anhören, und ich wüsste nicht, welchen Grund man da vorschieben könnte.“

Links von ihnen kamen die Gärten in Sicht. Bishop sagte, was beide dachten: „Bleibt noch der Gärtner. Wie, hat der Junge gesagt, heißt der Mann?“

„Cantieni. Er sagte Cantieni.“

Sie trafen den alten Mann unweit der Gewächshäuser an. Er war damit beschäftigt, ein Drahtgitter um einen Komposthaufen zu befestigen. Seine knorrigen Finger waren dabei erstaunlich geschickt.

„Signore Cantieni?“, rief ihm Bishop zu. Der alte Mann drehte sich langsam um und kam ihnen ein paar Schritte entgegen. Er ging gebückt und sein sehniger, von lebenslanger Arbeit verformter Körper war von ledriger Haut umhüllt. Seine tief vergrabenen Augen wanderten unruhig zwischen den beiden Fremden hin und her, als wolle er abschätzen, wem das größere Misstrauen entgegenzubringen war.

„Was wollen Sie?“, fragte er heiser.

„Wir möchten gerne mit Ihnen ein paar Worte reden“, antwortete Hall.

„Passen Sie auf die Zucchini auf!“, rief der Alte und zeigte mit der Drahtschere auf den schmalen Kiespfad. Das Gemüse überwucherte das Gartenbeet, und einige Früchte lagen groß und reif an ihren dicken Stängeln auf dem Kies.

Hall breitete die Arme aus. „Natürlich, die Zucchini! Walter, pass bloß auf, wo du hintrittst!“ Er lachte.

„Jaja“, meinte Cantieni. „Was wollen Sie? Wer sind Sie?“

Sie stellten sich vor und Hall nutzte die Gelegenheit geschickt, um seine italienische Herkunft zu erwähnen. Vielleicht würde dies helfen, das Vertrauen des alten Mannes zu gewinnen. Der Gärtner war überrascht und sein mürbes Gesicht hellte sich tatsächlich ein wenig auf.

„Meine Großeltern stammen aus Florenz. Ich war als Kind oft in den Sommerferien dort zu Besuch. Ein Paradies, Fußball und Pasta, den ganzen Sommer lang!“

Jetzt gab Cantieni ein herzhaftes, heiseres Lachen von sich. „*Il calcio*! Wahrhaftig, da spricht ein italienisches Herz“, sagte er und klopfte sich auf die Brust.

Hall lachte ebenfalls und hob die Hände, als wollte er sagen: *Nicht meine Schuld*. Obschon er unverhohlen versuchte, dem Alten zu gefallen, brauchte er sich nicht zu verstellen. Was er sagte, hatte sich tatsächlich so ereignet. Dann sprach er den Gärtner auf den Brand in der Bibliothek an. Cantieni legte die Stirn in tiefe Falten.

„Dass das noch jemanden interessiert?“, fragte er erstaunt. Dann wurde seine Stimme leiser. „Meine Geschichte hat mir damals niemand geglaubt!“

„Was ist denn damals passiert?“

„Na eben, es hat gebrannt! Vor allem im Ostflügel der Bibliothek.“

„Es gab also zwei Flügel?“, hakte Bishop nach.

„Ja, heute gibt es nur noch den Westflügel. Der andere Teil ist fast komplett ausgebrannt, mit allem was drin war. Wertvolle Gemälde und alte Landkarten waren darunter. Es war mehr ein...wie sagt man?...Archiv. Eine Schande, das alles. Wer tut so was?“

Hall kniff die Augen zusammen. „Was meinen Sie denn damit?"

Cantieni stemmte die Hände in die Hüften. „Brandstiftung, das sage ich. Ich weiß es, ich war ja da!"

„Signore Cantieni…erzählen Sie bitte weiter!"

„Ach, damals geschahen hier merkwürdige Dinge. Ich bin gleich nach dem Krieg hierhergekommen, im Frühjahr darauf, meine ich. Ich habe immer alles gemacht, den Garten, die Wege, aber auch Handwerksarbeiten drinnen im Kloster."

„Sie sagten etwas von merkwürdigen Dingen", lenkte Hall ein.

„Es war ein Kommen und Gehen. Wir hatten richtig hohen Besuch, wissen Sie." Seine dunklen Augen weiteten sich, und er begann, mit der Drahtschere herumzufuchteln, während er weiter erzählte: „Viele Amerikaner, aber auch hohe Kirchenleute, ein Bischof aus Österreich zum Beispiel. Aber das war ja früher."

„Früher als was, Signore?"

„Der Brand. Sie wollten doch wissen, wie das mit dem Brand war?"

Beide nickten. „Bitte fahren Sie fort, Signore", sagte Hall.

Cantieni warf den Kopf in den Nacken und schaute hilfesuchend in den Himmel, während er vor sich hin murmelte. „Si…sisi!", sagte er endlich, „im Winter siebenundvierzig muss das gewesen sein. Es war mitten in der Nacht!" Der alte Mann schien seine Erinnerungen zu sammeln. Nach einer Weile fuhr er fort: „Ich wurde aufgeweckt, mitten in der Nacht. Ich lag in meiner Kammer, und da hab' ich plötzlich Schüsse gehört."

„Es wurde geschossen?"

„Ja, mehrere Male. Ich bin nach draußen gelaufen, und dort drüben war der Himmel schon rot von den

Flammen. Ich hab' mich hinter der Kastanie versteckt, gleich da hinten." Er schwang die Drahtschere in Richtung eines Kastanienbaums, der vor einem allein stehenden kleinen Haus stand, offenbar die Unterkunft des Gärtners. „Dann hab' ich gesehen, wie ein paar Männer zu einem Auto liefen. Sie zerrten jemanden mit sich. Hat sich gewehrt, der Arme, aber er hatte keine Chance. Und dann rasten sie davon, wie die Verrückten."

„Sie meinen, es wurde jemand aus dem Kloster entführt?"

„Mit Sicherheit! Der ging bestimmt nicht freiwillig mit. Die Amerikaner waren auch ganz aufgebracht darüber. Am nächsten Tag gingen hier fast alle weg."

„Das amerikanische Militär war also nach dem Krieg hier im Kloster?", fragte Bishop nach.

„Nun, ich habe hier eigentlich selten Uniformen gesehen. Unten in den Dörfern, da schon. Aber hier waren eigentlich alle normal angezogen. Nette Leute waren das. Sie sagten, sie wären erst mal einige Zeit hier und würden für unsere Sicherheit sorgen."

Hall und Bishop tauschten Blicke. Die Geschichte des Gärtners versetzte beide in höchste Erregung. Dann forderte Hall ihn auf, weiter über den Brand in der Bibliothek zu berichten.

„Es wurde Feuer gelegt. Wie ich's Ihnen schon gesagt habe."

„Sie meinen, das war ein Ablenkungsmanöver der Entführer?"

„Natürlich! Aber dann passierte etwas Merkwürdiges. Alle sind vorne reingelaufen und wollten löschen helfen, aber da waren Leute, und die schickten alle zurück. Sie sagten, sie hätten alles unter Kontrolle."

„Auch Sie wurden zurückgeschickt?"

„Ja, aber ich bin dann um das ganze Kloster rumgelaufen. Es gibt ja einen Seiteneingang. Die haben mich gar nicht gesehen, wie ich von hinten reingekommen bin. Und standen seelenruhig da, schauten dem Feuer zu. Als die Feuerwehr endlich hier war, war der Ostflügel schon völlig ausgebrannt!"

„Und Sie? Was haben Sie gemacht?", fragte Hall mit aufgeregter Stimme.

„Ich und ein paar Brüder sind reingerannt, immer wieder aufs Neue. Wir haben alles, was wir packen konnten, rüber ins Gärtnerhaus geschafft. Haben die Sachen einfach erst mal in die Küche geworfen."

„Und Sie haben das niemandem erzählt?"

„Beinahe!" Cantieni fuchtelte drohend mit der Drahtschere vor seinem Gesicht. Auf einmal blickte er sich um und sprach dann ganz leise weiter. „Am nächsten Morgen bekam ich Besuch. Vom hochwürdigsten Herrn Abt persönlich!"

„Der Abt hat Sie besucht?"

„In aller Frühe. Als ich ihm gesagt habe, was ich gesehen hatte, schimpfte er fürchterlich. Er beharrte darauf, dass der Brand ein Unfall war. Er sagte mir, was ich der Polizei sagen sollte und drohte mir, mich rauszuwerfen. Exkommunikation! So war das!"

„Also hat der Abt Sie genötigt, zu lügen?" Hall hatte Mitleid mit dem alten Mann, dem man ansah, dass ihn die Erinnerung an damals innerlich aufwühlte.

„Genau so war das. Er sagte, was da verbrannt war, wäre sowieso nur Kram gewesen, wertloses Zeug, das man sowieso weggeworfen hätte. Er hat gelacht und gesagt, ich solle froh sein, die Flammen hätten mir eine Menge Arbeit erspart. Das weiß ich noch genau!"

„Dann haben Sie ihm also gar nicht erzählt, was Sie alles vor den Flammen gerettet haben?"

Cantieni beantwortete die Frage mit einer unmissverständlichen Geste. Der alte Gärtner mochte auf den ersten Blick gebrechlich und verschroben wirken, aber es machte den Anschein, als wäre er geradezu erleichtert, seine Geschichte endlich jemandem mitteilen zu können. Jemandem, der sich für ihn interessierte und dafür, was damals wirklich geschehen war.

Die *Klosterroute*. Hall rief sich in Erinnerung, was ihm Bishop über die Fluchtwege erzählt hatte, welche einige einflussreiche Vertreter der katholischen Kirche nach dem Krieg eingerichtet hatten, um hochrangige Nazis außer Landes zu schaffen. Offenbar hatte der Abt des Klosters den Brand der Bibliothek dazu benutzt, um die Entführung Rudolf Bergers zu vertuschen. Ob bei der Schießerei Menschen getötet wurden, wusste der alte Gärtner nicht zu beantworten. Die Einschüchterung durch den Abt hatte Wirkung gezeigt, und er hatte keine Fragen gestellt.

Es war eine schändliche Geschichte. Doch jetzt, nachdem sich doch noch ein Hoffnungsschimmer gezeigt hatte, brannte Hall eine einzige Frage auf der Zunge: Hatte Cantieni tatsächlich auch das Buch von Nicolas Delisle gerettet? Mit leiser Stimme fragte er: „Signore Cantieni, haben Sie die Sachen noch? Haben Sie sie aufbewahrt?“

19.

Seit fast zwei Stunden - und an diesem Tag nun schon zum zweiten Mal - hockte er im Unterholz des Kastanienwaldes und führte Zwiegespräche mit sich selber. Nachdem ihm nichts mehr in den Sinn gekommen war, worüber sich nachzugrübeln lohnte, hatte sich seine innere Stimme verselbstständigt. Sie erzählte ihm, dass Gott alle Fehler umgehend bestrafen würde. Deshalb müsse er nun in diesem durchnässten, verrottenden Laub ausharren, in einer grünen Regenpellerine, mit einer schwarzen Mütze und einem Fernglas - weil er einen Fehler gemacht hatte. Je mehr er die lächerliche Moralpredigt abzuschütteln versuchte, desto drängender spulte sie sich in seinem Kopf ab.

Vom Auto aus wäre die Observation zwar bequemer, aber zu auffällig gewesen. Also hatte sich Lardi morgens um acht in den Büschen am Waldrand hinter dem Benediktinerkloster auf die Lauer gelegt. Früher oder später würde Hall hier auftauchen und alles, was er zu tun hatte, war abzuwarten - für jemanden mit seinem impulsiven Temperament eine nervliche Zerreißprobe. Während der ersten Stunde war rein gar nichts passiert, außer dass die Glocken der Klosterkapelle zur vollen Stunde läuteten. Später war ein Postbeamter mit Lieferwagen erschienen. Dann endlich, nach zweieinhalb Stunden, waren zwei Männer in einer viertürigen, schwarzen Limousine vorgefahren. Durch das Fernglas hatte er seine Zielperson, Peter Hall, erkannt. Der zweite Mann war einen halben Kopf kleiner und etwa zehn Jahre älter, schlanker und trug eine Brille. Der Reporter hatte also Verstärkung bekommen. Die Erscheinung des Mannes passte auf einen Buchhändler wie eine Karikatur. Und mit einem Buchhändler hatte Peter Hall von Krina aus telefoniert.

Walter Bishop. Soviel hatten seine Kontaktleute nach dem abgehörten Telefonat in Erfahrung bringen können. Die beiden Männer waren um sich schauend wie Touristen in die Klosteranlage gegangen, aber bereits nach zwanzig Minuten zurückgekehrt und in ihren Wagen gestiegen. Lardi war seinen Zielpersonen in sicherer Distanz bis nach Arco gefolgt, wo sie ihren Wagen in der Nähe des eindrucksvollen Burgfelsens geparkt hatten und zu Fuß ins Dorfzentrum weitergegangen waren. Nachdem Lardi sich vergewissert hatte, dass die beiden lediglich ein Restaurant besuchten, hatte er weiter im Wagen zugewartet. Nach dem Mittag waren die beiden zurückgekehrt und knapp zwanzig Minuten bergwärts Richtung Osten bis zu der kleinen Ortschaft Nago gefahren. Lardi hatte die Verfolgungsdistanz erhöhen müssen, denn bald befanden sie sich alleine auf einer gut überblickbaren, schmalen Landstraße, die in ein Waldstück mündete. Bei einer Pension, einem alten Palazzo, war die Fahrt zu Ende gewesen. Ein weiteres Mal hatte Lardi in seinem Wagen ausharren müssen und sich damit getröstet, dass er nun wenigstens ihre Unterkunft kannte. Als er bereits daran zweifelte, dass überhaupt noch etwas geschehen würde, waren Hall und Bishop auf einmal wieder ins Auto gestiegen und denselben Weg, den sie gekommen waren, wieder zurück zum Kloster gefahren. Die beiden hatten also doch noch etwas zu erledigen.

Das war vor gut eineinhalb Stunden. Seither hielt Lardi wieder die Stellung auf seinem Beobachtungsposten im Wald. Trotz der Untätigkeit stieg seine Anspannung - dass die zwei schon so lange im Kloster waren, hatte etwas zu bedeuten. Jetzt galt es, keinen Fehler mehr zu machen, einen kühlen Kopf zu bewahren und im entscheidenden Moment zuzuschlagen.

20.

Der alte Cantieni hob seinen Kopf nicht ohne Stolz, als er Peter Halls entscheidende Frage nach dem Verbleib der Objekte, die er aus dem Feuer gerettet hatte, beantwortete.

„Selbstverständlich habe ich die Sachen aufbewahrt! Was denken Sie denn? Ich glaube nicht, dass der Herr Abt Recht hatte und alles nur wertloses Zeug ist. Alte Landkarten und Bücher sind dabei, und sogar einige Gemälde - ich habe alles bei mir auf dem Dachboden."

Hall und Bishop sahen einander sprachlos an. Nachdem sie in der Klosterbibliothek vergeblich nach den Büchern des französischen Astronomen Delisle gesucht hatte, entflammte durch diese Wendung sofort neue Hoffnung.

„Signore Cantieni, wir sind auf der Suche nach einem bestimmten Buch. Es ist von großer Wichtigkeit, dass wir es finden!", sagte Hall mit bittender Stimme. Es hing jetzt alles vom Entgegenkommen des Gärtners ab, der unsicher von einem Bein auf das andere trat.

„Das Buch kann uns dabei helfen, was damals geschah, ins rechte Licht zu rücken", erläuterte Hall. „Auch Ihre Geschichte, Signore. Aber wir brauchen Ihre Hilfe. Würden Sie uns erlauben, die Sachen einmal anzusehen?"

Die wachen Augen des Alten wanderten prüfend zwischen den beiden Gesichtern hin und her. Auf einmal warf Cantieni die Drahtschere neben den Komposthaufen und schlurfte in Richtung des Gärtnerhäuschens davon. „Kommen Sie", murmelte er. „Hier entlang."

Der Kiesweg führte am Seitentrakt des Klosters vorbei und bog dann rechts zu dem kleinen Gärtnerhaus ab. Es war umgeben von langstieligen Sommerblumen, und zwischen dem Haus und der Klostermauer stand eine mächtige Linde, die ihre Äste wie schützende Arme über das steile Dach legte.

Cantieni betrat das Haus und bedeutete den beiden, ihm zu folgen. Das Erdgeschoss bestand aus einem einzigen, bescheiden eingerichteten Raum mit einem Esstisch und einer kleinen Küche. Auf dem Tisch standen einige Töpfchen, aus denen winzige Setzlinge hervor lugten.

„Hier", sagte Cantieni und zeigte auf eine schmale Holztreppe. „Hier geht es nach oben." Er ging schlurfend voran. Das Erklimmen der Treppe kostete den alten Mann einige Mühe, und sei Atem ging schwer, als sie im oberen Stock angelangt waren.

Sie standen in einem schmalen Flur. Die Zimmertüren waren offen und gaben den Blick frei in die beiden Kammern, die auf halber Höhe von der Dachschräge beschnitten wurden. Cantieni richtete den Zeigefinger nach oben. An der Decke war eine Luke zu sehen. Dann schaute er sich suchend nach allen Seiten um. „Madonna, wo ist denn jetzt der Haken?", sagte er verärgert.

Hall sah den Stock mit dem Haken hinter einer Tür stehen und griff danach. „Erlauben Sie?", sagte er und angelte nach dem Ring an der Luke. Mit einem kräftigen Zug öffnete er die Luke zum Dachboden und es kam eine zusammengeklappte Treppe zum Vorschein. Cantieni zog an einem Lederriemen und setzte den Mechanismus in Gang, der die Treppe ausfahren ließ. Sie war zu steil für den alten Mann.

„Möge der heilige Antonius mit euch sein", sagte er und ging wieder nach unten.

Die Luft auf dem Dachboden war stickig und roch nach ausgetrocknetem Holz und altem Papier. Bishop fand einen Schalter und knipste eine nackte Glühbirne an, deren fahles Licht die Winkel und Ecken nur knapp erreichte. Neben der Birne hing ein riesiges, verlassenes Wespennest, das an einem Dachbalken klebte. Die beiden stellten sich unter den Giebel, wo man gerade noch aufrecht stehen konnte, und schauten sich um.

Der Boden war verstellt mit allerlei Dingen, die den Anschein machten, als wären sie schon vor einer Ewigkeit hier deponiert worden. Bishop begann, einige alte Stühle und metallbeschlagene Holzkisten aus dem Weg zu räumen. Hall stellte Zeitungsbündel, ein Metallgestell und einen Schaukelstuhl zur Seite. Dann kamen im fahlen Licht der Glühbirne ein gutes Dutzend große, vergilbte Kartons, und einige Stapel Papprollen zum Vorschein. Die Kartons waren offen und bis zum Rand voller Bücher. Hier waren sie also: die kläglichen Überbleibsel des Ostflügels der Klosterbibliothek.

„Dann mal los!", rief Bishop aufgeregt und warf seine Jacke zu Boden.

Sie zogen eine erste Bücherkiste in die Mitte des Raumes und begannen, sie auszupacken. Ein kurzer Blick auf die Buchdeckel, dann landeten die Bücher auf Stapeln. Ein jedes davon wäre für Bishop eine interessante Beschäftigung gewesen, doch sein Fokus war einzig auf den Namen des französischen Astronomen gerichtet.

Eine halbe Stunde später waren unzählige Bücher durch ihre Hände gegangen, ohne dass der Name Joseph Nicolas Delisle irgendwo aufgetaucht war. Ihre Hoffnung schwand im selben Maß wie die Menge an Büchern, die noch in den Kartons lagen. Mit langen Gesichtern machten sie sich daran, den letzten Karton auszupacken. Zunehmend entmutigt nahm Hall Buch um Buch aus dem Karton und reichte die Bände weiter an Bishop, der sie zu denjenigen legte, die ebenfalls alles andere zum Thema hatten als die Astronomie Delisles.

Dann war der Karton leer.

„Mist!", zischte Hall, den staubigen Karton vor sich anstarrend. Bishop seufzte nur und stand auf.

Ein letztes Mal schauten die beiden ratlos durch den Raum. Sie hatten ihr Glück versucht. Der Gärtner Cantieni hatte damals einfach zu wenige Bücher vor den Flammen retten können.

Bishop tippte seinem Freund auf die Schulter. „Gehen wir runter, Peter. Komm."

Sie stiegen rückwärts die steile Treppe hinunter, ließen sie hochfahren und schlossen die Dachbodenluke. Auf der Treppe, die ins Erdgeschoss hinunter führte, murmelte Bishop vor sich hin: „Hätte er doch bloß mehr Bücher mitgenommen anstatt all die Papprollen..."

Peter Hall blieb wie vom Blitz getroffen stehen. „Warte! Was sagst du da?" Er packte Bishop am Ärmel, der sich umdrehte und Hall konsterniert anschaute. „Du hast noch von einem anderen Delisle gesprochen - es gab einen Bruder!"

Bishop nickte. „Guillaume Delisle, der Kartograph. Aber der hat keine Bücher geschrieben, worauf..."

„Das ist es ja, Walter! Cantieni hat gesagt, es wären Gemälde dabei gewesen und - Landkarten!"

Auf einen Schlag wurde Bishop klar, worauf sein Freund hinauswollte.

Suchen sie die Aufzeichnungen unter „Delisle"...

Hatte Berger am Ende Guillaume Delisle, den Kartographen, gemeint? Dann könnte sich eines seiner Werke in den Papprollen befinden - ein ideales Versteck für Blaupausen oder dergleichen.

„Natürlich!", rief Bishop. Eine Welle der Erregung überflutete ihn. Er machte auf der Stelle kehrt und lief Hall nach, der bereits wieder oben stand.

Die beiden stürmten regelrecht die Dachbodenleiter hinauf. In einer Ecke stapelten sich die unbeachteten Papprollen, unter einer dicken Staubschicht und in ein diffuses Halblicht getaucht.

Die Papprollen hatten Verschlussklappen aus Blech mit rostigen Flecken, und die Beschriftungen mancher Etiketten waren so vergilbt, dass sie nur schwer zu entziffern waren. Die beiden untersuchten ein knappes Dutzend der Pappröhren, bevor ein Freudenschrei die Stille durchbrach.

„Walter!" Triumphierend wedelte Hall mit einer Papprolle in der Luft. „Hier ist es! Unglaublich!"

Bishop riss ihm das Stück fast aus den Händen. Er drehte die Rolle, bis das ersehnte Etikett zu sehen war. „Guillaume Delisle, Carte d'Amerique, 1722…tatsächlich!"

„Mach sie schon auf, Walter!"

Bishop riss das vertrocknete Klebeband hinunter und nahm die Kappe ab. Er schwenkte die Röhre und schüttelte sie. Sofort glitten die Papierrollen heraus. Sie knieten sich hin, und Bishop breitete sie auf dem Boden aus.

Vor ihnen lag das handgezeichnete Meisterwerk von Guillaume Delisle. Vorsichtig legte er die Karte beiseite. Darunter kam eine Blaupause zum Vorschein. Sie zeigte eine technische Skizze in feinsten, weißen Linien auf einem Untergrund von reinem Blau. Darunter lag eine zweite Blaupause. Und dann ein Bund zusammengehefteter Dokumente.

Mit pochenden Herzen betrachteten die beiden Männer ihren Fund. Es war unfassbar. Sie hatten die Pläne, die der Physiker Rudolf Berger vor zwei Jahrzehnten hier versteckt hatte, tatsächlich gefunden.

21.

Der Alfa Romeo preschte über die Straße. Walter Bishop saß am Steuer und gab auf der übersichtlichen Strecke im Tal entlang der Sarca ordentlich Gas, während Hall gedankenverloren aus dem Fenster starrte. Beide hatten nur ein Ziel im Kopf: So schnell wie möglich die Pension zu erreichen, um die Dokumente von Rudolf Berger genauer unter die Lupe nehmen zu können. Nervös blickte Bishop in den Rückspiegel. Auf dem Rücksitz lag die Dokumentenrolle. Er verfiel in dunkle Gedanken und spürte eine sprichwörtliche Gefahr im Nacken - als wären die Dokumente verwünscht, ein okkultes Objekt, behaftet mit einem Fluch. Wäre es nicht besser gewesen, sie dort zu lassen, wo sie während der letzten Jahrzehnte geruht hatte? War ihr Freund Edward Stewart nicht Opfer genug?

Als sie Arco erreicht hatten, war der Himmel bereits wieder bedeckt. Dicke, grauschwarze Wolkenpakete, die sich im Laufe des heißen Tages angestaut hatten, kündigten ein baldiges Gewitter an.

Am Fuß des Monte Stivo gewann die Straße in einigen Windungen rasch an Höhe. Sobald wieder eine längere Gerade folgte, schaltete Bishop in einen höheren Gang. Der Alfa Romeo zog schnell an, und der Zeiger des Tachos stieg kontinuierlich, während das Dröhnen des Motors anschwoll. Bald fuhr Bishop, als wolle er die letzten Reserven aus dem Auto herausholen.

Hall hatte die Nervosität seines Freundes registriert und versuchte deswegen umso mehr, Ruhe zu bewahren. Aus demselben Grund hatte er auch nichts gesagt, als er den dunkelgrauen Wagen im Seitenspiegel bemerkt hatte, der ihnen in einigem Abstand folgte. Oder täuschte er sich? *Es kann auch ein Zufall sein,* redete er sich ein. Doch dann wieder: Schloss nicht der Wagen hinter ihnen immer vor den Kurven näher auf, um dann auf den Geraden wieder abzufallen? Hall versuchte, den Seitenspiegel unauffällig im Auge zu behalten. Bishop, so glaubte er, hatte nichts bemerkt.

In Nago kam die Abzweigung von der Hauptstraße in Sicht. Bishop setzte den rechten Blinker und bog in die Dorfstraße ein. Hall beobachtete angespannt, was sich hinter ihnen tat. Er drehte den Kopf nach hinten. Der vermeintliche Verfolger brauste geradeaus weiter, danach folgte ein Motorrad. Hall atmete auf. *Du wirst langsam paranoid*, sagte er zu sich selber, und seine Muskeln entspannten sich.

Es hatte eingedunkelt und der Wind hatte aufgefrischt, als sie die Pension Elisabetta erreichten. Das herrschaftliche Gesellschaftszimmer im ersten Stock gehörte wieder ihnen ganz allein, den einzigen Gästen im Haus. In Bishops Gesicht stand ein Ausdruck von Erleichterung. Morgen bräuchten sie sich nur noch um ihren Rückflug zu kümmern und den Alfa Romeo zurückzugeben, dann würden sie schon bald zurück in London sein. Er ging vorsichtig die Treppe hoch, ein Tablett mit einer Kanne Kaffee balancierend, die Signora Pisoni für sie gekocht hatte.

„Dann lass uns mal die Dokumente genauer ansehen", sagte er, während er einschenkte. Hall hatte die Papierrollen bereits auf den Tisch gelegt und breitete sie nebeneinander aus. Es waren zwei Blaupausen mit technischen Zeichnungen und etwa zwei Dutzend zusammengehefteter Papiere im Briefformat. Das Deckblatt war gelblich verfärbt und trug am oberen Rand den Stempel *Geheime Kommandosache,* sowie die Angaben *Prof. Dr. Rudolf Berger, Skoda-Werke, Pilsen, 16. November 1944*. Es war eine Art Inhaltsverzeichnis. Hall blätterte den Stapel durch. Die Seiten waren mit reihenweise Berechnungen, Tabellen und Formeln angefüllt. Jedes Blatt war unten mit dem Kürzel R.B. signiert.

Hall stieß Luft zwischen den Zähnen hervor und schob das Dokument seinem Partner hin. Auch wenn Bishop über etwas bessere Deutschkenntnisse verfügte, mit den exotischen Begriffen wie *Magnetfeldtrennung, Wirbelkompresssion* oder *Ladungspotentiale* konnte auch er nicht das Geringste anfangen. „Das war nicht anders zu erwarten", sagte er über seine Schulter blickend. „Das kann nur ein Physiker entschlüsseln."

Sie betrachteten die beiden Blaupausen, auf denen Skizzen, Diagramme und Schaltpläne zu sehen waren, die ebenso kryptisch anmuteten wie die Aufzeichnungen auf den Blättern.

Bishop schaute von den Plänen auf und tippte mit dem Finger auf die Zeichnung eines zylinderförmigen Objekts. „Was denkst du, was könnte das sein?"

Hall verzog die Mundwinkel und schüttelte den Kopf. „Irgend eine Maschine? Wie eine Waffe sieht mir das eigentlich nicht aus."

„Auf jeden Fall muss daran etwas Revolutionäres sein, wenn es heute noch, zwei Jahrzehnte nach dem Krieg, von so großer Bedeutung ist." Seine Augen weiteten sich. „Peter, wir müssen so schnell wie möglich zurück nach London! Ich kenne einen Physiker am College, der uns sicher weiterhelfen kann."

Hall stimmte zu und begann, die Pläne wieder zusammenzurollen. Plötzlich lachte er auf. „Welche Ironie! Nun sitzen wir hier auf diesem heißen Zeug und haben keine Ahnung, worum es eigentlich geht. Ich jedenfalls..."

Bishop versetzte Hall einen Stoß gegen die Rippen. Er war wie zur Salzsäule erstarrt und hielt den Zeigefinger vor die geschürzten Lippen.

„Was ist?“

„Ich dachte, ich hätte Glas zerspringen gehört“, flüsterte Bishop.

Hall winkte ab. „Es hat gedonnert. Es donnert und blitzt andauernd.“

Tatsächlich hatte das Gewitter jetzt richtig losgelegt. Die Spannungen entluden sich in grellen Blitzen, vor den Fenstern peitschten die knorrigen Äste der Kastanien hin und her, und seit einigen Minuten regnete es wieder.

Bishop gab sich mit der Erklärung nicht zufrieden. „Da war noch etwas anderes.“ Seine Augen wanderten aufgeregt durch den Raum.

„Lass uns die Nerven behalten, Walter.“ Er legte seine Hand auf Bishops Schulter. „Dann wird es wohl Signora Pisoni sein.“

„Das ist es ja - Signora Pisoni ist eben nach unserem Eintreffen nach Hause gefahren. Ich selber habe die Tür abgeschlossen!“

Dann hörte auch er etwas. Ein Knarren. Es kam aus dem Flur.

Bishop hatte recht: Es war jemand im Haus.

Sie starrten sich gegenseitig in die Augen. Dann sprang Hall auf und eilte hinüber zum Kamin, wo seine Jacke über einer Sessellehne hing. Er griff in die Innentasche. Als er sich wieder umgedreht hatte, hielt er die Beretta in der Hand.

Bishop erschauderte, als er die Waffe sah. Hastig griff er nach den Plänen. Dann signalisierte er Hall mit einem Nicken, dass er bereit war.

Sie schlichen zur Salontür, die einen Spaltbreit offen stand. Hall zog die Tür etwas weiter nach innen, hielt den Kopf in den Spalt und lauschte. Das Haus war erfüllt von dem monotonen, alles einmummenden Rauschen des Regens, der draußen auf das dichte Laub der Kastanien prasselte. Sonst war kein Geräusch zu hören. Mit erhobener Waffe trat er in den Flur hinaus. Bishop folgte dicht hinter ihm. Als er die Kommode sah, die gleich neben der Tür im Flur stand, schob er die Papierrolle kurz entschlossen unter das Möbel.

Das Licht, das aus dem Salon drang, tauchte den Korridor in einen diffusen Schimmer. Sie folgten dem roten Läufer auf Zehenspitzen, bis sie vorne bei der Treppe waren. Von unten kam ebenfalls schwaches Licht aus einem der Räume. Sie hielten inne und spähten nach unten. Die Treppe führte über einen Zwischenboden nach unten ins Erdgeschoss. Sie gingen auf Zehenspitzen nach unten.

Plötzlich strömte ihnen ein kühler Luftzug entgegen. Das Geräusch des Regens wurde lauter. Nach einigen Stufen sahen sie, dass auf dem Treppenabsatz ein Fensterflügel nach innen offen stand. Die Regentropfen spritzten wie Perlen vom Sims zurück, und die weißen Gardinen tänzelten in der hereinwehenden Luft. Auf dem Holzboden glitzerten die Glasscherben der eingedrückten Fensterscheibe. Jetzt bestand kein Zweifel mehr, dass tatsächlich jemand ins Haus eingedrungen war.

Dann wurde es auf einen Schlag dunkel.

Hall und Bishop verharrten totenstill in der Dunkelheit. Einzig die Beleuchtung im Hof funktionierte noch. Es hatte also jemand die Stromzufuhr zum Haus unterbrochen oder die Sicherungen herausgedreht. Durch die Fenster im Erdgeschoss schimmerte bläuliches, kaltes Licht hinein, und die Umgebung war nur mehr schemenhaft zu erkennen.

Da war es wieder: Ein leises Knarren. Hall stupste seinen Freund an und zeigte nach oben. „Diesmal kam es von oben!“, flüsterte er.

„Bist du dir sicher?“

„Ich weiß nicht recht!“ Hall wagte kaum mehr zu atmen. Suchend blickte er sich um. Auf einem Möbel erkannte er die Silhouette eines Kerzenständers. Er nahm ihn in die Hand und wog prüfend sein Gewicht. Massives Messing. Eine taugliche Waffe. Er drückte Bishop die Beretta in die Hand und gab ihm mit Zeichen zu verstehen, dass er sich den ersten Stock vornehmen wollte. Bishop sollte sich währenddessen im Erdgeschoss umsehen.

Walter Bishop schluckte leer. Sein Herz schlug ihm bis zum Hals, als er sich aufmachte, die Treppe hinabzusteigen. Hall huschte in die entgegengesetzte Richtung davon.

Er kam zunächst wieder an der offenen Salontür vorbei. Die Möbel wirkten wie grotesken Kreaturen. Sie waren in ein trübes Licht getaucht und ihre langen Schatten verschmolzen mit dem Raum, der nirgendwo zu enden schien. Seiner Wahrnehmung konnte er jetzt nur noch bedingt trauen. Diese Wirklichkeit war ein trügerischer Schein, und Hall wusste, dass der Vorteil auf der Seite desjenigen war, dessen Augen sich länger an die Dunkelheit hatten gewöhnen können.

Er ging weiter. Noch schaffte er es, sich zu orientieren. Rechts vor ihm lagen ihre beiden Schlafzimmer. Zu seiner Linken war die Tür zur Toilette. Er ging mit ausgestrecktem Arm hinüber und tastete nach dem Türgriff. Sachte zog er die Tür auf und blickte hinein. Ein viereckiges Fenster ließ etwas Licht hinein, doch in dem schlauchförmigen Raum war nichts Außergewöhnliches zu erkennen. Hall ging hinüber zu den Schlafzimmern.

Das erste war seins. Er griff mit der linken Hand nach der Klinke, während seine Rechte den schweren Kerzenständer fester umklammerte. *Vielleicht ist er hier drin.*

Adrenalin schoss durch seinen Körper, als er sich einen Ruck gab und den Türgriff hinunterdrückte.

Das einzige Fenster befand sich neben dem Bett und war zum Waldrand hin ausgerichtet. In dem spärlichen Restlicht konnte er schemenhaft das Bett und gleich daneben den Nachttisch erkennen. Links war ein kleiner Schreibtisch, und davor ein Stuhl mit einem über die Lehne geworfenen Hemd. Rechts war der Kleiderschrank, und gleich daneben befand sich die Durchgangstür, die sein Zimmer mit dem von Bishop nebenan verband. Er wartete auf ein Geräusch. Stille. In seinem Zimmer war niemand - als letztes blieb auf diesem Stockwerk nur noch das Zimmer Bishops. *Alles oder nichts!*

Hall hielt den Atem an und ertastete mit zittriger Hand die Tür. Sein Mund fühlte sich trocken an, und er spürte sein Herz bis zum Hals pochen. Dann stürzte er hinein. Hektisch blickte er in alle Richtungen. Nichts. Was war hier nur los?

Du hast dich in dem Geräusch getäuscht, schoss es ihm durch den Kopf. Folglich musste der Einbrecher unten im Erdgeschoss sein. *Walter!*

Blitzschnell eilte er zurück in den Korridor. Bei der Treppe angelangt, verlangsamte er abrupt seine Schritte. Um das Knarren der Dielen zu vermeiden, presste er sich beim Heruntersteigen ganz nahe an die Wand.

Kurz darauf stand er unten im Eingang und schaute sich um. Irgendwo musste Bishop sein. Es gab nirgends eine Bewegung auszumachen, und abgesehen von dem monotonen Rauschen des Regens herrschte Totenstille.

Mit dem Rücken dicht zur Wand hielt er sich nach rechts und schob sich weiter, bis sich vor ihm ein größerer Raum auftat. Die spärliche Beleuchtung draußen vor den Fenstern tauchten das Zimmer in blasses Licht. Hall erkannte einen langen Tisch mit ringsum gruppierten Stühlen. Das Esszimmer. Er ging hinein.

Vorsichtig sondierte er den Raum. Seine Augen wanderten von rechts nach links, bis er vor einem der Fenster einen eigenartigen, langen Schatten wahrnahm. Auf der Stelle gefror ihm das Blut in den Adern. Es war die Silhouette eines menschlichen Körpers. Instinktiv duckte er sich hinter den Tisch. Sein Puls hämmerte. Kein Zweifel, die Gestalt musste ihn ebenfalls gesehen haben.

Hall kauerte hinter dem Esstisch und machte sich bereit, sofort loszurennen. Dann hob er den Kopf über die Tischkante und zischte in Richtung des Schattens: „Walter, bist du das?"

Wie von einem Schlag getroffen fuhr der Schatten zusammen. Gleichzeitig knallte ein Schuss. Hall sah das Aufblitzen eines Mündungsfeuers, und es folgte ein unterdrückter Schrei. Reflexartig ließ er sich seitlich zu Boden fallen, während ihm bewusst wurde: Der Schuss kam nicht von vorne, sondern von rechts. Er hob den Kopf. Die Gestalt stürzte wie ein aufgeschrecktes Tier auf ihn zu. Er richtete sich auf und riss die Arme hoch, doch ein dumpfer Schlag gegen den Unterkiefer ließ ihn rücklings niedergehen. Die Gestalt sprang über ihn hinweg und stürzte aus dem Raum. Hall warf sich um die eigene Achse und stand mit einem Satz wieder auf den Beinen.

Die Zeit schien einen Moment lang stillzustehen. Er war wie gelähmt. Wer hatte auf wen geschossen? Walter?

Dann ging mit einem Schlag die Beleuchtung wieder an. Geblendet durch das gleißende Licht, kniff er die Augen zusammen. Niemand zu sehen. Er stürzte hinaus in den Flur und sah, dass die Haustür weit offen stand. Der Mann war weg.

Kurz darauf hörte er ein dumpfes Poltern. Es kam von unten, aus dem Keller.

Hall suchte Deckung hinter einem Kleiderständer und versuchte, das Geräusch zu orten. Das Poltern kam näher, aus der Richtung der Tür, die sich unter der Treppe befand. Hall verfestigte den Griff um seine spartanische Waffe. Er blieb in Deckung und hielt den Atem an.

Krachend wurde die Tür aufgerissen, und Walter Bishop platzte, gehetzt um sich blickend, in den Raum. Hall schnellte aus seiner Deckung hervor.

„Walter!“, rief er ihm entgegen.

Bishop zuckte zusammen. Er riss in einer automatischen Bewegung die Pistole hoch und schwenkte sie in Halls Richtung.

„Ich bin's!“, rief Hall und streckte die Hände in die Luft.

Mit einem lauten Stöhnen ließ Bishop die Pistole sinken und ging auf seinen Freund zu. Der Schrecken stand ihm ins Gesicht geschrieben. „Was war das für ein Schuss?“, fragte er. Er musterte Hall von oben nach unten in der festen Überzeugung, irgendwo an dessen Körper eine blutende Wunde zu finden.

Hall blickte ihm konsterniert in die Augen. „Hast nicht *du* geschossen?“ Noch während er die Frage stellte, wurde ihm klar, was dies bedeutete. Wenn Bishop eben noch im Keller war, als der Schuss fiel, dann musste noch jemand anderes ins Haus eingedrungen sein. Dieser Mann war vielleicht noch immer da. Bewaffnet.

Bishop schüttelte derweil nur den Kopf und hielt ahnungslos die Waffe hoch. „Ich habe im Keller die Sicherungen reingedreht und…“

„Psst!“ Hall packte Bishop am Ärmel und zog ihn zur Seite. Mit einem Finger vor den Lippen presste er hervor: „Es ist noch jemand im Haus! Ein Zweiter!“

„Was?“, zischte Bishop.

„Gib mir die Beretta, Walter! Bleib hinter mir!“

Er reichte ihm die Waffe. Hall ging mit vorsichtigen Schritten zurück ins Esszimmer, Bishop dicht hinter ihm.

Das Esszimmer war hell erleuchtet. Sie gingen links am Tisch vorbei dorthin, wo Hall den Mann gesehen hatte. Dort führte ein Durchgang in einen weiteren Raum. Die Tür stand offen, aber in dem Raum brannte kein Licht. Hall verdrehte seinen linken Arm, um nach dem Lichtschalter zu tasten. Mit einem leisen Klicken wurde es hell. Schnell reckte er den Kopf vor, um einen Blick hineinzuwerfen. Auch hier war keiner.

Er wandte sich um zu Bishop. „Was ist mit den anderen Zimmern hier unten?“

„Gästezimmer. Sind alle verschlossen.“ Bishop folgte Hall zurück in den Flur, wo die beiden ratlos stehen blieben. „Peter, was, verdammt noch mal, geht hier vor?“

Hall kratzte sich am Bart. „Ich habe keinen Schimmer. Aber es sieht so aus, als hätten wir einen Schutzengel!“

In dem Moment waren von draußen auf dem Kiesplatz schnelle Schritte zu hören.

Hall drängte seinen Freund zur Seite, lief los und stellte sich unter die offene Eingangstür. „Halt!“ Er richtete die Waffe beidhändig gestützt auf die Person, deren Konturen sich vage aus der Umgebung herausschälten. Diese ignorierte den Befehl und kam geradewegs auf ihn zu. Hall fixierte sein Gegenüber über den Lauf der Pistole hinweg. Er spürte den Druck des Abzugs an seinem Finger.

„Peter!“, rief eine Frauenstimme, „Nicht!“

Hall stand da mit offenem Mund - niemals hätte er mit *ihr* gerechnet. „Rachel?“

Ihre schwarzen Locken glänzten nass. Von Kopf bis Fuß in schwarz gekleidet, sah sie aus wie ein Taucher, der aus den Fluten stieg. Sie trat unter das Vordach und wischte sich die Regentropfen von ihrer Kunstlederjacke.

Auch Bishop war konsterniert. Aufgewühlt wanderten seine Augen zwischen den beiden hin und her. „Entschuldigung?“, rief er in den Raum und verwarf theatralisch die Hände. Dann verschränkte er die Arme vor der Brust und wartete auf eine Erklärung.

Hall gab einen Seufzer von sich. Er steckte die Waffe in den Hosenbund und stellte die beiden einander mit ironischem Unterton vor: „Rachel - Walter Bishop. Walter - Rachel Gayle.“

Bishop musterte die Frau mit skeptischer Miene. „Die Frau, von der du mir erzählt hast? Die CIA-Agentin?“

Hall antwortete mit einem langsamen Nicken und warf Rachel Gayle einen auffordernden Blick zu.

„Mir schien, als könnten Sie Hilfe gebrauchen“, sagte sie nur und machte eine Kopfbewegung in Richtung des Esszimmers.

„Dann haben also Sie geschossen?“, fragte Hall.

Sie nickte. „Der Mann, der es auf sie abgesehen hat, heißt Francesco Lardi. Ein Mann fürs Grobe. Stammt aus der Gegend. Er arbeitet zur Zeit offenbar für den KGB - was interessant ist, denn er ist unter anderem vorbestraft wegen rechtsextremistischer Terroraktionen, die sich gegen kommunistische Parteien richteten. Scheinbar arbeitet er für jeden, wenn das Honorar stimmt. Der Mann hätte keine Sekunde gezögert, ihnen ein Loch in den Kopf zu pusten.“ Sie blickte zu Bishop. „Ihnen beiden.“

Bishop fühlte einen Kloss im Hals. Sein Gesicht war mit jedem Wort der Agentin bleicher geworden. Es sah tatsächlich so aus, als hätte ihnen Rachel Gayle vor wenigen Minuten das Leben gerettet. Er schaute hinüber zu Hall, der unbeweglich dastand und zu Boden blickte. Auch ihm fehlten die Worte.

„Schon gut, Peter", sagte sie mit ruhiger Stimme. „Jeder macht seinen Job, nicht wahr?"

Er schaute vom Boden auf und atmete tief durch. „Ich glaube, es gibt ein paar Dinge zu klären. Lasst uns nach oben gehen."

In dem Moment, als sie in den Salon eintraten, verkündete die Kuckucksuhr dreiundzwanzig Uhr. Sie gingen zur Sitzgruppe beim Kamin. Hall beschäftigte eine Frage, die ihm mehr als alles andere auf der Zunge brannte.

„Wie haben Sie uns eigentlich gefunden?"

Gayle, die im Begriff war, Platz zu nehmen, hielt inne und richtete sich wieder auf. „Wir sind Walter Bishop gefolgt", sagte sie schulterzuckend, als wäre die Frage nicht der Antwort wert. „Sie haben doch nicht wirklich gedacht, wir würden Sie aus den Augen lassen, Peter?"

Betreten wandte Hall das Gesicht ab. Natürlich war ihm klar gewesen, dass ihn die CIA an der langen Leine halten würde, aber er hatte eine erneute Kontaktaufnahme erst in London wieder für wahrscheinlich gehalten. Die Beschattung hier in Italien zeigte eines ganz deutlich, nämlich dass man mit ihm und Bishop fest gerechnet hatte - was nichts weniger hieß, als dass sie im Prinzip lediglich zwei Bauern auf einem Schachbrett waren, an dessen Enden irgend ein CIA-Stratege und Rachel Gayle saßen. Und nun, da dieser Lardi mit der Absicht, sie zu töten, auf den Plan getreten war, blieb ihm nichts weiter übrig, als für diesen demütigenden Umstand auch noch dankbar zu sein.

Er schaute hinüber zu seinem Freund, der immer noch benommen wirkte. Ein schlechtes Gewissen überkam ihn. Bishop war eindeutig außerhalb seines Elements. Er hatte ihn in eine Sache hineingezogen, für die der vergeistigte Akademiker nicht geschaffen war. Eine Sache, die von Tag zu Tag gefährlicher zu werden schien. Und über die er, Peter Hall offensichtlich nicht die geringste Kontrolle hatte.

Sie beide, Bishop und er, hatten das Erbe Ed Stewarts angetreten. Stewart war davon überzeugt gewesen, dass an der ganzen Sache etwas nicht stimmte. Er hatte sich geweigert, den Brief von Professor Berger seinem Verbindungsoffizier bei der CIA weiterzugeben und war stattdessen untergetaucht, um der Geschichte auf eigene Faust auf den Grund zu gehen - und hatte dafür mit dem Leben bezahlt. Jetzt, da ihnen so offenkundig dasselbe Schicksal drohte, trat ihm die Tragweite seiner Entscheidungen so deutlich vor Augen wie nie zuvor. War es die Sache wert, noch mehr zu riskieren? Gab es überhaupt einen Weg zurück? Wenigstens für Walter Bishop? Sie waren meilenweit davon entfernt, mit einer Publikation in den Medien das Auge der Öffentlichkeit auf die Geschichte, in die sie sich verstrickt hatten, zu lenken, was ihnen einen gewissen Schutz gewährt hätte. Denn im Grunde hatten sie noch immer keine Ahnung, worum es bei der Sache überhaupt ging.

Hall wurde mit jeder Treppenstufe bewusster, dass ihnen zur Zeit nur Rachel Gayle und die CIA Schutz vor den Schergen des KGB bieten konnte. Als er auf dem Boden des ersten Stocks angelangt war, hatte er einen Entschluss gefasst: Er würde der Agentin die Dokumente übergeben und dafür im Gegenzug die nötigen Personenschutzmaßnahmen einfordern. Noch hatte er keine

Ahnung, dass ausgerechnet Walter Bishop seinen Plan durchkreuzen würde.

22.

Peter Hall betrachtete Rachel Gayle, die in dem eleganten, ledernen Ohrensessel Platz genommen hatte. Sie hatte sich zurückgelehnt, ein Bein über das andere geschlagen und wirkte gefasst und souverän. Hall dachte, dass wohl manch einer ihre Haltung als Ausdruck professioneller, distanzierter Kälte deuten würde. Doch er spürte, dass hinter dem strengen, tief liegenden Blick der etwa dreißigjährigen Frau noch etwas anderes verborgen lag. Es brauchte gar nicht so viel Fantasie, um sich die Agentin in einem anderen Umfeld auszumalen, beim Spielen mit kleinen Kindern, beim Lachen mit Freundinnen, und dann erschien sie auf einmal auf natürliche, unaufdringliche Art attraktiv. Dass sie sich als Frau in einer Männerwelt, die aus Lügen, Verrat und Manipulation bestand, mit einer Art Maske schützte, war mehr als verständlich. Oder war sie in ihren noch jungen Jahren tatsächlich bereits verbittert, weil sie in ihrem Beruf Schreckliches gesehen und erlebt hatte? Hall dachte an früher, an all die Kriegsreporter, deren Abstieg in Alkohol, Drogen und Zynismus er beobachtet hatte. Auf einmal schien ihm die Situation aus der Sicht der Agentin etwas näher, ihre Welt nicht mehr so fremd. Bishop, der sich neben ihn gesetzt hatte, unterbrach ihn in seinen Gedanken.

„Sie meinen, dieser Lardi wurde vom KGB geschickt?“, fragte er mit argwöhnischer Stimme.

„Entweder vom KGB oder den Speznas. Darüber sind wir uns momentan nicht einig - zu dumm, dass der Mistkerl entkommen ist!“ Sie zündete sich eine Zigarette an und machte mit einer schnellen Handbewegung das Streichholz aus. Dann beantwortete sie die Frage, die in den Gesichtern der Männer stand. „Die Speznas sind eine Spezialeinheit des sowjetischen militärischen Nachrichtendienstes GRU. Wir wissen nicht viel über sie, aber wir wissen, dass sie dafür ausgebildet sind, hinter feindlichen Linien, zu agieren - Aufklärung, Sabotage, gezielte Tötung, das Anlegen geheimer Waffendepots. Und der KGB unterhält für Mordaufträge sogar eine eigene Abteilung, die Abteilung 13. Wie dem auch sei, er oder andere werden wiederkommen. Sie haben mit ihrem aufschlussreichen Telefongespräch aus Krina bestimmt das halbe Erste Direktorat des KGB auf den Plan gerufen!“

Die beiden Männer sahen sich schweigend an. Natürlich war es rückblickend ein Fehler gewesen, von Stewarts Apartment aus ein Telefongespräch zu führen, doch wer hätte damals ahnen können, dass die Leitung von jemandem abgehört wurde?

„Dass Lardi auf Sie geschossen hat, kann nur eins bedeuten“, fuhr Gayle fort. „Er glaubt, dass Sie gefunden haben, wonach Sie suchten.“ Ihre Augen wanderten zwischen den beiden hin und her. „Sie sollten sich mir anvertrauen. Lassen Sie mich Ihnen erklären, warum.“

„Schießen Sie los“, sagte Hall und schaute auffordernd zu seinem Freund hinüber.

„Von mir aus“, meinte Bishop. „Hören wir uns an, was Miss Gayle zu sagen hat.“

„Rachel“, sagte sie mit einem knappen Lächeln und beugte sich vor. „Ich will so offen zu Ihnen sein, wie es mir möglich ist.“ Sie blickte zu Hall. „Immerhin sind Sie ein recht bekannter Enthüllungsreporter.“

Hall hob unschuldig die Hände. „Lassen Sie sich davon nicht beeindrucken. Wir wollen lediglich herausfinden, weshalb Stewart sterben musste."

„Nun denn. Wir haben eine Theorie diesbezüglich. Natürlich geht es um die Informationen, die er in Leningrad erhalten hat. Wie Sie vielleicht wissen, haben sowohl wir wie auch die Russen in den vierziger Jahren Wissenschaftler rekrutiert, die während des Krieges in Nazi-Deutschland tätig waren."

„Die Operation Paperclip", warf Bishop rasch ein. „Kriegsverbrecher, denen sie im Tausch gegen ihr Wissen Asyl gewährt haben!"

Sie faltete die Hände auseinander. „Wir hatten Paperclip, die Sowjets die Operation Ossawakim. Es ist zugegebenermaßen keine sehr rühmliche Geschichte. Aber Sie müssen den Kontext sehen: Als die Allianz mit Stalin nach dem Sieg über Hitler zerbrach, hatte sich bereits abgezeichnet, dass sich zwei ideologisch unvereinbare Machtblöcke bilden würden, und dass diese Machtblöcke vor allem eines im Sinn haben: Expansion. Beim Kommunismus geschieht das mit den Mitteln der Gewalt und Unterdrückung, davon haben wir uns inzwischen ja zur Genüge überzeugen können!"

Bishop stieß ein zynisches Lachen hervor und schüttelte den Kopf. „Tragisch scheint mir nur, dass man glaubt, den Kommunismus bekämpfen zu können, indem man in Vietnam einen Stellvertreterkrieg führt, der noch dazu vor allem die Zivilbevölkerung trifft. Ich bitte Sie, das ist doch himmelschreiend!"

Gayles Augen verdüsterten sich. Doch ehe sie ein weiteres Argument entgegnen konnte, war Hall halb aufgestanden und hob beschwichtigend die Hand. „Diese Diskussion bringt uns nicht weiter. Lassen wir die historische Herleitung einmal beiseite und konzentrieren wir uns darauf, wo wir hier und jetzt stehen." Um seinen Worten Nachdruck zu verleihen, machte er eine Pause und legte die Fingerspitzen aneinander. Gayle nickte schweigend, und Bishop ließ sich in den Sessel zurückfallen. „Sie wollten uns erklären, weshalb wir uns Ihnen anvertrauen sollen, Rachel."

Sie kniff die Augen etwas zusammen. „Sagt Ihnen der Name Klaus Fuchs etwas?"

Hall erinnerte sich sofort an den Mann. Er war der Protagonist der wohl größten Spionagegeschichte, die je ans Licht der Öffentlichkeit gelangt war. „Der Atomspion", antwortete er. „Er gab geheime Informationen über die amerikanische Atombombenforschung an die Sowjets weiter. Seine Enttarnung führte letztlich dazu, dass das Ehepaar Rosenberg in den USA zum Tode verurteilt wurde."

„Das ist korrekt. Auch Klaus Fuchs wurde verurteilt. Vierzehn Jahre Freiheitsstrafe. Man behandelte ihn als infamen Verräter und Kommunisten." Sie senkte ihre Stimme, und in ihren olivfarbenen Augen lag etwas Verschwörerisches, als sie fragte: „Wissen Sie, welches Motiv ihn dazu bewog, sein Wissen weiterzugeben und sein Land zu verraten?"

Die beiden Männer schwiegen.

„Er hielt es für unverantwortbar, für zu gefährlich, wenn nur eine Seite im Besitz von Atomwaffen ist. Durch ein Gleichgewicht der Mächte aber würde das Risiko minimiert, dass solch zerstörerische Waffen tatsächlich eingesetzt werden." Sie wartete einen Moment, bevor sie weitersprach. „Fuchs beteuerte bis zum Schluss, rein aus Gewissensgründen gehandelt zu haben."

„Die Equilibrium-These, schön und gut", sagte Bishop. „Allerdings mutet es ein bisschen paradox an, dass der Frieden dadurch gesichert werden soll, dass sich beide Seiten ein atomares Wettrüsten liefern. Man rufe sich die Kubakrise in Erinnerung - erst vor drei Jahren standen wir am Rande eines nuklearen Weltkriegs!"

„Niemand bestreitet, in welch gefährlicher Zeit wir leben, Walter. Aber da es diese Nuklearwaffen nun mal gibt - wäre die Welt sicherer, wenn nur eine Seite sie hätte?"

„Kommt ganz darauf an, von welcher Seite man es betrachtet."

„Richtig. Und genau aus diesem Grund können Sie Klaus Fuchs als Spion und Verräter sehen - oder als Friedensaktivisten, je nachdem."

Bishop zupfte an seinem Schnurrbart. „Es wundert mich etwas, dass ausgerechnet Sie als Repräsentantin des amerikanischen Geheimdienstes den Mann als Gutmenschen darstellen wollen." Er suchte Halls Blick, doch der erwiderte ihn nicht. Überhaupt hielt sich sein Freund merkwürdig zurück, was ihm jetzt erst richtig bewusst wurde. Was mochte in Hall vorgehen? Es war doch sonst nicht seine Art, mit seiner Meinung hinter dem Berg zu halten?

Gayle reagierte mit einem pikierten Lächeln. „Die wahren Motive von Fuchs bleiben letztlich sein Geheimnis, nicht wahr? Ich denke in der Sache eher an Sie beide, Walter. Denn die entscheidende Frage ist: Wie würden *Sie* an Fuchs' Stelle entscheiden? Angenommen, Sie verfügten über Informationen, die den Sowjets ein Machtmonopol verschafft, und Sie hätten nun die Gelegenheit, diese Gefahr zu neutralisieren, indem Sie diese Informationen dem Westen übergeben - was würden *Sie* tun?" Sie ließ ihren Blick bedeutungsschwer zwischen den Männern hin- und her pendeln. „Ob Sie es wahrhaben wollen oder nicht: Sie beide stehen nun genau an diesem Punkt. Was immer Sie tun, meine Herren, hat möglicherweise eine entscheidende Auswirkung auf den Weltfrieden!“ Sie nahm die Zigarettenpackung vom Tisch, stand auf und ging zum Fenster. Das Intermezzo gab den beiden Männern zu verstehen, welche Bedeutung ihrer Entscheidung zukam. Es war beklemmend still in dem Raum. Der Regen hatte aufgehört.

Bishop fixierte über den Brillenrand hinweg seinen in Gedanken versunkenen Freund. Er wusste, dass Hall dieselben Überlegungen anstellte wie er selber. Obschon die Argumentation Rachel Gayles durchaus ihre Berechtigung hatte - sie konnte deshalb nicht überzeugen, weil sie eines nicht aus der Welt schaffen konnte: Ed Stewart hatte in Leningrad Merkwürdiges erlebt, etwas, das ihn veranlasst hatte, bei der CIA abzuspringen und eigenen Nachforschungen nachzugehen. Es hatte mit dem angeblichen Mord an Professor Tschernenko begonnen, der sich als Irrtum erwiesen hatte. Oder als Täuschung, wie Hall glaubte. Wenn Hall Recht hatte, dann war an der ganzen Geschichte etwas faul. Bishop war überzeugt: Solange diese Frage nicht geklärt war, durften sie auf keinen Fall irreversible Schritte unternehmen. Wenn sie jetzt die Dokumente einfach der Amerikanerin aushändigen würden, dann wäre Stewart für nichts gestorben.

Er betrachtete Hall, der dasaß mit zusammengepressten Lippen und diesem typischen nachdenklichen Ausdruck, den er bei seinem langjährigen Freund schon so oft beobachtet hatte. Und er ahnte, warum Hall so merkwürdig still geworden war - offenbar ging es ihm nur noch darum, heil aus der Sache herauszukommen. Bishop wusste, dass Hall dabei in erster Linie an ihn dachte, der im Gegensatz zu dem ehemaligen Kriegsreporter keine Erfahrung mit gefährlichen Situationen dieser Art hatte. Was mochte wohl in ihm vorgehen?

In diesem Augenblick erwachte Hall mit einem Ruck aus seinen Gedanken. Er löste sich von seinem Sessel und drehte sich nach Rachel Gayle um, die regungslos am Fenster stand und mit einer Zigarette in der Hand in die Nacht hinaus starrte. „Hören Sie, Rachel, es sieht so aus: Sagen Sie uns, worum es bei der Sache geht, und wir können Ihnen sagen, ob Ihnen das, was wir haben, überhaupt weiterhilft."

Sie warf lachend den Kopf in den Nacken und drehte sich gelassen um. „Ohne Ihnen zu nahe treten zu wollen - wenn es das ist, was ich glaube, dann werden Sie das kaum beurteilen können. Oder ist einer von Ihnen nebenbei auch noch Physiker?"

„Lassen wir es darauf abkommen", antwortete Hall. „Was wissen Sie über das Projekt?"

Sie näherte sich mit langsamen Schritten, und ihre markanten Augenbrauen verrieten, dass sie nachdachte. „Nicht viel. Wir wissen tatsächlich nur das, was ich von Ihrem Telefonat in Krina aufschnappen konnte - dass in Arsamas-16 ein Projekt von eminenter Wichtigkeit vor der Fertigstellung steht, für das die Sowjetregierung ihren Freund Stewart ermorden ließ. Alle werden langsam nervös, das gilt nicht nur für meine Vorgesetzten. Vergessen Sie nicht, ich habe Lardi zwar am Arm erwischt, aber er ist entkommen!"

„Sie hat recht", sagte Hall. Er hob langsam den Kopf und schaute zu Bishop hinüber, der ihn entgeistert anstarrte. „Die Sache ist zu gefährlich, Walter. Denk an Julia. Du willst es doch nicht ernsthaft mit dem KGB aufnehmen?"

Bishops Befürchtung schien sich also zu bestätigen. Sein Freund hatte sich dazu entschlossen, mit der Amerikanerin zu kooperieren. Gedanken rasten ihm durch den

Kopf, und sein Puls beschleunigte auf der Stelle. *Nun ist es an dir, das Richtige zu tun.*

„Also gut", sagte er und erhob sich von seinem Sessel. „Dann werde ich die Dokumente holen." Die Erregung war ihm deutlich anzumerken.

„Perfekt!", sagte Rachel Gayle mit einem zufriedenen Lächeln auf dem Gesicht. „Sie werden sehen, das ist für alle die vernünftigste Lösung." Sie blickte Bishop nach, der den Salon verließ. Als sie allein waren, wandte sie sich Hall zu. „Ich bin froh, dass Sie Ihren Standpunkt überdacht haben, Peter. Nach unserem Gespräch im Strandclub dachte ich, es würde nicht lange dauern, und wir hätten einen zweiten Fall Stewart."

„Viel hat ja tatsächlich nicht mehr gefehlt", gab Hall zu. „Ich war wohl zu unvorsichtig."

Gayle warf ihm einen vorwurfsvollen Blick zu. „Ich würde es eher Leichtsinn nennen. Schließlich ist Ihr Freund..." Sie hielt mitten im Satz inne, denn plötzlich war das Aufheulen eines Motors zu hören. Die Agentin realisierte sofort, was geschah. „Verdammt! Ihr Scheißkerle!", rief sie aus. Für eine Sekunde verharrten ihre zusammengekniffenen Augen auf Hall. Sie schienen Gift zu speien. Dann machte sie rechtsum kehrt.

Während sie zur Tür hinaus rannte, riss sie ihre Pistole aus dem Halfter und ließ den Schlitten zurückschnellen. Sie jagte die Treppe hinunter, durch den Flur und nach draußen. Ihre Stiefel bohrten sich knirschend in den Kies, als sie mitten auf dem Hof breitbeinig in Schussposition ging, die Waffe beidhändig auf Augenhöhe hob und die Räder des Wagens ins Visier nahm. Der Alfa Romeo jedoch hatte das Tor bereits passiert und bog links in die Straße ein. Die Rücklichter verschwanden, und mit ihnen Walter Bishop.

Hall hatte die Szene vom Fester des Salons aus beobachtet. Dass sich Bishop mit dem brisanten Material einfach aus dem Staub machen würde, hätte er seinem Freund bei allem Respekt nicht zugetraut. Obschon er sich die Folgen dieser Tat nicht auszumalen vermochte, konnte er ein Gefühl des Triumphs nicht unterdrücken. Es dauerte nur Sekunden, bis er die zurückkehrende Agentin fluchen hörte.

Ihr Gesicht war rot vor Wut. Mit energischen Schritten kehrte sie zurück in den Salon und ging entschlossenen auf Hall zu.

„Das war nicht abgesprochen, Rachel", sagte er beschwichtigend und zeigte seine Handflächen. Sie stand direkt vor ihm, und ehe er realisierte, wie ihm geschah, spürte den kalten Lauf der Smith & Wesson an seinem Hals. Ihr Atem ging schwer. Ihre Augen waren kalt.

„Dies ändert leider einiges, Peter!" Die Entschlossenheit in ihrer Stimme war unüberhörbar. Sie ließ von ihm ab und machte einen Schritt zurück, die Waffe unablässig auf ihn gerichtet. Sie hielt kurz inne, dann sagte sie nur: „Packen Sie Ihre Sachen zusammen. Wir reisen unverzüglich ab!"

Verstört strich sich Hall über den Hals und setzte sich widerwillig in Bewegung.

„Wo ist Ihre Pistole?", fragte Gayle, die ihm dichtauf folgte. Er zuckte mit den Schultern, worauf sie begann, ihn mit einer Hand hölzern abzutasten.

„Das können Sie sich sparen", sagte er. „Sie hatte auf dem Tisch dort gelegen. Walter muss sie mitgenommen haben."

Rachel Gayle hatte den dunkelgrauen Mercedes unweit des Eingangstores zur Pension in einem kaum sichtbaren Waldweg geparkt. Hall konnte in der Dunkelheit kaum etwas erkennen und schlurfte vorsichtig über den Schotter, um nicht über eine Wurzel oder einen Stein zu stolpern. Die Agentin ging im Abstand einer Armlänge hinter ihm her, die Smith & Wesson im Anschlag. Bis auf einige knappe Richtungsanweisungen sagte sie kein unnötiges Wort.

Auf einmal erkannte er die Umrisse des Wagens, die sich vor dem dichten Gehölz abzeichneten. Gayle wies ihn an, auf der Beifahrerseite des Wagens zu warten und ließ ihn die Hände hinter dem Kopf verschränken. Währenddessen schloss sie den Kofferraum auf und warf Halls Reisetasche hinein. Hall sah, wie sie sich vorbeugte und in den Kofferraum langte. Er hörte das Zippen eines Reißverschlusses. Sie machte einen Schritt zurück, schlug den Kofferraumdeckel zu und ging zur Beifahrerseite. Sie schloss die Tür auf. Ein schwaches Licht ging an. „Setzen Sie sich in den Wagen", befahl sie. Hall folgte der Aufforderung mit einem widerwilligen Brummen. Daraufhin beugte sich ganz nahe zu ihm hinunter, bis ihre Lippen ganz nahe vor seinem Gesicht waren. Der Klang ihrer Stimme war nun ruhig und beherrscht, beinahe sanft. „Warum sind Sie auch so ein sturer Kerl, Peter!"

Mitten in ihrem Satz spürte er einen stechenden Schmerz am Hals und zuckte zusammen. Sogleich wurde ihm schwindlig und er meinte, zu fallen. Sein griff nach ihrem Arm ging ins Leere, und er sah sie dastehen, abwartend neben dem Wagen, die Pistole in der einen Hand, in der anderen eine Spritze. Dann verschwamm das Bild. Hall kippte in den Sitz zurück und verlor das Bewusstsein.

23.

Du hast das Richtige getan, versicherte sich Bishop in Gedanken. *Peter hätte in deiner Position genau gleich gehandelt.* Er wusste, dass sich Peter Hall nur deswegen dazu entschlossen hatte, mit Rachel Gayle zu kooperieren, um ihn zu schützen, um ihn möglicherweise sogar davor zu bewahren, dasselbe Schicksal wie Ed Stewart zu erleiden. Doch genau darum ging es hier, alles drehte sich letztlich um die Frage, warum sich Ed Stewart der Aufforderung Bergers, seine Botschaft dem US-Geheimdienst weiterzugeben, widersetzt hatte. Solange diese Frage ungelöst blieb, bedeutete eine Kooperation mit der CIA genau das zu tun, was Stewart unter allen Umständen vermeiden wollte. Bishop war überzeugt davon, dass Stewart aus einem genau überlegten Grund gehandelt und sich schließlich tödlicher Gefahr ausgesetzt hatte. Und genau dieser unbekannte Grund war der Anlass gewesen, weshalb er, Bishop, das Ruder in die Hand genommen und sich mit den Geheimdokumenten aus dem Staub gemacht hatte. Unter keinen Umständen wollte er eine unüberlegte Handlung begehen, die sich hinterher möglicherweise als fatal herausstellen würde.

Jetzt, gegen Mitternacht preschte Walter Bishop hinter dem Steuer des Alfa Romeo über die Landstraße, die vom Nordufer des Gardasees ostwärts ins Landesinnere führte. In etwa fünfzehn Minuten, so schätzte er, würde er die Nationalstraße SS 12 nach Verona erreichen. Danach folgte eine etwa zweistündige Fahrt auf der Autobahn bis Mailand - und dann der ersehnte Rückflug nach London. Dort würde er die Dokumente, die jetzt neben ihm auf dem Beifahrersitz lagen, Rufus Covington, einem alten Kollegen aus gemeinsamen Tagen am King's College der Londoner Universität, vorlegen. Covington war nicht nur ein ausgewiesener Experte für theoretische Physik, sondern auch vertrauenswürdig genug, um in die Angelegenheit - so weit als nötig - eingeweiht zu werden. Bei den Gedanken an Zuhause sah Bishop das Gesicht seiner Frau Julia vor sich. Sie schaute ihm vorwurfsvoll in die Augen, und Bishop fragte sich, wie er ihr dieses Abenteuer würde erklären können.

Seine Nerven lagen blank nach dem, was sich in dem alten Palazzo ereignet hatte. Der Attentäter hatte sein Ziel zwar verfehlt, doch er war entkommen. Die Worte Rachel Gayles waren ihm bis ins Mark gedrungen: *Der Mann hätte keine Sekunde gezögert, ihnen ein Loch in den Kopf zu pusten!* Und auch dem, was die Agentin daraufhin gesagt hatte, hatte es nicht an Überzeugungskraft gefehlt: *Er oder andere werden wiederkommen.*

Bishop ertappte sich dabei, wie er immer häufiger nervöse Blicke in den Rückspiegel warf und versuchte sich auf die vor ihm liegende Straße zu konzentrieren. Etwas später aber, als die Straße einer längeren Geraden bergaufwärts folgte, erstarrte sein Blick und sein Puls stieg in dem Masse an, wie der Lichtpunkt näher rückte, der plötzlich im Rückspiegel aufgetaucht war. Es dauerte nur wenige Sekunden, und er konnte das Knurren des Motorrads in seinem Nacken hören. Es war nun so weit aufgerückt, dass sein Scheinwerfer das ganze Wageninnere erhellte. Panik stieg in ihm hoch.

Er hatte noch keinen vernünftigen Gedanken fassen können, da hatte das Motorrad bereits auf die Gegenfahrbahn gesetzt und überholte ihn mit heulendem Motor. Bishop nahm augenblicklich den Fuß vom Gas und ließ sich erleichtert zurück ins Sitzpolster fallen. Kopfschüttelnd sah er der Gischt nach, die am Hinterrad der Maschine hochspritzte, während er den Wagen ausrollen ließ. Das Rücklicht des Motorrads schrumpfte zu einem kleinen Punkt, bis es schließlich hinter einer Kurve verschwand. Bishop warf den Kopf in den Nacken und atmete durch.

Er setzte seine Fahrt durch ein Stück Kastanienwald fort und folgte der Beschilderung in Richtung Nationalstraße. Nach einem kurzen Anstieg trafen die Scheinwerfer auf ein Schild am Straßenrand, das vor engen Kurven warnte. Gleich darauf kam eine Rechtskurve, und Bishop ging sachte vom Gas. Genau in dem Augenblick, als er in die Kurve einbog, sah er direkt vor sich zweimal kurz hintereinander etwas aufblitzen. Einen Sekundenbruchteil darauf hörte er die Schüsse. Er schrie auf und duckte sofort seinen Kopf, während die Geschosse in die Windschutzscheibe einschlugen. Der Wagen rollte weiter, und nach einigen Sekunden, die ihm wie Minuten vorkamen, reckte er schnell seinen Kopf hoch. Noch ein Lichtblitz, noch ein Knall - diesmal von weiter links. Bishop riss instinktiv das Steuer herum, duckte sich wieder und trat das Gaspedal durch. Die Räder quietschten, er fühlte, wie der Wagen ausscherte und seitlich wegdriftete. Es begann zu rumpeln, als der Wagen von der Straße abkam, und gleich darauf hörte er das dumpfe Geräusch des Zusammenpralls mit dem Schützen. Sein Fuß trat mit aller Kraft auf die Bremse. Erneut riss er den Kopf hoch. Mit schreckgeweiteten Augen sah er den Baum auf sich zurasen. Dann, als hätte jemand einen Schalter umgelegt, breitete sich um ihn herum eine seltsame Stille aus. Sein Kopf fiel sanft zur Seite, als er über dem Steuer in sich zusammensank.

24. Mittelmeer - Golf von Genua

Peter Hall pendelte in einem unwirklichen Zustand zwischen Träumen und Wachen. In seinem Kopf spukten Bilder, Worte und Geräusche herum, zusammenhangslose Fragmente, die miteinander zu verschmelzen schienen und sich immer penetranter in sein Bewusstsein drängten. Schließlich wachte er schweißgebadet auf und bemerkte, dass er vollständig von einem monotonen Dröhnen umgeben war.

Seine Augenlider fühlten sich bleiern an. Als er sie geöffnet hatte, sah er direkt vor sich eine weiß lackierte Stahlwand. Er hob seinen Kopf und begann sich aufzurichten. Auf halbem Weg hielt er mit schmerzverzerrtem Gesicht inne und ließ sich wieder zurück ins Kissen fallen. Das Blut hämmerte ihm im in den Schläfen und Hall sagte zu sich selber, dass dies der schlimmsten Kater seit seiner Studentenzeit sein müsse. Als die Kopfschmerzen etwas abgeklungen waren, drehte er sich zögernd auf die Seite und begann, seine Umgebung zu registrieren. Er lag in einem Bett in einem engen Raum, in dem es einen kleinen Tisch gab, einen Stuhl und Einbauschränke mit weißen Lamellentüren. Oberhalb des Bettes kam Licht durch runde Fenster hinein. Hall stellte fest, dass es Bullaugen waren. Jetzt bemerkte er auch das sanfte, gleichmäßige Schaukeln, und ihm wurde bewusst, dass er sich auf einem Schiff befand.

Sein Hals war ausgetrocknet, und das Schlucken fühlte sich an, als hätte er Sandpapier im Mund. Was war geschehen? Seine Erinnerung war bruchstückhaft und schien ihm meilenweit entfernt - als hätte die Zeit still gestanden. Es dauerte eine ganze Weile, bevor er einordnen konnte, welches sein letzter Eindruck war: Der Mercedes auf dem Forstweg. Rachel Gayle, dann dieser stechende Schmerz. Danach kam nichts mehr. Er fragte sich, wie lange er ohne Bewusstsein gewesen sein mochte. Wo hatte sie ihn hingebracht?

Auf dem Tisch entdeckte er eine Flasche Wasser. Er richtete er sich ruckartig auf, ignorierte die wiederkehrenden Kopfschmerzen und stillte gierig seinen Durst. Daneben lag ein Tablettenröhrchen. Aspirin. Dankbar griff er zu, ließ zwei Tabletten in das Wasserglas fallen und trank es in einem Zug leer. Danach legte er sich wieder hin, um auf die Wirkung zu warten.

Wenige Augenblicke später klopfte es zweimal kurz an der Tür, und es trat ein junger, schlanker Mann südländischen Typs ein. Er trug ein Tablett mit zwei Tellern, und die Kajüte wurde sogleich von einem anregenden Duft erfüllt.

„Tag, Mr. Hall", sagte er kurz nickend. Nachdem er sich einen Augenblick Zeit genommen hatte, den abgekämpften Reporter zu mustern, fügte er hinzu: „Willkommen auf der Isis."

„Wo bin ich?", fragte Hall mit stockender Stimme.

Amüsiert über Halls Desorientierung, konnte sich der Mann ein Lächeln gerade noch verkneifen. „Im Moment befinden wir uns auf dem ligurischen Meer. Irgendwo zwischen Genua und Nizza." Er stellte das Tablett auf den Tisch und öffnete einen der Wandschränke.

„Und wer sind Sie?", fragte Hall.

Der andere ignorierte die Frage und erklärte stattdessen: „Sie sind gestern mit Miss Gayle an Bord unserer Einsatzzentrale gekommen." Er zeigte auf die Garderobe, die sich in dem Schrank befand. „Ihre Sachen werden gewaschen. Suchen Sie sich hiervon etwas aus. Sie werden von Operationsleiter Miller an Deck erwartet. Aber zuerst", er nickte in Richtung des Tischchens, „genehmigen Sie sich eine kleine Stärkung - unser Schiffskoch hat ein hervorragendes Gulasch zubereitet." Dann verließ er die Kajüte.

Hall quälte sich mühsam aus dem Bett. Sein Kreislauf gewöhnte sich allmählich an die aufrechte Position und sein Zustand besserte sich unter der Wirkung des Aspirins. Er unterzog die Garderobe einem prüfenden Blick und nahm eine graue Leinenhose und ein blaues Hemd seiner Größe heraus, auf dessen Brust mit goldfarbenem Garn der Name *Isis* gestickt war. Während er sich anzog, vergegenwärtigte sich, was der junge Mann soeben gesagt hatte. *Das ligurische Meer*. Rachel Gayle musste ihn quer durch Norditalien ans Meer gefahren und dort, vermutlich in der Nähe von Genua, auf dieses Schiff gebracht haben. Und was der Mann eben als Einsatzzentrale bezeichnet hatte, war in Tat und Wahrheit nichts weiter als ein schwimmendes Gefängnis.

Den widrigen Umständen zum Trotz stürzte er sich regelrecht auf das Essen, und während er das Gulasch hinunterschlang, wanderten seine Gedanken zu Walter Bishop. „Alle Achtung, alter Junge!", sagte er halblaut vor sich hin und schüttelte den Kopf. Die spontane Flucht in der gestrigen Nacht hätte er seinem Freund beim besten Willen nicht zugetraut, doch die aufkeimenden Gefühle des Triumphs wurden herb gedämpft von der Sorge um seine Sicherheit. Bishop war nun ganz auf sich allein gestellt, und alles, was Hall blieb, war die Hoffnung, dass er es schnell und sicher zurück nach London schaffen würde. Dort würde er unverzüglich einen Experten am King's College aufsuchen, der sich die Dokumente und Blaupausen anschauen würde und hoffentlich erklären konnte, worum es bei dem Geheimprojekt *Chronos* ging. Er selber würde jetzt erst einmal versuchen, auf Zeit zu spielen, um Bishop den Rücken freizuhalten. Denn früher oder später, daran bestand für Hall kein Zweifel, würden sie mit den Dokumenten herausrücken müssen, wollten sie sich nicht auf ein ewiges Versteckspiel einlassen, für das sie zum Vornherein die schlechteren Karten besaßen.

Als er den Teller geleert hatte, stand er auf und verließ die Kajüte. Vor ihm lag ein schmaler Gang, an dessen Ende eine Metalltreppe steil nach oben führte. In der Luft lag der penetrante Geruch von Diesel und Hall war froh, als er die Treppe erklommen hatte und mittschiffs an Deck stand. Vor ihm türmten sich zwei Ladebäume auf, an deren Sockeln massive Netzwinden standen. Er hielt die Hand über die Augen und blinzelte gegen das blendende Sonnenlicht auf das Meer hinaus. Es war windig, und die Spitzen der gekräuselten Wellen funkelten wie Glasperlen. Er richtete seinen Blick auf den Horizont. Nirgends war Land in Sicht.

Am Heck des Schiffes standen zwei Männer an die Reling gelehnt und rauchten. Als die Männer ihn sahen, nickte einer der beiden lässig in Richtung des Hauptdecks. Hall nahm die nächste Treppe und ging nach oben, wobei er verwundert zur Kenntnis nahm, dass am Fahnenmast die französische Flagge wehte.

Die Treppe endete vor einer offen stehenden Tür direkt neben dem Steuerraum. Er blickte hinein und sah drei Männer, die in dem Raum von der Größe eines Wohnzimmers versammelt waren. Als er in den Türrahmen trat, winkte ihn der junge Mann, der ihm zuvor das Essen in die Kajüte gebracht hatte, hinein. Die anderen beiden Männer waren wesentlich älter - Hall schätze den einen, der eine schlaksige Statur und markante, vogelartige Gesichtszüge hatte, auf etwa Sechzig. Der andere, ein untersetzter Typ mit sauber nach hinten gekämmten, weißen Haaren, mochte vielleicht Fünfzig gewesen sein.

Er trug einen dunkelblauen Zweireiher mit offenem Jackett und war dabei, seine Brille an einem Hemdzipfel abzuputzen, als er Hall bemerkte.

„Ah, Mr. Hall - zurück unter den Lebenden!“, rief er mit einem breiten Lächeln.

Es war sofort klar, dass dieser Mann das Sagen hatte. Er hatte weiß blitzende Zahnreihen und besaß die selbstsichere, autoritäre Ausstrahlung eines Mannes, dessen Persönlichkeit durch viele Jahre in hohen Positionen geformt worden war.

„Mein Name ist Geoffrey Miller, und ich leite diesen Einsatz“, sagte er und reichte Hall die Hand. „Sie befinden sich auf der *Isis*, einem Fischtrawler - wie sie bestimmt bemerkt haben.“ Er tippte sich schmunzelnd an die Nase. „Sie müssen entschuldigen - dies hier ist alles an Luxus, was wir bieten können.“

Hall schaute um sich. Derselbe weiße Lack auf den genieteten Stahlplatten wie in der Kajüte, mit dem Unterschied, dass hier Bilder mit Seefahrerromantik und Wimpel mit maritimen Symbolen hingen. Er vermutete, dass es sich um die Mannschaftsmesse handelte, aus der die Esstische entfernt worden waren. Stattdessen gab es einen großen, ovalen Tisch und eine dreiteilige Sofagruppe, die wirkte wie aus dem Trödelladen. An einer Wand hingen Land- und Seekarten, und in Richtung des Hecks gab es eine offen stehende Schiebetür, welche die Sicht auf das schäumende Heckwasser freigab. Hall erblickte Rachel Gayle, die an der Reling stand und sich die Strähnen aus dem Gesicht strich, die der Wind ihr durcheinander trieb. Als sie ihn sah, hob sie die Hand zum Gruß und kam ebenfalls in den improvisierten Salon.

Der Einsatzleiter stellte einen Kaffeebecher auf den Tisch und lud Hall mit einer ausholenden Geste ein,

Platz zu nehmen. Dann schaute er auffordernd in die Runde. „Meine Herren, Miss Gayle..."

Miller setzte sich als Letzter und stellte die Männer zu seiner Rechten vor: „Ike Cornell, technische Abteilung. Charles Velasquez kennen Sie schon - Sicherheitsoffizier." Er machte er einen theatralischen Schwenker auf die andere Seite. „Der Vollständigkeit halber: Rachel Gayle."

„Richtig, dieses Vergnügen hatte ich bereits." Hall warf ihr einen knappen Blick zu, den sie ignorierte. Ihre Augen hafteten weiterhin auf ihrem Vorgesetzten.

Miller stützte die Ellbogen auf den Tisch und legte die Fingerspitzen aneinander. „Ich entschuldige mich in aller Form für die drastischen Maßnahmen, die Miss Gayle anwenden musste, Mr. Hall. Die Verantwortung dafür trage ich. Es geschah auf meine Anweisungen, und zwar alleine deshalb, weil Sie und ihr Kompagnon Mr. Bishop sich nicht gerade kooperativ verhalten haben - um es mal gelinde auszudrücken."

Hall spürte, wie ihm das Blut in den Kopf schoss. Sofort waren die pulsierenden Kopfschmerzen zurück. Er betrachtete den Mann, dem er all dies zu verdanken hatte und zählte innerlich bis zehn. Dann antwortete er abgeklärt: „Sie werden sicher verstehen, dass man als unabhängiger Journalist vor allem seine Glaubwürdigkeit bewahren muss. Wenn herauskommt, dass ich mich mit einer Organisation eingelassen habe, die seit ihrer Gründung laufend in dubiose Angelegenheiten - um nicht zu sagen illegale Aktionen - verwickelt ist, kann ich mir einen neuen Job suchen!"

„Gerüchte, Mr. Hall. Verleumdungen, verbreitet von Leuten, die davon ablenken wollen, dass sie selber Dreck am Stecken haben. Aber lassen Sie uns Klartext reden." Miller beugte sich vor und senkte seine Stimme. „Ich werde mich nicht vor Ihnen zum Idioten machen und Sie auf Knien bitten, uns die Dokumente zu geben. Deshalb frage ich Sie hier ein einziges Mal, quasi fürs Protokoll: Werden Sie mit uns zusammenarbeiten?"

„Bishop hat die Dokumente", antwortete Hall lakonisch. „Sie fragen leider den Falschen."

Miller verzog das Gesicht zu einer Grimasse. „Aber auf Sie wird er hören - wenn er dazu überhaupt noch fähig ist. Solange ihr Freund im Besitz dieser Dokumente ist, ist er nichts weiter als eine lebendige Zielscheibe."

„Ich habe leider keine Ahnung, wo er sich aufhält." Hall ließ sich nicht anmerken, wie sehr ihn die Worte Millers beunruhigten. Der Operationschef hatte recht, und die Zeit, die er für Bishops Recherchen herauszuschinden gedachte, würden auch die KGB-Schergen nicht ungenutzt lassen, um ihn aufzuspüren.

„Da sehen Sie mal, wie gut es ist, Verbündete zu haben", sagte Miller mit einem siegesbewussten Lächeln. Er streckte den Zeigefinger in die Luft und blickte nach oben. „Laut den Passagierlisten von British Airways befindet er sich auf dem Flug Nummer BA573. Er fliegt mehr oder weniger über unsere Köpfe hinweg, während wir uns hier unterhalten."

„Ich denke, dass Sie Bishop unterschätzen - er hat das Zeug inzwischen bestimmt ins Trockene gebracht. In ein Bankschließfach in Mailand zum Beispiel."

Miller stütze sich mit beiden Händen auf der Tischplatte ab. Sein Gesicht hatte eine rötliche Färbung angenommen. „Haben Sie sich denn noch nie überlegt, dass die Russen möglicherweise gar nicht
daran interessiert sind, die Unterlagen zurückzubekommen? Denken Sie daran, wie sie gegen Edward Stewart vorgegangen sind - für die ist die Sache erledigt, wenn niemand mehr in der Lage ist, das Zeug, wie sie so igno-

rant formulieren, zu finden!“ Er schüttelte den Kopf und blickte ratlos zur Seite wie ein Lehrer, der vor seinem uneinsichtigen Schüler resigniert. „Nochmals: Werden Sie mit Bishop Kontakt aufnehmen und uns die Dokumente aushändigen?“

Hall gab dem CIA-Offizier wortlos zu verstehen, was er von dessen Frage hielt.

„Tja“, sagte Miller und richtete sich auf. „Wir haben mit dieser Reaktion gerechnet.“ Er schnippte mit den Fingern und nickte dem jungen Mann zu, den er als Velasquez vorgestellt hatte. Auf einen Schlag kippten die Lamellen der Jalousien vor den Fenstern nach unten. Es wurde sofort dunkel.

Hall sprang von seinem Stuhl auf. Doch ehe er protestieren konnte, klopfte ihm Miller auf die Schulter. „Nur die Ruhe, Hall. Wir wollen Ihnen etwas zeigen. Setzen Sie sich wieder hin.“

Ein Lichtstrahl schnitt durch den abgedunkelten Raum und gleichzeitig ertönte das Summen der Lüftung eines Diaprojektors. Alle drehten sich der Leinwand zu, die der hagere Cornell unterdessen hinuntergezogen hatte.

„Wir sind bereit, Ihnen einige Fakten zu präsentieren, die Sie eigentlich nicht sehen dürften. Ich bin überzeugt, dass Sie Ihre Meinung ändern werden, nachdem Sie das hier gesehen haben.“

Auf das Zeichen seines Vorgesetzten hin startete Velasquez den Diaprojektor. Das erste Bild zeigte einen Tross von Fahrzeugen, der durch eine Straße mit hohen Giebelhäusern zog, von denen unzählige Banner hingen. Alle trugen das gleiche Symbol: das Hakenkreuz - *klack*, das nächste Bild. Tausende von Menschen, dicht gedrängt am Straßenrand, jubelnd und winkend - *klack*. Ein riesiges Banner, das quer über die Straße gespannt war, und auf dem in alter Frakturschrift geschrieben stand: *Danzig grüßt seinen Führer! - klack.* Adolf Hitler, in seinem schwarzen Mercedes Cabriolet stehend, die rechte Hand in seiner unverkennbaren Geste über die Schulter geworfen - *klack.* Nochmals Hitler, in dem Begeisterungssturm der Leute badend, die an den Straßenrändern den Arm zum Führergruß reckten und mit Taschentüchern winkten.

„September Neununddreißig", kommentierte Miller. „Zu dieser Zeit ist Hitler auf dem Höhepunkt seiner Macht. In Danzig hält er eine Rede im Rundfunk. Dabei weiß er genau, dass seine Gegner jedes Wort mithören und übersetzen lassen. Uns interessiert das hier." Er stellte sich neben die Leinwand und zeigte mit einem Stock auf das Foto eines Zeitungsartikels. „Hitler spricht davon, eine Waffe zu besitzen, gegen die jede Abwehr machtlos sei. Mit anderen Worte, eine Geheimwaffe."

Er drehte sich um zu seinem Publikum. „Aus heutiger Sicht würde man natürlich sagen, der größenwahnsinnige Psychopath habe einfach nur geblufft. Doch damals wurde diese Aussage glücklicherweise durchaus ernst genommen, was zu aufwändigen Untersuchungen durch den British Intelligence Service führte, angeordnet durch Premierminister Chamberlain persönlich. Cornell?"

Der Mann mit dem schütteren Haar erhob sich von seinem Platz, entfaltete seine Körperlänge von gut zwei Metern und stelzte ungelenk nach vorne. Miller trat zur Seite. Cornell faltete die Hände hinter dem Rücken und begann mit seinem Vortrag. „Die mühsam errungenen Erkenntnisse der britischen Luftaufklärung führten letztlich zur Feststellung, dass es den Nazis in den letzten Kriegsjahren gelungen war, technisch hoch entwickelte Waffen nicht nur theoretisch zu konzipieren, sondern tatsächlich auch zu bauen."

Auf der Leinwand erschienen Bilder von raketenähnlichen Gebilden. Einige waren im Flug fotografiert worden und unscharf, andere zeigten die Gebilde aus nächster Nähe am Boden. Ein Foto zeigte einen Trupp amerikanischer Soldaten, die das hintere Ende einer zerstörten Rakete mit Hilfe eines Lastwagens aus einem Sumpf zogen. Dann war ein Flugkörper zu sehen, der aussah, wie eine Bombe mit Flügeln und einem markanten Rohr über dem Heck.

„Die Fieseler Fi 103, besser bekannt als *V1*. Sie war quasi der erste Marschflugkörper. Und dies hier" - das nächste Dia folgte - „ist die erste Großrakete überhaupt, die *V2*. Das *V* steht übrigens für *Vergeltungswaffe*, eine Idee des Propagandaministers Goebbels. Mit diesen Waffen wurden im letzten Kriegsjahr noch einige tausend Angriffe gegen England und Belgien unternommen - aber Sie haben damals wohl selber ihre Nächte in Luftschutzbunkern oder der Londoner U-Bahn verbracht." Seine kleinen Augen blickten Hall auffordernd an.

„Nun, ich war zu der Zeit in Schottland in Ausbildung", sagte Hall nach einer Weile. „Aber ja - ich bin mit den Vergeltungsschlägen der Nazis und ihrer ganzen Propaganda vertraut, wenn Sie das meinen."

Miller meldete sich mit einem ungeduldigen Schnauben zu Wort: „Natürlich verfolgten Hitler und sein Propagandaminister Goebbels mit ihrer Wunderwaffen-Rhetorik auch psychologische Ziele: Die Einschüchterung und Demoralisierung des Gegners, und die Stärkung des Durchhaltewillens beim eigenen Volk, indem man die eigenen Fähigkeiten maßlos überhöht. Aber es wäre ein Fehler, die deutschen Geheimwaffenprogramme nur im Hinblick auf ihre propagandistische Wirkung zu betrachten - Hitler und sein engster Stab glaubten wirklich daran, die drohende Niederlage mit neuen Waffen noch abwenden zu können. In einem Akt des letzten Aufbäumens wurden noch einmal alle Ressourcen für die Entwicklung neuer Waffen mobilisiert. Wer weiß, was geschehen wäre, wenn die Nazis mehr Zeit gehabt hätten…"

„Aber die hatten sie nicht", sagte Hall. „Der Krieg ging zu Ende, und die Amerikaner rissen sich die ganze Raketentechnologie unter den Nagel. Und heute hat die NASA ihr Apollo-Programm, dank Leuten, die in den Nürnberger Prozessen mindestens lebenslänglich gekriegt hätten." Aus seinem Bart blitze ein zynisches Lächeln hervor.

„Und die Sowjets bauten die *R-1,* entwickelt aus den *V2*-Raketen, die sie ihrerseits erbeutet hatten", wandte Cornell ein.

Sein Vorgesetzter warf ihm einen scharfen Blick zu und fuhr mit erhobenem Zeigefinger fort: „Was die Nazis an wissenschaftlichen Errungenschaften zustande brachten, ist immens. Das ist unbestritten." Er machte eine kurze Pause und sprach dann mit gedämpfter Stimme weiter: „Vor diesem Hintergrund lohnt sich die Frage, was für eine Waffe Goebbels im Sinn hatte, als er noch anfangs 1945 - Deutschland war praktisch am Boden - in einer Rede von einer neuen *Wunderwaffe* sprach. Was meinen Sie? Alles Propaganda?"

Der Einsatzleiter lehnte sich zurück, schlug die Beine übereinander und wartete eine Weile ab, während er seine rhetorische Frage wirken ließ. Dann blickte er über die Schulter zu seinem Assistenten beim Diaprojektor. „Velasquez, laden Sie die Serie C in den Projektor!" Und zu Hall gewandt sagte er: „Ich werde Ihnen zeigen, was ich meine."

25. Norditalien

Das erste, was Bishop wahrnahm, war der modrige Geruch des Waldbodens und das entfernte Rauschen eines Bachs. Dann öffnete er langsam seine Augen. Er blickte er auf eine verbogene Kühlerhaube und den dicken Stamm einer Kastanie. Die Windschutzscheibe sah aus wie zerknüllt und war aus dem Rahmen gerissen, und auf dem Armaturenbrett lagen Äste und Laub. Regenwasser tropfte von den Bäumen auf das Blech, und die einzelnen, unregelmäßigen Tropfen klangen in Bishops Schädel wie Hammerschläge auf einen Amboss. Langsam richtete er sich auf, löste sich vom Lenkrad, das ihm schmerzend gegen die Rippen drückte und ließ sich in die Rückenlehne sinken. Auf seinen Lippen lag ein eiserner Geschmack, und von seiner Stirn ging ein dumpfer Schmerz aus, den er nicht genau lokalisieren konnte. Sachte strich er sich mit der Hand über das Gesicht. Sie wurde klebrig und feucht. Er rückte seine Brille zurecht und blickte in den Rückspiegel, doch in dem schwachen Licht sah er von seinem Kopf bloß die Umrisse.

Seine Rippen schmerzten mit jedem Atemzug. Angsterfüllt sah er an seinem Körper hinunter und begann, vorsichtig seine Beine zu bewegen, als müsste er sich vergewissern, dass sie noch da waren. Sein rechtes Knie schmerzte von dem Aufprall gegen die Armaturenverschalung, aber sonst konnte er keine Verletzung erkennen. Er öffnete das Handschuhfach und tastete nach einem Feuerzeug. Er fand eines, machte es an und hielt die Flamme neben sein Gesicht. Mit vom Schock geweiteten Pupillen betrachtete er sich im Rückspiegel. Von seiner Stirn lief ein blutiges Rinnsal bis zu seinem Kinn hinunter. Er kramte nach einem Taschentuch, presste es gegen die Stirn und versuchte sich zu erinnern, was geschehen war. Das aufblitzende Mündungsfeuer. Die Schüsse, die in die Windschutzscheibe einschlugen. Der seitlich wegschlitternde Wagen, den er, tief hinter dem Steuer geduckt, in die Richtung des Mündungsfeuers gelenkt hatte. Dann dieses Rumpeln, und dieses dumpfe Aufprallgeräusch, als ob er ein Tier überfahren hätte. *Der Schütze!*

Mit der Schulter stemmte Bishop die verklemmte Tür auf, quälte sich aus dem Wagen und schleifte sich zurück zur Straße. Die Rücklichter des Wagens brannten noch immer und tauchten die Umgebung in ein diffuses, unwirkliches Rot. Mit nervösen Blicken schaute er sich um. Von den Büschen und Steinen gingen bizarre Schatten aus, die mit dem verwitterten, nassen Laub verschmolzen. Er machte noch ein paar Schritte, dann sah er den Körper vor sich am Boden liegen, bäuchlings ausgestreckt, regungslos. Bishop kniete sich neben den Mann hin und hielt ihm zwei Finger an den Hals. Kein Puls. Der Mann war tot.

Bishop war, als hätte ihm jemand von hinten eine Schlinge um den Hals gelegt und zugezogen. Mit pochenden Schläfen stand er auf. Ein einziger Gedanke stieg in ihm hoch. Er klang wie der Befehl einer allmächtigen Instanz und schien sofort die Kontrolle über seinen Körper zu übernehmen: *Weg hier!* Wie ferngesteuert packte Bishop den leblosen Körper bei den Handgelenken und zog ihn tiefer ins Dickicht, so weit, bis er von der Straße her nicht mehr zu sehen war. Dann hastete er zurück zu dem Alfa Romeo, wuchtete sich hinein und drehte den Zündschlüssel. Das Zündgeräusch verstarb mit einem Husten. Fluchend schlug er mit der Faust gegen das Lenkrad, dann versuchte er es erneut. Irgendwann, nach unzähligen Versuchen, sprang der Motor endlich an.

26. Mittelmeer - Golf von Genua

Der Ventilator des Projektors surrte leise vor sich hin, sonst war es in der Mannschaftsmesse der *Isis* beklemmend still. Miller richtete den Zeigestock auf die Leinwand, auf der nun die Luftaufnahme einer Anlage zu sehen war, die aus einer Vielzahl von Gebäuden unterschiedlicher Größe bestand, die mit Wegen miteinander verbunden waren. Die Anlage schien in einem Tal zu liegen, dessen Flanken stark bewaldet waren. Einzelne Gebäude und Objekte auf dem Bild waren mit Pfeilen und Nummern versehen.

Der Operationschef stand breitbeinig neben der Leinwand und erklärte: „Diese Aufnahme wurde von der alliierten Luftaufklärung 1944 im Eulengebirge nahe der polnisch-tschechischen Grenze gemacht - eine sehr abgelegene Gegend. Zu dieser Zeit wusste niemand genau, was dies für eine Anlage war. Man vermutete ein belangloses Bergwerk und legte die Aufnahme zu den Akten. Erst viel später hat man die Anlage mit dem etwa dreißig Kilometer entfernt gelegenen KZ Groß-Rosen in Verbindung gebracht. Wie Sie vielleicht wissen, hat Hitler gegen Ende des Krieges die gesamte Rüstungsproduktion unter Tage verlagern lassen, um sie vor den alliierten Luftangriffen zu schützen. Für diese Arbeiten wurden Häftlinge aus den Konzentrationslagern eingesetzt - und zu Tausenden vernichtet. Diese Anlage war nun aber sehr weit weg von der Front, was die Vermutung nahelegt, dass es sich nicht um eine Produktions- sondern vielmehr um eine geheime Forschungsanlage Hitlers handelte.“ Er stemmte seine linke Hand in die Hüfte und betrachtete die Leinwand. „Was uns besonders interessant erschien, war dieses auffällige Objekt hier, gleich neben dem Elektrizitätswerk. Wir nennen es den *Fliegenfänger*.“ Er tippte mit dem Stock auf ein ringförmiges Gebilde in der Mitte der Anlage. Dann schaute er zurück zu seinem Assistenten, und Velasquez wechselte zum nächsten Dia. Jetzt war das Objekt von Nahem zu sehen, und Hall erkannte, dass es genau genommen nicht kreisrund war, sondern etwa ein Dutzend Kanten besaß. Es war umgeben von wucherndem Buschwerk und stand auf dicken Stützpfeilern. Es sah ein bisschen aus wie der mystische Steinkreis von *Stonehenge*, aber dieser hier war aus massivem Beton gebaut.

„Dieses Foto haben wir nach dem Krieg von einem polnischen Agenten erhalten", dozierte Miller weiter. „Nachdem die Russen die Anlage längst untersucht und alles, was nicht niet- und nagelfest war, mitgenommen hatten. Leider konnte uns der Mann nicht viel darüber sagen", er ließ einen bedeutungsschweren Blick durch die Runde gehen, „ - vierundzwanzig Stunden später war er tot." Der Einsatzleiter zuckte kurz mit den Mundwinkeln. „Wie schon gesagt, haben wir nach dem Krieg einigen vielversprechenden Wissenschaftlern neue Zukunftsperspektiven eröffnen können."

„Schön gesagt, Miller", sagte Hall. „Vor allem wenn man bedenkt, dass Sie Ihre Persilscheine großzügigerweise auch an einige ziemlich üble Kriegsverbrecher verteilten!"

Millers Gesichtsausdruck erstarrte für eine Sekunde. Dann aber schüttelte er den Kopf und sagte mit einem aufgesetzten Lächeln: „Sie sind schlecht informiert, Mr. Hall. Keine Kriegsverbrecher. Keine Angehörige der SS. Noch nicht einmal Mitglieder der NSDAP - dies waren exakt die Auflagen des Präsidenten."

„Verstehe." Hall imitierte sein Lächeln und lehnte sich zurück. „Weil nicht sein kann, was nicht sein darf, nicht wahr? Ich denke allerdings nicht, dass sich heute noch irgendjemand von diesen gefälschten Personalakten beeindrucken lässt."

„Erlauben Sie, dass ich nun fortfahre?" Millers Stimme hatte einen deutlich verärgerten Unterton.

Hall machte eine entschuldigende Geste.

Der Einsatzchef rückte seine Brille zurecht und holte tief Luft. "Unsere ranghöchsten Fotoauswerter haben das Bild beurteilt - die Meinungen gehen dahin, dass diese merkwürdige Konstruktion eine Art Testvorrichtung für ein Flugobjekt war." Miller ließ auf das nächste Dia weiter schalten. Beim Anblick des Objekts, das nun auf der Leinwand erschien, musste Hall leer schlucken. Vor einem Hangar stand ein scheibenförmiges Objekt mit metallisch reflektierender Oberfläche.

Hall gab ein irritiertes Lachen von sich. „Ein UFO? Das ist ja wohl nicht Ihr Ernst!"

Der Einsatzleiter blickte ihn über den Rand seiner Brille hinweg an. „Es wundert mich nicht, dass Sie beim Anblick dieses Fotos an einen schlechten Witz oder einen dieser Jack Arnold-Filme denken. Schließlich werden seit Beginn der Fünfziger Jahre die abstrusesten Ideen und Theorien in Verbindung gebracht mit...", Miller malte Anführungszeichen in die Luft, *„fliegenden Untertassen."*

Jetzt meldete sich auch Rachel Gayle zu Wort. „Vergessen Sie alles, was Sie über sogenannte UFOs und Außerirdische je gelesen oder gehört haben, Peter. Besonders die *Roswell*-Geschichte!"

Der *Roswell-Zwischenfall* war Hall in groben Zügen bekannt. Ein Farmer hatte auf seinem Feld Wrackteile eines merkwürdigen Objekts gefunden und daraufhin den Sheriff verständigt. Schon bald darauf war in den Zeitungen ein Kommentar des Pressesprechers der Luftwaffe erschienen, in dem behauptet wurde, dass es sich bei den Wrackteilen um Überreste eines unbekannten

Flugobjekts handelte. Wenig später hatte das Militär die Meldung jedoch wieder dementiert und verlauten lassen, es würde sich lediglich um einen abgestürzten Wetterballon handeln. Diese Informationspolitik hatte den Nährboden für die wildesten Spekulationen bereitet, die hartnäckigste vermutete eine Vertuschungsaktion durch das Militär, das sich einer Technologie außerirdischen Ursprungs bemächtigen wollte. Durch Film und Presse aufgebauscht, war in den darauffolgenden Jahren eine Art kollektiver Vorstellung entstanden, welche die immer öfter beobachteten UFO-Phänomene mit der Existenz außerirdischen Lebens in Zusammenhang brachte. Vor seinem geistigen Auge konnte Hall die reißerischen Schlagzeilen der Boulevard-Blätter mitsamt ihren schlecht gefälschten Bilder sehen. Flugkörper, die Pfannendeckeln glichen, und fremde Wesen mit dünnen Gliedern und ovalen Köpfen. Die sensationslüsterne Boulevardpresse machte jedenfalls immer kräftig Kasse, wenn das Thema aus irgend einem Anlass wieder einmal aktuell war.

„Der Vorfall von 1947 hat in der Öffentlichkeit eine Hysterie losgetreten, die seinesgleichen sucht", fuhr Miller fort. „*Uns* kam das offen gestanden keineswegs ungelegen." Er lockerte seine Krawatte und nickte Rachel Gayle zu, die Hall gegenüber saß. Sie schob ihm eine Akte zu.

„Was ist das?"

„Werfen Sie einen Blick hinein", forderte sie ihn auf.

Er schlug den Deckel auf. Auf der ersten Seite sprang ihm ein *Top Secret*-Stempel ins Auge, mit darunter liegenden Aktenzeichen und kryptisch anmutenden, handgeschriebenen Kürzeln an den Rändern. Er blätterte kurz in der Akte und bemerkte, dass mindestens ein Drittel der Texte geschwärzt waren. Mit hochgezogenen Augenbrauen blickte er von der Akte auf.

„Dieses Dokument belegt unter anderem, dass die CIA im Jahr 1955 die Öffentlichkeit systematisch mit Meldungen über *unbekannte Flugobjekte* getäuscht hat, um die Testflüge des streng geheimen Spionageflugzeugs U-2 zu decken“, sagte Gayle. „Was Sie hier lesen können, sind Aussagen von Zivil- und Militärpiloten, die Begegnungen mit unerklärbaren Phänomenen hatten. In Wirklichkeit handelte es sich um Prototypen der U-2, deren silbern glänzende Oberflächen die Sonnenstrahlen reflektierten.“

„Dies ist nur eines von vielen Dokumenten, die eine jahrzehntelange Desinformationskampagne durch die CIA belegen“, ergänzte Miller. „Sie unterliegen natürlich dem *National Security Act* und sind unter Verschluss - aber ich wollte Ihnen wenigstens einen kleinen handfesten Anhaltspunkt geben, damit Sie sehen, dass wir mit offenen Karten spielen.“

Hall war sprachlos. Er hatte all die spekulativen UFO-Geschichten nie besonders ernst genommen, aber er hielt es für eine bemerkenswerte Tatsache, dass sich auf der ganzen Welt eine enorme Zahl von Menschen mit ihnen beschäftigten, darunter auch Wissenschaftler, Politiker und Journalisten, welche die seriöse Seite der Medien repräsentierten. Dass die CIA nun jahrelang eine tragende Rolle dabei gespielt haben sollte, all diese Menschen hinters Licht zu führen, war schon ein starkes Stück. Hall fragte sich, welche Folgen es wohl hätte, wenn dieser Skandal der Öffentlichkeit publik gemacht würde. Bestimmt würde sie eine Menge Staub aufwirbeln, die zuständigen Stellen würden natürlich dementieren und die Belege als Fälschungen diffamieren. Hall führte sein Gedankenspiel weiter. Wie sehr würde das Vertrauen in die amerikanische Regierung unter solch einer Enthüllung leiden? Was würde dies für den Präsidenten Johnson bedeuten, angesichts der Tatsache, dass sich immer mehr Menschen gegen die amerikanische Intervention in Vietnam stellten? Würde dies sogar den Sturz des Präsidenten bewirken können?

„Ich sehe, Sie sind sich der Brisanz der Angelegenheit bewusst", sagte Miller lächelnd. „Mit so was ließe sich wohl der Pulitzer-Preis gewinnen!"

„Wer weiß", entgegnete Hall. „Auf jeden Fall haben Sie meine ungeteilte Aufmerksamkeit, was dieses Fluggerät betrifft, vor dem Sie offenbar solche Angst haben." Er machte eine Kopfbewegung in Richtung der Leinwand.

Cornell blickte fragend zu seinem Vorgesetzten. Dieser nickte einmal deutlich.

„Machen Sie weiter, Cornell - zum Wesentlichen."

Der technische Sachverständige räusperte sich, während er zur Leinwand schritt. „Es gab in Nazideutschland mehrere Ansätze, ein und dasselbe Ziel anzugehen. Einige davon kann man getrost als unkonventionell bezeichnen: es geht um die Konstruktion eines Fluggeräts, das die Vorteile eines Düsenjets - sehr hohe Geschwindigkeiten - mit denen eines Helikopters verbinden kann: schnelle Richtungswechsel, die Fähigkeit zum senkrechten Start und statisches Verbleiben in der Luft. Solch ein Fluggerät wäre schnell und präzise, es könnte praktisch überall auftauchen und wieder verschwinden, bevor es überhaupt bemerkt wird. Wir sprechen von Geschwindigkeiten von über sechstausend Stundenkilometern und Richtungsänderungen von beinahe neunzig Grad."

Hall versuchte sich bildhaft vorzustellen, was Cornell eben gesagt hatte. Es hörte sich an wie einem Science-Fiction-Roman entsprungen, wenn nicht gar verrückt.

Doch genauso leichtsinnig wäre es gewesen, den kauzigen Mann mit der Habichtsnase und dem schütteren Haar als Exzentriker abzutun. Immerhin bekleidete er beim US-Geheimdienst den Posten eines Experten. „Ich bin ja alles andere als ein Fachmann“, sagte er. „Wenn es aber so ist, wie Sie sagen, wenn diese Maschine solch enorme Geschwindigkeiten und rapide Richtungswechsel erreichen kann, dann treten dabei doch ungeheure Beschleunigungskräfte auf?“

„Bis zu vierundzwanzig *g*, um genau zu sein“, antwortete Cornell, dessen Augen vor Begeisterung aufleuchteten.

„Eben“, meinte Hall und verschränkte die Arme. „Kein Mensch könnte dies überleben.“

Ein überlegenes Lächeln huschte über die Lippen des Experten. „Wer spricht denn von einem bemannten Flugzeug?“

Hall stutzte. Was Cornell gesagt hatte, warf ein gänzlich neues Licht auf die Dinge. Er schüttelte den Kopf - auch in seiner Vorstellung hatte sich offenbar die Idee festgesetzt, dass in solch einem Fluggerät ein Pilot - oder womöglich gar ein Alien - sitzen müsste.

Miller beugte sich vor und drehte seinen Kopf zu Hall. “Um auf den Punkt zurückzukommen: das Bild des scheibenförmigen Fluggerätes, das Sie gesehen haben, zeigt einen von vielen Prototypen, die nie geflogen sind.” Mit einem hastigen Wink übergab er wieder an Cornell.

„Wie ich schon sagte, in Nazideutschland arbeiteten verschiedene Forschungszellen an dem Problem, und zwar unabhängig voneinander. Die meisten Lösungsansätze haben das Stadium des Reißbretts nie verlassen, und nach unserem Wissen hat keiner je zu dem erhofften Erfolg geführt. Das größte Problem bereitete damals wie heute der Antrieb. Aber jetzt scheint es so, als hätten die

Nazi-Wissenschaftler an einer Lösung geforscht, die auf Nukleartechnologie beruht."

Hall ging in Gedanken eine Liste von Stichworten durch, die in Professor Bergers Botschaft enthalten waren. Laut Bishop war Walter Gerlach, der als Leiter des *Chronos*-Projekts genannt wurde, tatsächlich schon vor dem Krieg ein bekannter Experte für Kernphysik gewesen. Dass *Chronos* aber mit Kernphysik zu tun hatte, konnten die Leute von der CIA auf keinen Fall wissen - nicht aufgrund der paar Worte, die Rachel Gayle von seinem Telefonat mit Bishop aufgeschnappt hatte.

Als ob sie seine Gedanken lesen könnte, erklärte Rachel Gayle: „Sie erwähnten den Namen *Arsamas-16,* als Sie auf der Insel Krina mit Bishop telefonierten. Von sowjetischen Überläufern wissen wir, dass dies der Deckname für ein geheimes Kernforschungszentrum irgendwo in Russland ist."

Miller stand auf und setzte sich dorthin, wo er Hall genau gegenüber saß. „Wir brauchen jetzt nur noch eins und eins zusammenzuzählen um zu wissen, was in *Arsamas-16* vor sich geht. Wir müssen jederzeit damit rechnen, dass uns die Russen vor vollendete Tatsachen stellen! Verstehen Sie jetzt, warum dies alles so verdammt wichtig ist?"

Hall musste an die Kubakrise vor knapp drei Jahren denken, als Russland Nuklearraketen auf der Karibikinsel stationiert und diese auf die USA gerichtet hatte. Die fortwährende Hochrüstung der Supermächte hatte die Welt an den Rand eines Atomkriegs gebracht. Dies war vor knapp drei Jahren. Jetzt standen sich die Machtblöcke erneut gegenüber, in einem Stellvertreterkrieg in Vietnam. Niemand wusste, wohin dies führen würde, sollte die Lage in Südostasien weiter eskalieren.

Hall konnte sich vorstellen, dass sich eine neue Waffe oder eine neue Kriegstechnologie, welche eine asymmetrische Machtverteilung zur Folge hätte, verheerend auswirken würde.

„Ein unbemanntes Flugzeug mit den Eigenschaften eines UFOs“, sagte er. „Mit einer enormen Reichweite und so schnell, dass es praktisch unsichtbar agieren kann. Perfekt für Aufklärungs- und Spionageflüge.“

„Denken Sie an die Möglichkeit, überall auf der Welt punktgenau Atomwaffen einsetzen zu können! Schnell, unauffällig und präzise - wie ein Phantom“, ergänzte Miller. „Auf jeden Fall haben Sie jetzt eine Ahnung, was Hitler im Sinn hatte, als er von seiner *Wunderwaffe* sprach!“

27. London

Zwanzig Stunden nachdem er in dem Waldstück oberhalb des Gardasees aus seiner Bewusstlosigkeit erwacht war, saß Walter Bishop mit hochgelagerten Füssen im Wohnzimmer seines Reihenhauses im Londoner Vorort Walthamstow. Nachdem er den Alfa Romeo endlich hatte starten können, war er noch eine dreiviertel Stunde weiter gefahren, dann hatte er den havarierten Mietwagen in einem Wäldchen kurz vor Verona stehen gelassen. Die Nummernschilder hatte er abgeschraubt und im Unterholz versteckt. Nach einem aufzehrenden Fußmarsch war er dann das letzte Stück nach Mailand mit dem Zug gefahren, und am frühen Nachmittag hatte er bereits in einem Flugzeug nach London gesessen.

Bishop ließ seine müden Augen über das florale Tapetenmuster und die hellen Möbel im Landhausstil wandern, mit denen seine Frau das Haus vor ungezählten Jahren eingerichtet hatte. In der vertrauten Umgebung kam ihm alles, was er in den letzten drei Tagen erlebt hatte, vor wie ein einziger Albtraum. Nur die Dokumente und Blaupausen von Professor Berger, welche vor ihm auf dem Boden lagen, bezeugten nüchtern die Wahrheit der ganzen Geschichte.

Jedes Mal, wenn er die Augen schloss, erschien ihm das Bild des Toten am Waldrand, und je mehr er sich dagegen wehrte, desto stärker setzte es sich fest. Sein Schädel war jetzt ein hallender Gerichtssaal, in dem Anklage und Verteidigung unaufhörlich um die Frage rangen, ob und wie viel Schuld er auf sich geladen hatte. *Du hast getötet*, mahnte eine Stimme. *Du hast dein Leben verteidigt*, sagte eine andere. Einen Richter gab es nicht, und nach einer Weile fürchtete Bishop ernsthaft, dass ihn sein Gewissen verrückt machen würde.

Julia hatte er von all dem nichts gesagt. Die Schrammen in seinem Gesicht hatte er mit einem Sturz erklärt, die Schmerzen an Knie und Rippen hatte er verschwiegen. Seine Frau hatte ihn nur still betrachtet mit diesem Ausdruck, der erkennen ließ, wie mühelos sie seine Lüge durchschaute und ihm zur gleichen Zeit dafür vergab. Er schämte sich dafür, doch was sollte er ihr schon sagen? Letztlich vermochte Bishop nicht einmal mehr zu sagen, ob es der Totschlag oder eher die Lüge war, weswegen es in seinem Inneren rumorte.

Er gab sich einen Ruck, stand von seinem Sessel auf und ging zur Schrankbar. Dort wählte er einen guten Brandy, einen, den er eigentlich für feierliche Momente aufgehoben hatte. Heute nahm er ihn, weil er die sedierende Wirkung eines Schlafmittels hatte. Mit dem Glas in der Hand ging er zum Fenster, schaute in die Nacht hinaus und dachte an den morgigen Tag. Morgen würde er

Rufus Covington vom King's College treffen und ihm die Dokumente vorlegen. Danach würde er, mit Hilfe des Archivars des historischen Instituts der Universität, das gesamte Material auf einen Mikrofilm transferieren, die sperrigen Originale vernichten und den Mikrofilm bei Lloyds in einem Banksafe einlagern. Die Vorstellung, nun vielleicht endlich zu erfahren, was es mit dem Projekt *Chronos* auf sich hatte, ließ ihn schaudern. Vor seinem geistigen Auge sah er das archetypische Bild eines Physikers mit Brille und weißem Kittel. Auf der Brust trug er ein Namensschild: Prof. R. Berger. Er sprach mit geweiteten Augen und erhobenem Zeigefinger: *Die Macht dessen, der diese Technologie beherrscht, ist total!*

28. Mittelmeer – Golf von Genua

Warum gehen Sie nicht für eine halbe Stunde raus und schnappen etwas frische Luft, hatte Miller gesagt. Das war eine gute Idee gewesen, denn der Vortrag der CIA-Leute war anstrengend gewesen und hatte nicht gerade zur Verbesserung des angeschlagenen Zustands beigetragen, in dem Hall sich befand. Jetzt stand er vorne am Bug und genoss den Wind, der sein Gesicht kühlte und allmählich das Baumwollhemd trocknete, das ihm schweißnass am Rücken klebte.

Gedankenverloren ließ er seinen Blick über das Deck wandern, während er an die Bilder dachte, die man ihm gezeigt hatte. Außerdem versuchte er die Informationen über Hitlers angebliche Wunderwaffe mit dem in Einklang zu bringen, was Professor Berger auf seiner Botschaft hinterlassen hatte. Offenbar hatten die Amerikaner jahrzehntelang vergeblich versucht, ein Fluggerät mit den Eigenschaften, die Cornell beschrieben hatte, zu entwickeln - und, wie Miller freimütig zugegeben hatte, dabei immerzu die Mär der außerirdischen UFOs geschürt, um von ihren Tests abzulenken. Gleichzeitig befürchtete man, dass die Russen in ihrem geheimen Nuklearforschungszentrum mit dem seltsamen Namen *Arsamas-16* dieses Gerät nun tatsächlich verwirklichen könnten. Dies passte zur Botschaft Bergers, an dessen Wortlaut Hall sich genau erinnerte: *Seit jener Zeit wird hier in Arsamas-16 auf Biegen und Brechen versucht, das Projekt zu Ende zu bringen. Es ist nur eine Frage der Zeit, bis der Durchbruch gelingt.* Und auch sonst schien alles mit den Informationen übereinzustimmen, die der Professor in Leningrad Ed Stewart zugespielt hatte: Walter Gerlach, der Kernphysiker. Werner Mannheim, der seinerzeit in Nazideutschland zusammen mit Rudolf Berger im *Chronos*-Projekt involviert war, und der nun für die Amerikaner arbeitete. War das mysteriöse Projekt *Chronos* am Ende tatsächlich jenes Flugobjekt von nie dagewesener Schnelligkeit, Beweglichkeit und Präzision, das die Amerikaner vergeblich nachzubauen versuchten? War dies die Technologie, welche in Bergers Worten *totale Macht* verleihen sollte? Alles schien darauf hinzuweisen, und doch sträubte sich in Hall etwas dagegen. Bisher konnte er nämlich beim besten Willen keinen Grund dafür finden, weshalb Ed Stewart nach seinem Zusammentreffen mit Professor Berger abgetaucht war. Es machte einfach keinen Sinn, denn wenn Miller und seine Leute Recht hatten mit ihrer Theorie einer neuen Superwaffe, dann hätte Stewart ohne jeden Zweifel sein Bestes dafür getan, dass das Machtgleichgewicht in Ost und West, das die gesamte Welt auf so perfide Weise vor einer nuklearen Katastrophe bewahrte, erhalten blieb. Je mehr er darüber nachdachte, desto klarer wurde Hall, dass Stewart ziemlich genau gewusst haben musste, was an der Geschichte nicht stimmte. Doch was ihn betraf, so waren er und Bishop auf der Suche nach einer Antwort auf diese Schlüsselfrage bisher nicht weitergekommen.

Es lag auf der Hand, dass es das Klügste war, sich vorerst mit den CIA-Leuten zusammenzutun. Schließlich saßen er und Bishop, solange sie im Besitz von Bergers Aufzeichnungen waren, am längeren Hebel und hatten zumindest etwas Handlungsspielraum. Zudem konnten sie mit Personenschutz rechnen - sollte Rachel Gayle Recht behalten, so würde der KGB nämlich nicht lange untätig bleiben. Hall atmete noch einige tiefe Züge der frischen Meeresluft ein, dann drehte er sich um und ging mit ruhigen Schritten zurück in die Mannschaftsmesse.

Millers Gesicht hellte sich umgehend auf, als Hall sich bereit erklärte, mit nach London zu reisen, um Walter Bishop zu treffen. Er schickte Velasquez umgehend zum Kapitän auf die Brücke, um sich dann, während er sich mit einem Taschentuch den Schweiß von der Stirn tupfte, in einen Sofasessel fallen zu lassen. Mit müder Stimme verkündete er, wie es nun weiterging. Binnen zwei Stunden würde die *Isis* die französische Küste erreichen. Dort würde Hall in Begleitung von Rachel Gayle an Land gehen und in einem Hotel warten, bis die Weiterreise nach London arrangiert sein würde.

Zurück in seiner Kabine, fühlte Hall zum ersten Mal seit Tagen, wie seine innere Anspannung von ihm fiel. Er nahm nochmals ein Aspirin, zog die Schuhe aus und warf sich aufs Bett. Minuten später war er eingeschlafen.

29. Golf von Saint-Hospice

Knapp zwei Kilometer vor dem Ufer hatte Miller ein Schlauchboot mit Außenbordmotor wassern lassen, und kurz darauf befanden sich Peter Hall und Rachel Gayle am Hafen des winzigen Städtchens Saint-Jean-Cap-Ferrat, einem exquisiten, nur wenige Kilometer östlich von Nizza gelegenen Ferienort an der Cote d'Azur.

Hall folgte Gayle bis zum Ende des Bootsstegs, wo sie vor einem weißen Bentley stehen blieb. An die Tür des Wagens angelehnt wartete ein Chauffeur in ebenso weißer Livrée. Er hatte eine schwarze Mütze auf dem Kopf, auf der in goldener Bogenschrift *Grand Hotel du Cap Ferrat* stand. Verblüfft schaute Hall zu der Agentin hinüber.

„Quasi als Wiedergutmachung", meinte sie schulterzuckend. „Ein anständiges Hotel ist das Mindeste, was Sie von der amerikanischen Regierung erwarten dürfen." Mit einem Lächeln fügte sie an: „Das gilt übrigens auch für mich."

Hall nickte anerkennend und folgte er ihr zur Wagentür, die der Chauffeur bereits aufhielt. Sie nahmen auf der Rücksitzbank der Limousine Platz, und der Fahrer steuerte auf den Boulevard du Général de Gaulle zu. Danach ging es in gemächlichem Tempo weiter in Richtung Süden, vorbei an luxuriösen Villen mit beeindruckenden Gärten. Über der ganzen Landschaft lag eine betörende Mischung aus Blumendüften und dem süßlichen Harzgeruch der Pinienhaine, die so dicht standen, dass sie nur hin und wieder den Blick auf das glitzernde Meer freigaben. Bereits nach wenigen Minuten bog der Chauffeur in die Hoteleinfahrt ein. Er fuhr einen halben Bogen um den Vorplatz und hielt den Wagen vor dem Hotelportal an. Aus dem Schatten der Marquisen trat ein Page hervor und ging schnurstracks zum Kofferraum.

Nachdem er verwundert festgestellt hatte, dass dieser leer war, und auch Rachel Gayle darauf bestand, ihre Reisetasche selber zu tragen, geleitete er Gayle und Hall zum Empfangstresen. Nur wenig später hatten die beiden im dritten Stock des Belle Epoque-Hotels ihre Zimmer bezogen.

Nachdem er ausgiebig geduscht hatte, stand Hall auf der halbrunden Terrasse der Südseite des Hotels und schaute sich etwas um. An den kleinen, gusseisernen Tischen saßen Gäste vor ihren Aperitifs, ein mondänes Publikum, konservativ gekleidet und vornehmlich im Herbst ihres Lebens stehend. Einige von ihnen - Hall schätzte, dass mindestens die Hälfte Engländer waren - warfen ihm Blicke zu, als hätte er mit dreckigen Schuhen einen Perserteppich beschmutzt. Er ging etwas abseits, wo er sich an die Balustrade lehnte und den Ausblick genoss, der sich über die prächtige Gartenanlage hinweg bis hinunter zum Meer erstreckte. Als er Schritte auf dem Marmorboden hörte, drehte er sich um.

Rachel Gayle sah verändert aus, was aber nicht nur an dem breiten, cremefarbenen Haarband lag, mit dem sie ihre widerspenstigen Locken zu bändigen versuchte. Hall fand, dass ihre Gesichtszüge in der späten Nachmittagssonne weicher wirkten, was ihn irgendwie an die Metamorphose junger Soldaten erinnerte, die sich, sobald sie ihre Uniform ablegten, von anonymen Soldaten in normale, fröhliche Männer verwandelten. Sie tat es ihm gleich und lehnte sich neben ihm an die Balustrade. Dann schaute sie ihn von der Seite an und sagte: „Sie tun dies für Ihren Freund, nicht wahr?“ Es war mehr eine Feststellung als eine Frage, und ihr Tonfall verriet, dass sie dies mit einem gewissen Maß an Bewunderung sagte. Hall hob kaum merklich die Augenbrauen. „Dies alles, meine ich. Es geht Ihnen gar nicht so sehr um die Sache - Sie wollen seinem Tod einen Sinn geben."

„Vielleicht", antwortete er achselzuckend. „Aber in erster Linie will ich ganz einfach wissen, aus welchem Grund Ed sterben musste. Ob sein Tod umsonst war oder nicht, wird sich dann herausstellen."

Sie senkte für einen kurzen Moment ihren Blick. „Peter, Ihr Freund wurde vom KGB ermordet. Weil er etwas hatte, das für die nationale Sicherheit von entscheidender Bedeutung ist!"

Hall schloss die Augen und dachte nach. Er konnte es drehen und wenden, wie er wollte - die Agentin blieb seine einzige Chance, seinem Ziel näher zu kommen. Er *musste* ihr einfach von seinen Zweifeln erzählen, denn wenn sie erst mal in London wären, würden die Amerikaner nicht lange fackeln, um zu bekommen, was sie wollten. Wenn er sie aber von der Notwendigkeit überzeugen konnte, herauszufinden, was mit Ed Stewart in Leningrad geschehen war, wäre die Agentin möglicherweise bereit, etwas Zeit herauszuschinden, damit man die wissenschaftlichen Dokumente einem Experten vorlegen konnte. Hall hoffte lediglich, dass der Physikprofessor, den Walter Bishop ins Vertrauen zu ziehen gedachte, der richtige Mann dafür war. „Es geht darum, wie Ed Stewart in Leningrad an die Botschaft des russischen Wissenschaftlers gekommen ist", erklärte er. „Bishop und ich können uns beim besten Willen keinen Reim auf diese Geschichte machen. Sicher ist nur, dass sie letztlich zum Grund führt, warum Stewart damals die CIA hängen ließ und untertauchte."

„Dafür gibt es eine einfache Erklärung", sagte sie umgehend. „Stewart wollte die Geschichte journalistisch ausschlachten. Vielleicht hoffte er auf einen Karrieresprung. Wir wissen ja, dass er eigentlich viel lieber für den *National Geographic* schreiben wollte."

„Es ist nicht ganz so einfach, Rachel. Es gibt eine Reihe von Unstimmigkeiten, offene Fragen. Um ehrlich zu sein, ich glaube sogar, dass Sie und ihre ganze Operationsleitung, Miller und Cornell, auf dem falschen Dampfer sitzen."

„Inwiefern?"

„Ich bin kein Physiker und kein Techniker - aber ich finde es eigenartig, dass sich die ganze Aufregung um einen Nuklearantrieb für ein Flugobjekt drehen soll, der vor über zwei Jahrzehnten entwickelt wurde. Inzwischen haben wir atomgetriebene U-Boote und Kernkraftwerke, und das atomare Wettrüsten hat sich doch auch längst erledigt."

„Glauben Sie mir, dahinter steckt noch einiges mehr. Was wir Ihnen auf dem Schiff gezeigt haben, sind Schlussfolgerungen, die wir basierend auf den uns zur Verfügung stehenden Fakten gezogen haben. Alle weiteren Informationen haben einen höheren Geheimhaltungsstatus, den das Pentagon festlegt. Wir verfahren strikt nach dem *Need-to-know-Prinzip*, verstehen Sie?"

„Das habe ich mir gedacht - ihr von der CIA macht die Drecksarbeit für das Pentagon, und wisst nicht einmal, worum es geht."

„Es ist nun einmal die wirksamste Methode, die Geheimhaltung zu wahren", entgegnete Gayle. „Die CIA ist involviert, weil unsere Organisation die entsprechenden Strukturen und nötigen Netzwerke für Operationen dieser Art besitzt. Was wollen Sie? Letztlich laufen sowieso alle Fäden im Weißen Haus zusammen."

Hall verzog das Gesicht. „Man könnte es ebenso gut das *Titanic-Prinzip* nennen: Im Maschinenraum schaufeln alle blindlings Kohle in die Kessel und hoffen, dass der

Kapitän auf der Brücke nicht pennt, wenn die Eisberge kommen."

„Zyniker!", stieß sie hervor und blickte ihm scharf in die Augen. „Finden Sie nicht, dass dies ein denkbar schlechter Zeitpunkt ist, die amerikanische Außenpolitik zu debattieren? Und überhaupt - wenn Sie schon etwas wissen, das uns weiterhelfen könnte, wieso sagen Sie das denn nicht? Schließlich sind wir alle an der Wahrheit interessiert."

Hall zögerte einen Moment und versuchte, den richtigen Ton zu treffen. „Weil dies bedeutet, dass Sie dann niemandem mehr trauen können, Rachel. Keinem Kollegen, und vor allem nicht ihren Vorgesetzten. Sie sind dann womöglich ganz auf sich allein gestellt."

30. London

Am späten Nachmittag hatte sich das hektische Treiben von den Fluren der Nachrichtenagentur Reuters auf die Straße verlagert, und der Lärm des Stoßverkehrs verstärkte nur Gloria Densmores Gefühl, die einzige zu sein, die es einmal mehr nicht rechtzeitig aus dem Büro schaffte, um bei einer Runde mit ihren Freundinnen den Feierabend zu genießen. Schuld daran war ein gewisser Houari Boumedienne, der in Algerien soeben einen erfolgreichen Putsch gegen den Präsidenten durchgeführt hatte, was den ganzen Tag über die Telegrafendrähte heiß laufen ließ. Außerdem kamen aus den amerikanischen Büros zunehmend Meldungen von Militärexperten herein, welche die Einsätze der B-52-Bomber in Südvietnam analysierten und über deren Folgen für die kommenden Tage spekulierten. Gloria Densmore überflog die unredigierten Nachrichten mit mäßigem Interesse. Sie war eigentlich als Sekretärin des Ressortleiters *internationale Politik* angestellt, doch ein Tag wie dieser, den sie mit dem Abreißen und Sortieren der laufend eintreffenden Telexnachrichten - ein Job für Praktikanten - verbrachte, erbrachte einmal mehr den Beweis, dass sie in Tat und Wahrheit *Mädchen-für-alles* war.

Sie war in die Bademode eines Modemagazins vertieft, als sie das Schrillen des Telefons hochschrecken ließ. Zunächst ignorierte sie die Störung, doch als das einsame Klingeln nicht enden wollte, griff sie zum Hörer. Die Stimme am anderen Ende klang verhalten und hatte einen eigenartigen Akzent. Wie Gloria Densmore erfahren sollte, gehörte sie Gerrit Anders, einem niederländischen Journalisten, der in den Jahren nach dem Zweiten Weltkrieg für verschiedene Zeitungen die Nürnberger Prozesse verfolgt und Monografien über einige Exponenten des Naziregimes verfasst hatte. Anders hatte Informationen über den SS-General Hans Kammler, die aus einem Interview mit einem von dessen ehemaligen Stabsmitarbeitern stammten. Ein Kollege, der zugleich Korrespondent für Reuters in den Niederlanden war, hatte ihn auf den firmeninternen Aufruf aufmerksam gemacht, den das Londoner Büro um die halbe Welt geschickt hatte, nachdem Peter Hall vor wenigen Tagen aus Italien telefonisch darum gebeten hatte.

Gloria Densmore machte sich eine Notiz und versprach, umgehend mit Hall Kontakt aufzunehmen. Sie drückte die Gabel mit dem Zeigefinger hinunter, wartete kurz und wählte dann seine Telefonnummer. Während das Wartezeichen ertönte, spürte sie, wie ihr Herz immer schneller zu schlagen begann. Sie ließ es etwa zehnmal vergeblich läuten, dann hängte sie auf und nahm einen tiefen Atemzug, während sie sich über ihre Erleichterung wunderte. Dann klappte sie ihren Taschenspiegel auf, prüfte ihr Make-up und legte ihren Kopf selbstbewusst in ihre beste Pose. *Außerdem ist er zu alt für dich,* dachte sie, nachdem sie im Geist ihren Freundinnen beigepflichtet hatte, die meinten, ihr Schwarm wäre nachlässig gekleidet und habe hinter seinem angegrauten Bart bestimmt etwas zu verstecken. Sie versuchte, das Bild des milde lächelnden Reporters mit den makellosen Zahnreihen und den sanften braunen Augen zu unterdrücken, das sich ihr desto mehr aufzudrängen schien, je stärker sie dagegen ankämpfte. Sie schüttelte den Kopf und beschloss, in Zukunft gegen jede Form rauen, schottischen Charmes immun zu sein.

31. Golf von Saint-Hospice

Rachel Gayle machte vor dem Spiegel in ihrem Hotelzimmer eine halbe Drehung und bemaß dabei mit kritischem Blick das schwarze Cocktailkleid, das sich wie eine zweite Haut an ihren Körper schmiegte. Es endete exakt zwei Fingerbreit oberhalb ihrer Knie, und war damit genau so lang wie nötig, um die Narbe zu verbergen, welche die gesamte Innenseite ihres Oberschenkels entstellte. Die Erinnerungen an das fast tödliche Erlebnis auf Haiti kamen sofort wieder hoch, während sie mit der Hand über die Stelle strich und die längliche, empfindliche Erhebung spürte. Es war erst drei Jahre her.

Auf Haiti hatte die CIA damals mit dem Segen von Präsident Kennedy eine Reihe subversiver Aktionen gestartet, die zum Sturz des korrupten Diktators Francois Duvalier, genannt *Papa Doc,* führen sollten. Gayles Aufgabe bestand darin, im Untergrund Verbindungen zwischen Regimegegnern aufzubauen, doch nicht alle, die sich als Verbündete ausgaben, standen in Wahrheit auf der richtigen Seite - eine Erkenntnis, die Rachel Gayle mit jener tiefen Schnittwunde bezahlte, die die ihr zwei mit Messern bewaffnete Häscher des Despoten in einem Hinterhalt zugefügt hatten. Wäre nicht wie durch ein Wunder ihre Hauptschlagader verschont geblieben, sie hätte sich wohl kaum durch einen Sprung aus dem ersten Stock in Sicherheit bringen können. Schuld an diesem Fiasko, das sie beinahe ihr Leben gekostet hatte, war eine grobe Fehleinschätzung der Lage vor Ort gewesen, denn der Diktator hatte den Voodoo-Kult benutzt, um die Bevölkerung zu manipulieren und einzuschüchtern, und damit ein Klima geschaffen, das es seinen Leuten leicht machte, den Widerstand zu unterwandern. Doch keiner der Verantwortlichen bei der CIA hatte es im Voraus für nötig befunden, sich mit der Kultur und den Gepflogenheiten des Landes auseinanderzusetzen, um darauf ihre Maßnahmen aufzubauen.

Diese Idioten in den Teppichetagen von Langley, dachte Gayle, während sie in ein Paar Wildlederschuhe mit niedrigen Absätzen schlüpfte. *Weltfremde Bürokraten, ohne die leiseste Ahnung von der Frontarbeit.* Tatsächlich krankte die CIA seit Jahren an einer Serie von fehlgeschlagenen, halbausgegorenen Operationen und an schwacher Führung. Vor kurzem hatte Präsident Johnson der CIA einen neuen Direktor vorangestellt, und der hatte es in nur zwei Monaten Amtszeit fertig gebracht, sich in der *Kubafrage* öffentlich lächerlich zu machen und die Glaubwürdigkeit des Präsidenten zu untergraben. An der Spitze der Spionageabwehr saß mit James Angleton seit Jahren ein paranoider Alkoholiker, der in seinem wahnhaften Glauben, die CIA sei auf höchster Ebene vom KGB unterwandert, den gesamten Geheimdienst in einen Scherbenhaufen zu verwandeln drohte. Und schließlich gab es da noch die Geheimkriege, welche die CIA auf drei Kontinenten angezettelt hatte, um die Expansion des Kommunismus zu bekämpfen. Der Kontrolle des Präsidenten längst entglitten, waren sie allesamt tickende Zeitbomben - es brauchte kaum mehr als ein gesundes Maß an Menschenverstand, um zu erkennen, dass die Tage der Agency gezählt wären, wenn die Öffentlichkeit von diesen illegalen Aktivitäten erfahren würde. *Ihr werdet die Wahrheit erkennen, und die Wahrheit wird euch frei machen.* Das in der Eingangshalle des CIA-Hauptquartiers in Langley eingemeißelte Motto der Agency war zu einer zynischen Phrase geworden, die ihrer selbst spottete. Rachel Gayle fand, dass der biblische Leitsatz eigentlich viel eher zu Peter Hall passte, der sich nicht einreihen ließ in die Legionen von Journalisten, welche die amerikanische Regierung aus moralischem Pflichtgefühl heraus im Kampf gegen den Kommunismus zu unterstützen, indem sie die Propaganda der CIA mehr oder weniger ungefiltert weiterverbreiteten. Hall wusste vermutlich spätestens seit dem Koreakrieg genug über die dunklen Machenschaften der Agency, um ihrem Ruf, ihrem Chef, vielleicht sogar ihrer Existenz gefährlich werden zu können. Gerade jetzt, in diesen Tagen, in denen Zehntausende junger Soldaten nach Vietnam marschierten - nie war der politische Zündstoff brisanter gewesen.

Was, wenn Peter Hall Recht hatte? Wenn sie tatsächlich niemandem mehr trauen konnte? Nicht einmal ihrem direkten Vorgesetzten, dem Operationsleiter Geoffrey Miller?

Sie ging ins Badezimmer, stellte das Wasser an und benetzte ihr Gesicht, während sie versuchte, ihre Zweifel für den Moment zu verdrängen. Danach tupfte sie sich mit dem Handtuch trocken und richtete ihr Haar. Zum

Schluss trug sie etwas Mascara auf ihre Wimpern auf, die einzige Schminke, die sie je benutzte.

Als sie ihr Hotelzimmer in Richtung Speisesaal verließ, ahnte sie bereits, dass sie auf einen Scheideweg zuschritt. Es würden Entscheidungen anstehen, die ihr niemand abnehmen konnte, und vor allem würde sie diese Entscheidungen nicht aufgrund wohlkalkulierter Überlegungen, sondern aus dem Bauch heraus fällen müssen. Die Vertrauensfrage musste sie ganz allein für sich beantworten.

Peter Hall empfing sie mit einem sanften, fast schon väterlichen Gesichtsausdruck, sodass Gayle sich fragte, ob er ihr wohl ansah, was in ihr vorging. Als sie zu ihm an den Tisch trat, stand er auf und deutete eine Pose an, um mit gespielter Ernsthaftigkeit seine Garderobe zu präsentieren. Sie musste lachen. Daraufhin musterte sie ihn und machte eine wohlwollende Bemerkung zu dem neuen, sandfarbenen Leinenanzug, den er sich auf das Spesenkonto der CIA gekauft hatte. Es schien ihn nicht zu kümmern, dass er mit dem offenen Hemdkragen und fehlender Krawatte eklatant gegen den Dresscode verstieß, was ihr ein verschwörerisches Schmunzeln auf das Gesicht zauberte. Offensichtlich hatte auch er mit der uniformen Etikette der sogenannt höheren Gesellschaft nicht viel am Hut.

Sie ließen sich lokale Spezialitäten empfehlen und entschieden sich für Wolfsbarsch und Ratatouille. Gayle überließ ihm die Wahl des Weins, und Hall ließ es sich nicht nehmen, die amerikanische Regierung einen Pomerol springen zu lassen.

„Der geht unter *Vertrauensbildende Maßnahmen*", kommentierte die Agentin schulterzuckend.

Während des Essens beobachtete Hall, wie sie im Abstand von einigen Minuten kaum merklich mit wenigen, geschulten Blicken den gesamten Raum zu erfassen schien. Er musste sich in Erinnerung rufen, dass das romantische Setting in diesem Luxushotel weniger eine Geste der Wiedergutmachung oder des guten Willens seitens der amerikanischen Regierung war, sondern vielmehr einer präzisen Risikokalkulation entsprang. Hall ließ seinen Blick diskret durch den Saal schweifen. Inmitten der in überschaubarer Anzahl anwesenden Gäste würde ein Beschatter sofort auffallen. Die weit auseinander stehenden Tische machten das Belauschen eines Tischgesprächs praktisch unmöglich. Einmal mehr stellte er, mit einer Mischung aus Argwohn und Respekt, fest: Die Frau, die ihm in Italien zuerst das Leben gerettet und ihn danach mit einer K.O.-Spritze ausgeschaltet und entführt hatte, war nicht nur für Überraschungen wie diese gut - sie war in allererster Linie ein ausgekochter Profi.

Nachdem sie ihr Essen beendet hatten, rückte Gayle den Pomerol, der in der Zwischenzeit seine Wirkung allmählich entfaltet hatte, zur Seite und legte die Fingerspitzen aneinander. „Peter“, sagte sie, „darf ich Sie etwas Persönliches fragen?“ Sie deutete seinen überraschten Blick als Zustimmung und fuhr fort: „Ihre Freunde, Walter Bishop und Arthur Willis von der Buchhandlung, sind beide verheiratet - Sie jedoch leben seit Ihrer Scheidung allein - keine Affären, soweit man weiß.“

Auch diesmal versetzte ihm die Tatsache, dass die Agentin private Dinge über ihn wusste, einen kleinen Stich. „Deshalb sind *Sie* hier, nicht wahr?“, entgegnete er. „Ich meine, deshalb hat man eine Frau geschickt.“

Sie lächelte und hob kapitulierend die Hände. „Die Bürokraten in Langley sind oft ein wenig realitätsblind und vergessen in ihrem Eifer zu gerne, dass ihre Agenten, Männer wie Frauen, auch bloß Menschen sind. Aber, um Ihre Frage zu beantworten: Es stimmt natürlich, dass man sich einen Bonus erhofft, wenn man auf jemanden wie Sie eine Frau ansetzt."

„Was soll das heißen - jemanden wie mich?", sagte Hall gereizt.

Sie tupfte ihre Lippen mit der Serviette ab und hielt zwei Finger in die Luft. „Die Strategie bietet sich in zwei Fällen an: Labile Persönlichkeitsstruktur oder temporäre sexuelle Deprivation. Ersteres sind potentielle Fremdgänger, deren Verstand sich abmeldet, wenn der Hormonspiegel steigt. Sie gehören in die zweite Kategorie - Singles."

„Was Sie nicht sagen."

„Seien Sie nicht so mürrisch - das ist gut für Sie! Laut unserem Psychogramm gehören Sie zu der seltenen Spezies, die es mit der Treue durchaus ernst meint. Mit anderen Worten: Würden Sie in einer Beziehung leben, dann fände dieses *Tete-à-tete* hier höchstwahrscheinlich mit einem männlichen Kollegen statt." Sie konnte sich ein Grinsen nicht verkneifen, als sie sah, wie er das Gesicht verzog. Sie griff zu ihrem Glas und führte es an ihren Mund. Bevor sie den letzten Schluck nahm, fragte sie in sanftem Ton: "Warum die Scheidung?"

„Es ist nicht gut gegangen", meinte er lakonisch.

„Scheint so." Sie lächelte ihn an.

Hall wusste nicht, ob sie nur neugierig war oder gar mit ihm flirtete.

„Und jetzt verstecken Sie sich vor der Welt", setzte sie nach.

„Wie kommen Sie denn darauf?", fragte er. Seine Stirn warf verärgerte Falten.

Sie lachte. „Ich schätze, Sie stehen nicht gerne im Zentrum der Aufmerksamkeit. Daher tragen Sie eher praktische, unauffällige Kleidung, und deshalb ", sie fuhr sich mit der Hand übers Kinn, „wohl auch dieser Bart."

Hall musste sich eingestehen, dass an ihren Worten etwas dran war. Er war nicht der Typ, der gerne die Aufmerksamkeit anderer auf sich zog. Gut möglich, dass das geschulte Auge dies aus seinem Auftreten und aufgrund seines Kleidungsstils folgern konnte. Er strich sich über den kurz gestutzten, ergrauenden Bart, als müsste er sich vergewissern, dass er tatsächlich einen trug. „Meinen Sie, er muss er weg?", fragte er mit gespielter Unsicherheit.

Rachel Gayle schüttelte den Kopf. „Nein, Sie sehen trotzdem gut aus - steht Ihnen gut." Sie zündete sich eine Zigarette an, blies das Streichholz aus und legte es behutsam in den Aschenbecher. Mit zusammengekniffenen Augen und leicht schräg geneigtem Kopf fragte sie: „Wie haben Sie das gemeint, als Sie sagten, ich könne möglicherweise niemandem in der CIA trauen?"

Er schwieg einen Moment, während ihre Blicke aneinander hafteten. „Es ist nur eine Hypothese", sagte er schließlich. „Ich kannte Ed Stewart sehr gut, müssen Sie wissen. Es hat etwas zu bedeuten, dass er die Botschaft, die er von Professor Berger in Leningrad zugespielt bekommen hatte, nicht seinem Führungsoffizier bei der CIA weitergab und stattdessen sein Leben auf Spiel setzte - und verlor. „ Er senkte seinen Blick. „Aber wir wissen immer noch nicht, warum. Deshalb brauchen wir unbedingt Zeit, um in London Nachforschungen anzustellen, verstehen Sie?"

„Es liegt nicht in meiner Hand, Peter. Wenn ich morgen Abend mit den Dokumenten nicht wie vorgesehen in einem Flugzeug in die USA sitze, wird Miller ein Spezialkommando auf Sie und Bishop loslassen, das kann ich Ihnen versichern."

Er wusste, dass Sie die Wahrheit sagte und ihr schlichtweg die Hände gebunden waren. Es blieb ihm nur die Hoffnung, dass Walter Bishop inzwischen etwas herausgefunden hatte, irgendetwas, das ihnen zumindest etwas Zeit verschaffen würde. Denn wenn die Agentin einfach mit den Dokumenten auf Nimmerwiedersehen in die Vereinigten Staaten verschwinden würde, dann wäre endgültig der Fall eingetreten, den Ed Stewart zu verhindern mit dem Tod bezahlt hatte. Hall wusste, dass seine Argumente dünn gesät waren, und er kaum mehr als ein schlechtes Gefühl in der Magengegend vorzuweisen hatte.

Noch zwei Stunden später, als er im Bett lag und ruhelos an die Decke starrte, marterte ihn ein einziger Gedanke: *Ich brauche irgendetwas Handfestes. Und zwar schnell.*

32. London

Die Buchhandlung *Willis & Bishop Science Books* - eines der zahlreichen Geschäfte und Antiquariate in den Erdgeschossen der Wohnhäuser in der Charing Cross Road - war mit ihrem kleinen Schaufenster und der schmalen Eingangstür leicht zu übersehen. Die beiden Inhaber hatten sich daran allerdings noch nie gestört, denn es war diesem Umstand zum Dank, dass sie sich kaum mit Laufkundschaft zu befassen hatten, die nur etwas schmökern oder sich die Zeit bis zum nächsten Bus vertreiben wollten. An der Tür hing noch am Mittag ein Schild mit der Aufschrift *Geschlossen,* was bei den paar eifrigen Studenten, die im Laufe dieses Morgens vorbeigekommen waren, um sich jetzt schon mit dem Stoff für das nächste Semester einzudecken, für reichlich Irritation gesorgt hatte. Ungläubig hatten sie ihre Nasen an der Glastür plattgedrückt, nachdem sich die Türklinke mit einem metallischen Klacken verweigert hatte.

Walter Bishop hatte sich im hinteren Bereich des Ladens hinter Stapeln von Büchern verbarrikadiert. Bei jedem Geräusch spähte er zwischen den Regalen hindurch nach vorne, in der bangen Hoffnung, dass es sich wirklich nur um einen Kunden handelte und nicht um einen Killer, der auf der Gehaltsliste es KGB stand. Seit er an diesem Morgen zuerst von seinem Zuhause in Walthamstow ans King's College im Zentrum Londons, und danach ins Buchgeschäft in der Charing Cross Road gefahren war, hatte er zwar nirgends etwas Auffälliges bemerkt, allerdings war sich Bishop absolut im Klaren darüber, dass er sich auf seine Fähigkeit, eine professionelle Beschattung auffliegen zu lassen, nichts einzubilden hatte. Dazu kam, dass er sich seit diesem Morgen geistig in einer anderen Welt befand, beschäftigt mit Gedanken, die ihn beinahe in den Wahnsinn trieben.

Pünktlich um acht Uhr hatte er am Vorbereitungszimmer von Rufus Covington, Professor für theoretische Physik am King's College, angeklopft. Der hatte ihn in angespannter Neugier erwartet und sich unverzüglich an die Sichtung der Dokumente aus dem San Martino-Kloster gemacht, die Bishop ihm vorgelegt hatte. Die Reaktion des Physikers war in jedem Aspekt sonderbar gewesen: Zuerst, nach einem ersten flüchtigen Blick auf die Unterlagen hatte er gelacht und kopfschüttelnd gemeint, Bishop sei vermutlich einem Schwindel aufgesessen. Doch dann hatte Covington sich überzeugen lassen, sich die Sache etwas genauer anzusehen, und im Nu waren zwei Stunden vergangen, während derer sich der Physiker Notizen gemacht, diverse Fachbücher konsultiert und zwei hitzige Telefongespräche geführt hatte. Am Ende ihrer Sitzung blickte Bishop in das versteinerte Gesicht eines in seinen Grundfesten erschütterten Menschen, der ihm in halb bittenden, halb drohenden Worten das Versprechen abnahm, unter keinen Umständen seinen Namen mit dem Inhalt der Dokumente in Verbindung zu bringen. Bishop hatte das Zimmer mit wackligen Knien verlassen, nicht wissend, ob er eine wissenschaftliche Sensation in den Händen hielt oder in einer Sackgasse gestrandet war. Sicher war nur, dass er die Tür aufgestoßen hatte zu einer Welt, die - wenn überhaupt - dann nur im Verborgenen existierte. Denn laut Covington würde sich jeder seriös arbeitende Wissenschaftler davor hüten, seinen Namen auch nur in die Nähe dessen zu bringen, was er als *alternative, nichtlineare Form von Physik* bezeichnet hatte. Unmittelbar nach dem Besuch beim Professor war er ins Kellergeschoss hinuntergestürzt, ins Archiv des historischen Instituts, wo ihm ein Mitarbeiter den Gefallen tat, die Dokumente auf einen Mikrofilm zu transferieren. Nach lediglich zwei Stunden waren die Originale vernichtet und das unscheinbare Objekt mit dem brisanten Inhalt in einem Banksafe deponiert worden.

Seither schlurfte Bishop in der Buchhandlung herum wie ein Tier im Käfig, überprüfte hier die Ordnung im Regal, zählte da den Bestand eines Postens und ließ dabei das Telefon keine Sekunde lang aus den Augen. Irgendwann in den nächsten Stunden, war Bishop überzeugt, würde er etwas darüber erfahren, wo sein Freund sich befand und was mit ihm geschehen war. Gut möglich, dass er an diesem Morgen bereits versucht hatte, ihn zu erreichen. Vielleicht hatte auch eine Behörde angerufen, Scotland Yard, oder ein Mitarbeiter der US-Botschaft oder der CIA, was faktisch dasselbe war. In jedem Fall würde die schmerzliche Ungewissheit über den Verbleib seines Freundes endlich vorüber sein.

Kurz vor Mittag klingelte es ein weiteres Mal. Bishop eilte hinüber zum Verkaufstresen und riss den Hörer von der Gabel. Vielleicht war es diesmal ein Lebenszeichen von Peter Hall, und nicht bloß ein weiterer Kunden- oder Lieferantenanruf. Er nannte den Namen des Geschäfts.

„Gloria Densmore, Agentur Reuters", antwortete eine unsichere Stimme. „Spreche ich mit Mr. Walter Bishop?"

Bishop bejahte, und die Frau am anderen Ende erklärte, dass sie im Auftrag von Thomas Wilson anrief. Der Name war Bishop geläufig. Wilson war der Mann bei der Nachrichtenagentur, der Hall regelmäßig Aufträge zuschanzte.

„Wir versuchen seit Tagen vergeblich, Peter zu erreichen. Mein Chef meinte, Sie wüssten vielleicht, wo er ist?"

Bishop erinnerte sich an Halls Schilderung einer ziemlich schrillen Blondine mit dem Namen Gloria. Offenbar hatte die Reuters-Mitarbeiterin ein Auge auf Hall geworfen, was auch den aufrichtig besorgten Klang ihrer Stimme erklärte. „Es tut mir leid, Miss Densmore", sagte er. „Peter hat sich auch hier nicht gemeldet. Ich wüsste selber gern, wo er sich aufhält."

Vom anderen Ende der Leitung kam zuerst ein stilles Seufzen, doch dann sprudelte es aus dem Hörer hervor: „Wenn er sich bei Ihnen melden sollte, sagen Sie ihm bitte, dass sich ein Journalist namens Gerrit Anders aus Amsterdam bei uns gemeldet hat, und zwar wegen seines Aufrufs."

Bishop war wie elektrisiert. In der ganzen Aufregung der letzten Tage hatte er beinahe vergessen, dass Hall von Italien aus bei der Nachrichtenagentur angerufen hatte. Er wollte das interne Anschlagbrett der weltweit agierenden Agentur dazu nutzen, jemanden zu finden, der Informationen über Hans Kammler besaß, jenen mysteriösen Protagonisten des Naziregimes, der nachweislich mitverantwortlich für den Tod von Tausenden gewesen war, und über den sich die Geschichtsschreibung bis dato aus unerfindlichen Gründen ausschwieg. In den Ohren des Historikers Walter Bishop war die verheißungsvolle Ankündigung von Gloria Densmore eine mittlere Sensation.

Die Frau unterbrach seine euphorischen Gedanken: „Noch etwas, Mr. Bishop - richten Sie Peter bitte aus, er solle mich persönlich anrufen. Sie verstehen bestimmt, dass ich mir so allmählich Sorgen mache!"

Er versprach, ihren Wunsch zu beherzigen und versuchte, ihr etwas Mut zuzureden. Es waren Floskeln, leere Worte, und als er sie sprach, kam er sich heuchlerisch dabei vor.

Es dauerte etwa eine Stunde, bis es erneut klingelte. Diesmal hatte Bishop den Hörer kaum zum Ohr geführt, als er sich, erschöpft wie nach einem langen Marsch, auf den Stuhl sinken ließ. Er nahm seine Brille ab, schmiss sie auf die Tischplatte und wischte sich mit der Hand über das Gesicht. Am Apparat war Peter Hall.

33.

An der Kreuzung Shaftsbury Avenue und Charing Cross Road blieb Peter Hall vor dem Schaufenster eines Antiquariats stehen und tat so, als würde er sich für die Auslage interessieren. Tatsächlich aber konzentrierte er sich auf die Spiegelungen im Schaufensterglas und beobachtete die Menschenmenge, die sich hinter ihm in alle Richtungen bewegte. Nach ungefähr einer Minute entdeckte er Rachel Gayle, die hinter einem Bus hervorkam und geradewegs auf ihn zusteuerte. „Und?", fragte er, ohne den Blick von der Auslage abzuwenden, als sie neben ihm stand.

Sie legte ihm eine Hand auf die Schulter. „Sie sind sauber - niemand ist Ihnen gefolgt."

Hall lächelte ihr erleichtert zu. Am Flughafen Heathrow hatte ihn Gayle angewiesen, alleine in die U-Bahn einzusteigen. Die Agentin war ihm daraufhin in einigem Abstand gefolgt, um zu prüfen, ob er beschattet wurde. *Eine minimale Sicherheitsmaßnahme,* hatte Gayle gesagt, doch Hall war sich dabei wie der Köder bei einem Hunderennen vorgekommen.

Sie gingen zusammen weiter die Straße hinunter, bis sie bei der wissenschaftlichen Buchhandlung von Walter Bishop und Arthur Willis angelangt waren. Obschon ihm Bishop am Telefon gesagt hatte, dass das Geschäft pro forma geschlossen sein würde, griff Peter Hall automatisch nach der Türklinke. Dann erst fiel ihm das vergilbte Schild ins Auge: *Geschlossen.* Er klopfte energisch an die Tür und spähte, das Gesicht gegen das Glas gedrückt, in das düstere Innere des Buchladens. Kurz darauf tauchte Bishop hinter der Glastür auf. Er öffnete die Tür gerade weit genug, um die beiden hineinzulassen, dann schloss er die Tür sofort wieder zu und vergewisserte sich, ob das Pappschild mit der richtigen Seite nach außen hing. Sein von Falten zerfurchtes Gesicht hellte sich kurz auf, als er Hall mit einer schlaksigen Umarmung begrüßte. Während er Gayle knapp zunickte, machte er bereits wieder auf dem Absatz kehrt, um nach hinten zu gehen. „Hier entlang", sagte er und steuerte auf eine schmale Wendeltreppe zu, die inmitten der Bücherregale, die bis unter die Decke reichten, kaum zu erkennen war.

Der Raum im oberen Stock wurde von einem runden Eichentisch dominiert, auf dem neben einer dampfenden Kanne Tee unzählige Bücher lagen. Als wäre er zu ungünstiger Stunde von Gästen überrascht worden, begann Bishop hastig, die Bücher zusammenzuräumen. Hall ging ihm zur Hand, indem er einen opulenten Bildband von Homers *Odyssee* zusammenklappte und auf den Stapel legte, den Bishop aufzutürmen im Begriff war.

„Bitte", sagte Bishop zu Gayle, die beim Teeset stand, „bedienen Sie sich doch." Dann setzte er sich hin und wartete, bis die anderen ebenfalls Platz genommen hatten. Er hatte seinem Freund bereits am Telefon erzählt, was ihm auf seiner Fahrt durch Norditalien widerfahren war, und nun war er seinerseits begierig darauf, auf den neuesten Stand der Dinge gebracht zu werden. „Wo stehen wir inzwischen?", fragte er schließlich zu Hall gewandt, nachdem seine Augen eine Weile ungeduldig zwischen den beiden hin und her gewandert waren.

Hall begann umgehend auszuführen, was er am Telefon lediglich angedeutet hatte. Bishop folgte ihm beinahe regungslos und mit nachdenklicher Miene, während er von dem Zusammentreffen mit dem CIA-Operationsleiter Geoffrey Miller auf dem Fischtrawler berichtete. Die unfreiwillige Reise unter Narkose erwähnte er nur beiläufig, ebenso die Übernachtung in einem Luxushotel in Südfrankreich. Stattdessen erzählte er, was ihm die CIA-Leute auf der *Isis* gezeigt hatten. Als sich sein Bericht dem Ende neigte, war ihm, als stünde er neben sich und hörte sich selber beim Sprechen zu, und ihm wurde die frustrierende Tatsache bewusst, dass sie im Grunde keinen einzigen Schritt weitergekommen waren. Stumm schaute er seinem Freund in die Augen, der ein langes Gesicht machte.

„Das ist alles?", sagte Bishop. „Hätte man vom größten Geheimdienst der Welt nicht etwas mehr erwarten dürfen? Natürlich unter der Annahme, dass man dir nicht irgend einen Humbug aufgetischt hat."

Hall zuckte mit den Schultern und ließ die Frage zu Gayle passieren.

„Auftraggeber ist das Pentagon", sagte die Agentin mit ruhiger Stimme. „Aus Gründen der Geheimhaltung werden nur die Informationen weitergegeben, welche für die Operation unmittelbar notwendig sind. Wir wissen tatsächlich nicht mehr, als Peter Ihnen erzählt hat."

„Es macht deshalb auch keinen Sinn mehr, das wenige, was *wir* wissen, vor Rachel zu verbergen." Hall griff in die Innentasche seines Jacketts und nahm einen Zettel hervor. Er legte ihn vor sich auf den Tisch, entfaltete ihn und bügelte ihn mit der flachen Hand glatt. Bishop erkannte ihn sofort an dem blauen, in kyrillischer Schrift gehaltenen Briefkopf eines Hotels in Leningrad - es war der Brief, den Ed Stewart von Professor Berger zugespielt bekommen hatte, und den sie bislang keiner weiteren Person gezeigt hatten. Er riss die Augen auf und wollte protestieren, doch Hall hob sachte die Hand und begann: „Tatsache ist erstens, dass wir noch immer keine Ahnung haben, warum Ed Stewart diese offenbar so wichtige Botschaft nicht an seinen CIA-Führungsoffizier oder die amerikanische Botschaft weitergegeben hat, wie Berger ausdrücklich forderte. Zweitens scheint es unplausibel, dass es sich bei dem Projekt um einen irgendwie gearteten Nuklearantrieb für ein Fluggerät der Zukunftsgeneration handelt, wie die CIA glaubt - auch wenn der Projektleiter Walther Gerlach ein ausgewiesener Experte für Kernphysik ist. Dagegen sprechen ganz einfach die Fortschritte der Atomforschung in den letzten zwanzig Jahren. Und drittens haben wir bisher über die beteiligten Personen praktisch nichts in Erfahrung bringen können, den erwähnten Professor Gerlach einmal ausgenommen. Hans Kammler, ein Nazi von höchstem Rang, dessen Sonderstab das *Chronos*-Projekt unterstand, schien nach dem Krieg aus unerklärlichen Gründen niemanden mehr interessiert zu haben, so dass kaum Fakten zu seiner Person existieren. Rudolf Berger selbst wurde nach dem Krieg nach Russland verschleppt, was aus seinem Schreiben hervorgeht, und sein Kollege Mannheim war ganz offensichtlich einer von hunderten von Wissenschaftlern, die mit dem *Paperclip*-Projekt in die USA gebracht wurden, wie Walter historisch belegt hat. Punkt. Das ist alles." Er lehnte sich zurück, verschränkte die Arme vor der Brust und blickte mürrisch in die Runde.

„Walther Gerlach ist das Stichwort", rief Bishop aufgeregt, während er mit dem Finger auf die Tischplatte hämmerte. „Er ist die Schlüsselfigur zu allem!" Schwungvoll stand er auf und ging zu einem Pult in einer Ecke des Zimmers. Als er zurückkam, schwenkte er eine vergilbte Zeitung über dem Kopf. „Gerlach ist keineswegs nur auf dem Gebiet der Kernphysik ein Experte. Er ist ein Mann mit zwei Gesichtern, ein wissenschaftlicher Dr. Jekyll und Mr. Hyde!" Er ließ die Zeitung auf den Tisch klatschen und blickte triumphierend in die Runde.

Hall griff nach der Zeitung und versuchte mit zusammengekniffenen Augen die ungewohnte Frakturschrift zu entziffern: „Frankfurter Zeitung. Abendblatt. Freitag, 18. Juli 1924." Dann hielt er inne und legte die Zeitung zurück auf den Tisch. „Tut mir leid, ich kann kein Deutsch."

„Hier ist die Übersetzung." Bishop winkte mit einem Blatt Papier. "*Die Verwandlung von Quecksilber in Gold.* Verfasst von Prof. Dr. Walther Gerlach." Während er den kurzen Artikel vorlas, bedachten ihn die anderen beiden mit argwöhnischen Blicken. Was sich dem reißerischen Titel nach anhörte wie direkt dem *Opus Magnum* der Alchemisten entnommen, stellte sich als eine profane Darstellung eines physikalischen Vorgangs heraus, in dem Walther Gerlach die Möglichkeit aufzeigte, Quecksilber radioaktiv so zu belasten, dass als Zerfallsprodukt geringe Mengen an Gold entstehen. Der Artikel schloss mit der unspektakulären Feststellung, dass die Entdeckung wirtschaftlich völlig nutzlos sei, weil der Energiebedarf den Ertrag um ein Vielfaches übersteige.

„Klingt irgendwie nach Hokuspokus", meinte Gayle mit einem ungläubigen Lächeln auf den Lippen.

„Genauso reagierte auch Professor Covington, als ich ihm heute Morgen die Dokumente zeigte - er hielt dies zunächst alles für pseudowissenschaftlichen Nonsens." Bishop schaute ernst und hob einen Finger. „Ich zeige euch diesen Artikel aber gar nicht so sehr wegen dieser angeblichen Transmutation von Quecksilber, sondern weil er zweifelsfrei beweist, dass Walther Gerlach, eine anerkannte Koryphäe auf dem Gebiet der Kernphysik, sich auch mit völlig anderen, unkonventionellen physikalischen Themen auseinandersetzte, und zwar schon lange vor dem Krieg. Seltsamerweise hat er sich aber *nach* dem Krieg nie wieder mit dieser alternativen Form von Physik auseinandergesetzt - er widmete sich nur noch allgemeinen Themen, die man in diesem Zusammenhang als belanglos bezeichnen muss."

„Alternative Form von Physik?", wiederholte Hall. Sein Freund nickte bestimmt.

„Man kann in der Physik einen Strang unorthodoxer Denkweisen und Ansätze bis ins neunzehnte Jahrhundert zurückverfolgen. Ich denke dabei beispielsweise an Nikola Tesla, quasi die Galionsfigur der verkannten Wissenschaftler. Kein anderer Wissenschaftler hat Zeit seines Lebens so viel Bedeutendes geleistet und wurde dabei gleichzeitig unterdrückt, diffamiert und totgeschwiegen. Die ganze Tragik erinnert natürlich an Figuren wie Giordano Bruno, der zur Zeit der italienischen Renaissance..." Bishop bemerkte Halls mahnenden Blick und unterbrach seinen Vortrag, um sich kurz zu räuspern. Dann fuhr er fort: „Man muss wissen, dass zum Zeitpunkt der Veröffentlichung von Gerlachs Artikel an den wissenschaftlichen Institutionen ein offenes Umfeld herrschte, das einem freien Denken positiv gegenüberstand, und das eine Reihe eminenter Figuren hervorbrachte, nicht zuletzt auch Albert Einstein. Die Quantenmechanik war gerade davor, ausformuliert und publiziert zu werden, und die Kernspaltung war noch Zukunftsmusik. Aber heute gibt es nur noch eine dogmatische Lehrmeinung - als ich Professor Covington mit den Dokumenten konfrontierte, winkte er erst einmal ab. Er meinte, dass ein Physiker, der sich ernsthaft mit solch häretischen Themen beschäftigt, wissenschaftlichen Selbstmord beginge. Ende der Konversation."

„Ende der...?" Hall verschluckte sich am Tee und hustete.

„Es ist ihm nicht einmal übel zu nehmen." Bishop breitete die Arme aus. „Die gesamte akademische Physik folgt einer vorgegebenen Marschrichtung, die vor vielen

Jahren beispielsweise durch die Elektrodynamik und dann insbesondere durch die Relativitätstheorie geprägt wurde. Ein alternatives Verständnis von Physik hat da ganz einfach keinen Platz.

Diese Worte klangen definitiv. Da Bishop nicht weitersprach, machte sich Hall auf das Schlimmste gefasst. „Du meinst: Das war's?" Mit offenem Mund wartete er darauf, dass Bishop all ihren Bemühungen mit einem lapidaren Nicken den Todesstoß versetzen würde. Doch der Historiker schüttelte mit einem verschmitzten Lächeln den Kopf.

„Nachdem ich Covington erzählt hatte, dass wegen dieses angeblichen Humbugs ein Freund ermordet wurde, und dass die mächtigsten Regierungen der Welt ihre Geheimdienste alarmiert hatten, erklärte er sich bereit, einen zweiten Blick auf die Dokumente zu werfen. Dazu musste er allerdings einen Kollegen beiziehen, einen gewissen Dr. Ian Hawthorne, der wegen seiner unkonventionellen Ansichten im akademischen Betrieb schon vor längerer Zeit zur *persona non grata* erklärt worden war - und ich musste Covington versprechen, seinen Namen unter allen Umständen herauszuhalten."

„Gut zu wissen, dass da noch jemand mitdenkt", sagte Rachel Gayle in unüberhörbar gereiztem Ton. Der Kreis der Mitwisser hatte sich inzwischen schon genug geweitet. Immerhin verschaffte ihr der zweifelhafte Ruf dieses Dr. Hawthorne eine Art unverhoffter Rückendeckung.

„Was hat er denn gesagt?", drängte Hall.

„Er sprach über Phänomene wie Plasmabündelung, Elektrogravitation, Wirbeltheorie. Ich habe davon ehrlich gesagt nicht allzu viel verstanden. Was aber im Wesentlichen dabei herauskam, ist, dass hier bei diesem Projekt im großen Stil Gravitationsforschung betrieben wurde.

Wir haben es mit einer Maschine zu tun, in welcher durch die gegenläufige Rotation von zwei mit Quecksilber gefüllten Zylindern ein Torsionsfeld erzeugt wird, wodurch die sogenannte Nullpunktenergie beeinflusst und angezapft kann." Bishop blickte in zwei fragende Augenpaare. „Diese Energie ist überall um uns im Raum vorhanden, ähnlich wie Radiowellen, aber es ist bisher niemandem gelungen, sie nutzbar zu machen."

Mit einer Mischung aus Skepsis und Faszination ließ Hall die Worte Bishops wirken. Es klang wie aus einem Science Fiction-Roman.

„Das Konzept der Nullpunktenergie geht auf die Nobelpreisträger Albert Einstein und Otto Stern zurück", erklärte Bishop. „Interessantes Detail: Stern machte sich unter anderem um ein quantenmechanisches Experiment verdient, welches als Gerlach-Stern-Versuch in die Annalen der Physik einging - gemeint ist *unser* Walther Gerlach. So schließt sich der Kreis."

„Was weißt du über das Potential dieser Nullpunktenergie?", fragte Hall.

Bishop schwieg eine Weile, während er offensichtlich nach den richtigen Worten suchte. „Diese Energie existiert überall um uns herum im Raum, selbst im Vakuum. Damit ist ihr Potential theoretisch unbeschränkt - eine für unsere Begriffe schlicht unvorstellbare Größenordnung! Analog der Nuklearenergie lässt sich dieses Potential einerseits friedlich nutzen - aber als Waffe hätte sie eine unvorstellbare, nie zuvor dagewesene Zerstörungskraft. Die größte Wasserstoffbombe wäre nichts als ein Streichholz dagegen!"

Gayle schaute Bishop an, als wäre er von Sinnen. „Wollen Sie damit sagen, die Nazis waren dabei, eine Art Superbombe zu bauen? Und das, wohlgemerkt, noch bevor in den USA die erste Atombombe getestet wurde?"

„Das lässt sich so nicht sagen. Die Beschreibungen und das glockenförmige Gerät, das auf den Blaupausen skizziert ist, lassen eher darauf schließen, dass sich das Projekt in der Forschungsphase befand. Über die Anwendung der Forschungsergebnisse lässt sich nur spekulieren, es gibt keine konkreten Anhaltspunkte."

Hall runzelte die Stirn. „Dann gibt es also auch keinen Beweis dafür, dass diese alternative Physik tatsächlich funktioniert. Jedenfalls scheint seit zwanzig Jahren nicht wirklich viel passiert zu sein auf dem Gebiet."

„Aber wir haben den Beweis, dass in Nazideutschland Gravitationsforschung betrieben wurde!" Bishop rang nach Atem und hämmerte mit dem Finger auf den Tisch. „Und jetzt kommt der springende Punkt: Der Brief von Rudolf Berger bezeugt eindeutig, dass diese Forschung beidseits des Eisernen Vorhangs weiter betrieben wird. Laut Berger sind diese Aufzeichnungen hier die fehlenden Teile eines Puzzles, die sein ehemaliger Kollege Werner Mannheim benötigt, um das *Chronos*-Projekt in den USA wiederzubeleben. Und er selber arbeitet unter seiner neuen Identität Viktor Tschernenko in der russischen Forschungsstadt Arsamas-16 seit dem Ende des Krieges daran - wahrscheinlich unter Zwang. Vielleicht hat er die Entwicklung des Projekts sogar aktiv verhindert."

„Bis jetzt", ergänzte Hall. „Denn jetzt stehen die Wissenschaftler in Russland offenbar kurz vor dem Durchbruch - Bergers Worte!"

Bishop nickte. „Deshalb wollte er, dass die Dokumente so schnell wie möglich zu Dr. Mannheim in die USA gebracht werden. Damit unter Mannheims Leitung der Vorsprung der Sowjets aufgeholt und das *Gleichgewicht des Schreckens* wiederhergestellt werden kann!"

„Eben!", rief Gayle genervt und ließ die flache Hand auf den Tisch sausen. „Genau das versuche ich Ihnen beiden die ganze Zeit über zu erklären!" Sie schloss die Augen und atmete einmal tief durch, bevor sie mit gesenkter Stimme weitersprach. „Es muss an dieser Raumfahrt-Pressekonferenz vor zweieinhalb Monaten in Leningrad von KGB-Agenten nur so gewimmelt haben. Berger setzte sein Leben auf Spiel, indem er seine Botschaft Edward Stewart zuspielte. Meiner Meinung nach beweist das seine moralische Integrität - er will unter allen Umständen verhindern, dass es zu einem Machtmonopol kommt, schon gar nicht auf sowjetischer Seite!"

Hall war inzwischen aufgestanden und ging im Raum auf und ab, während er sich das Kinn rieb. „Zumindest ist es das, was wir alle glauben sollen", sagte er nachdenklich.

„Was wollen Sie denn damit schon wieder sagen?" Gayle fragte sich, ob es wohl eine von Halls Gewohnheiten war, in Rätseln zu sprechen.

„Nun, zum Beispiel schrieb Ed Stewart, dass Professor Berger unmittelbar nach der Übergabe entdeckt und erschossen wurde - er hatte Schüsse gehört. Doch sechs Wochen nach Stewarts Tod gab der Professor der Zeitschrift *Scientific American* ein Interview zur Woschod 2-Mission! Hat der Mann zwei Leben? Kaum. Hatte Stewart sich getäuscht? Das ist es, was ich zuerst dachte." Er machte eine Pause und versicherte sich, dass er die volle Aufmerksamkeit der beiden hatte, bevor er weitersprach: „Unter Berücksichtigung aller Informationen, die wir bis jetzt haben, ergibt sich für mich in zunehmender Deutlichkeit ein ganz anderes Bild: Stewart wurde absichtlich getäuscht. Die Konsequenz daraus ist, dass alle unsere Schlussfolgerungen dahinfallen wie Dominosteine." Die

Augen auf Gayle gerichtet, ergänzte er: „Das gilt natürlich auch für die Analysten der CIA!"

Sie presste die Lippen zusammen und nickte kurz. Soweit war den Ausführungen Halls nichts entgegenzusetzen.

Den Kopf auf eine Hand gestützt, massierte Walter Bishop seine Schläfe, während er Halls Gedankengang nachzeichnete. Dann sah er auf. „Stewart ahnte ganz offensichtlich, dass mit der Leningrad-Geschichte etwas nicht stimmen konnte, dass da eine regelechte Verschwörung gegen ihn im Gange war. Deshalb weigerte er sich, den Part, der ihm zugedacht war, zu spielen und tauchte letztendlich in Jugoslawien unter. Er glaubte wohl, sich in einem blockfreien Staat besser verstecken zu können, denn er wusste, dass er früher oder später zur Zielscheibe beider Seiten werden würde - armer Teufel!"

„Richtig, Walter", sagte Hall. „Es stellt sich nur die Frage, was um Himmels Willen den sowjetischen Geheimdienst veranlasst, solch ein Theater zu inszenieren. Was steckt dahinter?"

Gayle stöhnte innerlich. Auf den ersten Blick sah es aus, als handle es sich bei dieser Geschichte um ein weiteres Katz-und-Maus-Spiel, wie es sich die Geheimdienste in Ost und West ständig lieferten. Ein sinnloses Spiel um falsche Überläufer, Doppelagenten, Infiltration und Desinformation, das viel Geld, Menschenleben und manchen den Verstand kostete. *Kein Wunder,* dachte sie, *dass sich unser Spionageabwehrchef allmählich in einen paranoiden Wahn versteigt.*

„Wir können nur eines mit Bestimmtheit sagen", fuhr Hall fort, „Berger, oder wer immer hinter seinem Hilferuf steckt, wollte damit die Dokumente in die richtigen Hände spielen - und zwar irgendjemandem innerhalb der CIA oder des Pentagon. Doch was macht das für einen Sinn?" Er stützte sich mit beiden Händen auf der Tischplatte ab und beugte sich zu Rachel Gayle herunter. „Deshalb ist es so verdammt wichtig, dass wir diesen irreversiblen Schritt hinauszögern, Rachel! Wir müssen unbedingt versuchen, herauszufinden, was hier gespielt wird!"

Sie senkte den Blick und presste die Fingerspitzen gegen ihre Lippen. Mindestens in dem Punkt hatte der Reporter Recht: Wenn sie ihren Auftrag pflichtgemäß ausführte, gab es keinen Weg zurück. Wenn sie auf der anderen Seite gegen die Befehlskette verstieß, hatte dies ebenso unabsehbare Konsequenzen - ein Ausschluss aus dem Dienst schien ihr dabei noch die harmloseste zu sein. Gayle saß fest in einem klassischen Dilemma. „Was schlagen Sie vor, Peter?", fragte sie nach einer Weile.

„Die Agentur *Reuters* hat einen niederländischen Journalisten namens Gerrit Anders gefunden, der Informationen zu Hans Kammler hat. Geben Sie mir wenigstens vierundzwanzig Stunden, damit ich mich mit ihm treffen kann."

„Was erhoffen Sie sich davon?"

„Kammler war der oberste Boss des ganzen Projekts, das macht ihn zu einer Schlüsselfigur. Doch niemand weiß etwas über ihn. Es könnte daher sein, dass er immer noch lebt!"

Sie schaute ihn verblüfft an, doch dann schüttelte sie den Kopf. „Es liegt nicht in meiner Hand, den Zeitplan zu ändern, Peter. Wenn ich morgen mit den Dokumenten nicht im Flieger sitze, wird Miller die Kavallerie losschicken und dafür sorgen, dass hier kein Stein auf dem anderen bleibt - Ende der Diplomatie!"

Nun war es Bishop, der sich vorbeugte und der Agentin tief in die Augen blickte. „Erinnern Sie sich an ihre Worte vorgestern Nacht in der Pension Elisabetta? Sie verglichen unsere Situation mit der von Klaus Fuchs, der Geheimnisse der amerikanischen Atombombenforschung an die Russen verriet, um zu verhindern, dass es zu einem Ungleichgewicht der Macht kommt. Sie fragten, was *wir* an seiner Stelle tun würden."

Sie ahnte, dass ihr Überzeugungsargument soeben im Begriff war, zu einem Bumerang zu werden.

„Nun, ich fürchte, jetzt sind *Sie* in der Situation, sich diese Frage stellen zu müssen. Bedenken Sie, was alles auf dem Spiel steht - es ist weit mehr als ihre Karriere!"

„Meine Karriere!" Sie hob abwehrend die Hände und lehnte sich zurück. „Verstehen Sie denn nicht - Miller würde sofort Verdacht schöpfen, wenn ich veranlassen würde, den Rückflug zu verschieben!" Trotz der Deutlichkeit ihrer Worte sah sie in Halls Gesicht etwas, das sie an ihren neunmalklugen Bruder in Jugendjahren erinnerte. Sie wölbte fragend die Augenbrauen.

„Ist die Annahme richtig, dass Sie das Material erst in den Staaten weitergeben sollen?", fragte er ruhig.

Sie nickte nach einem leichtem Zögern.

„Dann wäre es nicht zwingend notwendig, die Rückreise zu verschieben", sagte er. „Sie verhalten sich erst einmal weiter nach Plan. Melden Sie Ihrem Vorgesetzten, dass Sie mit den Dokumenten im Flugzeug sitzen. Das verschafft uns erst mal etwas Luft.

Bishop schaute seinen Freund mit aufgerissenen Augen an. Der Agentin die alleinige Verantwortung zu übertragen hieß, jegliche Kontrolle aus der Hand zu geben. *Hoffentlich hast du bessere Gründe dafür, als dass uns schlicht die Alternative fehlt!*, schoss es ihm durch den Kopf. Immerhin hatte Hall die letzten zwei Tage mit Gayle verbracht. Aber was war das schon gegen die Tatsache, dass sie eine *Agentin der CIA* war?

„Na schön“, sagte Gayle. „Dann kann ich nur hoffen, dass Sie sich etwas einfallen lassen. Ich gebe zu, dass ich selber etwas Zeit zum Nachdenken brauchen kann.“

Halls Gesichtszüge entspannten sich augenblicklich. „Gut! Walter hat die Dokumente auf einen Mikrofilm transferiert und in einem Banksafe bei Lloyds deponiert. Aber heute ist es schon zu spät.“

„Dann werden wir morgen die ersten Kunden sein“, sagte Gayle, die sich von Halls Euphorie anstecken ließ. „Wir treffen uns morgen um neun Uhr hier im Laden.“ Sie wandte sich an Bishop. „Ihr Schatten soll eins zu eins mitbekommen, dass wir das Zepter übernommen haben und bei Ihnen beiden nichts mehr zu holen ist!“

„Mein Schatten?“ Bishop blickte noch immer fassungslos.

Sie nickte. „Das Geschäft wird überwacht, Walter. Das mit dem Mikrofilm und dem Bankschließfach war sehr klug von Ihnen - es ist vielleicht der einzige Grund, weshalb Sie noch wohlauf sind.“

Bishops Lächeln versagte. Diese Frau hatte die Gabe, welche die meisten Akademiker vermissen ließen: die Dinge gerade heraus so auszudrücken, dass sie beim besten Willen nicht missverstanden werden konnten. Er schaute fragend in die Runde, nicht wissend, was er von der ganzen Sache halten sollte. „Wenn ich alles richtig mitbekommen habe, dann sind wir drei jetzt so etwas wie Verbündete?“

Hall zuckte grinsend mit den Schultern. Es entbehrte nicht einer gewissen Ironie, dass gerade Bishop, welcher der Agentin nach wie vor skeptisch gegenüberstand, den Begriff in den Mund nahm.

Rachel Gayle beantwortete die Frage in ernstem Ton. „Für etwa vierundzwanzig Stunden, ja. Ich fürchte, länger wird unsere Liaison nicht dauern.“

34.

Es war am Eindunkeln, als Hall seine Wohnung am Lansdowne Walk in Kensington erreichte. Mrs. Sullivan, die Hausmeisterin, stand hinter dem vergitterten Küchenfenster im Erdgeschoss und blickte auf, als sie das Quietschen des Gartentürchens hörte. Umgeben von einem grellen Lichtkranz winkte sie ihm zu, und Hall erwiderte ihren Gruß und rief ihren Namen. Dann senkte er schnell den Kopf und ging mit hastigen Schritten auf den Eingang zu. Ehe Mrs. Sullivan die Gelegenheit wahrnehmen konnte, ihn in eine Plauderei zu verwickeln, aus der es erfahrungsgemäß kein Entrinnen geben würde, hatte Hall bereits seine Wohnung im zweiten Stock erreicht. Er ging gleich als erstes zum Wohnzimmerfenster und spähte verstohlen zwischen Fensterrahmen und Vorhang hinunter auf die Straße.

Es gab nichts Verdächtiges zu sehen. Auf der Straße war alles ruhig, nur die Äste der volllaubigen Platanen wogen sanft im Wind. Hall wartete einen Moment, bis sich, langsam und unauffällig, ein dunkler Wagen von rechts her in sein Gesichtsfeld schob, am Straßenrand anhielt und dort stehen blieb. Der Fahrer war hinter den abgedunkelten Scheiben nicht zu erkennen, aber Hall erkannte den Wagentyp, den Rachel Gayle ihm beschrieben hatte: einen dunkelbraunen Oldsmobile F-85, erkennbar an den Doppelscheinwerfern und dem kielartigen Streifen, der mittig über die Kühlerhaube verlief.

Er entfernte sich vom Wohnzimmerfenster und ging zum Bad, wobei er sich fragte, welche Eigenschaften ein Mann für die Observation und den Personenschutz wohl besitzen musste. *Unendlich viel Geduld*, dachte er. *Und die Fähigkeit, stundenlang dazusitzen, ohne einzuschlafen.* Während er sich diese Gedanken machte, musste er sich eingestehen, dass ihn die Anwesenheit des Agenten beruhigte. Und er war Rachel Gayle dankbar, dass sie die Sicherheitsmaßnahme angefordert hatte, obwohl sie die Lage offensichtlich richtig eingeschätzt hatte, als sie sagte, die Gegenseite wisse wahrscheinlich Bescheid, dass bei ihm im Moment nichts zu holen war. Anders sah es bei Walter Bishop aus, in dessen Banksafe der Mikrofilm lagerte. Um ihn keinem unnötigen Risiko auszusetzen, war er gleich nach ihrer Besprechung in eine sichere Wohnung der CIA gebracht worden. Hall schoss die Frage durch den Kopf, was er wohl seiner Frau erzählt hatte, und er war sich sicher, am Ende einmal mehr den Schwarzen Peter zugeschoben zu bekommen. Das Wichtigste aber war, dass auch Julia sich außer Gefahr befand, weshalb Gayle veranlasst hatte, dass auch vor der Wohnung der Bishops in Walthamstow zwei Männer in einem Auto postiert wurden.

Nach einer ausgiebigen Dusche setzte sich Hall mit einem Drink vor den Fernseher. Er legte die Füße auf den Tisch, breitete die Arme aus und versuchte sich zu entspannen. Irgendwann zwischen der Sportschau und den Spätnachrichten war er eingeschlafen.

Sein Unbewusstes überschwemmte ihn mit einer Sturzflut von Bildern und bescherte ihm einen unruhigen Schlaf, bis er inmitten eines krachenden Geräuschs hochschreckte. Es dauerte einige Sekunden, bis er noch etwas benommen bemerkte, dass er gegen die Glasplatte des Couchtischs getreten hatte. Sein Hemd klebte an seinem Körper. Seine Knochen schmerzten.

Er blickte auf das Testbild des Senders. Der Apparat gab einen monotones Pfeifen von sich, und Hall rappelte sich hoch, ging nach vorne und schlug mit der Faust auf den Einschaltknopf. Knisternd fiel das Bild in sich zusammen.

Hall drückte das Kreuz durch und stöhnte. Dann drehte er sich um und schleppte sich ins Schlafzimmer. Er zog lediglich die Hose aus, bevor er sich wie tot auf die Bettdecke fallen ließ.

Während sein Körper matt im Halbschlaf döste, begann sein Verstand unwillentlich damit, die Bilder und Gedanken in seinem Kopf zu ordnen. Strukturen entstanden, zuerst vage, dann immer klarer. Wie bei einem Mosaik kristallisierte sich allmählich ein Muster heraus, ein Gesamtbild, das auf einmal Zusammenhänge erkennen ließ. Sein Puls beschleunigte, Adrenalin schoss ihm durch die Adern, und Hall riss die Augen auf, als hätte ihm jemand einen Kübel Wasser über den Kopf gegossen. Mit einem Satz stand er neben dem Bett.

Er schloss noch einmal die Augen, als könnte er so zurückkehren in die Traumwelt und das letzte Bild festhalten, das langsam vor seinem inneren Auge verblasste. Es war ein hausgroßes, hölzernes Gebilde, eine Mischung aus Schiffsrumpf und Skulptur: Das Trojanische Pferd. Es war das Bild, das auf dem Einband von Homers *Odyssee* zu sehen war, der auf dem Tisch in Bishops Geschäft gelegen hatte.

Jetzt hellwach, stürzte er in die Küche und beugte sich, bewaffnet mit Bleistift und Notizblock, über den Küchentisch. Er machte hastige Notizen, Kritzeleien, strich hier etwas durch, fügte dort einen Pfeil hinzu.

Als das bläuliche Dämmerungslicht durch die Fenster drang, hatte Peter Hall das Rätsel um das Geheimprojekt *Chronos* gelöst. Er machte einen Schritt zurück, verschränkte die Arme und fixierte minutenlang die Auslage auf dem Küchentisch. Seine Theorie war absolut verwegen, und die Implikationen so ungeheuerlich, dass ihm ein kalter Schauer über den Rücken lief. War dies wirklich möglich?

Schau auf den Tisch, Peter - hier siehst du die einzig schlüssige Lösung!

Er wischte sich mit dem Handrücken den Schweiß von der Stirn, während er den Namen anstarrte, der auf einem Blatt Papier in der Mitte des Tischs stand: SS-General Hans Kammler. Ausgerechnet von diesem Protagonisten des Naziregimes, über den so wenig bekannt war, hing es ab, ob seine Theorie Bestand haben würde.

Hall brauchte jetzt dringend weiterführende Informationen. Und wenn er Glück hatte, würde ihm der niederländische Journalist Gerrit Anders diese bereits in wenigen Stunden liefern.

35.

Die Londoner Fleet Street beherbergte seit den Anfängen des Journalismus praktisch die gesamte britische Presselandschaft, von skandallüsternen Revolverblättern bis zu den Meinungsmachern und Taktgebern der Weltwirtschaft. In den Gängen eines modernistischen Gebäudes an der Nummer 85 tönte das monotone Rattern der Fernschreiber der Nachrichtenagentur Reuters, die vierundzwanzig Stunden am Tag Nachrichten aus aller Welt am Laufmeter ausspuckten. Peter Hall ging mit straffen Schritten den vertrauten Weg im vierten Stock zum Büro seines Agenten Thomas Wilson, wo ihn der eben aus Amsterdam angereiste Gerrit Anders erwartete.

Als er die Tür öffnete, kam ihm der Geruch des Journalistenfrühstücks - Kaffee und Zigaretten - entgegen, gefolgt von Thomas Wilson, der die beiden einander kurzsilbig vorstellte und sodann das Büro verließ.

„Miss Densmore hat mir bereits gesagt, dass Sie an einem Manuskript über die Nachkriegskarrieren ehemaliger Nazigrössen arbeiten", sagte Hall, als er Anders die Hand reichte. „Übrigens - hat Sie Ihnen den Spesencheck überreicht?"

Der blonde Mittfünfziger mit dem braunen Teint und den ausgemergelten Zügen eines Ausdauersportlers klopfte sich lachend auf die Brusttasche seines Jacketts. Die Männer nahmen in den speckigen Ledersesseln Platz, die um einen runden Sitzungstisch gruppiert waren, und Hall legte einen Notizblock auf den Tisch.

In den Jahren nach dem Krieg hatte Gerrit Anders für verschiedene Zeitungen als Korrespondent von den Nürnberger Prozessen berichtet. Der ehemalige Rüstungsminister Albert Speer hatte durch seine bereitwilligen Äußerungen Anders' Interesse an den Hintergründen der Rüstungsindustrie Nazideutschlands geweckt. Während der Prozesse war in diesem Zusammenhang immer wieder der Name Dr. Wilhelm Voss, Wehrwirtschaftsführer im Deutschen Reich, genannt worden. Anders hatte in den darauffolgenden Jahren dessen Nachkriegskarriere verfolgt, die ihn nach seiner Haft in der Tschechoslowakei bis zum Chefberaters des ägyptischen Kriegsministeriums führte. Nach dem Sturz von Ministerpräsident General Nagib war Voss dann nach Deutschland zurückgekehrt, wo er - offensichtlich um seine Rehabilitation bemüht - begann, Interviews zu geben. Anders hatte Dr. Voss zu Beginn der Fünfziger Jahre in Deutschland getroffen. Von ihm stammte ein Großteil der Informationen, die Anders über Hans Kammler, den mysteriösen Leiter des Chronos-Geheimprojekts, hatte in Erfahrung bringen können.

„Voss war als Wirtschaftsführer eine mächtige Nummer im Rüstungsministerium unter Albert Speer", berichtete er. „Unter anderem war er in der besetzten Tschechoslowakei Präsident der Skoda-Werke in Pilsen. Dort traf er auf SS-General Kammler. Die Skoda-Werke waren ein Rüstungsbetrieb mit eigener Forschungs- und Entwicklungsabteilung. Zusammen bauten Voss und Kammler innerhalb der Skoda-Werke ein militärisches Hochtechnologiezentrum auf, die unter einer vorher nie dagewesenen Geheimhaltungsstufe lief: die *Kammler-Gruppe*. Ihr dienten die Skoda-Werke lediglich als Tarnung, die Gruppe agierte davon völlig unabhängig, auch was Personal und Finanzen betraf. Man muss sich das Ganze als eine Art Denkfabrik vorstellen, für welche die innovativsten Köpfe und ausgesuchtesten Wissenschaftler aus dem ganzen Reich rekrutiert wurden. Reichsführer-SS Heinrich Himmler sorgte mit Abwehrspezialisten für eine hermetische Abschottung nach außen, Voss war für die Finanzierungen verantwortlich, und Kammler führte das operative Geschäft - Forschung und Entwicklung potentiell kriegsentscheidender Ideen."

„Die sind doch aber größtenteils bekannt: Die Gaskammern von Auschwitz, die Verlagerung der Rüstungsproduktion unter Tage, die Entwicklung der Vergeltungswaffen V1 und V2…", sagte Hall.

„Ja, aber diese Projekte betreffen eben gerade *nicht* die Kammler-Gruppe! Man könnte sagen, das waren Kammlers offizielle Aufgaben innerhalb des Rüstungsministeriums. Aber die Kammler-Gruppe in Pilsen verfolgte Projekte, die ihrer Zeit um Jahre voraus waren: atomare Flugantriebssysteme, Lenkwaffen, Wind- und Schallkanonen, Laserstrahlen. Außerdem unterstand die

Kammler-Gruppe vollumfänglich der Waffen-SS. Diese Organisation verfügte zu dieser Zeit nicht nur über eigene Infrastrukturen und Arbeitskräfte, sondern auch über ein quasi autarkes Wirtschaftssystem. Sie müssen wissen, dass die Waffen-SS im Laufe der Zeit immer mächtiger geworden war, und gegen Ende des Krieges kam es zu massiven Machtverschiebungen. Als Göring und Speer 1943 bei Hitler in Ungnade fielen, stieg Kammler, protegiert von Himmler, geradewegs in die oberste Liga auf. Plötzlich unterstand er nur noch Hitler persönlich, und mit dessen Gunst und mit Hilfe der SS-Strukturen baute er nun sein Schattenimperium im Osten auf. Wir sprechen von einer Sonderprojektgruppe, die so geheim war, dass weder Göring, der oberste Chef der Luftwaffe, noch Speer, der Rüstungsminister, davon wussten! Es ist also kein Wunder, dass auch die Alliierten keine Ahnung von der Kammler-Gruppe hatten, als sie 1945 begannen, in Deutschland nach Hochtechnologie zu suchen."

Hall saß da wie erstarrt. Wie konnte es sein, dass ein Mann der so viel Macht auf sich vereint hatte, der Mitverantwortlich war für die Gräuel von Auschwitz und in den Arbeitslagern, nach dem Krieg unbehelligt geblieben war? „Ich kann es einfach nicht fassen, dass Kammler, ein Nazi aus der engsten Entourage Hitlers, niemals angeklagt wurde!", sagte er kopfschüttelnd.

Anders nickte bedeutungsschwer, während er eine Zigarette aus der Schachtel zog. „Es gibt hierfür allerdings eine recht einfache Erklärung: Als die Alliierten erfuhren, dass in der Tschechoslowakei diese Denkfabrik existierte, waren die Russen gerade dabei, dort das Ruder zu übernehmen. Es galt folglich, mit allen Mitteln zu verhindern, dass der Name Kammler unnötige Fragen aufwarf, welche das Interesse der Sowjets hätten heraufbeschwören können. Das ist der alleinige Grund, weshalb man ihn nicht anklagte, sondern lieber aus den Akten tilgte und totschwieg. Es ist, als ob seine Spuren ausradiert worden wären. Dabei haben wir es mit einem der größten Kriegsverbrecher zu tun, wie Sie richtig sagten, einem fanatischen und rücksichtslosen Karrieristen, auf dessen Konto letztlich Tausende Menschenleben gehen. In seinen Augen kann man das Böse förmlich sehen." Zu Halls Überraschung griff Anders in die Innentasche seines Jacketts und zog eine Fotografie heraus. „Ich habe ein einziges Foto von ihm gefunden - hier."

Der General der Waffen-SS schien geradewegs auf den Betrachter zuzuschreiten. Ein langes, knochiges Gesicht mit aristokratischer Nase, das einen sehnigen Körper vermuten ließ, den eine Generalsuniform umhüllte. Ein leicht schiefer Mund, und ebenso schief die Schirmmütze mit dem Totenkopf-Abzeichen der Waffen-SS, aus deren Schatten stechende, teuflische Augen den Betrachter fixierten. Deutlich erkannte Hall in dem Gesicht die Eigenschaften, die Gerrit Anders angedeutet hatte: Kälte, Entschlossenheit, Härte. Verachtung und Arroganz.

„Bis zum Kriegsende war dieser Mann faktisch zur mächtigsten Figur unter Hitler geworden", fuhr Anders fort. „Alle Hoffnungen Hitlers waren auf ihn konzentriert - die wahnhafte Vorstellung, dass seine Sondergruppe doch noch eine *Wunderwaffe* hervorbringen könnte, die den Ausgang des Krieges zu wenden vermochte. Die Forscher wurden weiter angetrieben, bis zum Schluss, obwohl der Untergang des Reichs längst Fakt geworden war, und überall Elend und Zerstörung herrschten."

„Wissen Sie auch etwas darüber, was mit Kammler nach dem Krieg passierte?" Hall hob erwartungsvoll die Augenbrauen. Denn nur wenn die Möglichkeit bestand, dass es Kammler gelungen war, irgendwo unterzutauchen, machten seine Überlegungen der letzten Nacht Sinn. Er spürte, wie sich sein Puls beschleunigte.

Gerrit Anders drehte seine Zigarette im Aschenbecher aus. „Er wählte den Weg vieler Nazibonzen, um sich der Verantwortung zu entziehen“, sagte er schulterzuckend. „Selbstmord.“

Es war wie ein Schlag ins Gesicht. Mit einem simplen, zweisilbigen Wort fiel Halls Theorie in sich zusammen wie ein Kartenhaus. „Ist das sicher?“, fragte er nach. „Wie hat er sich denn umgebracht?“

„Zyankali. Kammlers Tod wurde 1958 in einem Prozess gegen einige seiner untergebenen Offiziere aktenkundig, die an Massenhinrichtungen von polnischen und russischen Zwangsarbeitern beteiligt waren.“ Anders bemerkte die Veränderung in Halls Gesicht. Er neigte den Kopf zur Seite und blickte ihn erwartungsvoll an. „Sie haben mir noch gar nicht gesagt, weshalb Sie sich für Kammler interessieren, und wie Sie überhaupt auf ihn gestoßen sind. Vielleicht haben Sie ja was Interessantes für mein Buch?“

„Es ist noch zu früh, um etwas Definitives zu sagen, Gerrit. Aber ich werde es Sie bestimmt wissen lassen, sobald die Geschichte spruchreif ist.“ *Wenn sie denn jemals spruchreif werden sollte,* dachte Hall enttäuscht. Im Moment schien die Geschichte im Begriff, sich von selbst in Luft aufzulösen.

Gerrit Anders hatte ein breites Grinsen im Gesicht. „Na ja - Hauptsache das Monster ist tot, nicht wahr?“

Er verabschiedete Gerrit Anders und wies ihm den Weg in den Korridor, dann warf Hall einen eiligen Blick auf seine Armbanduhr. *Walter dürfte inzwischen von der Bank zurückgekehrt sein.* Er lief um Wilsons notdürftig aufgeräumten Bürotisch herum, griff zum Telefonhörer und wählte die Nummer der Buchhandlung. Nach nur zweimaligem Klingeln hob Bishop den Hörer ab. Mit einem einzigen, lapidaren Satz ließ Hall die Kaskade von Fragen, die ihm entgegenkam, ins Leere laufen: „Walter, es ist alles ein einziger Bluff!"

In der Leitung wurde es auf einen Schlag still.

„Die Russen haben überhaupt nichts in der Hand", erklärte Hall. „Sie sind meilenweit davon entfernt, in der geheimen Forschungsstadt Arsamas-16 einen Nullpunktenergie-Reaktor zu bauen!"

Am anderen Ende versuchte Bishop, den Gedanken nachzuvollziehen, doch er scheiterte bereits beim Ansatz. Die Idee war grotesk, ein Widerspruch zu allem, was sie inzwischen in der Hand hatten. „Wovon redest du, Peter?", rief er aus. „Professor Berger hat in seiner Botschaft schließlich selber…"

Hall schnitt ihm das Wort ab. „Berger ist Teil der Verschwörung, Walter. Er dürfte innerhalb des Plans zu den tragischen Figuren gehören." Er sah den skeptischen Gesichtsausdruck Walter Bishops lebhaft vor sich: Die hohe Stirn in unzählige Falten gelegt, und die buschigen Augenbrauen über dem Brillenrand wie ein Vorhang zusammengezogen, hinter dem es unaufhörlich brodelte.

„Eine Verschwörung", wiederholte Bishop. Es klang wie ein Stöhnen.

„Ich werde dir später alles erzählen, Walter. Hat Rachel dir gesagt, wohin sie mit den Aufzeichnungen fliegen soll?"

„Sie sagte nur, dass die Reise in den Bundesstaat New Mexico geht. Außerdem hat sie mir eine Kontaktnummer gegeben, die wir heute Abend um neunzehn Uhr anrufen sollen."

„New Mexico", dachte Hall laut. „Dort hat das US-Militär seine geheimen Testbasen. Es ist sehr wahrscheinlich, dass sich dort auch Werner Mannheim befindet!" Er machte eine Pause. „Walter - wenn sie ihm den Mikrofilm übergibt, ist *er* der Mann der Stunde; und im Gegensatz zu den Russen wäre er mit Bergers Aufzeichnungen tatsächlich auch in der Lage, das *Chronos*-Projekt zu Ende zu bringen!"

„Ich weiß zwar noch immer nicht, wovon du sprichst - aber das bedeutet letztlich auch, dass Mannheim der Einzige ist, der diesen ganzen Wahnsinn stoppen kann!"

Einen Moment lang war nur das Knacken in der Leitung zu hören. Dann platzte Hall hervor: „Ich fliege hin, Walter. Ich folge ihr so schnell es geht nach New Mexico!"

Bishop überlegte, welche Möglichkeiten sich ihnen in den Vereinigten Staaten gegebenenfalls boten. Sie hatten eine Nummer, mit der sie Rachel Gayle kontaktieren konnten, und die Agentin war bestimmt genauso erpicht darauf, von Halls Neuigkeiten zu erfahren, wie er selber. Damit durfte sie zumindest gegen ein Treffen vor Ort nichts einzuwenden haben. „Dann buchst du besser mal zwei Flüge", antwortete er.

Verblüfft ob der spontanen Reaktion seines Freundes malte Hall sich aus, wie Bishop zu Hause in Walthamstow nach beschwichtigenden Worten rang. „Diesmal halte ich bei Julia aber nicht den Kopf für dich hin", sagte er, wohlwissend um die unabwendbaren Konsequenzen ihres neuerlichen Vorhabens.

„Das lass mal meine Sorge sein, mein Freund", gab Bishop zurück.

Hall nickte anerkennend und murmelte daraufhin etwas, das mit „bis später" endete.

Noch Stunden später dachte Hall mit leichter Irritation an den Anruf zurück, nichts ahnend von all dem, was

Bishop in eben jenem Augenblick beschlossen hatte. Der Plan des Historikers war in dessen Augen so verblüffend einfach, dass er praktisch nicht schiefgehen konnte.

Schon die nahe Zukunft sollte ihn eines Besseren belehren - denn die Ereignisse der letzten Tage waren lediglich ein Vorgeschmack dessen, was sie jenseits des Atlantiks erwartete.

TEIL III

36. New Mexico

Gegen achtzehn Uhr Ortszeit landeten Peter Hall und Walter Bishop auf dem *Albuquerque International Sunport*. Ein trockener, heißer Wind blies ihnen auf dem Flugfeld entgegen. Diese Gegend war vor einem Jahrhundert die Heimat des legendären *Billy the Kid* gewesen, und tatsächlich schien den beiden, als hätte sie ihr Flug nicht bloß in eine um sieben Stunden verschobene Zeitzone, sondern geradewegs in den Wilden Westen zurückversetzt. In Richtung Süden schlängelte sich der Rio Grande durch die goldfarbene Wüste und verlor sich irgendwo am Horizont, und im Osten lagen die Sandia Mountains wie ein riesiges, schlafendes Reptil mit im Abendlicht rot leuchtendem Rückenkamm. Selbst das Flughafengebäude war im Pueblostil gebaut, mit den stufenartig zurückversetzten Stockwerken und dem Flachdach, dessen Holzbalken seitlich aus der lehmfarbenen Fassade ragten. Keine schlechte Kulisse für einen Western, wäre nicht nördlich hinter dem Flughafen die größte Stadt New Mexicos gelegen mit seinem schachbrettartigen Straßennetz und den Hochhäusern im neuen Stadtteil.

Walter Bishop lockerte seine eingerosteten Glieder, während sie zum Tresen der TWA-Fluggesellschaft gingen. Der Transatlantikflug war eine Tortur gewesen, besonders für jemanden, der ein Flugzeug nur dann betrat, wenn es sich unter keinen Umständen vermeiden ließ, und auch dann nur unter dem Einfluss einer großzügig bemessenen Dosis Luminal. Doch was ihm sein Freund erzählt hatte, kaum dass die Maschine das Fahrwerk eingefahren hatte, hätte auch die Wirkung des stärksten Beruhigungsmittels neutralisiert.

„Dann lass mal hören, was du zu erzählen hast", hatte Bishop gesagt, „ - und zwar von Anfang an!"

Hall, der am Gang saß, klappte die Armlehne hoch und drehte sich so gut es ging in Bishops Richtung. „Versuchen wir als Erstes zu rekonstruieren, was damals in Deutschland kurz vor Kriegsende geschah: Das Team von Professor Walther Gerlach und unseren beiden Wissenschaftlern Berger und Mannheim arbeitet auf Hochtouren an dem hochgeheimen *Chronos*-Projekt, das SS-General Hans Kammler untersteht. Hitler, zunehmend isoliert, setzt nun alles auf die Karte Kammler und erhofft sich von dessen Wunderwaffen die alles entscheidende Kriegswende. Die Wende bleibt eine Illusion - die Alliierten gewinnen den Krieg, Hitler begeht Selbstmord, die Nazis kapitulieren. Zum gleichen Zeitpunkt beginnt nun die Jagd der Siegermächte auf die deutsche Hochtechnologie und die klügsten Köpfe. Aber nicht alle Wissenschaftler, die auf der Wunschliste der Alliierten stehen, werden gefunden, viele von ihnen tauchen unter. Werner Mannheim wird sofort von den Amerikanern ins Boot geholt, aber Rudolf Berger schlägt sich zuerst nach Wien durch, das aber schon bald von den Russen besetzt wird. Mit Hilfe der Amerikaner gelingt ihm später die Flucht, und er entschließt sich, mit ihnen zusammenzuarbeiten. Berger soll auf der Klosterroute außer Landes gebracht werden, aber die Sowjets bleiben an ihm dran, und es gelingt ihnen, Berger in Südtirol zu fassen. Dort aber hinterlässt Berger seine wichtigsten Dokumente, gewissermaßen sein Vermächtnis. Die Amerikaner haben Mannheim, und die Russen haben Berger, aber ich vermute, dass jetzt eine Patt-Situation herrscht: Keiner der

Wissenschaftler kann ohne das Expertenwissen seines Kollegen das Projekt erfolgreich beenden."

Das Stichwort zündete bei Bishop ein Gedankenfeuer. Er vergrub das Kinn in seiner Hand und schloss die Augen. Wenn die Folgeprojekte nach dem Krieg brach gelegen hatten, dann erklärte dies, warum man von dieser angeblich bahnbrechenden Technologie während zweier Jahrzehnte nie etwas gehört hatte. Er begann, unruhig auf seinem Sitz hin- und herzurutschen, während Hall mit seinen Ausführungen fortfuhr.

„Und jetzt, ziemlich genau zwanzig Jahre nach Kriegsende, passiert folgendes: Die Sowjets triumphieren in der Weltraumfahrt einmal mehr über den Westen - die Woschod 2-Mission bringt den ersten Menschen in den Weltraum. Rudolf Berger alias Viktor Tschernenko ist in die Mission involviert. Er ist einer der Referenten an der Pressekonferenz in Leningrad, wo Ed Stewart für den *Daily Mirror* korrespondiert. Berger wartet auf eine Gelegenheit, einem westlichen Journalisten seine folgenschwere Botschaft zu überreichen, und trifft dabei irgendwann auf Ed Stewart, der, wie wir erfahren haben, auf der Gehaltsliste der CIA steht. Die Übergabe klappt zwar, aber der Professor wird, wie Stewart meint, ertappt und erschossen. Dennoch gelingt es Stewart, unbehelligt abzureisen. Ist das alles Zufall? Ich glaube nicht."

Wieder nickte Bishop. „Wir wissen inzwischen, dass die Übergabe fingiert war und Stewart getäuscht wurde. Er selbst hatte die Schüsse lediglich gehört, und später, nach seinem Tod, erschien sogar ein Interview mit dem Professor in einer wissenschaftlichen Zeitschrift. Aber warum das ganze Theater?"

„Dieses Manöver war der Köder. Es diente nur dazu, die Aktion in den Augen Stewarts - und der CIA - glaubwürdig erscheinen zu lassen. Es musste so aussehen, als ob Berger versuchte, durch die Preisgabe wertvoller Informationen ein Machtgleichgewicht zwischen den Supermächten herzustellen."

„Bei der CIA scheint die Täuschung vortrefflich funktioniert zu haben, wenn ich daran denke, mit welchem Eifer Rachel Gayle versuchte, uns von der Idee des *Gleichgewichts des Schreckens* zu überzeugen. Aber Ed fiel nicht auf den Trick herein..."

„Ganz genau! Er merkte, dass etwas nicht stimmen konnte und man ihn lediglich benutzen wollte. Er sollte der Bote sein, der das Vermächtnis Bergers in die richtigen Hände spielt. Und als er sich weigerte, die ihm zugedachte Rolle zu spielen, brachte man ihn zum Schweigen." Hall fühlte, wie sich seine Brust verengte, wie jedes Mal, wenn er an den verstorbenen Freund dachte. Er lauschte einen Moment lang dem monotonen Fauchen der eiskalten Luft, die das Flugzeug in achttausend Metern Höhe zerschnitt. Bishop holte ihn zurück in die Gegenwart.

„Was denkst du, was steckt wirklich hinter der inszenierten Übergabe?"

Hall nahm einen tiefen Atemzug, während er sein Kreuz durchdrückte und versuchte, die verspannte Rückenmuskulatur zu lockern. „Knüpfen wir an der besagten Patt-Situation an. Die Aussage in Bergers Botschaft, nämlich dass der Durchbruch der Sowjets in Arsamas-16 kurz bevorstünde, ist demnach eine glatte Lüge. Man wollte die Amerikaner alarmieren und sie dazu anstacheln, ihr ebenfalls blockiertes Projekt wiederzubeleben, und zwar mit der höchsten Priorität. Angesichts der Lage in Vietnam dürfte dies nicht weiter schwierig gewesen sein."

„Jetzt mach mal einen Punkt!", warf Bishop ein. „Du meinst, die Russen *wollten*, dass die Amerikaner Bergers

Aufzeichnungen finden, und sich damit einer Technologie bemächtigen, deren Zerstörungspotential jenseits aller Vorstellung liegt? Hör mal, Peter, ich…"

„Ich habe dir noch nicht alles erzählt", entgegnete Hall ruhig. „Ed sollte die klassische Rolle des Trojaners spielen - das Geschenk an die Amerikaner würde sich als Bumerang entpuppen, wenn an der entscheidenden Stelle jemand sitzt, der in Tat und Wahrheit für die Sowjets arbeitet. Nur so ergibt das Ganze ein kohärentes Bild."

„Ein Maulwurf? Komm schon, Peter. Dazu müsste das Pentagon bis in die höchsten Ränge infiltriert worden sein. Diese These ist mir eindeutig zu kühn."

„Sie wird vielleicht plausibler, wenn man sich in Erinnerung ruft, wo gewisse andere Ex-Nazis heute stehen, beispielsweise die Raketenpioniere Wernher von Braun und sein Weggefährte Kurt Debus, die heute beide Direktoren wichtiger NASA-Institutionen sind. Wir sprechen hier nun aber von einem tiefschwarzen Projekt unter strengster Geheimhaltung. Das bedeutet naturgemäß eine schlanke und steile Hierarchie mit wenigen Mitwissern und noch weniger Personen, die überhaupt das nötige Wissen haben. Gehen wir noch einmal zurück bis zum Ende des Krieges und betrachten die entscheidenden Figuren, zum Beispiel Hans Kammler, den rätselhaften Oberbefehlshaber über das *Chronos*-Projekt, der nach dem Krieg spurlos verschwand."

Bishop lehnte sich zurück und nahm eine abwartende Haltung ein. Über das Gespräch zum Thema Kammler mit dem Journalisten Gerrit Anders hatte sein Freund bisher nämlich noch kaum ein Wort verloren. „Sprich weiter", sagte er leise.

„Die Denkfabrik der Kammler-Gruppe war in den Skoda-Forschungslaboren in Pilsen eingenistet. Dort trafen die US-Truppen Anfang Mai 45 ein. Nach etwa einer Woche übergaben die Amerikaner die Skoda-Werke der inzwischen angerückten Roten Armee, weil die Tschechoslowakei im künftigen sowjetischen Besatzungsbereich lag. Man muss sich das einmal vorstellen: Hans Kammler steht quasi auf der Demarkationslinie zwischen Ost und West. Er hat vielleicht ein paar Tage Zeit, zu verhandeln und das Beste für sich herauszuholen."

Bishop pflichtete ihm bei: „Er war als Kenner der bestgehüteten Geheimnisse des Dritten Reiches in jedem Fall ein gesuchter Mann, der von beiden Seiten mit Handkuss empfangen worden wäre."

„Zweifellos. Aber er stand auf keiner Liste. Er hätte ohne weiteres mit beiden Seiten verhandeln können, auch wenn er schließlich mit den Alliierten ging. Beide Seiten hätten ein Interesse daran gehabt, seine Spuren zu verschleiern, und seinen Namen aus allen offiziellen Akten zu verbannen. Von dem Zeitpunkt an, als die Amerikaner aus dem Sudetenland abrückten, war Hans Kammler ein Phantom."

„Hm." Bishop und strich sich nachdenklich über das Kinn. „Das erklärt, warum der Kriegsverbrecher, auf dessen Konto ungezählte Menschenleben gehen, am Nürnberger Tribunal und an späteren Prozessen kaum erwähnt wurde."

„Richtig. Für das US-Militär wäre es kein Problem gewesen, Kammler von der Bildfläche verschwinden zu lassen - die schwarzen Rüstungsprogramme des Pentagon sind so geheim, dass sie offiziell gar nicht existieren. Und diese Strukturen entsprechen haargenau denen des Kammler-Sonderstabes im Dritten Reich, sie wären wie geschaffen für ihn und sein Doppelspiel!"

„Deine Konjunktive häufen sich", sagte Bishop und verengte die Augen zu Schlitzen. „Was ist der Grund?"

Hall presste die Lippen aufeinander. „Die Sache hat einen klitzekleinen Haken: Kammler ist seit der fraglichen Zeit tot. Selbstmord."

Nachdem Peter Hall der jungen Frau am Schalter der TWA-Fluggesellschaft seinen Namen genannt hatte, überreichte sie ihm einen Briefumschlag, der einen Wagenschlüssel und einen Notizzettel enthielt, auf dem der Standort des Wagens und die Adresse eines Motels stand. Zufrieden nickte er Bishop im Weggehen zu. Soweit hatte alles so geklappt, wie er es gestern Abend mit Rachel Gayle am Telefon besprochen hatte.

Sie verließen das Gebäude durch den Hauptausgang und folgten der Beschilderung zum Parkplatz. Die siebte Reihe war direkt vor ihnen, und es dauerte kaum mehr als eine Minute, bis sie den Lincoln Continental fanden, dessen hellrote Farbe unter einer Schicht von Staub durchschimmerte. Bishop ging zur Beifahrerseite, während Hall die Fahrertür aufschloss. Sie warfen ihre Reisetaschen auf die Rücksitzbank, und nach einem Blick auf die Straßenkarte fuhren sie los.

Schon nach wenigen Kilometern auf der Interstate 40 Richtung Osten hatten sie die Spuren der urbanen Zivilisation hinter sich gelassen und durchfuhren den Tijeras-Canyon, eine baumlose Steppenlandschaft mit kargem Grün, die zwischen den sanft abfallenden Flanken des Sandia- und des Manzano-Gebirges lag. Die Straße stieg stetig an, bis sie nach etwa zwanzig Minuten eine Hochebene erreichten. Nun zog sich die Straße schnurgerade in eine endlos scheinende Weite, und sie fuhren nochmals zehn Kilometer, bis sich die Silhouette einer kleinen Ortschaft aus der Umgebung löste. Dann tauchte das Ortsschild auf: *Edgewood*.

Zuerst erschienen auf der rechten Seite der Reihe nach eine Texaco-Tankstelle, eine Autowerkstatt und ein Schnellimbiss. Danach folgte das blau-rote Plastikschild des *Desert Rose* Motels, das hoch über dem Straßenrand prangte. Hall bog rechts ein und hielt auf das flache, zweigeschossige Gebäude zu, das im Schatten einiger dicht belaubter Pappeln lag. Der obere Stock war mit einer Außentreppe erschlossen und hatte etwa ein Dutzend Zimmer, die direkt über jenen im Erdgeschoss lagen, die mit hüfthohen Thujahecken von den Parkplätzen abgetrennt waren. Er parkte den Continental direkt vor dem Eingang.

Hinter der Theke blickte ein sonnengebräunter Mann mit schulterlangem, schlohweißem Haar unter einem Cowboyhut von seiner Zeitung auf. An der Wand hinter ihm hingen Teppiche mit indianischen Ornamenten zum Verkauf, und am Boden standen geflochtene, aufwendig verzierte Körbe in verschiedenen Größen. Irgendwo im hinteren Bereich spielte ein Radio Countrymusik, und aus derselben Richtung roch es dezent nach Chlor. Der Mann hinter dem Empfangstisch prüfte kurz die Meldedaten, schob dann zwei Zimmerschlüssel über den Tresen und zeigte auf den Ausgang.

„Die Nummern sechzehn und siebzehn sind die Treppe hoch und dann links."

Hall parkte den Wagen um, und die beiden bezogen ihre Zimmer im ersten Stock. Es blieb ihnen eine knappe halbe Stunde Zeit, um sich etwas zu erfrischen, ehe sie sich im direkt neben dem Motel gelegenen Restaurant mit Rachel Gayle treffen würden.

37.

Mit einem starken Fernglas und im richtigen Moment hätte der Mann mit dem Decknamen *Julius* die Douglas DC-8 von seinem Bürofenster aus sehen können, die mit Bishop und Hall an Bord zum Sinkflug über der Wüste New Mexicos ansetzten. Zu diesem Zeitpunkt jedoch war seine Aufmerksamkeit ganz auf Europa gerichtet, genauer gesagt auf den CIA-Operationsleiter Miller, den er mit *Father* ansprach, obschon er selbst den Kosenamen, welchen seine Frau ihm gab, in Erfahrung bringen konnte - wenn er nur wollte. Vor sich hatte er ein Telegramm aus London liegen, das ihn äußerst nervös machte, wie er *Father* gerade mitteilte.

„Mit anderen Worten, Sie haben keine Ahnung davon, dass sich ihre Agentin mit dem Reporter verbündet hat?", sprach er in den Hörer.

Von der anderen Seite kam ein zögerliches „Nein", das Verwunderung nicht verbergen konnte.

„Eines kann ich Ihnen sagen: Eine romantische Affäre ist das nicht - Mir liegt ein Bericht aus London vor, der besagt, dass Hall mit seinem Freund Walter Bishop unterwegs nach New Mexico ist. Was immer die beiden im Schilde führen, lassen Sie sich folgendes gesagt sein: Wenn diese Mission fehlschlägt, wird Ihr Kopf als erster rollen!"

Father versicherte ihm, alles stehen und liegen zu lassen und umgehend seine Rückreise anzutreten.

„Natürlich kommen Sie zurück. Aber bis dann wird es zu spät sein! Ich übernehme die operative Leitung hier ab sofort selber. Wen haben Sie als Verbindungsoffizier zu Dr. Mannheim vorgesehen?"

Nach einem neuerlichen Zögern nannte ihm der CIA-Offizier die Daten, und *Julius* vermerkte sich den Namen des Agenten: Harold Henderson.

Nur wenige Minuten, nachdem er aufgelegt hatte, lagen die nächsten Schritte auf dem Tisch. Es stand mehr als eine einzelne Operation auf dem Spiel, es ging um *alles*. Diese Sachlage verlangte nach radikalen Maßnahmen, nach Entscheidungen, die schnell getroffen werden mussten. Genau dies zeichnete *Julius* aus: Bestechende analytische Intelligenz, Durchsetzungsvermögen und absolute Pragmatik. Früher einmal hatten ihn diese Fähigkeiten zu einem mächtigen Mann gemacht.

Sie würden es wieder tun.

38.

Mit seinen bunten Neonlichtern und der Fassade aus Chromblech und Glas wirkte das *Jimmy's Diner* wie ein verirrtes Raumschiff, das in der Wüste notgelandet war. An der Bedienungstheke des Restaurants saßen indessen weder Außerirdische noch Astronauten in weißen Overalls, sondern eine Handvoll Männer in Jeans, Cowboystiefeln und Karohemden. Die paar anderen Gäste waren Leute auf der Durchreise, die einen kurzen Verpflegungsstop einlegten. Mit Ausnahme von Rachel Gayle, die in einer Ecke in einer orangefarbenen Sitzgarnitur aus Kunstleder saß und ungeduldig auf die Eingangstür starrte. In ihrem Kopf hallte das Echo von Peter Halls eindringlichem Bariton nach: *Sie werden benutzt, Rachel - genau wie alle anderen auch! Unternehmen Sie jetzt nichts, bis ich Ihnen alles erklärt habe!* Die Warnung war vor vierundzwanzig Stunden per Telefon gekommen. Inzwischen waren Hall und Bishop ebenfalls über den Atlantik geflogen und müssten nun eigentlich jeden Augenblick zur Tür hereinspazieren. Das für heute anberaumte Treffen mit ihrem CIA-Verbindungsoffizier hatte sie bis morgen früh hinauszögern zu können, indem sie den guten, alten Trick mit der Wagenpanne inszenierte, der so abgedroschen war, dass er wiederum funktionierte. Jetzt aber stand fest, dass Harold Henderson morgen früh hier in Edgewood eintreffen und den Mikrofilm abholen würde. Während sie auf die beiden Briten wartete, fragte sie sich, ob sich Hall und Bishop allen Ernstes noch Hoffnungen machten, die Operation stoppen zu können. Denn *sie war nicht zu stoppen.* Und es war eine törichte Illusion zu glauben, dass ausgerechnet die Vereinigten Staaten für eine Technologie, für die alle Regierungen dieser Welt töten würden, vor einer ihrer Agentinnen Halt machen würde, sollte sie sich aus welchem Grund auch immer quer stellen.

Ihr Gesicht erhellte sich, als wenige Minuten später die Glastür aufschwang. Peter Hall kam zuerst herein, gefolgt von Walter Bishop. Die beiden sahen sich suchend nach allen Richtungen um. Gayle musste schmunzeln, dann hob sie diskret die Hand, und die Männer kamen an ihren Tisch herüber.

Während sie Burritos und Salate aßen, erzählte ihr Hall die ganze Geschichte. Er rekonstruierte den Versuch der Nazis, die Nullpunktenergie zu beherrschen, und unterbreitete ihr, was nach dem Krieg mit dem bahnbrechenden Projekt mutmaßlich geschah. Rachel Gayle hörte angespannt zu und sagte kein Wort - bis zu dem Punkt, als Hall die letzte und logische Konsequenz seiner Überlegungen beim Namen nannte: Dass es irgendwo, in einer hohen Position innerhalb des Geheimdiensts einen

Maulwurf geben müsse, der in Tat und Wahrheit für die Sowjetunion arbeitet und die USA lediglich als Wirtsland für die Wiederaufnahme des *Chronos*-Projekts benutzen will. Sie unterdrückte einen Fluch und ließ eine zur Faust geballte Hand unter dem Tisch verschwinden. Die beiden Männer blickten sie auffordernd an.

„James Angleton, der Chef der CIA-Spionageabwehr jagt seit langem nach dem *großen Maulwurf*", sagte sie, während sie in ihrer Jackentasche nach ihren Zigaretten suchte. „In der Agency glauben allerdings die meisten, dass der Mann mit dem Paranoia-Virus infiziert ist, den McCarthy in den Fünfziger Jahren gestreut hat. Ich frage mich gerade, ob Angleton am Ende doch noch Recht behalten wird!"

Hall zuckte mit den Schultern und sagte dann: „Auf jeden Fall ist hier eine klassische Trojaner-Operation im Gange. Deshalb dürfen Sie den Mikrofilm keinesfalls aus der Hand geben, Rachel!"

„Ich hoffe doch, Sie haben die Filmdose sicher aufbewahrt?", platzte Bishop dazwischen.

Die Agentin warf ihm einen vorwurfsvollen Blick zu und klopfte dann auf die Seitentasche ihres beigen Cordjacketts. „Machen Sie sich darum mal keine Sorgen, Walter. Was aber das andere betrifft…" Sie beugte sich vor und schaute den beiden scharf in die Augen. „Wenn das wirklich stimmt mit dem Maulwurf, dann wird mich dieser Mikrofilm direkt zu ihm hinführen!"

„Wie wollen Sie das anstellen?", fragte Hall.

Sie wischte einige Krumen vom Tisch. „Wir machen erst einmal weiter nach Plan. Morgen früh kommt Harold Henderson hierher. Er ist der Verbindungsoffizier zu Dr. Mannheim, und soll ihm den Mikrofilm bringen."

„Ist der Mann vertrauenswürdig?", fragte Bishop. „Kennen Sie ihn?"

Sie schüttelte den Kopf. „Ich habe nur seinen Namen und eine Telefonnummer. Miller hat ihn für die Mission ausgewählt."

„Nun, er ist mit Sicherheit genauso ahnungslos wie euer Operationschef", sagte Hall. „Wir müssen unbedingt versuchen, ihn an Bord zu holen. Hoffen wir, dass der Mann mit sich reden lässt und nicht auf Kadavergehorsam getrimmt ist!"

Gayle nickte stumm und lehnte sich zurück. In Gedanken sah sie sich bereits ihrem Kollegen gegenüber stehen. Wenn alles gut ging, dann würden sie morgen einen Verbündeten haben. Jemanden innerhalb der Agency, der sie unterstützte auf ihrer neuen, unfreiwilligen Mission, von der sie spürte, dass dies die größte Aufgabe ihres Lebens sein würde: den Mann aufzuspüren, der ein Doppelspiel spielte und im Schatten die Fäden zog. Sie wurde abrupt aus ihren Gedanken gerissen, als etwas scheppernd zu Boden fiel.

Bishop hatte mit einer fahrigen Bewegung den Serviettenhalter umgeworfen. „Wie ungeschickt von mir", sagte er. Er bückte sich umständlich, nahm ihn vom Boden auf und stellte ihn zurück an seinen Platz. Dann drehte er sich nach der Bedienung um und verlangte die Rechnung.

Nachdem sich die drei getrennt hatten, blieb Hall noch eine Weile auf dem Außenflur stehen. Der Himmel hatte eine unwirklich anmutende Färbung angenommen, die von tiefblau im Westen bis lila im Osten reichte, und aus der Wüste kam eine kühle Brise herein, die ihn daran erinnerte, dass sie sich in dieser Gegend New Mexicos auf fast zweitausend Meter über Meer befanden. Sein Blick verlor sich in der Ferne, und seine Gedanken sprangen zu dem deutschen Wissenschaftler Werner

Mannheim. *Irgendwo da draußen bist du also,* dachte er. *Und wartest darauf, die Aufgabe deines Lebens zu lösen. Gott steh uns bei, wenn dir dies gelingen sollte.*

39.

Peter Hall kam gerade aus der Dusche, als das Telefon klingelte. Er meldete sich mit schlaftrunkener Stimme. Am anderen Ende war Rachel Gayle. Sie klang bedeutend frischer, wie er feststellte.

„Henderson ist da. Sind Sie schon fertig?“

Hall blickte an sich hinunter. Er stand in Unterhosen und dunkelgrauen Socken zwischen Bett und Badezimmer. „Gleich. Haben Sie Walter schon informiert?“

„Ist bereits erledigt. Ich bin dann schon mal vorne beim Empfang.“

„Alles klar“, quittierte Hall und legte auf. Er beeilte sich mit Anziehen und räumte seine Sachen zusammen. Als er das Fenster schließen wollte, fiel sein Blick auf den staubigen Parkplatz vor dem Motel hinunter. Er sah Rachel Gayle auf jemanden zugehen, der sich mit dem Rücken an die Tür eines dunkelgrauen Wagens anlehnte. Im Gegenlicht konnte er bloß die Silhouette eines Mannes in einem Anzug erkennen. Dies musste also ihr Kontaktmann Henderson sein.

Hall hatte sich kaum umgedreht, als es an der Tür klopfte. Er stutzte. „Ja?“, rief er, während er zur Tür ging.

„Peter Hall?“, tönte es gedämpft.

„Wer ist da?“

„Harold Henderson.“

Sein Herzschlag beschleunigte sich augenblicklich. Er schaute zurück zum Fenster. Wenn Harold Henderson vor seiner Tür stand, wer war dann der andere draußen auf dem Parkplatz?

Hier stimmt etwas nicht, schoss es ihm durch den Kopf.

„Harold Henderson", wiederholte die Stimme. „ Ich soll Sie hier treffen."

Peter Hall fasste seinen Entschluss blitzschnell. Er öffnete die Tür und schob, ohne sich etwas anmerken zu lassen, seine Hand zur Begrüßung vor. „Entschuldigen Sie, Mr. Henderson. Ich war gerade noch im Bad."

Vor ihm stand ein Mann in einem dunkelgrauen Anzug. Er hatte ungefähr dieselbe Größe und ein schmales, jungenhaftes Gesicht mit asiatischen Zügen. Der Mann lächelte und erwiderte seinen Gruß, doch kaum hatte er seine Hand ergriffen, ließ Hall sich mit seinem ganzen Gewicht nach hinten fallen und zog ihn mit einem Ruck hinein ins Zimmer. Als der Fremde ihm mit einem Aufschrei entgegen strauchelte, machte Hall einen Satz zur Seite und ließ ihn über sein gestecktes Bein stolpern. Der Mann fiel der Länge nach hin und landete bäuchlings auf dem Boden. Hall warf sich sofort auf ihn, drückte ihm ein Knie ins Kreuz und verdrehte ihm den rechten Arm auf dem Rücken. Der Unbekannte schrie auf vor Schmerz.

„Verdammt, Hall! Was soll das?"

„Wer sind Sie?" herrschte Hall ihn an. „Wo ist Rachel Gayle?" Er hielt den Arm des Mannes wie ein Schraubstock umklammert.

„Agent…Harold…Henderson!", presste er hervor. „Ich soll…Sie hier treffen!"

„Können Sie sich ausweisen?"

„In...in meiner Jackentasche."

Hall griff mit seiner Linken unter der Brust des Mannes durch und tastete nach der Innentasche. Dabei spürte er einen harten Gegenstand. Eine Waffe.

Er zog die Pistole aus dem Halfter, ließ den Mann los und stand auf. Dieser setzte sich auf und rieb sich stöhnend seinen rechten Arm.

„Ihren Ausweis!", befahl Hall.

„Schon gut." Er holte ein Lederetui hervor, das er mit einer routinierten Bewegung aufschnappen ließ. Hall ging näher und unterzog es einem prüfenden Blick. Die Marke sah echt aus. Der verstörte Gesichtsausdruck des Mannes auf dem Fussboden sprach ebenfalls dafür, dass er die Wahrheit sagte.

Schlagartig wurde ihm bewusst, was dies bedeutete. „Verdammt! Rachel!" Mit der Waffe des Agenten in der Hand rannte er zur Tür hinaus.

„Hall - warten Sie!", rief ihm Henderson nach, doch Hall war bereits in den Flur hinaus und zur Treppe gestürzt. Henderson rappelte sich vom Boden auf und lief ihm nach.

Er sah nur noch, wie Hall über den Parkplatz lief, dann mit einem Mal langsamer wurde und schließlich stehen blieb.

Am Straßenrand breitete sich eine Staubwolke aus. Sie stammte von einem silbergrauen Wagen, der mit rasender Geschwindigkeit in der Ferne verschwand.

40.

Walter Bishop stand, nachdem ihn der Radau vor seiner Zimmertür alarmiert hatte, am Geländer des Außenflurs im ersten Stock. Mit einer Hand schirmte er seine Augen gegen das blendende Sonnenlicht ab und beobachtete fassungslos, was sich unten auf dem Parkplatz abspielte: Während Peter Hall ahnungslos dastand und in Richtung Straße blickte, stürmte ein Mann mit flatterndem Jackett von hinten auf ihn zu, wie ein Wahnsinniger kurz vor einem Attentat. Sofort riss Bishop die Hände hoch, formte einen Becher um den Mund und schrie Halls Namen. Als eine Reaktion ausblieb, wirbelte er herum, stürzte die Treppe hinunter und rannte über den Parkplatz. Schon nach wenigen Schritten hörte er den Unbekannten rufen, mit einer Stimme, die sich vor Aufregung überschlug: „Was geht hier vor, verdammt nochmal?"

Hall schien entweder taub zu sein oder hatte ganz einfach beschlossen, alles um ihn herum zu ignorieren. Erst nach einigen Augenblicken drehte er sich wie beiläufig um. „Sie ist weg", sagte er lakonisch.

„Was ist los?", rief Bishop keuchend, und seine Augen wanderten rastlos zwischen Hall und dem anderen Mann hin und her, der einen ebenso perplexen Eindruck machte.

„Rachel - wie es scheint, ist sie entführt worden!" Er machte eine Kopfbewegung zu dem Mann mit den asiatischen Gesichtszügen. „Dies ist Harold Henderson. Rachels Kontaktmann. Sie beide sind sich offenbar nie begegnet, nicht wahr?"

Henderson zuckte unschuldig mit den Schultern und schüttelte den Kopf.

„Höchstwahrscheinlich hat sich jemand für Sie ausgegeben, Henderson. Ich habe selbst vom Motelzimmer aus gesehen, wie Rachel zu jemandem gegangen ist, der vor einem grauen Wagen auf sie gewartet hat." Er zeigte mit dem Finger auf ihn. „Er trug einen grauen Anzug, genau wie Sie."

„Stop", sagte der junge Agent und hob abwehrend die Hand. „Niemand weiß, dass ich hier bin - vollkommen unmöglich!"

„Leider macht es den Anschein, dass soeben das Gegenteil bewiesen wurde", entgegnete Hall. „Eigentlich ist es nur logisch, dass etwas in der Art passieren musste. Aber das können Sie natürlich nicht wissen."

„Wovon reden Sie überhaupt?" Henderson schlug einen verärgerten Ton an.

„Es ist etwas kompliziert. Wir werden Ihnen später alles erklären - kommen Sie!" Er fasste den Agenten am Oberarm und setzte sich in Bewegung. „Wir müssen versuchen, den Cadillac einzuholen. Wo ist Ihr Wagen?"

Henderson schüttelte den Kopf. „Das können Sie vergessen. Der Wagen ist nach Osten weggefahren. Keine zehn Kilometer von hier teilt sich die Straße in alle Richtungen. Eine Verfolgung wäre das reinste Lotteriespiel!"

Hall blieb wie angewurzelt stehen, und Bishop meldete sich zu Wort: „Haben Sie eine bessere Idee?"

Der Agent nickte vehement. „Straßensperren! Kommen Sie, in meinem Ford gibt es ein Autotelefon." Er begann zu laufen, Hall und Bishop hinterher. Vor einem hellbraunen, etwas heruntergekommenen Kastenwagen blieb er stehen. Er öffnete die Fahrertür und stieg ein. „Dies wird ein paar Anrufe beanspruchen", sagte er. „Unglücklicherweise treffen in dieser Gegend vier Bezirksgrenzen aufeinander. Ich werde mich mit vier Sheriffs herumschlagen müssen!"

Henderson hatte sich den Hörer des Autotelefons unters Kinn geklemmt und begann bereits, Anweisungen durchzugeben, während er umständlich eine Straßenkarte über dem Armaturenbrett auseinander faltete. Mit einem Stift zeichnete er Markierungen und Kreise ein, und nachdem er mehrmals mit „Okay" quittiert hatte, legte er den Hörer in eine versenkte Aufhängung in der Konsole.

„Der Sheriff von Santa Fe County informiert die benachbarten Bezirke und lässt Straßensperren errichten", berichtete er. Dann reichte er den beiden die Straßenkarte. „Nehmen Sie die Karte. Ich fahre jetzt erstmal zurück in die Stadt und koordiniere von dort aus den Einsatz." Er bückte sich hinunter zum Beinbereich des Beifahrersitzes und tauchte mit einem Funkgerät in der Hand wieder auf. Er streckte es Hall aus dem Wagenfenster entgegen und schaute ihm dabei scharf in die Augen. „Hier. Wir bleiben in Verbindung. Wenn Gayle tatsächlich entführt wurde, wie Sie sagen, dann werden die Entführer wohl irgendwann in nächster Zeit von sich hören lassen. Bleiben Sie also beim Telefon und geben Sie Bescheid, sobald sie etwas gehört haben." Henderson startete den Motor und legte den Rückwärtsgang ein. Dann reckte er den Kopf noch einmal aus dem Fenster und sagte mit drohendem Zeigefinger: „Und Sie beide - besser, Sie überlegen sich inzwischen was. Wenn ich zurückkomme, will ich eine gute Erklärung für all das!"

Hall und Bishop schauten schweigend dem Kastenwagen nach, der ungestüm in den Highway einbog und dabei eine Staubwolke aufwirbelte.

„Wenn sie den Mikrofilm bei ihr finden, sind wir geliefert!", murmelte Hall nach einer Weile. Sein Blick war noch immer starr nach vorne gerichtet, und erst nachdem ihn Bishop in die Seite gestupst hatte, bemerkte er, dass sein Freund einen schwarzen Gegenstand in der Hand hielt, den er triumphierend hin- und herschwenkte. „Was zum Teufel…?“, stieß er hervor.

„Das hier ist unser corpus delicti“, erklärte Bishop. „Ich habe den Film ausgetauscht - gestern Abend im Restaurant.“

Hall schaute ihn mit ungläubiger Miene an. Er erinnerte sich daran, wie Bishop am vorigen Abend durch ein Missgeschick etwas vom Tisch gestoßen hatte. Hatte er den Ungeschickten nur gespielt, um in Gayles Jackentasche zu greifen und den Mikrofilm auszutauschen, als er den Gegenstand vom Boden aufhob? Ein erstauntes Lächeln zuckte in seinen Mundwinkeln.

„Seit ich in London den Film aus dem Bankschließfach nahm, um ihn Rachel auszuhändigen, hoffte ich auf eine solche Gelegenheit. Der Spuk ist vorbei, Peter!“

Hall brauchte einen Moment, um die Information sickern zu lassen. „Warum hast du mir davon nichts gesagt?“, fragte er schließlich.

„Wegen der Agentin. Ich wusste nicht, wie du auf den Plan reagieren würdest, hinter ihrem Rücken zu agieren. Wahrscheinlich setzen wir damit ihr neu gewonnenes Vertrauen aufs Spiel. Aber wenn wir herausfinden wollen, wer hinter all dem steckt, müssen wir den Anschein wahren, dass die CIA nach Plan arbeitet!“

„Ich würde dir zu hundert Prozent beipflichten, wenn sich die Situation nicht entscheidend geändert hätte. Wir haben Rachel in eine äußerst gefährliche Situation gebracht. Nicht auszudenken, was passiert, wenn die Entführer bemerken, dass der Film falsch ist!“

„Zweifellos werden sie Rachel benutzen, um uns zu erpressen“, meinte Bishop, während sie über die Treppe zurück in den ersten Stock des Motels hinauf gingen. „Ich frage mich, warum die sich diese Mühe gemacht haben - wäre es nicht viel einfacher gewesen, einen von uns beiden zu schnappen?"

„Ich glaube, dass die Organisation jetzt alles tut, um sich zu schützen. Das Nullpunktenergie-Projekt ist jetzt zweitrangig, denn selbst wenn wir den Mikrofilm mit Bergers Aufzeichnungen vernichten, besteht die Möglichkeit, dass sie es eines Tages von Neuem versuchen. Wenn die Organisation aber auffliegt, ist alles verloren. Deshalb müssen sie diskret vorgehen und dürfen keine allzu große Aufmerksamkeit erregen." Hall öffnete die Tür zu seinem Zimmer und machte einen Schritt beiseite, um Bishop den Vortritt zu lassen. Sein Freund blieb unter dem Türstock stehen.

„Eine Entführung nennst du diskret?"

„Du darfst nicht vergessen, dass das Ganze den Status einer verdeckten Operation hat - der Zweck heiligt alle Mittel, da sind menschliche Verluste von Beginn weg mit eingerechnet."

Hall begann, die Karte, die ihnen Henderson mitgegeben hatte, auseinanderzufalten, während er die Tür mit dem Fuß zurück ins Schloss beförderte. Daraufhin breitete er die Karte auf dem Doppelbett aus. Sie studierten die Suchkreise, die Henderson mit einem Filzstift eingezeichnet hatte. Sie markierten die Gebiete, innerhalb derer sich der Cadillac mit Rachel Gayle an Bord befinden musste. Die Straßenkreuzungen, an denen die Polizei Sperren errichten sollte, waren mit einem Kreuz markiert. Ihre leeren Blicke trafen sich - sie konnten tatsächlich nichts weiter tun, außer abzuwarten.

Es verging eine gute Stunde, bis sich Henderson ein erstes Mal über Funk bei ihnen meldete. Keiner der Polizeistreifen war der verdächtige Cadillac ins Netz gegangen. Der Sheriff hatte die Streifen umgehend an neue strategische Punkte geschickt, aber ein Blick auf die Karte genügte, um zu zeigen, was dies bedeutete: der Suchradius wurde nun so groß, dass das Gebiet unmöglich flächendeckend zu kontrollieren war. Die Polizeiteams gaben die Sperren auf und wechselten über zur Patrouille. Die Operation würde zu einem reinen Glücksspiel werden.

Die Hoffnung schwand mit jeder Minute, die der Zeiger der Uhr auf dem Nachttisch vorwärts kroch. Nach einer weiteren Stunde resümierte Hendersons verzerrte Stimme am Funkgerät: „Sie sind uns durch die Lappen gegangen...verdammter Mist!"

Ratlos warf Bishop seinen Stift auf die Karte und ließ sich auf einen Stuhl fallen.

„Keine Ahnung, wie sie es geschafft haben, durchzukommen", ergänzte der Agent. „Innerhalb des ersten Radius haben wir jede Abzweigung und jede Straße kontrolliert. Wer weiß, vielleicht sind sie einfach in die Wüste gefahren."

„Moment noch", sagte Hall, der noch immer konzentriert auf die Karte starrte. „Was ist das hier? Die schraffierte Fläche in Planquadrat F/G fünf?"

„Aussichtslos - das ist militärisches Sperrgebiet", tönte es aus dem Funkgerät. „Hören Sie - bleiben Sie beim Telefon. Ich komme später vorbei, und dann… dann werden wir uns mal unterhalten."

Hall stellte das Funkgerät auf den Nachttisch und strich sich nachdenklich über das Kinn. Sein Blick glitt wie von einem Magneten angezogen auf die schraffierte Fläche auf der Landkarte.

Bishop wiegte den Kopf hin und her und runzelte die Stirn. „Du denkst, Rachel ist von den Entführern dorthin gebracht worden?"

Hall nickte nachdrücklich. „Du hast Henderson selbst gehört - das ist ein militärisches Sperrgebiet. So etwas wie die berüchtigte *Area 51,* wo das Pentagon geheime Tests durchführt. Teufel nochmal, Walter, es passt alles zusammen!" Hall begann, nervös im Raum auf- und abzugehen, während er laut weiterdachte. „Es ist jemand im Pentagon. Die Strukturen sind bis hoch ins Pentagon infiltriert worden. Und die CIA ist bei dieser ganzen Operation sowieso bloß ein untergeordneter Kooperationspartner, deshalb hat von denen auch keiner eine Ahnung oder einen Verdacht. Das Prinzip der Verschwiegenheit und die hermetisch abgeschottete Befehlskette machen die CIA zum perfekten Instrument - ein Marionettentheater!" Er ließ seine Faust gegen die Wand fahren, bremste sie jedoch ab und gab stattdessen einen fauchenden Laut von sich.

„Zumindest würde dies erklären, warum der Cadillac an keiner der Straßensperren aufgetaucht ist", sagte Bishop, der mit dem Rücken zu Hall beim Fenster stand. Dann stemmte er die Hände in die Hüften und sagte, während er sich umdrehte: „Es ist Zeit, etwas zu unternehmen."

„Was hast du vor?", fragte Hall.

Bishop hatte den Türknauf bereits in der Hand. „Ich denke, einer von uns sollte sich die Sperrzone einmal ansehen."

41.

Bishop fuhr zunächst einige Kilometer in Richtung Osten, auf einer schnurgeraden Straße, die sich bis zum Horizont erstreckte. An der Kreuzung in Moriarty, einem Nest noch kleiner als Edgewood, bog er auf den Highway 41 nach Norden ein, und hatte bald eine steinige Wüstenlandschaft vor sich, mit roter, von der Sonne ausgebrannter Erde, die sich mit dornigen Büschen und scharfen Gräsern gegen Eindringlingen zu schützen schien.

Nachdem etliche Kilometer der fremden Landschaft an ihm vorbeigezogen waren, begannen sich am fernen Horizont die Umrisse der Berge um Santa Fe aus dem Dunst zu lösen, und Bishop meinte, sogar den ewigen Schnee der höchsten Gipfel erkennen zu können. Die Vegetation wurde allmählich dichter, das Gelände hügeliger, und dann, er war seit gut einer Stunde unterwegs, bog er in jene signifikante Kurve ein, hinter der sich gemäß der Straßenkarte, die neben ihm auf dem Beifahrersitz lag, die Sperrzone befand.

Ein steil aufragender Felsen tauchte vor ihm auf, mit einem angrenzenden Waldstück aus Nadelbäumen, das bis dicht an die Straße reichte. Von der Straße führte eine schmale Forststraße in den Wald hinein, und am Straßenrand gab es ein von der Sonne ausgebleichtes Holzschild, auf dem rot auf weißem Grund geschrieben stand: *Grundstück der U.S. Regierung - kein Zutritt.*

Bishop fuhr langsam weiter, und nach kurzer Zeit lichtete sich der Tannenwald und gab den Blick frei auf einen Drahtzaun, der parallel zur Straße verlief, und an dem im Abstand von etwa zweihundert Metern die immer gleichen Warnschilder hingen. Zusätzlich war an der

Oberkante ein nach außen geneigter Stacheldraht angebracht.

Im Schritttempo folgte er dem Trennzaun über eine sandige, von vereinzelten Büschen durchsetzte Ebene, bis auf einmal ein pilzförmiges Gebäude auftauchte, das sich nach einigen hundert Metern als Pförtnerhaus entpuppte. Ein unbefestigter Weg ging rechts von der Straße ab und führte zu einem geschlossenen Schlagbaum. Bishop beschleunigte den Continental ein wenig, um den Kopf, der sich hinter der Glasscheibe des Pförtnerhauses bemerkbar gemacht hatte, nicht auf sich aufmerksam zu machen. Als er sich außer Sicht wähnte, ging er wieder vom Gas und sondierte das Gelände jenseits des Zauns. Er sah nichts, das sich von der Steinwüste um ihn herum abhob.

Den Geländewagen, der beinahe lautlos von hinten angerollt war, hatte er nicht bemerkt. Erst das plötzliche, kurze Aufheulen eines Martinshorns ließ ihn zusammenfahren. Er warf einen erschrockenen Blick in den Rückspiegel und sah einen Mann mit Cowboyhut und Sonnenbrille, der ihm mit einem saloppen Handzeichen bedeutete, anzuhalten. Bishop fuhr rechts an den Straßenrand, hielt an und machte den Motor aus.

Der Sheriff schlenderte betont lässig auf ihn zu. Breitbeinig stellte er sich vor die Fahrertür und murmelte ein Grußwort, ehe er die Sonnenbrille abnahm, sich duckte und mit stechend blauen Augen ins Wageninnere spähte. Sein Blick blieb einige Sekunden lang auf dem Fernglas haften, das auf dem Beifahrersitz lag. Dann wollte er von Bishop wissen, was er hier tue.

„Ich halte Ausschau nach Steinadlern", log er kurzerhand. Insgeheim war er dem Sheriff dankbar, dass dieser ihn zu der spontanen Ausflucht inspiriert hatte, indem er auf das Fernglas gestarrt hatte. Bishop bemühte sich, dem penetranten Blick des Sheriffs standzuhalten und fragte sich dabei, wie es wohl um seine Chancen stand, mit dem Bluff davonzukommen.

„Papiere!“, befahl der Beamte und winkte mit dem Zeigefinger.

Bishop griff nach seiner Jacke auf dem Rücksitz, kramte seinen Ausweis aus der Brieftasche und reichte ihn aus dem Fenster.

„Engländer?“ Der Sheriff warf die Stirn in Falten. Dann rückte er seine Hose zurecht und ging einmal um den Continental herum. Als er wieder vor ihm stand, zielte er mit dem Finger auf Bishop. „Sie warten hier!“, sagte er und schlurfte zurück zu seinem Wagen.

Auf Bishops Stirn begannen die Schweißtropfen zu einem Rinnsal zusammenzulaufen. Er kramte nach einem Taschentuch und betupfte sich damit die Stirn. Im Außenspiegel beobachtete er den Sheriff, der sich an die Wagentür lehnte und in ein Mikrofon sprach, das an einem Spiralkabel aus dem Auto kam.

„Auch das noch“, stöhnte Bishop. Als Nächstes sah er, wie der Sheriff in den Wagen stieg, sich auf dem Fahrersitz zurücklehnte, und seinen Stetson tiefer in die Stirn zog. *Du wirst doch nicht allen Ernstes jetzt und hier deinen Mittagsschlaf halten!*, dachte Bishop halblaut.

Eine Weile passierte nichts. Der Sheriff schien auf etwas zu warten. Bishop schmorte unterdessen in der Mittagshitze auf dem Fahrersitz aus Kunstleder vor sich hin. Kaum ein Lufthauch, der durch die offenen Wagenfenster zog. Ihm war, als würde die Zeit stillstehen.

Nach einer Weile hörte er das Zuschlagen einer Wagentür und sah im Außenspiegel den Sheriff näher kommen. Er setzte sich aufrecht hin und drehte sich erwartungsvoll zur Wagentür. Der Sheriff streckte seine behaarte Hand durch das Wagenfenster und ihm seine Papiere.

„Alles klar, Sie können fahren“, sagte er. Er zeigte mit dem Daumen über seine Schulter. „Edgewood liegt in dieser Richtung.“

„Woher…?“, begann Bishop, doch der Sheriff hatte sich bereits weggedreht.

„Gute Fahrt, Sir“, sagte er und ging zu seinem Auto zurück.

Bishop wendete den Wagen und machte sich auf den Rückweg. Allmählich wurde ihm klar, dass die Überprüfung des Kennzeichens zu Tage gefördert haben musste, dass die CIA den Continental gemietet hatte. Vermutlich hatte der Sheriff mit Henderson gesprochen.

Während seiner Rückfahrt blieb Bishop eine gute Stunde Zeit, um darüber zu rätseln, was der Agent dem Sheriff wohl für eine Geschichte aufgetischt hatte.

42.

Am Nachmittag kehrte Bishop ins Desert Rose Motel zurück. Angetrieben von der Frage, ob sich zwischenzeitlich die Entführer bei Hall gemeldet hatten, eilte er die Außentreppe empor, klopfte an die Tür mit Nummer siebzehn und trat ein, ohne eine Antwort abzuwarten.

Hall lag auf dem Bett, mit einer Tourismusbroschüre über die Sehenswürdigkeiten New Mexicos vor dem Gesicht. Als die Tür aufging, ließ er das Magazin sinken und hob müde die Augenlider. Allein sein Gesichtsausdruck beantwortete die Frage, welche Bishop auf der Zunge lag: Es gab kein Lebenszeichen von Rachel Gayle.

Hall richtete sich auf und setzte sich auf die Bettkante. Dann forderte er seinen Freund auf, von dessen Erkundungstour zu berichten.

Bishop hatte kaum angefangen, als jemand energisch an die Zimmertür klopfte. Am Fenster erschien ein Gesicht, das angestrengt versuchte, einen Blick ins Innere zu erhaschen. Harold Henderson.

„Kommen Sie rein!“, rief Hall. Er hatte kaum fertig gesprochen, da stand der CIA-Mann bereits im Zimmer. Er war sichtlich aufgebracht.

„Was schnüffeln Sie auf einem Militärgelände rum?“, platzte er sogleich hervor.

Bishop blickte zu Hall, der ihn mit großen Augen anstarrte. „Ich bin vom Sheriff in der Nähe der Sperrzone festgehalten worden“, erklärte er seinem nichts ahnenden Partner. „Irgendwann hatte er dann offensichtlich Officer Henderson an der Leitung.“

„Ganz recht!“, sagte Henderson und kniff die Augen zusammen. „Wie mir scheint, haben Sie die Absicht, die Aufmerksamkeit der gesamten Polizeikräfte New Mexicos auf sich zu ziehen.“ Er zeigte mit dem Finger abwechselnd auf die beiden Männer. „Und jetzt werden Sie mir mal erzählen, was hier überhaupt gespielt wird!“

Hall hob beschwichtigend die Hände. „Beruhigen Sie sich, Officer. Und bitte, setzen Sie sich. Dies ist keine Angelegenheit, die sich zwischen Tür und Angel bereinigen lässt.“

Henderson gab ein Schnauben von sich und sah sich nach einer Sitzgelegenheit um. Er rückte den braunen Kunstledersessel aus einer Ecke in die Mitte des Raumes, setzte sich hinein und wartete mit verschränkten Armen auf eine Erklärung.

Hall erzählte ihm die ganze Geschichte. Der Agent schien immer tiefer in dem Polstersessel zu versinken, und als Hall ihm darlegte, dass das Verteidigungsministerium der USA infiltriert worden war und die CIA regelrecht am Gängelband geführt wurde, versteinerte sich sein Gesicht, während seine mandelförmigen Augen von einem Fokus zum anderen sprangen. Was der Reporter ihm da erzählte, klang unfassbar. Doch Henderson selber hatte keine bessere Erklärung dafür, dass sich jemand für ihn hatte ausgeben und Rachel Gayle hatte austricksen können.

„Wissen Sie", begann er mit leiser Stimme, „ich habe bisher nicht viel auf die Gerüchte und Theorien gegeben, die seit der Ermordung Kennedys kursieren - sie wissen schon, dass der Attentäter Lee Harvey Oswald ein KGB-Agent war, und dass in den Staaten ein weit verzweigtes sowjetisches Agentennetz existiert. Ich hielt dies schlicht für unmöglich. Jetzt scheint es, als würden sich all die Unkenrufe mit einem Schlag bewahrheiten."

Hall zuckte mit den Schultern. „Es handelt sich hier auf jeden Fall um eine einflussreiche Organisation mit komplexen, mafiaähnlichen Strukturen. Und allem Anschein nach fürchtet sie sich vor ihrer Enttarnung, deshalb auch die Entführung und kein offener Angriff. Ich glaube, diese Organisation will jetzt vor allem ihre Deckung retten. Die Pläne von Berger sind jetzt zweitrangig."

„Das sagen Sie", sagte Henderson. „Mein Auftrag lautet: Sicherstellung des Mikrofilms und schnellstmögliche Übergabe an Dr. Mannheim." Er kniff die Augen zusammen. „Hatte sie den Mikrofilm bei sich?"

Bishop beobachtete seinen Freund aus den Augenwinkeln und wartete auf dessen Reaktion. Hall zögerte eine Sekunde, bevor er mit dem Kopf nickte. „Ich gehe davon aus. Gestern hatte sie ihn dabei."

Bishop atmete innerlich auf. Angesichts der Tatsache, dass sie nicht wussten, wie der Agent reagieren würde, war es besser, sie behielten die Wahrheit für sich.

„Dann können wir nur noch beten", sagte Henderson. „Wenn sie den Film bei ihr gefunden haben, ist es unwahrscheinlich, dass sie noch lebt. Und da wir bisher noch nichts von den Entführern gehört haben…"

Seine Andeutung verhallte abrupt in einer unwirklichen Stille, die nach einigen Augenblicken von einem dumpfen Röhren durchbrochen wurde. Draußen fuhr ein Lastwagen vorbei.

„Heißt das, dass Sie nichts unternehmen werden?" Halls Kopf errötete, während er die Frage stellte.

Hendersons Stimme wurde eisern. „Das hat Geoffrey Miller zu entscheiden, der Einsatzleiter. Ich werde ihn umgehend ins Bild setzen."

„Sie scheinen nicht ganz zu verstehen - Ihr Vorgesetzter ist genauso ahnungslos wie Sie. Bis Sie Miller davon überzeugt haben, dass er handeln muss, ist es für Rachel zu spät!"

„Falls er überhaupt bereit dazu wäre, etwas entgegen seiner Direktiven zu unternehmen", ergänzte Bishop. „Schließlich handelt es sich hier um eine verdeckte Operation, nicht wahr? Das bedeutet, dass alle Autoritäten, bis hinauf zur Regierung, alles abstreiten würden…"

Der junge Agent senkte den Kopf und atmete tief durch. „Und was wollen Sie überhaupt unternehmen? Wir haben nicht den geringsten Anhaltspunkt, wohin Gayle verschwunden ist! Schon vergessen?"

Bishop hob den Zeigefinger. „Wir glauben, sie wurde in die Sperrzone gebracht. Deshalb haben ihre Straßensperren auch nicht funktioniert - als ihre Posten Santa Fe abriegelten, waren die Entführer längst von der Bildfläche verschwunden!"

„Ich weiß nicht", sagte Henderson und begann, nervös an seiner Unterlippe zu herumzuspielen. Es war offensichtlich, dass er sich in einem Dilemma befand, aus dem es keinen leichten Ausweg gab. „Wenn ihre Theorie stimmt, dann ist es brandgefährlich irgendetwas zu unternehmen, solange wir nicht wissen, wo der Maulwurf sitzt!“

„Das bedeutet, sie lassen Rachel Gayle über die Klinge springen“, antwortete Hall trocken. „Nun - ich werde hier nicht tatenlos rumsitzen!“ Sein Blick wanderte ruhelos durch den Raum. „Sie hat mir in Italien das Leben gerettet. Es ist das Mindeste, was ich tun kann!“

„Was haben Sie vor?“

„Ich gehe da rein. In die Sperrzone.“

„Sie sind ja verrückt“, sagte Henderson. „Die werden Sie festnehmen. Oder erschießen!“ Der Agent stand auf, verschränkte die Arme und schüttelte nur den Kopf.

„Es ist unsere einzige Chance, Rachel zu retten! Außerdem ist das Überraschungsmoment auf unserer Seite.“

Henderson schritt im Zimmer auf und ab und rieb sich das Kinn. Dann drehte er sich auf dem Absatz um. Er hielt einen Finger hoch. „Ich mache unter einer Bedingung mit: Diese Unterredung hat nie stattgefunden. Ich bleibe offiziell auf der vorgegebenen Linie. Ist das klar?“

Hall und Bishop nickten synchron.

„Von dem Moment an, wo Sie sich auf dem Militärgelände befinden, sind Sie auf sich allein gestellt.“

Sie tauschten Blicke aus. Die Botschaft war klar: Sie konnten auf keinerlei Rückendeckung zählen. Sollten sie in dieser Nacht scheitern, wäre alles aus.

43.

Die Landkarte, die Walter Bishop der Gegend um Santa Fe auseinanderfaltete und auf das Motelbett legte, deckte das zentrale New Mexico von Santa Fe im Norden bis Encino im Süden ab, und er beschrieb den beiden anderen, welchen Weg er auf seiner Erkundungstour gefahren war.

„Und hier ist unsere *terra incognita.*" Er tippte mit dem Zeigefinger auf die schraffierte Stelle, welche die Sperrzone markierte, und berichtete, was er am Nachmittag gesehen hatte. Rachel Gayle wurde seiner Vermutung nach in einem Gebäude auf einem bewaldeten Hochplateau festgehalten, das er durch das Fernglas hatte ausmachen können. Hall wurde zunehmend ungeduldig und überlegte sich bereits, wie er am besten vorgehen konnte, doch sein Tatendrang erhielt einen herben Dämpfer, als Bishop die vorherrschenden Sicherheitsvorkehrungen beschrieb: „Dieser ganze Bereich hier ist eine einzige Ebene. Die Straße verläuft kilometerlang gerade entlang dem Trennzaun. Er ist etwa drei Meter hoch, und oben verläuft ein Signaldraht. Ungefähr hier befindet sich ein Wachposten."

„Von der Straße aus können wir es also vergessen", meinte Hall. „Und der gesamte Nordosten wird von einer Bergkette begrenzt, wenn ich das richtig sehe."

„So ist es. Bleibt nur der Kiefernwald hier im Süden. Hier habe ich unbefestigte Forstwege gesehen, die von der Straße in den Wald wegführen. Aber spätestens hier, wo der Wald am Fuß des Berges dichter wird, dürften wir wieder auf die Absperrung treffen. Das sind vielleicht siebenhundert Meter weg von der Straße."

„Nur ist dort die Steilflanke des Berges." Harold Henderson beugte sich über die Karte und zeigte auf eine

Stelle, wo sich die Höhenkurven deutlich verdichteten. „Um da hochzukommen, müssten Sie schon ein geübter Bergsteiger sein!" Er hob den Kopf und blickte in die Runde. Hall schien die Bemerkung beiläufig zur Kenntnis zu nehmen.

„Gut", sagte er. „Wir versuchen es hier. Wir nehmen die Bergsteigervariante!"

Der Agent machte ein verblüfftes Gesicht.

„Peter ist Alpinist", sagte Bishop und begutachtete seinen Freund von Kopf bis Fuß. „Zumindest war er es mal in jungen Jahren. Hall ignorierte den Seitenhieb auf seine sportliche Kondition und ging hinüber zu einem Ablagetisch. Er kritzelte etwas auf ein Blatt Papier und reichte es Henderson. „Wir bräuchten einiges an Ausrüstung. Können Sie uns da helfen?"

„Kommt darauf an", meinte Henderson, von dem kühnen Plan offensichtlich beeindruckt. Er überflog schnell die Liste und sagte dann, während er zur Tür ging: „Kein Problem. Gebt mir zwei Stunden."

Sie machten sich mit dem Eindunkeln auf den Weg. Über die Landschaft hatte sich bereits eine tiefblaue Decke gelegt, nur am Horizont drängten sich noch einige lilafarbene Schleierwolken. Schon in ein paar Stunden würde jedoch der fast volle Mond seinen Kulminationspunkt erreicht haben - für das Vorhaben, zu dem die beiden aufgebrochen waren, kam eine mondhelle Nacht wie gerufen.

Hall warf einen Blick in die dunkelblaue Sporttasche, die zu seinen Füssen lag. Henderson hatte gute Arbeit geleistet und war mit sämtlichen Posten seiner Liste ins Motel zurückgekehrt. Kurz bevor der Agent wieder ins Auto gestiegen war, hatte er sich noch einmal umgedreht und seine 44er Smith & Wesson aus dem Schulterhalfter gezogen. „*Viel Glück*", hatte er nur noch gesagt, als er Hall die Waffe überreichte, und ihm dabei mit aufrichtig besorgtem Blick in die Augen geschaut.

Hall nahm die zwei Taschenlampen aus der Tasche und prüfte ihre Funktion. Zufrieden nickte er Bishop zu, der hinter dem Steuer saß und konzentriert auf die Straße starrte. Die Lichtkegel des Lincoln Continental streiften über den leeren Asphalt; seit sie das Motel verlassen hatten, waren sie außer einem Gürteltier keinem anderen Lebewesen begegnet.

Als sie eine halbe Stunde auf dem Highway 41 Richtung Norden gefahren waren und sich ihrem Ziel langsam näherten, begannen Bishops Finger auf das Lenkrad zu trommeln. Auch Halls Anspannung stieg von Minute zu Minute.

„Da siehst du mal, wozu ein gelegentlicher Urlaub in den Alpen gut ist", sagte Hall in der Hoffnung, seinem Freund etwas Mut zu machen.

Bishop rang sich ein Schmunzeln ab. „Das ist aber auch das einzig Positive an der Sache: deine Bergsteigererfahrung. Allerdings sind die Chancen, dass du da drin irgendetwas ausrichten kannst, mehr als gering - das ist dir hoffentlich bewusst!"

Bishop hatte natürlich recht. Sie wussten nicht einmal, ob sich Rachel Gayle tatsächlich irgendwo auf dem Gelände befand. Dennoch war er fest entschlossen, es wenigstens zu versuchen. Bilder aus seinen Tagen als Kriegsreporter im Koreakrieg kamen in ihm hoch und erinnerten ihn daran, dass er sich nicht zum ersten Mal in einer Situation befand, die erstens brandgefährlich war und zweitens weitgehend unkontrollierbar. Und er wusste, worauf es in solchen Situationen ankam: auf scharfe Sinne, einen kühlen Kopf und jenes Gefühl, das Richtige zu tun, das manche als Instinkt bezeichneten. „Es wird schon schief gehen“, sagte er schließlich. „Und für alle Fälle halten wir uns einen schnellen Weg für den Rückzug offen.“ Er hob die Sporttasche hoch. „Hier drin ist eine Packung Plastiksprengstoff. Falls wir Hals über Kopf aus dem Gelände fliehen müssen, sprengen wir den Zaun an der Stelle, wo der Wagen bereitsteht.“

Bald lag die Wüstenebene hinter ihnen, und im Licht des steigenden Mondes begannen sich einzelne Felsbrocken vor dem Hintergrund herauszulösen, grau und schwarz. Auch der Bewuchs aus dornigem Gestrüpp und Nadelgehölz wurde dichter, und die Konturen eines Bergrückens zeichneten sich vor dem Himmel ab. Nach einer lang gezogenen Kurve verlangsamte Bishop und fuhr ganz rechts an den Straßenrand. Vor ihnen tauchte die Umzäunung des Sperrgebiets auf. Sie verlief parallel zur schnurgeraden Straße, soweit sie sehen konnten.

Bishop fuhr langsam weiter, um den Waldweg nicht zu verpassen, den er am Nachmittag entdeckt hatte. Nach wenigen hundert Metern lag die Stelle vor ihnen. Sie verließen die Hauptstraße und bogen rechts in den Forstweg ein. Die Scheinwerfer fielen sofort auf das unübersehbar platzierte Schild, das vor dem Betreten warnte. Bishop schaltete das Licht aus und ließ den Wagen im tiefsten Gang weiterrollen. Der Lincoln holperte nunmehr kaum schneller als im Gehtempo über das immer steinigere Terrain. Je weiter sie sich von der Straße wegbewegten, desto dichter wurde das Gehölz. Einzelne Fichten und Kiefern warfen lange Schatten im Licht des Mondes, der nun in voller Größe am Himmel stand und die kahle Südflanke des Berges, der vor ihnen thronte, blausilbrig schimmern ließ. Dann, durch eine Lichtung im Gehölz, sahen sie den Maschendrahtzaun.

Bishop hielt zwischen zwei dicht nebeneinander stehenden Bäumen an und machte den Motor aus. Sie stiegen wortlos aus dem Wagen. Hall packte einen Rucksack vom Rücksitz, und Bishop hängte sich die Sporttasche um. Dann marschierten sie los, in einigen Metern Distanz dem Zaun entlang, bis Hall nach wenigen Minuten stehen blieb.

„Hier“, sagte er mit gedämpfter Stimme, „dies ist eine gute Stelle.“ Er zeigte auf eine knorrige, schief stehende Gelbkiefer. Gut vier Meter über dem Boden hing ein dicker Ast wie ein ausgestreckter Arm über den Zaun und endete auf der anderen Seite im Geäst einer anderen Kiefer. Hall schaute sich die Situation genau an und legte sich einen guten Kletterweg bereit. Nach einer Weile nickte er. „Wenn der Ast hält, müsste es gehen.“ Er verstaute einige Gegenstände in seinem Rucksack, dann nahm er ein Paar Steigeisen aus der Sporttasche, wie sie für das Klettern auf Telefonmasten benutzt werden.

„Alles klar, was das C4 betrifft?“, fragte er, während er die Kletterhilfen mit einer Bindung an seine Schuhkappen montierte. „Ich habe keine Lust, auf dem Rückweg an diesem Zaun hängen zu bleiben.“

„Mach dir darum mal keine Sorgen“, antwortete Bishop. „Denk lieber daran, dass auf dem Zaun eine Signalleitung verläuft, die auf Berührung reagiert.“

Mit einem weit ausgeholten Schwung warf Hall den Rucksack über den Zaun. Dann nahm er einen breiten Ledergurt aus der Tasche und legte ihn sich um die Hüfte. Er schlug das eine Ende des Gurtes um den Baumstamm herum und hängte ihn auf der anderen Seite in eine Öse ein. Er holte tief Luft, blickte nach oben und seufzte: „Dann mal los!“

Bishop klopfte ihm auf die Schulter. „Denk daran, Peter: Kein unnötiges Risiko. Wenn die Sache zu heiß wird, brichst du die Aktion ab, verstanden?“

„Keine Angst, ich werde den Kopf unten halten!“ Er schlug die Eisenkrallen an seinem rechten Fuß in die Baumrinde, fasste den Ledergurt mit beiden Händen und legte ihn auf Brusthöhe an. Dann lehnte er sich mit seinem ganzen Gewicht nach hinten, bis sich der Gurt spannte, und er sich mit einem Ruck hochziehen konnte. Er wiederholte die Prozedur mit dem linken, dann wieder mit dem rechten Fuß, und nach ein paar Mal hatte er den Ast, den er sich ausgesucht hatte, erreicht. Er löste den Gurt, ließ ihn zu Boden fallen, und legte sich auf den dicken Ast. Bishop schaute nach oben und beobachtete gebannt, wie Hall begann, sich auf dem Ast langsam vorwärts zu ziehen.

Schon nach wenigen Metern wurde der Ast zu dünn, um weiterhin bäuchlings auf ihm vorwärts kriechen zu können. Hall rollte sich seitlich ab und hielt dabei den Ast mit Armen und Beinen umklammert. Die Rinde scheuerte an seinen Händen. Er ächzte, und zog sich nun unter dem Ast hängend weiter vorwärts.

„Pass auf!“, zischte Bishop, als sich Hall der Zaunkante näherte. Der Ast begann, unter seinem Gewicht gefährlich durchzuhängen, und er versuchte, seinen Körper mit aller Kraft ganz nahe an den Ast heranzuziehen. Auf der anderen Seite raschelten die Ausläufer im Geäst der benachbarten Bäume, als Hall sich mit einigen schnellen, ruckartigen Bewegungen über den Zaun zog. Entsetzt fuhr sich Bishop mit der Hand durchs Haar, als sich der Ast unter Halls Gewicht wie eine Angelrute bog. Hall ließ sofort los und sackte zu Boden; der Ast schnellte zurück, nachdem er den Signaldraht um Haaresbreite verfehlt hatte.

„Mein Gott!“, rief Bishop und schloss die Augen. Als er sie wieder öffnete, stand sein Freund lächelnd am Zaun und betrachtete seine zerkratzten Hände.

„Hat der Ast den Draht berührt?“

Bishop blickte nach oben und schüttelte den Kopf. „Nein, aber es war ganz schön knapp!“

„Dann also weiter!“ Hall hob den Rucksack vom Boden auf und drehte sich um. Nach wenigen Schritten war er in dem Labyrinth aus Bäumen, Felsbrocken und gespenstisch anmutenden Mondschatten verschwunden.

44.

Er schaltete die Taschenlampe an und lief über den staubtrockenen Erdboden in den immer dichteren Wald hinein. Der mächtige Felsen, auf den er zuhielt, strahlte die aufgestaute Wärme eines langen, heißen Sommertages ab, und je näher er kam, desto mehr tauchte er ein in eine Schicht schwelender Luft, die nach Baumharz und süsslichen Kräutern duftete. Schweiß und feiner Staub mischten sich zu einem schmierigen Film auf seiner Haut.

Der Mond überzog das Gestein mit einem bläulichen Schimmer und ließ den Berg als bizarres Monument der Urzeit erscheinen. Hall blickte zum Felsen empor und versuchte, eine geeignete Aufstiegslinie auszumachen. Entlang einer senkrechten Furche wuchs eine Reihe junger Steinkiefern bis hinauf zu einem Felsvorsprung, etwa vierzig Meter über Boden. Bis dorthin würde der Aufstieg kaum Probleme bereiten. Was Hall Sorgen bereitete, war, was jenseits des Felsvorsprungs lag, doch dies ließ sich erst vor Ort beurteilen. Immerhin war der Versuch nicht allzu riskant - notfalls würde er sein Seil an einem der knorrigen Stämme, die sich in den Felsritzen festgewachsen hatten, befestigen und sich abseilen können.

Er verstaute die Taschenlampe im Rucksack und machte sich an den Aufstieg. Hall war überrascht, wie gut er trotz des Halblichts vorankam, und nach zehn Minuten stand er bereits oben auf dem glatten Vorsprung. Doch die beinahe senkrecht aufsteigende Wand, die sich nun trotzend vor ihm erhob, ließ ihm den Atem stocken. Über ihm lagen grob geschätzte fünfzehn Meter Fels, ohne eine einzige Möglichkeit, das Seil festzubinden. Die Fallhöhe bei einem Sturz würde das Doppelte betragen. Hall spürte, wie ihm leicht schwindlig wurde und er presste seinen Körper automatisch näher an die Wand.

Etwas Vergleichbares hatte er zuletzt vielleicht vor über zwanzig Jahren in den Walliser Alpen gewagt. Bei Tageslicht. Noch dazu gesichert am Seil seines Bruders David, der seit dem Krieg verschollen war und ihm jetzt vor dem geistigen Auge so deutlich erschien wie schon lange nicht mehr.

Wie ein Röntgenapparat tasteten seine Augen den Felsen ab auf der Suche nach geeigneten Tritt- und Griffstellen. Nachdem er eine Möglichkeit gefunden und die Route im Geist einige Male durchgeklettert hatte, holte er tief Luft und streckte, entgegen aller Vernunft, die Hand nach dem ersten Halt aus.

Hall schaute kein einziges Mal nach unten, während er sich halb blind vorwärts arbeitete. Jede Bewegung war ein Risiko, und er wusste nicht, wie oft er die Drei-Punkte-Regel der Alpinisten verletzt hatte, wonach der Bergsteiger stets drei Gliedmaßen in Kontakt mit dem Fels halten sollte. Irgendwann erfühlte seine rechte Hand ein größeres Felsstück. Er tastete mit der linken weiter und bald darauf stand er auf einem schmalen Felsabsatz inmitten der Wand. Keuchend lehnte er sich bäuchlings gegen den Fels und entspannte seine schmerzenden Arme. Mit dem Ärmel wischte er sich den Schweiß aus der Stirn, dann warf er den Kopf in den Nacken und blickte hoch. Kaum mehr als zehn weitere Meter trennten ihn vom Rand des Hochplateaus mit den Douglastannen, deren Kronen sich schemenhaft vor dem Nachthimmel abzeichneten. Er spürte, wie ein innerer Energiestoß ihn antrieb, die letzten Reserven zu mobilisieren. Nervös suchten seine Augen den Fels nach der nächsten Trittmöglichkeit ab, doch der Sandstein war wie glatt poliert. Mit einer Verrenkung nahm er die Taschenlampe aus dem Rucksack, begann das Gestein abzuleuchten und suchte verzweifelt eine Klettermöglichkeit. Sein Pulsschlag steigerte sich zu einem panischen Hämmern. Nach einigen Minuten musste er sich die Tatsache eingestehen: Er saß in dieser Felswand fest. Die Angst schwächte seine Knie, und er spürte ein leichtes Zittern.

Er blickte hinunter in die Tiefe, dem schlaffen Kletterseil entlang, das irgendwo im Dunkel verschwand. Der Schweiß schoss ihm aus den Poren, als er sich in einem inneren Dialog klarmachte, wie riskant der Versuch wäre, ungesichert auf demselben Weg wieder hinabzuklettern.

Es wäre dein sicherer Tod.

Dann plötzlich traf der Lichtkegel seiner Taschenlampe auf einen fingerbreiten Spalt. Eine Eingebung schoss ihm wie ein Blitz durch den Kopf. Hall wusste augenblicklich, dass diese Idee seine einzige Chance war.

Vorsichtig nahm er seinen Rucksack ab, holte das Taschenmesser heraus und hielt es prüfend gegen den Spalt. Wenn er es um neunzig Grad drehte, würde es passen! Er drückte den Schaft des Messers einige Zentimeter in den Spalt. Dann nahm er die Smith & Wesson aus dem Rucksack, und hämmerte mit dem Knauf der Waffe so lange auf das Ende des Taschenmessers, bis das

Messer unverrückbar festklemmte. Nur noch wenige Zentimeter ragten aus dem Spalt heraus - gerade genug, um eine Fußspitze darauf absetzen und einen halben Meter Höhe gewinnen zu können. Wie es danach weiterging, stand buchstäblich in den Sternen.

Er verstaute die Waffe, legte den Rucksack an und setzte seinen linken Fuß auf den Messerschaft. Beherzt stieß er sich ab, warf seine rechte Hand empor und hangelte blindlings nach einem Halt. Seine Wange scheuerte an dem kalten Fels, und er fühlte, wie die glatte Fläche des Steins unter seinen Fingern vorbeiglitt. Dann ertasteten seine Finger eine Unebenheit. Eine Wurzel.

Im selben Moment wie seine Hand zupackte, rutschten seine Zehen von dem Messer. Hall schrie auf, seine linke Hand schoss reflexartig in die Höhe und klammerte sich an der Wurzel fest. Mit beiden Händen zog er sich nach oben, mobilisierte seine letzte Kraft, während seine Füße zappelnd nach einem Halt suchten. Auf einmal verkeilten sich seine Füße im Wurzelstock einer Föhre, und Hall spürte, wie das Gehölz die Last seines Körpergewichts auffing. Ein euphorisches Gefühl der Sicherheit überwältigte ihn. Vor ihm waren Dutzende weiterer Bäume mit ihren Wurzeln, die den nackten Stein bedeckten. Er hangelte sich an ihnen weiter, bis der Fels flacher wurde. Der immer dichtere Bewuchs ließen ihn die letzten Meter mühelos überwinden. Bald hatte er sich aufgerichtet und gelangte auf das mit Tannen bewaldete Hochplateau. Er hatte es geschafft.

Hall stolperte er noch einige Meter weiter, dann ließ er sich erschöpft auf den Waldboden sinken und schloss einen Moment lang die Augen. Der Geruch von Erde stieg ihm in die Nase, und von irgendwo her hörte er die Rufe einer Eule.

Nachdem seine Pulsrate sich normalisiert hatte, setzte er seine Suche fort. Er ging durch das Waldstück in Richtung Norden, und bereits nach wenigen Minuten tat sich vor ihm eine Lichtung auf. Deutlich waren die Umrisse eines Gebäudes zu erkennen. Dies war der Ort, den Bishop von der Straße aus mit dem Fernglas gesehen hatte. Er schlich sich im Schutz der Tannen näher heran.

Es war ein zweistöckiges, flaches Betongebäude. Die Rückseite lag im Schatten des Mondes, aber Hall konnte erkennen, dass es dort keine Fenster gab, und dass dort offenbar Metallschrott und Fässer gelagert wurden. Auf der Gebäudeseite gab es zwei Reihen gleichförmiger Fenster, die meisten mit heruntergelassenen Jalousien, die silbern glänzten. Auf dem Dach zeichneten sich mehrere, nach allen Seiten ausgerichtete Parabolantennen und ein stumpfer Turm mit rundum laufender Fensterfront vor dem Nachthimmel ab. Damit lag nahe, dass es sich bei dem Gebäude um eine Einrichtung zur Luftraumüberwachung handelte.

Hall ging langsam weiter, dem Waldrand entlang, bis sich vor ihm eine Fläche auftat, von der ein fahles, gelbes Licht ausging. Er sah jetzt die Gebäudefront mit der Eingangstür. Hinter einigen Fenstern im ersten Stock brannte Licht. Etwas weiter im Hintergrund konnte er die Umrisse eines Geländewagens und eines Helikopters vor einem Hangar mit Runddach erkennen. Zu seiner Linken führte ein steiler Weg das Hochplateau hinunter ins Tal, und der spektakuläre Vollmond bot eine Sicht bis weit in den Norden, wo sich die Silhouetten der Rocky Mountains bei Santa Fe abzeichneten.

Hall begann, sich einen Plan zurechtzulegen. Der erste Stock war auf der Vorderseite etwa einen Meter zurückversetzt. Wenn es ihm gelänge, dorthin hochzukommen, könnte er zumindest einen Blick in die Fenster werfen, aus denen Licht nach außen schimmerte.

Er verließ seine Deckung und lief in geduckter Haltung hinüber zum Gebäude. Sofort presste er seinen Körper flach an die Hauswand und schob vorsichtig den Kopf um die Ecke. Sofort schreckte er zurück, als hätte ihn ein Stromschlag getroffen – gleißendes Flutlicht ergoss sich mit einem Mal über den gesamten Vorplatz. Hall fluchte in sich hinein, als er realisierte, dass er einen Bewegungsmelder ausgelöst haben musste.

Es dauerte nur Sekunden, dann hörte er, wie die Tür aufging. Er schaute sich hilfesuchend um und entdeckte eine Reihe von Büschen direkt hinter sich. Schnell rannte er der Mauer entlang zurück und duckte sich hinter den ersten Busch. Mit angehaltenem Atem lauschte er dem schleifenden Geräusch von Schritten auf dem sandigen Boden und spähte durch das Geäst hindurch. Inmitten der Scheinwerferkegel stand ein Mann in sandfarbener Uniform. Langsam drehte er sich um die eigene Achse. In der einen Hand hielt er eine Taschenlampe, in der anderen eine Pistole in schussbereiter Position.

Der Wachmann machte einige Schritte nach vorne und drehte sich dann abrupt in seine Richtung. Der Strahl seiner Lampe streifte über den Busch. Hall verharrte regungslos und schloss die Augen. Sein Puls raste, und sein flaches, heftiges Atmen steigerte sich immer mehr, so dass er fürchtete, sich zu verraten. *Bleib ruhig,* redete er sich zu. *Er kann dich nicht sehen.*

Als er seine Augen nach einigen Sekunden wieder öffnete, drehte ihm der Uniformierte den Rücken zu. Der Lichtkegel seiner Taschenlampe hatte einen Luchs erfasst und ließ die Augen des Tieres dämonisch funkeln. Hall hatte das Gefühl, dass sie direkt zu ihm hinüber starrten, als wolle der Luchs ihn ans Messer liefern.

Der Wachmann trat einen Stein nach dem Tier, und der Luchs machte einen Satz und verschwand im Unterholz. Daraufhin rückte der Mann seine Mütze zurecht, machte auf dem Absatz kehrt und ging zum Gebäude zurück. Hall hörte, wie die beiden Flügel einer Metalltüre auseinander geschoben wurden, und Sekunden später waren die Flutlichter erloschen.

Langsam richtete er sich auf und trat hinter dem Busch hervor. Er ging der Mauer entlang und begutachtete die gesamte Gebäudeseite auf der Suche nach einer Möglichkeit, das obere Stockwerk zu erreichen.

Etwa in der Gebäudemitte entdeckte er den dicken Kupferdraht des Blitzableiters. Nachdem er einmal kräftig an dem Draht gezogen hatte, um seine Stabilität zu prüfen, legte er seinen Rucksack ab und schickte sich an, an dem Blitzableiter hochzuklettern. Die Drahthalterungen waren mit großen Schrauben solide in der Mauer verankert, so dass seine Füße guten Halt fanden. Im Nu bekam er den Sims des Fensters im oberen Stock zu fassen. Mit den Fußspitzen stützte er sich auf den Jalousienkästen der unteren Fensterreihe. Dann begann er, sich Zentimeter um Zentimeter entlang der Gebäudeseite vorwärts zu bewegen, bis er die zurückversetzte Gebäudefront erreichte. Die Muskeln seiner Arme brannten vor Anstrengung, als er sich hochzog, dann wälzte er sich erschöpft auf den Vorsprung.

Hall blieb unten und kroch auf allen Vieren unter dem ersten, unbeleuchteten Fenster durch. Vorsichtig näherte er sich dem zweiten, aus dem schwaches Licht nach außen drang. Er wagte einen schnellen Blick hinein und duckte sich sofort wieder, um sich zu vergegenwärtigen, was seine Augen wie eine Fotokamera registriert hatten. Ein Büroraum mit Pult, Aktenschrank und Garderobenständer. Niemand war darin zu sehen. Das Büro selber war dunkel, doch von links kam Licht durch die offene Tür hinein. Hall kroch weiter zum nächsten Fenster.

Von hier aus konnte er den grell beleuchteten Flur überblicken. Auch hier war keine Bewegung zu sehen, und Hall behielt den Kopf vor dem Fenster und schaute etwas länger hin. Auf dem Boden lag ein dunkler Teppich, und auf beiden Seiten des Flurs gab es sechs Türen. Soweit er sehen konnte, waren alle verschlossen - bis auf die Tür am Ende des Flurs, aus der plötzlich eine Gestalt in den Flur hinaus trat. Sofort riss Hall den Kopf hinunter.

Er wartete einige Atemzüge lang ab, dann schob er den Kopf zaghaft wieder vor das Fenster. Der Mann hatte sich umgedreht und stand nun seitlich zum Fenster. Eine groß gewachsene Gestalt in einem dunklen Anzug und mit kurz geschorenem, grauem Haar. Unter der Flurbeleuchtung zeichneten sich deutlich ein knochiges Gesicht mit hervorstehender Hakennase und hohlen Wangen ab. Den Lippenbewegungen nach sprach der Mann offenbar zu jemandem in dem Zimmer, das er eben verlassen hatte. Seine Hände fuchtelten in der Luft herum. Er wirkte aufgebracht.

Auf einmal fuhr er herum und schritt in Halls Richtung davon. Für den Bruchteil einer Sekunde schienen sich ihre Blicke zu treffen. Wie eine Schockwelle schoss Hall das Adrenalin ins Blut. Mit einem Satz brachte er sich außer Sicht, warf sich um die eigene Achse und machte sich fluchtartig auf den Rückweg. Wie zuvor kletterte er am Fenstersims entlang zurück. Er hatte nur einem Gedanken im Kopf: Hatte der andere ihn gesehen?

Er versuchte, einen kühlen Kopf zu bewahren und sich die Lage nüchtern zu vergegenwärtigen: Der Flur war so hell beleuchtet gewesen, dass man unmöglich nach draußen sehen konnte. Zudem hatte der Mann ganz hinten am Ende des Gangs gestanden. Es war also höchst unwahrscheinlich, dass ihn der Mann gesehen hatte.

Nach wenigen Metern ließ sich Hall fallen und rollte sich auf dem Boden ab. Er schnappte sich seinen Rucksack und lief zurück in den Wald, wo er sich keuchend hinter einem Stein auf den Boden setzte.

Wie eingebrannt stand ihm das Bild des Mannes vor Augen. Dieses schmale, fast schon ausgemergelte Gesicht, diese tief liegenden, stechenden Augen. *Wo habe ich dich schon einmal gesehen? Wer bist du?* Sein Gedächtnis begann mit der unbewussten Suche nach Assoziationen. Nach einigen Sekunden spulte sich in seinem Kopf ein Szenario ab, das sich erst vor wenigen Tagen in einem Büro der Agentur Reuters in London ereignet hatte. Es traf ihn wie ein Schlag.

In seinen Augen kann man das Böse förmlich sehen, hatte Gerrit Anders gesagt. Daraufhin hatte ihm der niederländische Journalist ein Foto überreicht, das einen Nazi-General zeigte, das Totenkopf-Abzeichen der Waffen-SS auf der schräg sitzenden Schirmmütze, und in ihrem Schatten derselbe arrogante, fanatische Blick. Das Bild war wohl mehr als zwanzig Jahre alt, doch Hall hätte sein letztes Hemd darauf verwettet: Der Mann in dem Gebäude und der Mann auf dem Foto waren dieselbe Person. Ein kalter Schauer jagte ihm den Rücken hinunter. Dieser Mann, einst maßgebend an der Vernichtungsmaschinerie der Nazis beteiligt und Hitlers letzte große Hoffnung, war am Leben und wohlauf. Dieser Mann war *Hans Kammler.*

Und heute, in diesem Moment, befand sich Rachel Gayle in seiner Gewalt. Was würde ein Mann, auf dessen

Konto das Leben Tausender - Zivilisten genauso wie Soldaten und Häftlinge - tun, um seine Haut zu retten?

Seine Gedanken überschlugen sich. Während ihm bruchstückhaft in Erinnerung kam, mit welchen Gräueln der Name Kammler verbunden war, überlegte er, wie er unbemerkt in das Gebäude eindringen konnte. Er beschloss, den Rest des Gebäudes auszukundschaften und verließ erneut seine Deckung. Dicht an der Hausmauer schlich er in Richtung Gebäuderückseite.

Die Rückseite war fensterlos und lag im Mondschatten. Dennoch konnte Hall die Holzpaletten und Fässer erkennen, die an der Wand gestapelt waren, und überall auf der Erde lag Bauschrott herum. Dann entdeckte er eine unscheinbare Tür, vor der zwei Fässer standen. Er beschloss, sein Glück zu versuchen.

Wie mit Samthandschuhen hob er das erste Fass seitlich an. Im Inneren gluckste eine Flüssigkeit und die Fasskante kratzte über den Boden, als er es zur Seite rollte. Er stellte es einen halben Meter weiter ab und räumte das andere Fass ebenfalls aus dem Weg. Dann drückte er vorsichtig den Türgriff nach unten.

Die Tür war abgesperrt. *Was hast du erwartet?*, dachte sich Hall. Dann bemerkte er, dass die Tür nicht ganz dicht war, und entlang der Fuge ein schmaler Spalt verlief. Irgendwo auf diesem Schrottplatz müsste sich ein Objekt finden lassen, das in diesen Spalt passte.

Er versuchte es mit einem schmalen Metallstück, das vor ihm auf dem Boden lag. Das spröde Aluminium des Türrahmens gab sofort nach und Hall hatte den Spalt schnell geweitet, so dass er ein Stück Betonstahl als Brecheisen ansetzen konnte. Nach einem einzigen kräftigen Ruck krachte das Schloss aus der Fassung.

Behutsam legte er das Eisen auf den Boden, huschte hinein und zog die Tür hinter sich zu. Es war stockdunkel. Er nahm er die Taschenlampe aus dem Rucksack und leuchtete damit die Wände ab. Er sah zwei Heizöltanks mit Armaturen und Leitungen, die unter der Decke gezogen waren. Dann fiel der Lichtstrahl auf eine Tür. Hall ging auf sie zu und knipste die Taschenlampe aus, während er die Tür einen Spalt breit öffnete.

Vor ihm lag ein breiter, düsterer Korridor mit Betonboden. An dessen Ende fiel fahles Licht von oben auf eine Treppe. Er nahm die Smith & Wesson, die ihm Henderson mitgegeben hatte aus dem Rucksack, entsicherte sie und schlüpfte lautlos in den Gang hinaus.

Seine Sinne waren in höchster Alarmbereitschaft, als er an dem Dutzend Türen vorbeiglitt. Kein Geräusch, nicht die geringste Bewegung war auszumachen. Vorne bei der Treppe mündete der Korridor links in ein Foyer. Hall kauerte sich nieder und spähte um die Ecke.

Der Lichtkegel einer Tischlampe bildete ein perfektes Dreieck, das die Silhouette eines Mannes preisgab, der, die Eingangstür vor sich und mit dem Rücken zu Hall, an einem Schreibtisch saß. Hall witterte umgehend seine Chance. Mit leisen, und doch schnellen Schritten pirschte er sich heran. Sein Herz pochte ihm bis zum Hals, als er direkt hinter dem Wachmann stand, den rechten Arm spannte, und mit letzter Entschlossenheit hinunter sausen ließ. Der klobige Knauf der Smith & Wesson landete auf dem Hinterkopf des Mannes, der sofort über der Schublade zusammensank. In seinen Nackenhaaren bildete sich ein blutiges Rinnsal, das in seinen Kragen lief. Hall roch seinen Schweiß.

Hoffentlich hat es hier nicht noch mehr von deiner Sorte, dachte er, während er sich bückte, um den Bewusstlosen zu entwaffnen. Er nahm dessen Pistole aus dem Gürtelhalfter und schob sie hinter eine Reihe von Aktenordnern. Dann ging er zurück zur Treppe.

Aus dem oberen Stock drangen diffuse Stimmen nach unten. Er festigte den Griff um seine Waffe und ging langsam mit dem Rücken zur Wand nach oben. Es wurde heller, die Stimmen lauter. Hall stand jetzt in dem grell beleuchteten Flur, den er zuvor von außen durch das Fenster gesehen hatte und konnte deutlich die Stimmen eines Mannes und einer Frau unterscheiden. Dies musste Rachel sein! Er nahm die Waffe hoch und stellte sich darauf ein, sie gegebenenfalls zu benutzen. Der Teppich schluckte das Geräusch seiner Schritte, als er auf die Tür zuging, aus der ein schmaler Lichtstreifen nach außen drang. Bald konnte er deutliche Gesprächsfetzen vernehmen.

„Nehmen Sie mir wenigstens diese verdammte Augenbinde ab!", hörte er Rachel Gayle rufen.

Die Männerstimme lachte höhnisch auf. „Ich bezweifle, dass Sie das wirklich wollen. Berauben Sie mich nicht der Möglichkeit, Sie am Leben zu lassen!

„Ich sehe schon, jetzt beginnen eure perversen KGB-Spielchen - was kommt als Nächstes? Russisches Roulette?"

„Sie sind noch immer unhöflich, Miss Gayle. In Ihrer Position ist das nicht gerade vorteilhaft."

Hall drückte die Tür nach innen auf, gerade soweit, bis er durch den Spalt in den Raum sehen konnte. Ein hagerer Mann in dunklem Anzug stand mit dem Rücken zu ihm und blickte in Richtung eines Konferenztischs. Die markante Statur und die millimeterkurzen, grauen Haare ließen keinen Zweifel offen, dass dies derselbe Mann war, den er durch das Fenster beobachtet hatte: Vor ihm stand Hans Kammler.

Auf einem der Stühle beim Konferenztisch saß Rachel Gayle. Ihre Hände waren hinter der Lehne gefesselt, so dass sich ihre Bluse spannte und sich ihre Brüste darunter abzeichneten. Die Haut über ihrem Brustbein glänzte feucht vor Schweiß. Sie musste Todesängste ausstehen, obschon sie sich bemühte, ihrem Peiniger Paroli zu bieten.

Die Hände in die Hüften gestemmt ging Kammler vor ihr auf- und ab. Offensichtlich genoss er das Szenario, in dem er sich befand.

„Für die CIA sind Sie bedauerlicherweise nur eine Nummer auf einer Liste vermisster Agenten", fuhr er fort. „Aber so sind bei offiziell nicht existenten Operationen nun mal die Spielregeln. Allerdings frage ich mich, wie sich dies bei Ihren neuen Freunden aus England verhält. Ich bin mir sicher, dass Sie Ihren Charme haben spielen lassen, um den Reporter für sich zu gewinnen - ob es gewirkt hat, werden wir übrigens bald sehen." Er machte eine kurze Pause und sagte dann mit gesenkter Stimme: „Wenn den beiden etwas an Ihrem Leben liegt, werden sie den Mikrofilm herausrücken. Vielleicht sollten wir unser Anliegen mit einem Gegenwert unterstreichen - wie wär's zum Beispiel mit Ihrem kleinen Finger?"

Gayle schnaubte verächtlich. Doch als sie das Klacken eines aufspringenden Messers hörte, entfuhr ihr ein dumpfer Aufschrei.

Peter Hall schlüpfte in den Raum und stand mit zwei Schritten hinter Kammlers Rücken. Schussbereit hielt er seine Waffe auf dessen Kopf gerichtet und sagte er mit ruhiger Stimme: „Das lassen Sie mal schön bleiben."

Aufgeschreckt wie ein Wildtier wirbelte der Mann herum. Die stechenden Augen des etwa Fünfundsechzigjährigen trafen Hall wie Pfeile. Seine Haut war von der Sonne gebräunt und zeichnete die knochigen Konturen seines Schädels deutlich ab, als wäre seit dem Tag, als das Foto aufgenommen wurde, kein einziger Tag vergangen.

Derselbe kalte, arrogante Ausdruck. Intelligenz gepaart mit Menschenverachtung.

Hall musterte den Totgeglaubten von oben bis unten, als könne er nicht glauben, dass die vielleicht geheimnisvollste Person des Dritten Reiches direkt vor ihm stand. „Weg mit dem Messer, *Hans Kammler*!“, befahl er.

Das Gesicht des Mannes war einen Moment lang wie versteinert. Dann, von einem Augenblick auf den anderen, senkte er lächelnd den Blick. Er hielt das Messer mit spitzen Fingern wie eine Fischgräte, drehte sich um und legte es auf den Tisch. „Es scheint hier eine Verwechslung vorzuliegen“, sagte er und hob theatralisch die Hände. „Hören Sie, ich…“

Hall wandte sich von ihm ab. „Rachel, sind Sie okay?“

„Peter?“, fragte sie und reckte ihren Kopf in die Luft.

Ohne den Mann aus den Augen zu lassen, ging Hall zu ihr hinüber und nahm ihr die Augenbinde ab. Sie blinzelte einige Male gegen das blendende Licht. Als sie Hall sah, huschte ein erschöpftes Lächeln über ihr Gesicht. Er nahm das Messer vom Tisch, ging um sie herum und schnitt ihr die Fesseln durch.

„Was geht hier vor, Peter?“ Sie rieb sich die Handgelenke und betrachtete verstört den Mann, der neben ihr stand. Er war älter, als sie gedacht hatte. Was den Rest seines Äußeren betraf, so entsprach es durchaus dem, was sie sich während er seiner Drohungen vorgestellt hatte.

„Dies hier ist Hans Kammler höchstpersönlich“, antwortete Hall. „Chef des ultrageheimen *Chronos*-Projekts.“

Nach und nach erinnerte sie sich daran, was Walter Bishop in London über diesen Mann erzählt hatte. Er war unter Hitlers Gunst zu einem der mächtigsten Männer im Dritten Reich aufgestiegen und hatte die Autorität über die bedeutendsten und geheimsten Waffenprojekte der

Nazis. Nach dem Krieg jedoch schien es, als hätte er niemals existiert - so dürftig waren die Informationen über seine Person. Doch das wirklich Unglaubliche war, dass dieser Kriegsverbrecher, der dem Bericht des niederländischen Journalisten Gerrit Anders zufolge Selbstmord begangen hatte, nun im Hier und Jetzt vor ihr stand.

„Ich wusste, dass an seinem Akzent etwas sonderbar war“, sagte sie mit Verachtung in der Stimme. „Aber ich hielt ihn für osteuropäisch.“

Kammlers Blick pendelte zwischen den beiden hin und her. Schließlich fixierte er Hall und musterte ihn unverhohlen. „Ich habe Sie offensichtlich unterschätzt“, sagte er. „Wie zum Teufel haben Sie mich gefunden?“ Ohne eine Antwort abzuwarten, wandte er sich an Gayle und zeigte mit dem Finger auf sie wie ein Scharfrichter. „Ich wusste, dass es ein Fehler war, eine Frau zu schicken! Diese Dilettanten in Langley!“

Rachel Gayle trat direkt vor ihn und schaute dem fast zwei Köpfe größeren Mann selbstbewusst in die Augen. „Diese Dilettanten werden das anders sehen, wenn ich ihnen den Maulwurf, nach dem sie schon so lange suchen, auf dem Silbertablett serviere.“ Sie bemerkte, dass ihm das volle Ausmaß seiner Lage erst jetzt richtig bewusst wurde. Seine blaugrauen Augen begannen, nervös hin- und herzutanzen, bis sie sich auf einmal weiteten und an den beiden vorbei in Richtung Tür zielten. Sein Mund verzog sich zu einem schiefen, überlegenen Lächeln.

Ehe Hall sich umdrehen konnte, spürte er den kalten Stahl eines Pistolenlaufs im Kreuz. Gleich darauf wurde ihm die Waffe aus der Hand geschlagen, und ein Mann trat kurz hinter seinem Rücken hervor und stieß sie mit dem Fuß außer Reichweite. Der Kragen des Mannes war voller Blut. Hall wunderte sich, dass ihn der Schlag, den er ihm versetzt hatte, nicht länger außer Gefecht gesetzt hatte. Er ärgerte sich über sich selbst und fluchte innerlich.

„Schuster, bleib bei deinen Leisten!", sagte Kammler und lachte auf. „Sagt Ihnen das was? Hier ist kein Platz für Amateure, Mr. Hall!" Er lehnte sich lässig an den Schreibtisch und verschränkte die Arme. „Ich muss Ihnen dennoch ein Kompliment machen. Ihr Aufkreuzen hier oben – das hat wirklich was! Wie sind Sie nur auf die Luftwaffenbasis gekommen?"

Hall schwieg und blickte zu Boden. Er versuchte sich vorzustellen, was im Kopf des Alten vorging. Konnte sich Kammler das Risiko überhaupt leisten und ihn und Gayle am Leben lassen? Er befürchtete das Schlimmste.

„Wie auch immer", sagte Kammler. „Sie werden jetzt schön brav sein und mit uns zusammen Ihren Freund aufsuchen. Sie geben mir, was ich haben will, und dann geht es mit ihnen beiden zurück nach England."

Ungläubig hob Hall die Augenbrauen. Konnte es so einfach sein?

Einen Moment lag eine bedrückende Spannung in der Luft. Als er zu Rachel Gayle hinüberschaute, die seinen Blick hilflos erwiderte, überkam ihm eine Vorahnung, die ihm den Magen zuschnürte.

Entschlossen schritt auf Kammler auf ihn zu und blieb eine Schrittlänge vor ihm stehen. Er wandte seinen Blick keine Sekunde von Hall ab, während er sich einen braunen Lederhandschuh überzog. Dann gab er seinem Schergen ein Zeichen. Der Wachmann trat näher und drückte ihm Halls Waffe in die Hand.

„Sie werden mir sicher beipflichten, dass es klüger ist, dieses Land verlassen zu haben, wenn eine Waffe mit den Fingerabdrücken des renommierten Reporters Peter

Hall neben dem Körper einer bezaubernden jungen Frau, noch dazu einer Regierungsbeamtin, gefunden wird."

Hall wurde kreidebleich. „Bleiben Sie doch vernünftig!", presste er hervor. „Wir haben, was Sie wollen!" Sofort spürte er, wie ihm die Pistole wieder in den Rücken gedrückt wurde.

Kammler ignorierte ihn und ging auf Rachel Gayle zu, die wie gelähmt vor dem Konferenztisch stand. Als er die Waffe hob, schlug sie verzweifelt das Kreuz vor der Brust und verbarg ihr Gesicht in den Händen.

Sie schrie in dem Moment auf, als sie den kalten Lauf an ihrer Schläfe spürte.

Der Knall blieb aus. Das metallische Klicken, das an seiner statt erfolgte, löste eine Kettenreaktion aus. Kammler starrte mit aufgerissenen Augen Rachel Gayle an, deren Schock sich im Bruchteil einer Sekunde in grenzenlose Wut gewandelt hatte. Mit voller Wucht trat sie dem Hünen zwischen die Beine. Stöhnend klappte er nach vorne. Sie verlagerte ihr Gewicht reflexartig auf ein Bein und lancierte aus einer seitlichen Drehung heraus sogleich einen zweiten Tritt, der Kammler am Kopf erwischte.

Halls Bewacher sprang hinter dessen Rücken hervor und versuchte, eine Schusslinie auf Gayle zu finden. Hall stürzte sich auf ihn, und ehe der Wachmann seine Waffe herumreißen konnte, hatte er ihm mit dem Ellbogen einen heftigen Schlag seitlich gegen den Schädel versetzt. Benommen taumelte der Mann zur Seite, Hall setzte nach und trat ihm die Pistole aus der Hand. Sie schlitterte auf dem Teppichboden hinüber zu Gayle, die sich sofort auf die Waffe stürzte. Ihre Augen glühten vor Zorn, als sie die Waffe beidhändig herumriss, bereit zum Schuss. Kammler hatte sich bereits unter die Tür geschleppt. Sie drückte ab. Ein ohrenbetäubender Knall hallte durch das

Gebäude, Holz splitterte aus dem Türrahmen. Kammler schrie auf und wankte weiter in den Flur hinaus.

Nur Sekunden später war von unten aufgeregtes Rufen und Poltern zu hören. Mehrere Beinpaare, die die Treppe hochjagten. Entsetzt realisierte Hall, dass der Wachmann Alarm geschlagen und Verstärkung erhalten haben musste.

„Kommen Sie! Schnell!" Er packte Gayle am Arm und lief mit ihr hinüber zur Fensterfront. Mit einem Ruck riss er den rechten Fensterflügel auf, stieg auf den Sims hinaus und reichte ihr die Hand. Mit bangem Gesicht schaute sie nach unten. Ihre Augen waren noch nicht an die Dunkelheit gewöhnt, und sie konnte lediglich diffuse Umrisse erkennen.

„Keine Angst, Rachel!", sagte Hall. „Wir sind im ersten Stock - es ist nicht hoch!" Er ging in die Hocke, drehte sich um und ließ sich hinabsinken, soweit es ging. Daraufhin ließ er los und nahm dem Fall die Wucht, indem er sich am den Boden abrollte. Seine beige Jacke hob sich von der Dunkelheit ab, was der Agentin erlaubte, die Höhe abzuschätzen. Gleich darauf stand sie neben Peter Hall auf dem Boden.

45.

Gayle wischte sich die Hände an der Hose ab und schaute sich um. Da sie von den Entführern mit verbunden Augen hergebracht worden war, hatte sie keine Ahnung, wo sie sich befand. Hall rief ihr zu und forderte sie mit einer Kopfbewegung auf, ihm zu folgen.

Sie machte kehrt und lief ihm der Mauer entlang nach. „Wo sind wir?“, fragte sie im Flüsterton, als sie ihn eingeholt hatte.

„In einem militärischen Sperrgebiet“, antwortete er. „Auf einem Bergplateau, etwa dreihundert Meter über dem Tal - und von hier müssen wir jetzt schleunigst ′runter!“

Der Sprung vom Fenstersims im ersten Stock hatte ihnen einige wertvolle Sekunden Vorsprung verschafft. Hall entschied, dass eine Flucht nach vorn die besten Erfolgsaussichten versprach.

„Bleiben Sie dicht bei mir!“ Er stürmte hinaus auf den Vorplatz, auf dem wie auf ein Zeichen die Flutscheinwerfer angingen. Ihr Licht fiel auf die Militärfahrzeuge, die vor dem Helikopterhangar geparkt waren. Hall lief auf den vordersten Jeeps zu, riss die Tür auf und warf sich auf den Fahrersitz. Gayle folgte ihm nach und stieß ihn unsanft in die Seite.

„Rutschen Sie rüber!“

Hall folgte der unerwarteten Aufforderung, und Gayle setzte sich hinter das Steuer. Sie drehte den Zündschlüssel, legte den Rückwärtsgang ein und begann, den Wagen zu wenden. Der Jeep rollte heulend in Richtung der Eingangstür, die in diesem Augenblick kraftvoll zur Seite aufgeschoben wurde. Zwei Männer mit Maschinenpistolen preschten aus dem Gebäude hervor und eröffneten sofort das Feuer.

Die beiden duckten ihre Köpfe, während die Kugeln überall um sie herum in die Karosserie einschlugen. Rachel Gayle stieg blindlings aufs Gas, und der Wagen schoss nach hinten, bis er tosend gegen die Metalltür krachte. Die beiden Männer hatten sich aus der Gefahrenzone zu Boden geworfen, und ehe sie wieder auf den Füssen standen, hatte Gayle den Wagen bereits auf die sandige Piste gebracht, die in engen Serpentinen den Berg hinunter führte.

Sie fuhr so schnell es das Gelände zuließ und meisterte die ersten drei Kehren wie eine Rennfahrerin, doch dann ging sie abrupt vom Gas. Sie standen vor einer Weggabelung.

„Nach links!", rief Hall. Es war eine Entscheidung aus dem Bauch heraus in der Hoffnung, dass dies der direkteste Weg zur Schnellstraße sein würde.

Die Räder drehten durch, als sie vehement aufs Gas trat und in den Weg einbog. Bald wurde die Straße etwas flacher, und die Scheinwerfer ließen eine längere Gerade erkennen. Rasch schaltete sie in den nächsten Gang und beschleunigte den Wagen. Dennoch dauerte es nicht lange, bis hinter ihnen ein Paar Scheinwerfer aufleuchteten. Die Verfolger holten auf, und als eine Serie weiterer steiler Haarnadelkurven folgte, vor denen Gayle den Wagen beinahe zum Stillstand bringen musste, ratterte umgehend eine Maschinengewehrsalve durch die Nacht.

Die Kugeln schlugen seitlich in den Wagen ein. Hall fluchte und zog den Kopf ein.

„Hier!", sagte sie und reichte ihm die Pistole, die sie dem Wachmann abgenommen hatte. „Schießen Sie!"

Hall verrenkte sich auf dem Beifahrersitz und feuerte aus dem Seitenfenster nach hinten. Die Schüsse wurden umgehend erwidert. Einige Kugeln schlugen in die Windschutzscheibe ein und hinterließen ein Netz aus

Rissen. Die Sicht war weg, als hätte jemand einen Schalter umgelegt. Gleichzeitig spürte Rachel Gayle, wie der Wagen an Bodenhaftung verlor.

„Es hat die Reifen erwischt!", rief sie und streckte den Kopf aus dem Seitenfenster. Die Lichtkegel der Scheinwerfer trafen auf einen Wald von Tannen.

„Mein Gott!" Gayle zog den Kopf zurück und riss das Steuer herum. Der Wagen schlitterte unkontrolliert auf die Bäume zu. Mit aller Kraft trat sie auf die Bremse und versuchte, durch Gegensteuern die unausweichliche Kollision zu verhindern. Äste schlugen ein Trommelfeuer gegen die Wagenkarosserie, sie wurden vor - und zurückgeschleudert, und als Halls Arm gegen die Fensterstrebe prallte, schlug es ihm die Pistole aus der Hand.

Der Jeep prallte seitlich mit dem Heck gegen eine Tanne und wurde um die eigene Achse geworfen. Das Motorgeräusch verstarb, Glas und Holz zersplitterte, dann schaukelte der Wagen noch einige Male hin und her und blieb dann geräuschlos stehen.

Ihre schreckgeweiteten Augen trafen aufeinander. „Sind Sie okay?", fragten beide fast gleichzeitig.

Dann huschte gleißendes Licht über ihre Gesichter. Die Scheinwerfer des anrückenden Jeeps stachen frontal in ihren Wagen.

„Raus hier!", schrie Hall und rüttelte an der Beifahrertür. Als sich nichts bewegte, zog er die Beine an und trat ein paar Mal kraftvoll dagegen, bis die völlig verformte Tür nachgab. Er stürzte sich aus dem Wagen und jagte Rachel Gayle nach, die bereits zwischen den Bäumen verschwand.

Halb blind stolperten sie über Steine und Wurzeln und zerkratzten sich an Kiefernnadeln die Haut. Nach einigen Minuten wurde Hall langsamer. „Warten Sie", keuchte er und beugte sich vornüber, seine Hände auf den Knien abstützend.

„Peter! Wir haben keine Zeit!"

„Ich will...mich nur...orientieren", stieß er hervor. Er strauchelte in eine Lichtung und drehte sich im Kreis, den Blick gen Himmel gerichtet. „Alles klar", sagte er endlich. „Hier geht's lang!"

Er lief nach Südosten voran, in die Richtung, wo Walter Bishop mit dem Wagen hinter der Absperrung auf sie wartete. Zunächst ging es weiter hangabwärts. Allmählich begann sich der Wald zu lichten, und sie konnten die Ebene sehen, hinter der die mit dem kilometerlangen Zaun abgetrennte Straße lag.

„Ich glaube, wir haben sie abgehängt", sagte Gayle. Peter Hall ließ sich von dem Optimismus in ihrer Stimme anstecken und hielt inne. Erschöpft lehnte er sich gegen einen Baumstamm und wischte sich den Schweiß aus der Stirn.

Sie ging zu ihm hin und klopfte ihm ermutigend auf die Schulter, als wären sie zwei Tennisspieler im gemischten Doppel. „Wie sehen Sie denn aus?" sagte sie schwer atmend und rang sich ein Lächeln ab, bevor auch sie sich erschöpft auf einen Stein sinken ließ.

Hall lachte auf. „Sie haben vielleicht Nerven..." Er schüttelte den Kopf und schaute an sich herab. Das staubige Hemd klebte an seinem Körper, seine Hände waren zerkratzt. Seine rechte Schulter schmerzte, ebenso sein Knie, und an seiner Wange klebte Blut.

„Geht's?", fragte sie.

Er nickte kurz und gab die Frage zurück.

„Wie Sonntagmorgen", antwortete sie und rollte mit den Augen. Auch ihr Gesicht war gezeichnet von Schweiß, Staub und blutigen Kratzern, doch außer einigen Prellungen und Beulen hatte auch sie keine weiteren Verletzungen zu beklagen.

„Dann mal weiter“, sagte er und machte sich auf den Weg, doch Rachel Gayle hielt ihn am Arm zurück.

„Peter“, sagte sie mit angeschlagener Stimme. „Das werde ich Ihnen nie vergessen!“

„Ach kommen Sie“, erwiderte er. „Nachdem Sie mich und Walter in Italien vor dem Killer gerettet haben…“ Seine Worte brachen jäh ab, und er packte seine Gefährtin mit festem Griff bei der Schulter.

„Was ist?“ Sie blickte sich nervös nach allen Seiten um.

„Pst!“, zischte er und legte einen Finger an die Lippen. „Hören Sie das auch?“

Sie hielten beide den Atem an und lauschten regungslos. Totenstille. Dann, zunächst unregelmäßig, dann allmählich in steigender Kadenz, drang das Geräusch zu ihnen durch: ein befremdendes, unheimliches Gemisch aus Trappeln und einem Hecheln. Es wurde lauter.

Gayle fuhr der Schreck in die Knochen, als sie den Ursprung des Geräuschs realisierte. „Hunde!“

„Hier lang!“, brüllte Hall und warf die Arme nach vorne. „Raus aus dem Wald! Schnell!“

Sie verließen das unwegsame Unterholz, stürzten hinaus in die Lichtung und rannten quer über das flache Gelände. Hall blieb bald hinter Gayle zurück. Getrieben von nackter Todesangst ignorierte den brennenden Schmerz in den Lungenflügeln und den eisernen Geschmack von Blut im Mund. Das Bewusstsein, dass ihnen ein Rudel wütender Bluthunde im Nacken saß, setzten in ihm ungeahnte Kräfte frei.

Bald lag die Waldzone, in der Walter Bishop hinter dem Trennzaun wartete, nur noch wenige hundert Meter vor ihnen. Bishop würde sofort den Sprengstoff am Zaun zünden, und ihnen so den Weg frei machen.

Sie erreichte die Bäume als Erste. Hall folgte wenige Schritte hinter ihr. Immer wieder blickte er über die Schulter zurück, bis er auf einmal die zuckenden Umrisse von drei rasenden Hunden sah. Adrenalin überschwemmte seinen Körper. Todesangst. Die Hunde holten so schnell auf, dass ihm augenblicklich klar wurde, dass sie es unmöglich bis zu Walter Bishop schaffen konnten.

46.

Rachel Gayle lief um ihr Leben, immer weiter ins Unterholz, dorthin, wo sich die Absperrung befinden musste. Ihre Lungen arbeiteten wie eine Dampfmaschine und pumpten unaufhörlich Kraft in ihre Beine. Ihr war, als würde sie fliegen.

Plötzlich bemerkte sie die Stille, die sie umgab. Sie blieb wie angewurzelt stehen und blickte über ihre Schulter hinweg. „Peter?"

Keine Antwort. Hinter ihr war niemand.

Eine schreckliche Vorahnung überkam sie. Kurz entschlossen machte sie kehrt und lief den kurzen Weg zum Waldrand zurück, wo sie das flache Gelände sehen konnte.

Auf einmal sah sie seine Silhouette draußen in der Ebene, ein einsamer Schatten, regungslos im Mondlicht. Es schien, als hätten ihn seine Kräfte endgültig verlassen. Doch dann passierte etwas völlig Unerwartetes.

Peter Hall begann wieder zu laufen, jedoch nicht in ihre Richtung, sondern hinaus in die schutzlose Ebene!

Entsetzt schrie sie seinen Namen und warf die Arme in die Luft. Mit verblassender Stimme rief er zurück: „Verdammt, Rachel, laufen Sie weiter!“

Dann sah sie die Hunde. Sie schienen zunächst verwirrt und schnüffelten am Boden herum. Dann sprintete der Leithund los und die anderen jagten ihm hinterher.

Ihre Beine waren wie gelähmt. Allmählich stolperte sie weiter, den Blick starr auf das Geschehen draußen auf dem Feld gerichtet. „Peter…verdammt!“ Ihre Stimme erstickte in der Verzweiflung, die in ihr hochkam. Sie blickte nochmals zurück, sah wie Hall allmählich aus ihrem Blickfeld verschwand, verfolgt von der hetzenden Meute, die seine Fährte aufgenommen hatte. Im Bewusstsein, dass sie keine Chance hatte, ihm zu helfen, rannte sie weiter.

Nach einigen Minuten sah sie, wie zwischen den Bäumen etwas silbern glänzte. Die Umzäunung. Sie ging näher, bis sie die Umrisse eines Mannes wahrnahm, der hinter der Absperrung stand. Dies musste Walter Bishop sein.

„Walter!“, rief sie ihm entgegen.

Die Stimme, die ihr antwortete, war kalt und eisern. „Halt! Bleiben Sie, wo Sie sind!“

Sie blieb stehen und kniff die Augen zusammen. Zu ihrem Schrecken sah sie, dass der Mann mit einer Waffe auf sie zielte.

Der schiere Überlebenswille hatte Hall fast übermenschliche Kräfte verliehen. Doch jetzt, wo die Meute kurz davor stand, ihn einzuholen, spürte er, wie seine Knie weich wurden und ihn seine Beine kaum mehr tragen konnten.

Er lief auf einen Strommast zu, der im flachen Gelände in den Himmel ragte wie ein Leuchtturm. Dies konnte seine letzte Rettung sein - wenn er es nur bis dorthin schaffen würde.

Zwanzig Meter vor dem Mast überholte ihn einer der Hunde und sprang ihm knurrend in den Weg, vor und zurück. Die hochgezogenen Lefzen entblößten das kräftige Gebiss des Tieres. Noch griff der Hund nicht an, doch die Drohgebärden wurden immer wilder, während Hall sich weiterschleppte. Dann kamen die anderen, und ein tollwütiges Gebell begann.

Hastig zog er seine Jacke aus und schwang sie im Halbkreis den aufgesperrten Mäulern entgegen, während er die Tiere aus Leibeskräften anbrüllte. Die Hunde setzten kurz zurück, um gleich wieder von Neuem in Angriffshaltung überzugehen.

Hall nutzte einen günstigen Moment und machte einen Satz auf den Mast zu. Er erwischte eine Querstrebe und zog sich daran hoch. Sofort sprangen die Hunde auf ihn los. Eines der Tiere erwischte seine Hose, ein anderes seinen Fuß. Er spürte, wie sich die Zähne bis auf seine blanken Knochen in den Schuh gruben und schrie und fluchte, während er mit dem anderen Fuß nach dem Kopf des Hundes trat. Die Bestie wurde noch wütender und zappelte in der Luft hin und her, bis Hall endlich ein Tritt gelang, kräftig genug, dass das Tier losließ. Es jaulte kurz auf, dann stimmte es in das zornige Bellen der beiden anderen Hunde ein.

Aus einem der vier Eisenpfeiler ragten die Sprossen aus Stahl hervor, die den Monteuren zum Erklimmen des Masts dienten. Hall hangelte sich hinüber und begann, an ihnen hochzusteigen.

Er gewann schnell an Höhe und hatte gut zehn Meter überwunden, als ein schriller Pfiff die Luft durchdrang. Unten am Boden zuckte nervös der Lichtkegel einer Taschenlampe. Die drei Hunde verstummten augenblicklich, machten kehrt und liefen dem Mann entgegen.

Dann verjüngte sich der Kegel der Taschenlampe, bis er einen blendend hellen Kreis bildete. Der Mann hatte den Strahl direkt auf ihn gerichtet.

Eine Sekunde später blitzten die Schüsse auf.

Er zog den Kopf ein und kletterte weiter, während die Kugeln um ihn herum die Luft zerrissen. Gleichzeitig versuchte er sich hinter den Maststreben außerhalb der Schusslinie zu halten, doch der Angreifer lief um den Mast herum und brachte sich immer wieder von Neuem in eine vorteilhafte Position.

Je höher er stieg, desto schwieriger würde es für den Killer sein, ihn zu treffen.

Tatsächlich setzten die Schüsse auf einmal aus. *Ist sein Magazin leer? Oder überlegt er sich bloß, wie er am schnellsten zu Verstärkung kommt?*

Hall wurde bewusst, dass seine Lage aussichtslos war. Er war seinen Feinden hier oben ausgeliefert, es sei denn, es würde das Unwahrscheinliche eintreten und es käme ihm jemand zu Hilfe.

47.

Mit pochendem Herzen starrte Rachel Gayle auf die andere Seite der Absperrung. Der Mann hielt den Strahl einer Taschenlampe direkt auf ihren Kopf gerichtet, ein grelles, nervös hin und her wackelndes Licht. Sie bemerkte, dass die Hand des Mannes zitterte.

„Rachel?“

Als sie die vertraute Stimme hörte, ließ sie erleichtert die Schultern sinken und stieß einen lauten Seufzer aus. „Sie können sich nicht vorstellen, wie erleichtert ich bin, Sie zu sehen!“

Bishop trat näher an den Zaun heran. Seine Stirn bedeckten unzählige Falten, der graue Haarkranz war wild zerzaust. „Wo zum Teufel ist Peter?“, fragte er, ratlos um sich schauend.

Sie berichtete ihm in kurzen, stockenden Sätzen, was soeben vorgefallen war. „Wir müssen sofort etwas unternehmen!“, sagte sie schließlich. „Peter sagte, Sie hätten eine Sprengladung am Zaun platziert!“

Bishop war während ihrer Schilderung fast das Herz stehen geblieben. Völlig konsterniert stand er da, bis ihn das Stichwort in die Realität zurück holte. „Ganz recht!“, sagte er und machte rechtsum kehrt. „Gehen Sie in Deckung!“

Er folgte einem auf dem Boden liegenden Kabel, bis er hinter einer Gruppe Douglastannen verschwand. Das Hemd klebte ihm am Rücken, als er sich über die Zündmaschine beugte, und gleichzeitig waren seine Hände klamm vor Kälte. Er hob den Kurbelinduktor auf, um den Zünder für den Sprengstoff aufzuladen. Doch schon nach wenigen Drehungen hielt er inne und reckte den Kopf hoch.

Aus der Ferne hallte ein furchterregender Schrei durch die Nacht, der ihm den kalten Schweiß aus den Poren trieb.

48.

Peter Hall klammerte sich in schwindelerregender Höhe an einer Metallstrebe fest und blickte auf den Boden hinunter, wo sich die Umrisse seines Verfolgers und der drei Hunde abzeichneten, die unruhig um die Betonverankerung des Strommasts herumlungerten. Würde ihn der Mann, der auf ihn geschossen hatte, verschonen, wenn er sich ergäbe? Oder war er ein kaltblütiger Killer mit einem unmissverständlichen Auftrag? Hall zögerte. Dann passierte etwas, womit er nicht gerechnet hatte: Sein Verfolger begann, den Mast hochzuklettern.

Was ihn besonders beunruhigte war, wie geschickt er dies tat. Scheinbar mühelos überwand er Meter um Meter, leichtfüßig wie eine Spinne.

Es dauerte keine Minute, bis Hall in das ausgezehrte Gesicht eines Mannes blickte, dessen sehniger Körper für das Klettern wie geschaffen war. In den dunklen Augen des Häschers lag ein spöttischer Ausdruck. Es war klar, dass er sich für überlegen hielt und entschlossen war, dies hier und jetzt unter Beweis zu stellen.

Hall stieg die letzten paar Tritte hoch, bis er eine Plattform von der Größe eines Esstischs erreicht hatte, die sich bei den seitlich herausragenden Trägern befand. Er hielt sich mit beiden Händen an den Stahlstreben des Strommasts fest und bereitete sich darauf vor, seinen Vorteil auszunutzen und den Angreifer mit Fußtritten abzuwehren.

Um ihn zu täuschen, kletterte der Mann einmal auf der Innenseite des Stahlträgers weiter, dann wieder auf der Außenseite. Hall versuchte, seine nächsten Manöver zu antizipieren. Der andere spielte mit ihm wie ein Boxer, der seinen Gegner umtänzelt. Dann kam er in Halls Reichweite.

Hall spannte sein Bein und stieß kräftig zu. Der Verfolger lehnte sich zurück, verlagerte sein Körpergewicht und schwang sich spielerisch um den Pfeiler herum, während der Tritt ins Leere ging. Schnell zog er sich hoch, streckte das rechte Bein aus und erreichte die nächsthöhere Strebe. Ehe Hall realisiert hatte, was geschehen war, hatte sein Verfolger sich aufgerichtet und stand ihm gegenüber, Auge in Auge, mit einem verzerrten Lächeln auf den schmalen Lippen.

Schnell holte Hall zu einem Fausthieb aus. Sein Gegner duckte sich und konterte mit einem Schlag in die Magengrube. Hall stöhnte auf und klappte nach vorne zusammen, als schon der nächste Hieb von unten in seinem Gesicht landete. Er wankte, und für einen Augenblick verschwamm das Bild vor seinen Augen. Eine betäubende Angst stieg in ihm auf, denn die Machtdemonstration des Angreifers ließ keinen Zweifel offen, dass er gegen diesen geübten Kämpfer nicht den Hauch einer Chance hatte.

Es sei denn, er würde alles riskieren.

Jetzt!

Der Killer holte mit dem rechten Arm zum nächsten Schlag aus, und verschob damit seinen Schwerpunkt für einen kurzen Augenblick nach hinten. Mit nach vorn ausgestreckten Armen warf sich Hall dem Mann entgegen, traf ihn mit voller Wucht und spürte, wie der Körper unter ihm den Halt verlor und rücklings nach hinten ins Leere fiel.

Hall knallte mit der Brust gegen den Metallträger. Er klammerte sich an dem Gerüst fest, während er zusah, wie der Unglückliche in die Stromkabel fiel. Der markerschütternde Schrei des Mannes verstarb abrupt, als ein Stromstoß durch seinen Körper jagte. Dann wurde sein Körper zu einem schnell kleiner werdenden Punkt, und als Hall nichts mehr sah, hörte er, wie der Körper tief unter ihm dumpf auf den Boden aufschlug.

Die Hunde begannen ein Jaulkonzert und kreisten während einiger Minuten verstört um den Toten. Dann, von einem Augenblick auf den anderen, lief der Leithund los. Die anderen folgten ihm, und es kehrte eine bizarre Stille ein.

Rachel Gayle lag hinter einem Felsbrocken in Deckung, als Bishop den vorbereiteten Sprengsatz zündete. Die Detonation riss den Zaun in der Mitte auseinander, und nachdem sich die Staubwolke verzogen hatte, kam Gayle hinter dem Stein hervor und schlüpfte durch das Loch hinüber zu Walter Bishop.

„Wo ist der Wagen?“, rief sie schon von Weitem.

Er zeigte in die andere Richtung. „Da hinten. Was haben Sie vor?“

„Wir fahren von der Straße her ins Gelände rein. Gut, dass Sie eine Waffe haben!“

Bishop schüttelte den Kopf. „Das ist bloß eine Signalpistole von ihrem Kollegen Henderson!“

„Besser als nichts“, entgegnete sie. „Kommen Sie, schnell!“

Kurz darauf hatten sie den Continental erreicht. Keuchend sprang Bishop auf den Fahrersitz, startete den Motor und machte die Scheinwerfer an. Er legte den Rückwärtsgang ein und setzte an, den Wagen zu wenden, da drückte ihm Gayle den Arm vor die Brust.

„Warten Sie! Da!", rief sie aufgeregt.

Bishop trat auf die Bremse und folgte ihrem Blick. Jetzt sah auch er, wie sich im Licht der Scheinwerfer etwas bewegte.

Zuerst glaubte er, zu träumen, als die Gestalt von Kopf bis Fuß von den Scheinwerfern erfasst wurde. Vor ihm stand Peter Hall, in zerschundenen Kleidern, das Gesicht mit der Hand gegen das Licht abschirmend. Überwältigt von Gefühlen der Erleichterung sank Bishop in den Fahrersitz zurück, schlug die Hände über dem Kopf zusammen, und ließ ein lautes Stöhnen folgen.

49.

Bishop steuerte den Continental auf dem Highway 41 zurück in Richtung Süden, und seine Begleiter berichteten ihm von den dramatischen Ereignissen der letzten Stunden. Über die beinahe missglückte Besteigung des Hochplateaus durch die Südflanke verlor Hall nur wenige Worte, doch während er schilderte, wie er sich in das Gebäude geschlichen hatte, und was sich daraufhin ereignet hatte, gingen seine Emotionen mit ihm durch. Ungebremst ließ er seine Faust auf das Armaturenbrett sausen.

„Henderson, dieser Armleuchter, hat mir einen Revolver mit leerem Magazin untergejubelt!"

Bishop zeigte keinerlei Reaktion und starrte weiter auf die Straße. Hall begriff sofort und beugte sich zu ihm hinüber. „Walter, du…?

Sein Freund warf ihm einen hastigen Blick zu. „Weißt du überhaupt, was ein 44er-Magnum-Projektil anrichtet?

Da bleibt vom anderen nicht mehr viel übrig, auch wenn nur seinen Arm treffen willst!"

„Es hätte schiefgehen können, Herrgott nochmal!", stöhnte Hall. „Wann hast du die Kugeln eigentlich rausgenommen?"

„Als du über den Zaun stiegst. Hör mal, es tut mir leid, ja?"

„Ich bin jedenfalls ganz froh darüber", meldete sich Gayle von der Rücksitzbank. Ihre Stimme verriet, dass sie den schicksalshaften Moment lebhaft vor Augen hatte, als Kammler ihr die Waffe an die Schläfe hielt. Und wie sich jetzt herausgestellt hatte, war es Walter Bishop, dem sie ihr Leben verdankte. Fast schien es so, als beruhte ihre Begegnung mit den beiden Briten in diesem Punkt auf dem Prinzip der Gegenseitigkeit.

Mit sanftem Druck legte sie ihm die Hand auf die Schulter und erzählte den Rest der Geschichte. Als sie fertig war, wurde es bedrückend still im Wagen. Hall sprach als Erster weiter.

„Wir sollten uns mal darüber unterhalten, wie dieser Altnazi Kammler überhaupt in die Lage kommen konnte, einer CIA-Beamtin eine Knarre an den Kopf zu halten, meint ihr nicht?"

Die neuerliche Erwähnung seines Namens ließ Bishop leer schlucken. Hall hatte ihm bereits berichtet, dass Hans Kammler nicht tot war, wie sie geglaubt hatten, sondern im Gegenteil leibhaftig vor ihm gestanden hatte. Darüber hinaus deutete alles darauf hin, dass er die Person war, welche an der Spitze jenes Netzwerks stand, das die amerikanischen Geheimdienste und das Militär tiefgreifend infiltriert hatte. Es war nichts weniger als eine historische Sensation, und sie hatte ihn getroffen wie ein Schock. Mit leerem Blick schaute er über das Steuer hinweg.

„Deshalb also die Ungereimtheiten im Bezug auf seinen Tod", sagte er nachdenklich.

„Was meinen Sie damit?" Rachel Gayle hatte ihre erschöpften Glieder auf der Rücksitzbank ausgestreckt, doch nun war sie hellhörig geworden und setzte sich auf.

„Wie wir von Gerrit Anders wissen, gibt es zwei widersprüchliche Berichte von Kriegskameraden, die seinen angeblichen Selbstmord bezeugen. Die eine Quelle sagt, er hätte sich im Mai '45 in Pilsen mit einer Zyankalikapsel vergiftet, die andere sagt, er habe sich in einem Waldstück im Westen der Tschechoslowakei erschossen. Die Berichte widersprechen sich aber nicht nur; weder wurden sie jemals von Dritten bestätigt, noch ist die Identität der Kameraden aktenkundig. Es gibt bis zum heutigen Tag kein einziges offizielles Beweisstück, und wenn wir die Suchlisten des Österreichischen und des Deutschen Roten Kreuzes herbeiziehen, wird es noch nebulöser: Dort wird er einmal als vermisst und einmal als tot geführt, diesmal soll er jedoch in Österreich umgekommen sein, und zwar bereits im April!"

Gayle pfiff durch die Zähne. „Wie oft kann sich jemand umbringen?"

„Das alles sind deutliche Hinweise auf Vertuschung und gezielte Desinformation", fuhr Bishop fort. „Überlegen Sie mal: Ein Nazibonze dieses Kalibers begeht Selbstmord - und niemand hält es für nötig, die Personalien auch nur eines einzigen Zeugen festzuhalten. Dazu passt wie die Faust aufs Auge, dass der Kriegsverbrecher später an den Nürnberger Prozessen nicht einmal erwähnt, geschweige denn angeklagt wird! Man wollte ganz offensichtlich verschleiern, wo sich Kammler im April 1945, nach dem Fall des Dritten Reiches, aufhielt, und wohin er ging."

„Kammler machte einen geheimen Deal mit den Amerikanern", sagte Hall. „Er wusste genau, dass er durch seine Beteiligung an unfassbaren Kriegsverbrechen höchstwahrscheinlich an den Galgen kommen würde. Als Gegenleistung für sein Leben und seine persönliche Freiheit musste er den Alliierten also etwas Handfestes bieten - die Raketenpioniere um Wernher von Braun und Walter Dornberger mitsamt den V2-Raketen und den Strahlflugzeugen waren allerdings schon weg. Doch Kammler hatte noch eine unschlagbare Trumpfkarte im Ärmel: Das *Chronos*-Projekt! Stellt euch das einmal vor: Er enthüllt den Amerikanern die Existenz dieser bahnbrechende Geheimtechnologie, mit der sich die Nullpunktenergie kontrollieren lässt - ein Konzept, das sogar die Nukleartechnik meilenweit in den Schatten stellt. Jede Regierung dieser Welt hätte ihm dafür den roten Teppich ausgerollt, und damit hatte der Chef der SS-Denkfabrik in Pilsen den Verhandlungsvorteil plötzlich auf seiner Seite. Kammler war für die schwarze Welt des US-Militärs pures Gold, und deshalb hat man gleich nach dem Krieg alles daran gesetzt, dass sein Name und seine Spuren ausradiert wurden."

„Aber es gab ein Problem", ergänzte Bishop. „Ein Teil der Wissenschaftler war den Russen in die Hände gefallen, und wir müssen annehmen, dass zumindest Rudolf Berger für das *Chronos*-Projekt unverzichtbar war. Natürlich verheimlichte Kammler dies vor seinen neuen Herren, um sich nicht selbst zu kompromittieren, und was folgte, waren vermutlich unzählige Jahre ergebnisloser Forschung. Im Geheimen aber blieben die Strukturen seines Netzwerks aus Pilsen intakt, und zwar offensichtlich auch jenseits des Eisernen Vorhangs. Wie ihm das gelungen ist, weiß kein Mensch."

„Doch“, sagte Gayle wie beiläufig. Die beiden Männer tauschten sprachlos Blicke aus und warteten gebannt auf eine Erläuterung.

„Ich weiß nicht, ob es einen Zusammenhang gibt, aber die Operation-*Paperclip*-Wissenschaftler sind nicht die einzigen Ex-Nazis, mit denen sich unsere Regierung ein Schäferstündchen geleistet hat. Unmittelbar nach dem Krieg schloss der spätere CIA-Direktor Allen Dulles einen geheimen Kapitulationsvertrag mit Hitlers General Reinhard Gehlen, der als Chef der Sowjetspionage eine Menge an Informationen anzubieten hatte. Wir selber wussten damals rein gar nichts über den neuen Feind im Osten.“

„Da kam Gehlen wohl gerade recht“, sagte Bishop kopfschüttelnd. „Als Ostberlin dies vor etwa zehn Jahren publik machte, dachte ich offen gesagt an eine Propagandakampagne, um die Amerikaner zu desavouieren. Die Informationen, die sie erwähnen, soll er über Jahre durch Folter, Erpressung und Mord angesammelt haben - damit gehört auch Gehlen in die Liga der übelsten Nazi-Kriegsverbrecher, und aus dem Schäferstündchen wurde dank Präsident Truman eine längerfristige Affäre mit allem drum und dran!“

„Es ist leider so“, sagte sie und schnalzte mit der Zunge. „Gehlen wurde zum Chef des ersten deutschen Geheimdiensts nach dem Krieg, weil seine Kenntnisse über die Sowjetunion und sein Netzwerk im Ostblock von unschätzbarem Wert waren. Im Kern besteht der BND aus denselben Strukturen und Personen wie damals im Dritten Reich, nur untersteht er amerikanischer Kontrolle.“

„Mit anderen Worten, die CIA hat den gesamten Ostspionageapparat der Nazis integral übernommen“, fasste

Bishop zusammen, und Hall nahm vorweg, was die Quintessenz der ganzen unrühmlichen Geschichte war.

„Wollen Sie damit sagen, dass Kammler und Gehlen zusammenarbeiten?“

„Ich weiß es nicht. Aber wenn es jemanden gibt, der hinter dem Eisernen Vorhang ein subversives Netzwerk unterhalten und kontrollieren kann, dann ist es Gehlen.“

Nachdenkliche Stille breitete sich in der Kabine des Continental aus, dessen Scheinwerferstrahlen sich in der Weite der schnurgeraden Straße verloren.

„Was wird Kammler jetzt wohl unternehmen?“, fragte Gayle nach einer Weile.

„Er wird jetzt alles tun, um den Schaden zu begrenzen“, sagte Hall. „Sein Plan war, dass Mannheim die Dokumente von Professor Berger bekommt, damit dieser das *Chronos*-Projekt beenden kann. Dann hätte er Mannheims Ergebnisse nur noch in die richtigen Hände spielen müssen, und er hätte konsequenterweise dafür sorgen müssen, dass alle Spuren ausgelöscht werden, damit niemand bemerkt, dass die USA lediglich als Wirtsland benutzt wurden - Prototypen, Dokumente, Zeichnungen…“

„…und die involvierten Personen, allen voran Dr. Mannheim“, räumte Bishop ein. Er trat aufs Gas, als ihm die Bedeutung seiner eigenen Worte bewusst wurde. „Nicht auszudenken, wenn Kammler ihn vor uns findet!“

Hall drehte sich nach hinten um. „Wo ist er, Rachel?“

„Henderson ist der Kontaktmann – nur er kennt seinen Aufenthaltsort“, antwortete sie. „Geben Sie mir das Funkgerät, Peter!“

Hall griff in die Tasche zu seinen Füssen und nahm das Funkgerät heraus, das ihnen Henderson mitgegeben hatte. Er reichte es ihr.

Sie zog die Antenne aus, schaltete das Gerät ein und sprach einen Code in das Mikrofon. Rauschen. Sie versuchte es noch einige Male. Henderson meldete sich nicht. „So ein Mist", sagte sie, „das ist nicht gut."

„Was jetzt?", rief Bishop nach hinten.

Sie überlegte einen Moment. „Wir fahren über Edgewood nach Albuquerque. Sollte sein Wagen nicht beim Motel sein, fahren wir weiter in die Stadt."

Eine knappe Stunde später erreichten sie Edgewood, und Bishop bog in die Einfahrt des Desert Rose Motel ein. Um drei Uhr nachts waren die Reifen des Continental, die auf dem sandigen Parkplatz knirschten, das einzige Geräusch weit und breit.

„Da ist sein Wagen!" Gayle zeigte zwischen den beiden Männern hindurch auf einen dunklen Ford Thunderbird. „Hier stimmt was nicht", flüsterte sie. „Machen Sie den Motor aus!"

Bishop drehte den Zündschlüssel, und der Motor erstarb. Die Agentin warf schnelle Blicke nach allen Seiten. „Ich glaube, die Luft ist rein", sagte sie nach nur wenigen Sekunden. „Bleiben Sie auf alle Fälle hinter mir!"

Sie stiegen aus und gingen wie auf Zehenspitzen die Außentreppe hoch zu ihren Zimmern. Eine schummrige Flurbeleuchtung schaltete sich ein.

Sie gingen an den Nummern sechzehn und siebzehn vorbei, dann blieb Gayle plötzlich wie angewurzelt stehen. Neben ihrem Türschloss klaffte ein Spalt mit abgesplittertem Holz. Sie reagierte blitzschnell, trat mit einem gezielten Tritt gegen die Tür und platzte in das abgedunkelte Zimmer hinein. Sie tastete nach dem Lichtschalter, und gleich nachdem das Licht angegangen war, hörten Hall und Bishop ihren Schrei. Sie stürmten hinein.

Gayle kniete neben einem Mann, der ausgestreckt auf dem Rücken am Boden lag.

„Mein Gott!“, rief Bishop entsetzt. „Henderson?“

Harold Henderson hielt mit beiden Händen seinen Hals umklammert. Sein Blick war starr, und auf seiner Haut glänzte ein dunkelrotes Rinnsal, das in eine Lache überging, die sich bis unter das Bett zog. Sie legte ihm zwei Finger an den Hals, um seinen Puls zu fühlen, und dabei lösten sich seine Hände und entblößten eine klaffende Wunde an seinem Hals. Gayle legte ihre Hand auf seine Stirn, ließ ihre Finger sanft über sein Gesicht gleiten und schloss seine Augenlider.

„Er ist…tot“, sagte sie mit brechender Stimme. In ihren Augen schimmerten Tränen.

Hall fasste sie bei den Schultern und zog sie hoch. Während er versuchte, sie zu trösten, wurde ihm bewusst, wie weit die Fäden des Kammler-Netzwerks reichen mussten; die Organisation schien über jeden Schritt der CIA Bescheid zu wissen. Der junge Henderson war vermutlich bereits von dem Killer erwartet worden, als er hier eintraf. Hall schaute sich um. Hatte er dort hinter der Türe gestanden und auf sein Opfer gewartet? Hatte er im Bad gelauert? Es gab keine Spuren eines Kampfes - der Killer musste sich lautlos an sein Opfer herangeschlichen und ihm kaltblütig die Kehle durchgeschnitten haben.

Mit der Ermordung des armen Teufels hatte Kammler sein Ziel erreicht: ihre einzige Verbindung zu Dr. Mannheim war mit dem Agenten gestorben. Sie hatten keine Ahnung, wo sich Mannheim aufhielt.

Bishop schien dasselbe zu denken. Nervös ging er im Zimmer auf und ab und strich sich durch das wirre Haar. „Haben wir denn überhaupt keine Chance, Dr. Mannheim zu warnen?“, fragte er.

Rachel Gayle schüttelte den Kopf. Sie hatte sich auf die Bettkante gesetzt und vergrub das Gesicht in den Händen. Hall setzte sich neben sie und legte den Arm um ihre Schultern.

„Es geht schon", sagte sie und wischte sich mit dem Ärmel über die Wangen. Fassungslos starrte sie auf den Leichnam, während ihr durch den Kopf ging, dass es ebenso gut sie hätte treffen können.

„Vielleicht finden wir in seinem Wagen einen Hinweis auf Mannheims Aufenthaltsort", sagte Hall und beugte sich über den Toten, um dessen Taschen nach dem Wagenschlüssel abzusuchen. Er fand den Schlüssel zu dem Ford Thunderbird in seiner rechten Hosentasche und verließ gleich daraufhin das Zimmer.

Minuten später präsentierte er den beiden anderen, was er im Handschuhfach von Hendersons Wagen gefunden hatte. Nach und nach legte er einige Rechnungen, eine Tourismusbroschüre, eine Landkarte und ein schmales Adressbuch auf den Tisch. Hall faltete die Karte auseinander, um sie auf Markierungen zu prüfen, Bishop nahm sich Adressbuch vor.

„Die Telefonnummern sind alle kodiert", sagte er, in dem Adressbuch blätternd. Auf einmal fiel ein kleines Foto heraus. Es segelte direkt vor seine Füße. Er hob es auf und betrachtete es stirnrunzelnd.

„Ist dies unser Mann?", fragte er und hielt das Foto in die Höhe.

„Zeigen Sie mal her", sagte Gayle. Er reichte es ihr.

Das Bild zeigte einen älteren, freundlich lächelnden Mann. Sein Gesicht hatte einen braunen, gesunden Teint, doch irgendetwas daran war eigenartig, und es lag nicht an seiner faltigen Haut. Gayle bemerkte, dass quer über seine rechte Wange einige Narben liefen.

Hall schaute in die Runde. „Wie alt müsste Mannheim heute ungefähr sein?"

„Irgendwo zwischen sechzig und siebzig Jahren", meinte Bishop.

„Könnte hinkommen - dann ist dies höchstwahrscheinlich Werner Mannheim!" Hall betrachtete das Bild des Mannes, um den sich alles drehte, eingehend. „Er könnte irgendwo hier in New Mexico sein: Los Alamos, White Sands. Irgendeins dieser Forschungszentren, wo man die deutschen Wissenschaftler nach dem Krieg hin verfrachtet hat."

„Moment mal", entgegnete Bishop und streckte den Zeigefinger in die Luft. „Los Alamos ist ein Zentrum für Nuklearforschung. Dort wurde anfangs der vierziger Jahre die Atombombe entwickelt." Sein Blick wanderte hinüber zu Gayle, und er fügte an: „Und White Sands ist, wenn ich mich nicht irre, ein Testgelände der NASA." Sie nickte.

„Eben - das ist doch ein Umfeld, in das Mannheim passen würde", insistierte Hall.

Sein Freund wiegte den Kopf hin und her. „Ich erinnere daran, was Professor Covington vom King's College zu den technischen Entwürfen von Professor Berger sagte: Das ist vollkommen unkonventionelle, non-lineare Physik, das läuft der Lehrmeinung entgegen, das ist in den Augen der seriösen Wissenschaft reine Häresie!"

„Was wollen Sie damit sagen?", fragte Gayle.

„Wenn dem so ist, wie Covington sagt, dann werden vermutlich nicht nur an das Personal, sondern auch an das Umfeld und die Infrastruktur völlig andere Anforderungen gestellt."

„Du hast Recht", pflichtete Hall ihm bei. „Unter diesen Umständen wäre die Geheimhaltung nur durch komplette Abschottung garantiert. Und durch eine gute Tarnung, etwa als Industriekomplex."

„Zum Beispiel eine Uranmine?", fragte Gayle. Die beiden anderen schauten sie mit großen Augen an. Sie zeigte ihnen die Stelle im Hintergrund des Fotos, wo an einem Wellblechgebäude ein Schild angebracht war. *Sherwood Mining Ltd.*, ließ sich darauf gerade noch entziffern.

„Tatsächlich", staunte Hall. Erregung schwang in seiner Stimme mit. „Eine stillgelegte Mine würde die Kriterien erfüllen!"

Gayle zupfte nachdenklich an ihrer Unterlippe. „Das Problem ist, dass es überall in New Mexico stillgelegte Uranminen gibt, seit sich die Förderung nicht mehr lohnt. Und der Name Sherwood ist selbstredend ein Tarnname. Der hilft uns auch nicht weiter. Was haben wir noch?"

„El Morro National Monument", erklärte Bishop und ließ einen Tourismusprospekt auf den Tisch klatschen, auf dem eine markante Bergkuppe aufgeschlagen war. „Eine Sehenswürdigkeit in der Nähe von Grants. Aber das ist nichts weiter als eine Broschüre für Touristen."

„Wartet mal!", rief Hall aufgeregt. Er wühlte in der Schublade des Nachttischs und hielt gleich darauf triumphierend denselben Prospekt in die Höhe. „Wo stand das nochmal", murmelte er und blätterte die Seiten durch, bis er plötzlich inne hielt und eine Stelle vorlas, welche von der Geschichte des Uranbergbaus am Grants Mineralgürtel handelte. „Das ist kein Zufall!", schloss er mit leuchtenden Augen. „Mannheim arbeitet in einer alten Uranmine in der Nähe des El Morro-Monuments. Hier haben wir es praktisch schwarz auf weiß!"

Die unerwartete Wendung ließ neue Hoffnung aufkeimen, eine Energie die in dem Motelzimmer förmlich greifbar war.

Auch Gayle war mit einem Schlag wieder zuversichtlich. „Geben Sie mir mal die Karte, Peter." Er reichte sie ihr, und sie breitete die Landkarte auf der Bettdecke aus und strich die Knicke glatt. „Hier!" Sie platzierte seinen Zeigefinger punktgenau auf einer Stelle gut zweihundert Kilometer westlich ihrer Position. „Wenn wir uns beeilen, können wir es in gut zwei Stunden schaffen!"

Hall war bereits aufgestanden. „Dann nichts wie los – was immer Kammler vorhat, er wird dem Doktor bestimmt bald einen Besuch abstatten!"

„Und was geschieht mit dem armen Kerl hier?", fragte Bishop und deutete auf den Toten. Die drei schauten sich betreten an.

„Wir verständigen den Sheriff kurz bevor wir losfahren", erklärte Gayle. „Und ich denke, wir sollten uns alle etwas frisch machen und unseren Kram hier endgültig zusammenpacken."

50.

Kurz nachdem sie Grants passiert hatten, erwachte Peter Hall auf der Rücksitzbank des Continental. Schon nach wenigen Kilometern Fahrt hatte ihn die Erschöpfung übermannt, und er war umgehend in einen tiefen Schlaf gesunken. Sie waren seit knapp zwei Stunden unterwegs.

Auch Gayle hatte die ersten eineinhalb Stunden schlafend auf dem Beifahrersitz verbracht, während Bishop den Wagen fuhr. Danach hatten sie die Plätze getauscht, und die Agentin hatte das Steuer übernommen. Jetzt, da sie sich auf dem schmalen Highway 53 befanden und die anbrechende Morgendämmerung die Orientierung erleichterte, konsultierte Bishop in immer regelmäßigeren Abständen die Landkarte. Bis zum *El Morro National Monument* war es nunmehr ein Katzensprung.

Gayle kurbelte das Fenster einen Spalt breit herunter und ließ die kühle, frische Luft in den Wagen strömen. Vom Rücksitz kam ein herzhaftes Gähnen. Hall rieb sich die Augen, setzte sich auf und schlang fröstelnd die Arme um seinen Oberkörper.

Plötzlich löste sich die Silhouette des markanten Sandsteinfelsens aus dem Hintergrund, der über Jahrhunderte zunächst Indianern, dann spanischen Siedlern, und schließlich amerikanischen Reisenden als Orientierungspunkt und Nachtlager diente. Mit den unzähligen hinterlassenen Inschriften in den Felsen, welche ein Stück amerikanische Geschichte bezeugten, war *El Morro* der bedeutendste Touristenmagnet der weiteren Umgebung. Majestätisch ragte der Felsen in den Himmel empor, wie von göttlicher Hand in die Steppenlandschaft hineingeworfen. Gayle ging vom Gas und ließ den Wagen am Straßenrand ausrollen, bis die Scheinwerfer des Continental in einer Gruppe dichter Wüstenbüsche erstickten. „Was jetzt?“, fragte sie über ihre Schulter hinweg.

„Wir können nicht auf gut Glück jeden Feldweg abfahren, bis wir auf eine Mine stoßen, soviel ist klar“, antwortete Bishop. „Wir müssen einen Ortskundigen fragen.“

Hall klopfte auf Bishops Schulter. „Ein Glück für uns, dass hier um diese Zeit schon so reges Treiben herrscht!“

„Dann müssen wir halt erstmal weiterfahren. Der nächste Ort heißt Ramah. Spätestens dort werden wir früher oder später einen Farmer finden, eine Tankstelle, was auch immer.“

Rachel Gayle lenkte den Wagen zurück auf die Straße, und sie setzten ihren Weg nach der zwölf Meilen entfernten Ortschaft fort. Die Färbung des Himmels wurde von Minute zu Minute kräftiger, und die Sonne schien hinter den Höhenzügen der Sandias nur auf den richtigen Augenblick zu warten, um mit voller Intensität über den Gebirgskamm hereinzubrechen.

Kurz bevor sie die winzige Ortschaft erreicht hatten, rollte von rechts ein alter Pickup aus einer Nebenstraße heran.

„Warten Sie mal!“, rief Bishop.

Gayle bremste jäh ab und setzte den Blinker, während Bishop das Fenster herunterkurbelte und dem Fahrer ein Handzeichen gab. Der Pickup hielt an und das Fenster wurde ebenfalls heruntergelassen. Es erschien ein bärtiges Gesicht mit blondem, krausem Haar. Bishop stieg rasch aus und ging zu dem Mann hinüber.

Gayle und Hall warteten gespannt auf die Reaktion des Farmers. Er nickte stetig, während Bishop zu ihm sprach, doch dann lachte er auf einmal auf und fuchtelte mit dem Finger in der Luft herum. Bishop wirkte ratlos, wie er mal nach links, mal nach rechts, und dann wieder zu dem Farmer hinaufschaute. Schließlich bedankte er sich mit einer Geste und kam zurück. Der Ausdruck auf seinem faltenreichen Gesicht war wenig optimistisch.

„Und?", drängte Gayle, als er die Beifahrertür öffnete. Bishop stieg kopfschüttelnd ein.

„Er sagt, es gäbe überall im County Uranminen. Die meisten seien weiter nördlich, zwischen Grants und Gallup, gelegen. Es könne schon sein, dass auch hier in der Gegend irgendwann Uran abgebaut wurde. Von einer Bergbaufirma namens Sherwood hat er allerdings noch nie etwas gehört."

„Also die totale Fehlanzeige", murmelte Hall.

Bishop zog die Tür zu und ließ den Kopf auf die Brust sinken. Sie saßen eine Weile schweigend da, während ihnen die Zeit unerbittlich durch die Finger rann.

„Vielleicht haben wir uns getäuscht, und es ist nichts weiter als Zufall, dass Henderson den Prospekt mit den Sehenswürdigkeiten behalten hat", sagte Bishop resigniert.

Rachel Gayle ließ sich von der abflauenden Stimmung nicht beeindrucken. „Immerhin haben wir ein Fernglas", sagte sie. „Es wird bald hell, und vom El Morro-Gipfel müsste man eine ziemlich gute Aussicht haben, was meint ihr?"

„Ich klettere keine zwei Stufen mehr hoch", stöhnte Hall auf dem Rücksitz. Gayle aber war bereits im Begriff, den Wagen zu wenden.

„Ich bin dafür", meinte Bishop. „Zumindest ist es eine Chance, und ich sehe nicht, welche Alternative wir haben!"

Wenig später standen sie wieder am Fuß der El Morro-Formation. Der Grat der Sandsteinklippe leuchtete in prächtigem Orange vor dem dunklen Himmelsblau, als wolle der Berg signalisieren, dass sie mit Gayles Vorschlag auf dem richtigen Weg waren. Auch Halls Lebensgeister erwachten zu neuem Leben, und als sie losmarschierten, war er es, der die Steinmännchen bemerkte, mit denen der Weg zum Gipfel markiert war. Er ging voran, über das gelbliche, glatt polierte Gestein, immer die nächste Wegmarkierung im Auge. Am Boden gab es keine Erde, und doch standen dort, wo sich einst ein Samenkorn in einer Ritze hatte festsetzen können, erstaunlich kräftige Gelbkiefern, die aus dem puren Stein herauszuwachsen schienen.

Die knapp hundert Höhenmeter waren schnell überwunden. Rachel Gayle lief das letzte Stück voraus und begann sogleich, die Weite von Osten her mit dem Fernglas abzusuchen. Wie sie dastand, mit ihrem braunen Teint und den dunklen Locken, inspirierte sie Bishop zu Gedanken an die spanischen Siedler, die vor vier Jahrhunderten hier vorbeizogen und ihre Spuren hinterließen. Schließlich hatte sie unverkennbar südeuropäische Vorfahren, und damit war sie für Bishop ein Stück lebendig gewordene Geschichte.

„Schon was entdeckt?", brachte er schwer atmend hervor.

„Kommt darauf an - was könnte das hier sein?" Sie reichte ihm das Fernglas und streckte den Arm in Richtung Südwesten aus. Er sah nichts als Wüste, und etwas weiter entfernt ein von Canyons zerfurchtes Hochplateau. Dort aber schimmerte etwas in der Morgensonne, das sich genauer betrachtet als das Dach einer Art von Industriegebäude entpuppte.

„Eine Mine ist das sicher nicht. Es gibt keine Transportwege, Gleise oder dergleichen, auch keinen Schachtturm. Aber die elektrischen Apparaturen daneben - das sieht mir nach einem kleinen Stromkraftwerk aus." Bishop konzentrierte sich auf jedes Detail. „Und das sind doch Leitungsmasten, die dort südlich zu den Hügeln hinführen!"

„Zeig mal her", eiferte Hall und griff nach dem Fernglas, um kurz darauf die Einschätzung seines Freundes zu bestätigen.

„Nützt uns das was?", fragte Gayle mit einem Frösteln in der Stimme. Sie hatte den Kragen ihrer Jacke hochgeschlagen und trat von einem Fuß auf den anderen. Sie sah zu Bishop hinüber, der nachdenklich dastand, das Kinn in die Hand gestützt. Plötzlich begannen seine kleinen, klaren Augen hinter den Brillengläsern zu funkeln. „Was ist denn, Walter?"

„Als Professor Covington mir erklärte, was ein Nullpunktenergie-Reaktor theoretisch benötigen würde, um zu funktionieren, sagte er ganz nebenbei etwas zur Stromversorgung. Ich habe dem Gedanken bisher kein Gewicht beigemessen, weil bei dem Projekt der Fokus logischerweise auf dem Reaktor selber liegt." Er machte eine Pause, als wolle er den anderen Gelegenheit geben, selber ihre Schlüsse zu ziehen, doch Hall ruderte ungeduldig mit den Händen in der Luft. „Die Maschine benötigt riesige Mengen an elektrischer Energie - Gleichstromenergie, und die lässt sich wegen des Energieverlusts nur über kurze Distanzen transportieren. Mit anderen Worten, die Maschine braucht ihr eigenes Stromkraftwerk!"

Die drei tauschten hoffnungsvolle Blicke aus. Sie hatten wieder eine Spur. Wenn alles zusammenpasste, würde sie diese direkt zu Dr. Mannheim führen.

„Jetzt aber nichts wie los!", sagte Gayle und lief los. Die beiden Männer versuchten, mit ihrem Tempo mitzuhalten, ohne über eine Unebenheit zu stolpern oder in den steilen Abhängen auszurutschen. Als Bishop als letzter beim Wagen ankam, saß Gayle bereits wieder hinter dem Steuer.

Sie fuhren eine Weile auf dem Highway zurück, und als sie ungefähr auf der Höhe des Gebietes, das sie mit dem Fernglas erkundet hatten, angelangt waren, bog Gayle in eine Abzweigung nach Süden ein. Es war eine unbefestigte Straße voller Schlaglöcher. Die tiefen Spurrinnen verrieten, dass sie einmal rege genutzt worden war. Jetzt aber verlief entlang der Straßenmitte ein kniehoher Kamm von dürren Grasbüscheln, die unter dem Wagenboden ein konstantes Kratzgeräusch verursachten.

Die Fahrt in die Wüste hinein hinterließ eine Spur aus Staubwolken und führte schnurgerade durch eine Landschaft aus Sand, Felsbrocken und dunkelgrünen Büschen, die immer gleich zu bleiben schien. Einzig das Hochplateau, auf das sie zuhielten, rückte langsam näher. Nachdem sie ein ausgetrocknetes Bachbett durchquert hatten, tauchte das Gebäude, das sie suchten, wie aus dem Nichts rechterhand vor ihnen auf. Eine Weggabelung führte darauf zu, doch Gayle verlangsamte lediglich den Wagen, bis sie das Objekt genügend betrachtet hatten, um sicher zu sein, dass es sich tatsächlich ein kleines Dieselkraftwerk handelte. Es war umzäunt mit einem meterhohen Maschendrahtzaun, und von der Rückseite der Anlage aus führte eine Stromleitung weg. Die Stützpfeiler der Leitung waren relativ niedrig, und um jeden Mast war ein Stacheldraht gezogen, an dem gut sichtbare Warnschilder hingen. Gayle beschleunigte wieder und folgte dem Weg entlang der Stromleitung, die wiederum dem Fuß des Hochplateaus entlang verlief. Die Strecke beschrieb eine langgezogene Kurve, so dass sie allmählich auf die Südseite des Plateau gelangten.

Nach einigen weiteren Kilometern kreuzte ein Schienenstrang ihren Weg. Die Gleise waren rostig und von Grasbüscheln und niedrigem Gestrüpp überwuchert. Der Wagen setzte rumpelnd über die Holzschwellen des Gleisüberganges, dann ging der Weg parallel zu den Schienen weiter.

Plötzlich waren in der Ferne graue Gebäude zu erkennen, und als sie näher kamen sahen sie eine Anlage mit Betonsilos, die durch Förderbänder miteinander verbunden waren, und zahlreiche kleinere Schuppen aus Wellblech und Holz. Kurz darauf tauchte die Umzäunung des Minengeländes vor ihnen auf. Gayle stoppte den Wagen vor einem Drahtgittertor, an dem ein riesiges, ausgeblichenes Schild hing.

Sherwood Mining Ltd.
Betreten verboten - jede Zuwiderhandlung wird geahndet

Zu beiden Seiten des Schildes hingen dreieckige Warnschilder mit dem gelb-schwarzen Piktogramm, das auf die Gefahr radioaktiver Strahlung hinwies.

„Das ist es!“, rief Gayle und verpasste Bishop einen Stups mit dem Ellbogen. Der rückte seine Brille zurecht und blinzelte, als traute er seinen Augen nicht.

„Tatsächlich“, murmelte er.

Hall war bereits ausgestiegen und rüttelte an dem Tor. Die beiden Flügel wurden von einer grobgliederigen Kette zusammengehalten, die zu seiner Überraschung rasselnd durch die Maschen lief und zu Boden fiel, als er an einem der Flügel zog. Er machte einen Schritt zur Seite und stieg, nachdem Gayle das Tor passiert hatte, wieder hinten in den Wagen ein.

„Kein Schloss! Das Tor ist offen! Ihr wisst, was das bedeutet?“, sagte er aufgeregt. „Henderson hat Mannheim tatsächlich noch erreicht, bevor er ermordet wurde. Sie wollten sich hier treffen. Mannheim ist hier!"

„Mal langsam, Peter", sagte Bishop. „Die Anlage ist verlassen. Vielleicht gibt es ganz einfach nichts mehr zu holen in dieser gottverlassenen Gegend, und es ist wohl keiner scharf darauf, sich radioaktiv verseuchen zu lassen. Wozu ein Schloss?"

Sie schwiegen, während sie der alten Bahnstrecke entlang fuhren. Der Schienenstrang endete bei einer Verladerampe, die gleichzeitig einen zentralen Platz markierte, von dem aus ein Netz aus schmaleren Gleisen zu den Hängen des Hochplateaus führte. Dort waren die mit Holzverschlägen spartanisch zugesperrten Mineneingänge zu sehen. Wälle aus Sand und Stein zeugten von den Bergbauaktivitäten vergangener Tage, und überall auf dem Boden lag Metallschrott herum - Stützpfeiler, Eisengerüste und allerhand Gerät, dessen Bestimmung und Funktion unter einer dicken Schicht Rost verborgen lag.

Gayle parkte den Continental vor einer Gruppe von Bretterschuppen mit fleckigen Wellblechdächern, die aussahen wie wahllos in die Gegend gestreut. *Eine Geisterstadt, verlassen und vergessen,* dachte Hall. *Perfekt, um ein hochgeheimes Forschungslabor zu verbergen.*

Sie stiegen aus und begannen sich umzusehen. Gayle verschwand hinter einem Park ausrangierter Güterloren, Bishop erkundete das Gelände in die andere Richtung.

Hall ging zum ersten Schuppen und leuchtete mit einer Taschenlampe durch die zertrümmerte Fensterscheibe ins Innere. Es bot sich dasselbe trostlose Bild wie draußen - Tische und Schränke, deren Türen schief in den Angeln hingen, ein paar umgestürzte Stühle, und alles war bedeckt mit einer Schicht aus Sand, den der

Wind durch die Ritzen geblasen hatte. Ein Skorpion flüchtete aus dem Lichtkegel.

Hier gab es nichts. Der gesamte Ort machte den Eindruck, als ob sich irgendwann vor vielen Jahren eine Katastrophe ereignet hätte, die alles menschliche Leben verbannt hatte. Die überall platzierten Warnschilder wirkten wie Mahnmale, und die geisterhafte Stille endgültig.

„Kommt mal her!“, klang plötzlich Bishops Stimme von irgendwo her.

Die drei sammelten sich hinter dem verrosteten Gerippe eines Lasters mit verwitterter Abdeckplane. Bishop zeigte auf die Mineneingänge, wo die Stromleitung in einem kurzen Betonturm endete, der im Schatten des Bergplateaus lag. „Die Hochspannungsleitung wird in eine der Minen geleitet! Merkwürdig, findet Ihr nicht?“

„Leute“, sagte Hall, „ich glaube, dort oben befindet sich der Eingang zu Mannheims Geheimlabor!“

Rachel Gayle setzte das Fernglas an ihre Augen und erkundete die Mineneingänge. Plötzlich machte sie eine weitere Entdeckung. „Da ist ein Wagen!“, rief sie den anderen zu. „Das muss Dr. Mannheim sein!“

Ein Ruck ging durch die Gruppe, und sie marschierten in schnellen Schritten los, den gleichmäßig ansteigenden Weg hinauf zu den Minen, bis sie bei dem grüner Pickup angelangt waren. Rachel Gayle stellte sich auf die Zehenspitzen und blickte von der Beifahrerseite her ins Wageninnere. Hall ging weiter zum Mineneingang. Nach drei Schritten ließ ihn ein Schuss zusammenzucken, der keinen Meter vor seinen Füssen den Sand aufspritzen ließ.

Hall schrie auf, warf sich zu Boden und schaute sich hastig nach einer Deckung um. Die beiden anderen brachten sich hinter dem Pickup in Sicherheit.

„Was zur Hölle ist da los?“, stieß Bishop hervor.

„Das werden wir gleich wissen!“ Rachel Gayle bedeutete ihm, in Deckung zu bleiben, indem sie ihm die Hand auf die Schulter drückte. Mit der Rechten griff sie in die Innentasche ihrer Lederjacke und zog die Pistole, die sie dem toten Henderson abgenommen hatte.

51.

„Dies ist Privatgrund!“, brüllte eine heisere Stimme. „Machen Sie, dass Sie wegkommen!“ Dann krachte es erneut. Das Projektil schlug unweit des ersten in den Boden ein.

Noch während sich der Nachhall des Schusses in den Canyons verflüchtigte, stand Hall vom Boden auf und riss die Hände in die Luft. „Dr. Mannheim! Nicht schießen!“, rief er. „Wir sind Freunde von Harold Henderson!“

Ein zäher Moment lang geschah gar nichts. Dann begann Hall, sich langsam und mit erhobenen Händen dem Mineneingang zu nähern. Der Zugang war lediglich mit einem notdürftig anmutenden Bretterverschlag gesichert, und bald konnte er durch die handbreiten Spalten erkennen, dass sich dahinter jemand bewegte. „Dr. Mannheim?“, fragte er zögernd.

„Wer sind Sie?“, kam es ebenso stockend zurück. Hall spürte, dass der Mann mit der kratzigen, hohen Stimme zutiefst verunsichert war. Er nannte seinen und Bishops Namen. Zum Schluss betonte er, dass Rachel Gayle eine CIA-Mitarbeiterin war in der Hoffnung, dass dies ihre Anwesenheit legitimieren würde.

„Ich weiß, dass Sie eigentlich auf Harold Henderson warten, aber..."

„Wo ist Henderson?", unterbrach ihn die Stimme. Es ertönte ein Klicken, und gleich darauf wurde zwischen den Brettern ein Gewehrlauf hervorgeschoben, der direkt auf Halls Brust gerichtet war.

„Henderson ist tot…es tut mir leid."

„Was sagen Sie da?"

„Er wurde ermordet. Er ist nicht der Einzige. Auch ein Freund von mir, Edward Stewart, wurde umgebracht. Und jetzt sind auch Sie in Gefahr, Dr. Mannheim - wir sind hier, um Sie zu warnen!"

„Mich warnen? Was erzählen Sie mir da für einen Unsinn? Ich rate Ihnen, von hier zu verschwinden, bevor…""

„Es ist kompliziert. Warten Sie…" Hall steckte seine Hand in die Hosentasche, holte ein klein gefaltetes Blatt Papier hervor, und schob es durch die Ritzen. Mannheim nahm es entgegen, faltete es auseinander und hielt das Blatt unter das Licht einer Glühbirne. Das Papier hatte einen blauen Briefkopf mit dem Namen eines Hotels in Leningrad. Darunter standen einige handgeschriebene Sätze. Es war die sorgfältige Handschrift seines ehemaligen Kollegen Professor Rudolf Berger.

Er sah die imposante Statur des Professors im Geiste vor sich und hörte seine warme, tiefe Stimme, als wären sie zusammen in einem Raum. Mannheim versuchte, sich an sein Gesicht zu erinnern, doch es blieb nur ein vager Eindruck. Seine Hand zitterte. Dieses Schreiben war das erste Lebenszeichen seines Freundes seit zwanzig Jahren.

„Armer Rudolf", sagte er. Seine Stimme war mit einem Schlag weich geworden. „Dann sind Sie der Bote, den Henderson erwähnte? Sind Sie ihm in Russland begegnet? An dieser Pressekonferenz anlässlich der Woschod 2-Mission?"

„Nein, das war mein Freund Stewart. Er war ebenfalls Journalist und nebenbei CIA-Agent. Rudolf Berger übergab ihm diesen Brief in Leningrad, unter mysteriösen Umständen, die ihn letztlich das Leben kosteten."

„Was ist geschehen?"

„Stewart wurde getötet, weil er ahnte, dass Rudolf Berger nicht aus freien Stücken gehandelt hatte. Anstatt das Schreiben an die Amerikaner weiterzuleiten, wie es in der Botschaft gefordert wurde, begann er, Nachforschungen anzustellen. Das hat den Drahtziehern des Komplotts natürlich nicht gepasst. Bevor Stewart jedoch ermordet wurde, bat er mich um Hilfe, und jetzt bin ich hier, zusammen mit meinen Freunden. Wir haben Ihnen einiges zu erzählen, Dr. Mannheim."

Einige Sekunden lang herrschte eine nervöse Stille. Hall schaute sich hilfesuchend nach den anderen um, die inzwischen nähergetreten waren.

Dann aber erfolgte ein schabendes Geräusch hinter der Absperrung, und kurz darauf schwang der ganze Bretterverschlag in einem Stück nach außen auf. Die drei stellten staunend fest, dass der zugenagelte Mineneingang in Wirklichkeit eine Tür war.

„Kommen Sie rein", sagte Mannheim. „Sie alle!"

Sie schlüpften einer nach dem anderen hinein. Der knapp siebzigjährige Wissenschaftler stand im Halblicht einiger nackter Glühbirnen vor ihnen, großgewachsen und schlank, das weiße Haar makellos nach hinten gekämmt. Unter den buschigen Augenbrauen versteckten sich zwei blaue, traurig blickende Augen, welche die drei Besucher misstrauisch abtasteten. Er trug eine Strickjacke aus Wolle und weite Cordhosen, in deren Taschen er seine Hände verschwinden ließ, nachdem er das Gewehr an einer Halterung oben am Stützbalken aufgehängt hatte.

Hall musterte den Wissenschaftler mit gemischten Gefühlen. Dies war er nun also, Dr. Werner Mannheim, einer der Pioniere der Nullpunktenergieforschung, seinerzeit einer von Hitlers größten Hoffnungsträgern. Leute wie er sollten möglich machen, was Hitler und seine Getreuen sich in ihren Fantasien und am Reißbrett vorgestellt hatten: ein Tausendjähriges Reich zu verschaffen, regiert von Herrenmenschen, die sich untertan machten, was ihnen nütze war, und vernichteten, was ihrer Ideologie zuwider war. Traf den Wissenschaftler irgendeine Schuld? Oder tat er, was er als Wissenschaftler immer schon getan hatte, getrieben von dem Glauben an den menschlichen Fortschritt, stets das Gute im Sinn und vielleicht auch unwissend über die Lage der Zeit? Agierte er womöglich gegen seine Überzeugung? Hall wusste, dass dies nicht der richtige Zeitpunkt war, dem Doktor diese kritischen Fragen zu stellen. Denn genau wie damals stand das *Chronos*-Projekt heute wieder im Mittelpunkt militärischer Überlegungen. Damals hatte der Zweite Weltkrieg mit dem Abwurf von Atombomben ein definitives Ende gefunden. Vor zweieinhalb Jahren sorgte die Kubakrise beinahe für einen nuklearen Supergau. Und jetzt, wo US-Präsident Johnson wöchentlich neue Truppen nach Vietnam schickte, und der Ost-Westkonflikt auf einen neuen Höhepunkt zuzusteuern schien, stand er, Peter Hall, vor dem Mann, von dem man sich erhoffte, er würde die Nullpunktenergie nutzbar machen. Und zwar nicht, um günstigen, sauberen Strom herzustellen, soviel war klar. Alles, was Mannheim dem Anschein nach fehlte, waren die Aufzeichnungen seines ehemaligen Kollegen. Es war wie ein Puzzle, das nur aus zwei Teilen bestand, die dennoch verdammt schwierig zusammenzufügen waren.

„Haben Sie das, was Agent Henderson mir versprochen hat?“, fragte Mannheim schließlich, als könnte er Gedanken lesen. Sein Blick glitt langsam über die Gesichter der Anwesenden, und Rachel Gayle nickte, als er sie streifte. Sie griff in ihre Jackentasche und hielt eine kleine, rechteckige Schachtel hoch, auf dem das Logo der Firma Kodak prangte.

„Mikrofilm, ich sehe“, sagte der Doktor und nickte anerkennend. „Sie erlauben, wenn ich das jetzt an mich nehme.“

Gayle gab ihm den Mikrofilm, als wäre er nicht mehr wert als eine Handvoll Wechselgeld. Hall schaute hinüber zu Bishop, der den Blick wie ein Schuljunge unter Verdacht eines Streichs starr nach vorn gerichtet hielt. Seit sein Freund den Mikrofilm im Restaurant ausgetauscht hatte, hatten sie Gayle in dem Irrglauben gelassen, das Original zu besitzen. Hall überlegte blitzschnell. Im Moment war es sicher gut, die Dinge laufen zu lassen. Wenn es nun aber den Anschein machen sollte, dass Mannheim tatsächlich die Aufzeichnungen Bergers erhielt, war wenigstens ein Minimum an Empörung angesagt. Er stieß die Agentin unsanft in die Seite und ließ einen feuerspeienden Blick folgen. Sie unterdrückte einen Aufschrei.

„Was wollen Sie?“, zischte sie. „Ohne das Vertrauen des Doktors können wir gleich wieder umdrehen!“

Hall schnaubte und senkte den Blick. Es war zugleich ein Aufatmen.

Mannheim ließ den Mikrofilm in seiner Jackentasche verschwinden. „Folgen Sie mir“, sagte er und verschwand in dem Minengewölbe, das mit einigen Glühbirnen, die nackt von der Decke hingen, spärlich ausgeleuchtet war. Sie gingen ihm nach, einem schmalen Gleis entlang tiefer in den Berg, bis sich der Tunnel nach etwa hundert Metern gabelte. Kalte Luft strömte ihnen entgegen. Die Schienen zeigten weiter geradeaus, doch Mannheim bog scharf nach links ab, wo es überhaupt kein Licht mehr gab, und es schien, als würde er von einem schwarzen Loch verschluckt. Die drei hielten inne und schauten verdutzt um sich.

Aus dem Dunkeln drangen Geräusche zu ihnen, als würde etwas Schweres geschoben, und Sekunden später war der Stollen von rotem Licht erfüllt. Mannheim hatte eine massive Bunkertür geöffnet, die in ein Treppenhaus führte, das aus einer kahlen Betonverkleidung bestand, die durch unzählige Leitungen und Rohre durchbrochen wurde. Eine Treppe aus Metall führte spiralförmig nach unten. Der Wissenschaftler stand bereits auf dem ersten Zwischenboden und schaute auffordernd nach oben.

Ihre Schritte auf dem Gitterrost verursachten ein lautes Scheppern, welches sich mit dem Echo, das von den Wänden zurückgeworfen wurde, immer weiter hochschaukelte. Erst als sie etwa zwölf Meter tief in den Untergrund hinabgestiegen waren, verstummte der Lärm. Mannheim hatte durch eine weitere, offen stehende Panzertür einen schlauchförmigen Raum betreten, dessen Wände und Boden mit weißen Kacheln ausgekleidet waren. Der Raum erinnerte an einen Duschraum, aber hier kamen die Brausen nicht aus der Decke, sondern seitlich aus den Wänden, und am Boden gab es gelbschwarze Leitmarkierungen, denen sie nun folgten.

„Eine Dekontaminationskammer“, flüsterte Bishop, der als letzter eintrat. Was er sah, als er den Raum durchschritten und das Schleusenportal passiert hatte, ließ ihm den Atem stocken.

Vor ihnen tat sich ein hell beleuchteter Korridor von vielleicht zwanzig Metern Länge auf, mit zellenförmigen Abteilen, die in gleichmäßigen Abständen zu beiden Seiten des Gangs abgingen. Die Zellenwände aus Stahl waren hellgrün und weiß lackiert und erinnerten mit den rechteckigen Fenstern an die stählernen Decks eines Hochseeschiffs. Nur die Decke des Korridors erinnerte daran, dass man sich in einem Tunnelsystem im Inneren eines Berges befand. Sie war komplett mit Spritzbeton ausgekleidet, was die darunter liegende Struktur des Felsens erkennen ließ.

Nachdem er durch den gesamten Flur gegangen war, betrat Mannheim, gefolgt von den anderen, die letzte Kammer auf der rechten Seite.

Es war ein ganz normales Büro mit Schreibtisch, Drehstühlen, Aktenschränken und einer Pinnwand. Selbst die leeren Kaffeetassen fehlten nicht. Nichts deutete darauf hin, dass von hier aus ein komplettes unterirdisches Forschungslabor geleitet wurde, das den Zweck hatte, ein hochgeheimes Forschungsprojekt aus der Zeit Nazideutschlands wiederzubeleben.

Dr. Mannheim setzte sich ans Kopfende eines rechteckigen Tischs und wies die anderen mit einer laschen Handbewegung an, ebenfalls Platz zu nehmen. „Dann erzählen Sie mal", sagte er, die Augen auf Peter Hall gerichtet. „Was ist das für eine Geschichte mit Rudolf Berger und dieser Botschaft, die er ihrem Freund gegeben hat?"

Hall sammelte seine Gedanken und räusperte sich, bevor er den Faden wieder aufnahm. „Auf den ersten Blick sieht es so aus, als hätte Berger an der internationalen Pressekonferenz in Leningrad die Gunst der Stunde genutzt, um dem Westen sein Geheimnis zu verraten: Das Versteck seiner wichtigsten Aufzeichnungen im

Kloster San Martino. Dies erweckt den Eindruck, Berger tat dies, damit das Gleichgewicht der Mächte erhalten bleibt."

Der Alte nickte. „Das ist dem Brief zu entnehmen. Rudolf schreibt, dass die Russen in der Forschungsstadt Arsamas-16 wohl bald der Durchbruch gelingen würde."

Hall lehnte sich vor. „Nun frage ich Sie: Wie wahrscheinlich ist es, dass die Sowjets das *Chronos*-Projekt ohne *Ihr* Expertenwissen wiederaufnehmen und zu einem Durchbruch bringen können?"

Alle Augen waren auf den Wissenschaftler gerichtet, der sich in die Stuhllehne hatte zurückfallen lassen und angestrengt nachdachte. Mit einem Mal erhob er sich und wandte von den anderen ab, die Hände hinter dem Rücken gefaltet.

„Es gibt zwei Arten von Physik", begann er. „Das eine ist die Physik als konventionelle wissenschaftliche Disziplin, wie wir sie alle kennen. Konservativ, theoriegeleitet, Falsifikationsprinzip. Newton, Einstein und so weiter. Damit können Sie Brücken bauen und Kühlschränke, alles kein Problem. Aber die Mathematik kann sich der Natur nur annähern, sie kann sie niemals ganz erfassen." Mannheim drehte sich langsam um und fuhr fort: „Mit anderen Worten: Es gibt Bereiche, in denen es keine Theorien gibt - aber sehr wohl beobachtbare Phänomene. In diesen Bereichen waren wir zu Hause. Es gab damals in Deutschland schon vor dem Krieg ein akademisches Umfeld, das dieses - sagen wir alternative Physikverständnis - gefördert hat, im Gegensatz zu allen anderen Ländern. Allen voran Amerika, wenn man bedenkt, wie man hier eines der größten Genies überhaupt, Nikola Tesla, vor die Hunde gehen ließ." Er hob den Zeigefinger und gleichzeitig seine buschigen Augenbrauen. „Deshalb haben sie so viele von uns rekrutiert, nach dem Krieg:

Die Amerikaner wussten ganz genau, dass sie nicht über die Leute verfügten, die diese nichtlineare Physik, auf die sie in Deutschland zufällig gestoßen waren, überhaupt verstanden."

„Aha", sagte Bishop. „Und als die Nazis Anfang der dreißiger Jahre an die Macht kamen, erkannte man das Potential dieses Strangs. Das Regime öffnete Tür und Tor für eure Forschungen - und ihre prall gefüllte Rüstungskassen."

„Allerdings. Nachdem die Atomforscher um Otto Hahn 1938 gezeigt hatten, welches enorme militärische Potential in der Kernspaltung steckt, stießen auch wir mit unseren Ideen schnell auf offene Ohren. Das Konzept der Nullpunktenergie versprach ja etwas Ähnliches: Die Erzeugung von sauberer Energie, wenn sie kontrolliert und dosiert freigesetzt wird - und andernfalls eine Bombe. Mit dem wesentlichen Unterschied, dass die Nullpunktenergie das Potential der Atomenergie um ein Vielfaches übersteigt. Das ging natürlich wunderbar einher mit Hitlers imperialistischen Idealen und der Vorstellung einer Wunderwaffe, die den Kriegsverlauf entscheidend ändern würde. Aber was wir damals mit der *Glocke* gemacht haben, war letztlich bloß Grundlagenforschung. Vielversprechend zwar, aber eben: Grundlagenforschung. Kurz, um Ihre Frage zu beantworten, Mr. Hall: Ich bin wohl der einzige Überlebende von damals, der die notwendigen technischen Kenntnisse besitzt, die auf jahrelangen Experimenten basieren. Aber Sie dürfen nicht vergessen, es sind zwanzig Jahre vergangen seither."

„Zwanzig Jahre, in denen die Russen aufgeholt haben *könnten*, was Sie geschaffen haben", pflichtete Hall bei. „Auf der anderen Seite scheinen aber *Sie* und die Amerikaner in diesen zwanzig Jahren keine wesentlichen Fortschritte gemacht zu haben."

Mannheim ahnte, worauf Hall hinauswollte und nickte anerkennend. „Was Sie hier sehen", erklärte er, „sind die hochgeheimen, millionenteuren, und doch kläglich gescheiterten Versuche des US-Militärs, einen funktionsfähigen Nullpunktenergie-Reaktor zu bauen. Niemand hat hier seit dem Zweiten Weltkrieg herausgefunden, wie sich die notwendigen nuklearen Isomere in genügender Menge isolieren lassen. Genau das war auch Bergers Problem, als wir damals in Schlesien mit der *Glocke* anfingen. Nun, er scheint es inzwischen gelöst zu haben.

„Die *Glocke*?", fragte Bishop. „Sie erwähnten den Begriff zweimal."

„Das Kernstück des *Chronos*-Projekts. Wir arbeiteten fast ausschließlich daran. Es handelt sich um eine Testanlage, mit der die Trägheits- und Wirbeleigenschaften bestimmter radioaktiver Materialien unter Hochgeschwindigkeitsrotation erforscht wurden, und ihre daraus resultierenden Feldeffekte. Das Gerät ist ein Metallzylinder, der aussieht wie eine Glocke - daher der Übername. Ein reichlich harmloser Name für diese Höllenmaschine, notabene." Mannheim blickte in die Runde und zog die Augenbrauen hoch. „Bestimmt wollen Sie sehen, wovon ich spreche?"

52.

Hall und seine Gefährten waren sprachlos und schauten sich verblüfft an, während Dr. Mannheim auf dem Drehstuhl herumwirbelte und wie von der Tarantel gestochen aufsprang.

„Hier lang!“ Er verließ die Bürozelle und ging, gefolgt von den anderen, in den Gang hinaus. Nach wenigen Schritten standen sie vor einer weiteren massiven Tür, die sich zischend öffnete, nachdem Mannheim die Verriegelung gelöst hatte. „Im ganzen Trakt herrscht Unterdruck“, erklärte er im Weitergehen. „Es gibt hier sicherheitshalber mehrere aufeinanderfolgende Schleusen.“

Seine drei Besucher folgten ihm angespannt und voller Erwartung durch eine weitere Schleuse. Daraufhin sammelten sie sich in einem schmalen Kontrollraum, in dessen Zentrum ein gewaltiges Schaltpult stand, über dem sich ein Fenster aus dickem Panzerglas befand. Der Doktor setzte sich auf den Stuhl in der Mitte des Pults und drückte auf einen Knopf. Ein summendes Geräusch ertönte, und vor dem Fenster setzten sich die massiven Lamellen einer Jalousie aus Betonelementen in Bewegung. Langsam rückten sie nach oben, als wollten sie die Enthüllung ihres Geheimnisses möglichst lange hinauszögern. Mannheim betätigte weitere Schalter. Leuchtstoffröhren zuckten auf und verströmten ein grelles, weißes Licht. Nach und nach wurde der Blick frei auf das mysteriöse Objekt, das laut Mannheim der Kern des gesamten *Chronos*-Projekts repräsentierte: Ein etwa drei Meter hoher, mattschwarzer Zylinder von gut zwei Metern Durchmesser. Er stand auf einem kompakten Sockel und erinnerte tatsächlich an eine Taucherglocke, zumal es auf halber Höhe eine Art Bullauge gab, dessen massive Vernietung die ungeheuren Kräfte erahnen ließ, die im Inneren des Objekts wirken mussten. Die *Glocke* befand sich in einer engen, mit Keramikkacheln ausgekleideten Kammer, an deren Wänden die Spuren einer Flüssigkeit verliefen, die sich in die Kacheln eingefressen hatten. Aus dem Sockel kamen armdicke Kabel heraus, wie die Fangarme eines Kraken, die in den Wänden der Kammer verschwanden.

Hall spürte sein Herz schneller schlagen. Hier stand er nun vor einem der gewagtesten wissenschaftlichen Projekte, die je unternommen wurden, einem rabenschwarzen Ungetüm, das in dem verliesartigen Raum wirkte wie eingesperrt. Mannheim erklärte in kurzen Sätzen das Funktionsprinzip. Im Inneren der Glocke würden zwei Zylinder in hoher Geschwindigkeit entgegengesetzt zur Rotation gebracht. Die Zylinder seien gefüllt mit einer hochradioaktiven, quecksilberartigen Substanz, und damit werde ein Torsionsfeld generiert, welches in der Lage sei, das alles umgebende Nullpunktenergiefeld zu beeinflussen und anzuzapfen. Eine Energie von unerschöpflichem Potential, welche das Potential der Nuklearenergie meilenweit in den Schatten stellt. Zivil *und* militärisch.

Als er fertig war, kamen Hall unweigerlich die letzten Worte in den Sinn, die Rudolf Berger in seiner Botschaft geschrieben hatte. Ihm war, als stünde der Professor neben ihm und flüsterte sie ihm direkt ins Ohr: *Die Macht dessen, der diese Technologie beherrscht, ist total.*

Walter Bishop beugte sich über die Schaltkonsole, so dass er mit dem Gesicht ganz nahe vor dem Fenster war. „Das ist die wissenschaftliche Sensation schlechthin! Sind Sie sich dessen überhaupt bewusst?“

Mannheim lächelte, als hätte er Mitleid mit seinen unwissenden Gästen. „Eine wissenschaftliche Sensation, gewiss. Aber auch eine Höllenmaschine! Wenn Sie wüssten, wie viele Menschenleben die Glocke auf dem Gewissen hat, alleine während der ersten Versuchsphasen damals in Niederschlesien." Die Stimme des alten Mannes wurde leiser, während ihm die schmerzlichen Erinnerungen zurück ins Bewusstsein drangen. „Das Problem war ein extrem instabiles Quecksilber-Isotop namens Xerum-525, das für verschiedene unerwünschte Nebenwirkungen verantwortlich war."

„Was denn für Nebenwirkungen?", fragte Hall.

Dr. Mannheim atmete tief ein und stützte sich mit den Ellbogen auf die Konsole ab. Sein Blick blieb nach vorne auf die mysteriöse Glocke gerichtet.

„Schon früh war uns aufgefallen, dass die Plasmastrahlenemissonen der Glocke verheerende Wirkungen auf organisches Material hatte - die Zellstruktur von Pflanzen und Tieren wurde komplett von innen heraus zerstört, so dass jegliches Gewebe in eine geleeartige Masse zerfiel. Immer mehr wissenschaftliche Mitarbeiter begannen über starke Kopfschmerzen, Gleichgewichts- und Schlafprobleme zu klagen, über Muskelkrämpfe und einen metallischen Geschmack im Mund. Wir verlangten, die Sicherheitsmaßnahmen zu erhöhen, doch diese Nebeneffekte wurden von unseren Vorgesetzten im Gegenteil mit großem Interesse zur Kenntnis genommen und minutiös protokolliert. Wir hatten zu Beginn der Projektphase Personenlisten erstellen müssen, mit Angaben dazu, welche genauen Funktionen die einzelnen Mitarbeiter hatten. Daraus konnte die SS-Projektleitung leicht eine Art Rangliste nach Wichtigkeit erstellen. Verstehen Sie, die SS hat diejenigen, die sie für entbehrlich hielten, als Versuchskaninchen benutzt und mehr oder weniger schutzlos den Strahlungen der Glocke ausgesetzt. Fünf unserer Wissenschaftler starben an den Folgen. Es war furchtbar!“

Hall kniff die Augen zusammen. „Der Mann, der diese Gräuel zu verantworten hat, heißt Hans Kammler, nicht wahr?“

Als er den Namen hörte, zuckte der Alte zusammen und fuhr herum. In seinen Augen lag etwas, das aus seinem tiefsten Inneren heraufzukommen schien. Purer Hass. Er beantwortete die Frage mit einem knappen Nicken.

Hall wischte sich über die Stirn und überlegte, wie er Mannheim am besten beibringen konnte, was er ihm zu sagen hatte. Er gab es auf, als er einsah, dass er dem alten Mann den Schock nicht ersparen konnte. „Dr. Mannheim“, sagte er mit ruhiger Stimme, „hinter den Morden an Stewart und Henderson steckt keineswegs der KGB, wie wir alle glauben sollten. Der Drahtzieher hinter der ganzen Geschichte ist kein geringerer als Hans Kammler!“

Konsterniert starrte Mannheim vor sich hin. Dann begann er immer heftiger, den Kopf zu schütteln. „Völlig unmöglich. Ich habe schon vor vielen Jahren nachgeforscht, um herauszufinden, ob dieses Schwein den Krieg irgendwo überlebt hat. Ich bin im Besitz einer Kopie des Beschlusses des Amtsgerichts Berlin-Charlottenburg. Er ist seit 1945 tot. Hat sich durch Selbstmord aus der Verantwortung geschlichen!“

„Es gibt noch drei weitere Berichte über seinen angeblichen Suizid“, meldete sich Bishop zu Wort. „Selbst beim Roten Kreuz liegen verschiedene Versionen vor. Sie sollten nur der Vertuschung dienen.“

Ungläubig blickte Mannheim zwischen den dreien hin und her.

„Kammler kam nach dem Krieg hierher nach Amerika, wo er in der schwarzen Welt des Pentagons verschwand", erklärte Hall. „Wie der Zufall will, haben die Amerikaner nach dem Krieg noch einen weiteren hochrangigen Nazi in die amerikanischen Geheimdienste integriert, um dessen Spionagenetzwerk hinter dem Eisernen Vorhang gegen die Russen benutzen zu können: Reinhard Gehlen, dem ehemaligen Chef von Hitlers Sowjetspionageabteilung *Fremde Heere Ost*. Wir glauben, dass es eine strukturelle Verbindung zwischen den beiden gibt, denn nur so konnte es Kammler gelingen, sein Netzwerk sowohl hier als auch hinter dem Eisernen Vorhang zu reaktivieren und zu lenken. Seine Organisation hat den sowjetischen Geheimdienst genauso infiltriert wie den amerikanischen, und die fingierte Übergabe der Botschaft Bergers in Leningrad war sein großer Coup."

Dr. Mannheim war zur Salzsäule erstarrt. Natürlich wusste er von den Gerüchten, die seit je her kursierten, und von abstrusen Theorien, die in billigen Magazinen publiziert wurden. Doch was ihm der Reporter um die Ohren schlug, stellte alles in den Schatten, was ihm je zugetragen wurde. Es überstieg schlicht sein Vorstellungsvermögen.

„Eine klassische Trojaner-Operation, wenn Sie so wollen", fuhr Hall fort. „Die US-Geheimdienste sollten glauben, auf den größten Glücksfall ihrer gesamten Geschichte gestoßen zu sein. Dabei wurden die Vereinigten Staaten lediglich als Wirtsland benutzt, genauso die UdSSR."

„Sie sprechen von einer internationalen Verbindung von Nazis!", rief der alte Mann mit weit aufgerissenen Augen. „Sie sind ja nicht bei Trost! Woher wollen Sie das alles überhaupt wissen?"

„Mein Freund Ed Stewart war, wie ich schon sagte, nicht nur Journalist, sondern er stand auch auf der Gehaltsliste der CIA. Hätte er das getan, was man von ihm erwartete, nämlich Bergers Botschaft einfach an seinen Vorgesetzten weiterzureichen, dann wäre nichts von all dem je ans Licht gekommen. Verstehen Sie, sie alle sollten die Rolle spielen, die ihnen zugedacht wurde: Berger, Stewart, die Leute der CIA von Gayle bis Henderson, und auch Sie, Dr. Mannheim. Doch Stewart merkte schon in Leningrad, dass etwas faul war an der angeblichen Übergabe, und er begann Nachforschungen anzustellen. Bevor er umgebracht wurde, rief er mich um Hilfe, und Walter Bishop und ich begannen, seinen Spuren zu folgen. Und vor etwa acht Stunden stand ich dem Mann gegenüber, der als Einziger überhaupt in der Lage ist, dieses ungeheure Projekt zu planen und zu koordinieren. Weil er genau dasselbe auch in Nazideutschland getan hatte: Hans Kammler."

Der Wissenschaftler war aufgestanden und begann, mit kleinen Schritten auf - und abzugehen. „Julius", murmelte er unverständlich für die anderen.

„Wie bitte?", fragte Bishop.

„Julius. Der Deckname meines Vorgesetzten. Ich kenne seinen richtigen Namen nicht. Persönlich habe ich ihn nie getroffen. Wir haben lediglich telefoniert. Wenn es stimmt, was Sie sagen…" Er brach ab und senkte den Kopf.

„Es bedeutet, dass Sie, Dr. Mannheim in Tat und Wahrheit die ganze Zeit für Kammler gearbeitet haben", sagte Hall leise. „Es fällt mir schwer, Ihnen dies so…"

„Mörder!", schrie Mannheim auf und ließ seine Faust gegen eine Wand donnern, dass eine ganze Reihe von Metallschränken wackelte. „Dieser verdammte Mörder!" Der alte Mann taumelte auf einen Stuhl zu. Dann fiel er schluchzend in sich zusammen und vergrub das Gesicht in den Händen.

„Entschuldigen Sie“, sagte er nach einer Weile. „Entschuldigen Sie. Sie sollten nicht denken,…was waren wir alles Narren, damals!“

Rachel Gayle legte ihm eine Hand auf die Schulter. „Wollen Sie uns nicht erzählen, was damals geschehen ist?“

Mannheim hob den Kopf und schaute sie aus seinen trüben Augen an. Dann öffnete er langsam den Mund und begann zu erzählen.

Ludwikovice, Niederschlesien
Mai 1945

Die Forschungsanlage befand sich in der Wenceslas-Mine, die zu einem gigantischen unterirdischen Stollenkomplex mit dem Decknamen *Riese* gehörte, der von 40000 Häftlingen des Konzentrationslagers Groß-Rosen angelegt worden war. Der Ort war zudem tief in den Wäldern des Eulengebirges verborgen, was ihn zum perfekten Standort für die Forschung und Entwicklung einer der geheimsten deutschen Waffenprojekte überhaupt machte. Im Mai ‘45 wussten die Wissenschaftler, unter ihnen der Physiker Prof. Rudolf Berger und der Ingenieur Dr. Werner Mannheim, längst, dass die Russen kommen würden. Sie wussten bloß nicht, wann. Das als *kriegsentscheidend* eingestufte Geheimprojekt stand unter der Schirmherrschaft und dem Schutz der Waffen-SS, und die Wissenschaftler wurden von der Außenwelt komplett abgeriegelt und erfuhren über den Kriegsverlauf nur das, was man sie wissen ließ.

Dieser Tag hatte angefangen wie jeder andere, mit Lagebesprechungen, der Zuweisung von Aufgaben, dem Erstellen von Forschungsplänen. Um die Mittagszeit hatte die Nachricht die Runde gemacht, dass General

Hans Kammler, der oberste Chef der SS-Geheimprojekte, persönlich in Ludwikovice eingetroffen war. Dies war höchst bemerkenswert, denn immerhin waren es von den Skoda-Werken in Pilsen, wo Kammler sein Hauptquartier hatte, eine Fahrt von über drei Stunden, welche das Risiko barg, jederzeit in den Fängen der vorrückenden Roten Armee zu enden. Allen war sofort klar, was dies zu bedeuten hatte: Kammler wollte sich die wichtigsten Unterlagen zum *Chronos*-Projekt unter den Nagel reißen, damit er mit den Alliierten nach der Kapitulation Deutschlands über seine Freiheit verhandeln konnte. Bald sollte allen klar werden, dass es nicht bei den Unterlagen bleiben würde.

Unter der Belegschaft herrschte ein äußerst nervöses Klima, als es plötzlich hieß, man solle sich in der Kantine zur Besammlung einfinden. Die Kantine war voller SS-Wachen in schwarzen Uniformen. Der Uhrzeiger sprang auf die Eins, als *er* in den Türrahmen trat.

Nach einer kurzen, förmlichen Begrüßung begann er, die Wissenschaftler herauszusuchen, die er auf seiner Liste hatte. Die Hände hinter dem Rücken verschränkt, ließ er seine kalten Augen durch den Raum wandern und verlas die entsprechenden Namen. „Sie drei", sagte er, und deutete mit dem Zeigefinger wie mit einer Pistole nacheinander auf die hervortretenden Männer, „sie drei bleiben hier!"

Während die anderen Mitarbeiter hinausgeführt wurden, warteten Rudolf Berger, Werner Mannheim und der wissenschaftliche Leiter des Projekts, Prof. Walther Gerlach, was mit ihnen geschah. Nachdem sich die Kantine geleert hatte, wurden die drei von sechs Wachen hinaus eskortiert und angewiesen, einen LKW zu besteigen. Die Männer sprachen kein Wort. Angst stand in ihren bleichen Gesichtern, denn mit jeder Sekunde wurde ihnen bewusster, dass dies ein Todeskommando war. Angst nicht um sie selber, denn sie wussten, dass sie im Bezug auf das revolutionäre Projekt zu wertvoll waren. Doch all die anderen waren lediglich Mitarbeiter - und Mitwisser, die keinesfalls den Russen in die Hände fallen durften.

Der LKW war schon einige Minuten unterwegs, als aus dem Wald plötzlich Maschinengewehrsalven zu hören waren.

Es waren zweiundsechzig Männer, die an diesem Tag massakriert wurden. Allesamt Mitarbeiter des *Chronos*-Projekts. Die Anlagen wurden zerstört, und die Rote Armee sollte wenige Tage später nichts als verbrannte Erde vorfinden. Hans Kammler aber hatte, was er wollte: Eine unschlagbare Trumpfkarte, die ihm in den Verhandlungen mit den Alliierten seine persönliche Freiheit garantieren würde.

Beklemmendes Schweigen erfüllte den Raum, als Mannheim seine Geschichte beendet hatte. Das grausame Massaker, das Kammler angeordnet hatte, bewies auf ein Neues, wozu dieser Mann fähig war. Und jetzt war er wieder aktiv geworden, und er war nicht weit entfernt von ihnen.

„Wohin ging damals die Reise mit dem LKW?", hakte Gayle nach.

„Nach Pilsen", erklärte Mannheim ohne vom Boden aufzusehen. „Dort in den Skoda-Werken befand sich das Hauptquartier des Kammlerstabs. Die 3. US-Armee war eben eingetroffen, wir wurden getrennt und von Geheimdienstleuten der Armee verhört. Von dem Tag an war der Krieg für mich vorbei. Man machte mir ein gutes Angebot. Ich sagte nicht nein und ging mit. Von meinem Freund Rudolf Berger habe ich nie wieder etwas gehört."

Hall ließ den Blick schweifen. „Und dann wurde dies hier aufgebaut“, mutmaßte er. „Als tiefschwarzes Projekt des Pentagon. Aber Sie kamen nicht voran. Weil Bergers Expertenwissen fehlte.“

„So ist es. Bis man mir vor einigen Wochen mitteilte, dass das Projekt wieder aufgenommen werde. Berger sei es gelungen, seine wichtigsten Aufzeichnungen in den Westen zu schmuggeln. Wir würden wieder beginnen, und…“ Dr. Mannheim hielt mitten im Satz inne. Ein dumpfes, metallisches Geräusch drang zu ihnen. Es klang wie Schläge gegen eine Stahltür.

„Da ist jemand!“, rief Gayle. „Jemand hat sich an der Panzertür zu schaffen gemacht!“

„Mein Gott!“, stieß Bishop hervor.

Peter Hall fasste den alten Mann mit beiden Händen bei den Schultern. „Doktor, das sind Kammlers Leute! Gibt es hier einen zweiten Ausgang?“

Mannheim stand mit einem Satz wieder auf den Beinen. „Der Notausgang! Kommen Sie mit!“ Er wirbelte herum und stürmte aus dem Kontrollraum hinaus. Der groß gewachsene Wissenschaftler war körperlich erstaunlich fit und hatte mit wenigen Schritten bereits die erste Schleuse erreicht. Ungeduldig ruderte er mit den Armen in der Luft, und die drei anderen folgten ihm. Mit Schrecken nahmen sie zur Kenntnis, dass Mannheim denselben Weg nahm, den sie gekommen waren. Sie drohten, den Eindringlingen direkt in die Arme zu laufen.

Als sie die Panzertür erreicht hatten, die zur Dekontaminationskammer und von da in den Treppenschacht hinausführte, wurden die Geräusche lauter. Schritte auf den Metallrosten, die wie Kettenrasseln klangen.

„Sie kommen!“, rief Gayle und rannte weiter den Gang entlang, der vor einer nackten Felswand zu enden schien, dort aber abrupt um neunzig Grad nach rechts abbog. Von dort hörte sie den Wissenschaftler rufen.

„Hier entlang! Beeilung!“ Mannheim hielt eine schmale Tür auf.

Sie duckte den Kopf und schlüpfte, dicht gefolgt von Bishop, durch den Notausgang. Hall hatte einen ersten Fuß über die Schwelle gesetzt, da sah er, wie Mannheim einige Meter zurück in die Gänge lief und in einem der zellenartigen Räume verschwand. Er machte sofort kehrt und rannte ihm nach.

Als er ihn eingeholt hatte, stand der Doktor über eine Konsole mit elektronischen Apparaturen gebeugt. Er drehte einen Rasterschalter, drückte einen Knopf und zog zuletzt einen Schlüssel aus dem Pult. Dann warf er sich um die eigene Achse und stieß beinahe mit Hall zusammen.

„Weg hier!“, sagte er nach Atem ringend. „Hier fliegt gleich alles in die Luft!“

Ein Aufschrei blieb Hall im Hals stecken, während er sich abermals an Mannheims Fersen heftete. Vin links drangen Lichtstrahlen von Taschenlampen hinein, die stroboskopisch über die Felswand tänzelten. Adrenalin schoss durch seinen Körper. Sie hatten das Labor erreicht! Er jagte Mannheim nach, sah, wie dieser durch den Notausgang entwischte. Dann, als er selber vor der Passage stand, passierte es.

Er wurde vornüber zu Boden geworfen, als hätte ihm jemand einen harten Schlag auf die Schulter verpasst. Erst dann hörte er den Widerhall des Schusses und realisierte, was geschehen war. Ein tauber Schmerz breitete sich ringförmig von seiner rechten Schulter aus und als er hinsah, war sein Hemd von Blut getränkt.

53.

Der Fluchtstollen endete inmitten einer Felsgruppe bei einem Holzschuppen. Walter Bishop hob die flache Hand gegen die stechende Sonne und drehte sich um. Rachel Gayle erschien im Tageslicht, etwas später folgte Dr. Mannheim.

„Wo ist Peter?", fragte Bishop und verdrehte sich, um an den anderen vorbei in den engen Stollen sehen zu können.

„Hinter mir!" Mannheim schaute zurück und formte mit der Hand einen Trichter um den Mund. „Hall? Wo zum Teufel bleiben Sie?"

Statt einer Antwort ertönte ein tiefes Grollen, das sich wie ein herannahender Güterzug langsam an die Oberfläche vorarbeitete. Der Boden begann zu zittern, und nachdem die Detonationen der Sprengladungen in der Tiefe des Berges verklungen waren, hörten sie, wie Felstrümmer und Schutt durcheinander krachten.

„Peter! Nein!", schrie Bishop. Gayle machte Anstalten, auf der Stelle zurück in den Stollen zu gehen, doch Dr. Mannheim hielt sie an der Schulter zurück. Eine zweite, kleinere Erschütterungswelle ging durch den Berg.

„Das ist viel zu gefährlich! Wollen Sie, dass es Sie auch noch erwischt?"

Sie ließ sich auf die Knie sinken und schlug die Hände vors Gesicht, als könne sie die furchtbaren Bilder abwehren, die sich in ihrem Kopf abspielten.

Bishop stand da wie angewurzelt. Als ihm dämmerte, was geschehen war, stieg Wut in ihm hoch. „Was haben Sie getan? Was haben Sie nur getan?", schrie er den Alten an.

„Ich *musste* es tun!", wehrte Mannheim ab. „Hätte ich die Sprengladungen nicht gezündet, würde das Labor mitsamt den Aufzeichnungen in seine Hände fallen!" Er wankte, als würde er jeden Moment umfallen und streckte seine Hand nach einem Halt aus. „Ihr Freund war direkt hinter mir - mein Gott, sie müssen ihn erwischt haben!" Seine Stimme klang völlig entkräftet. „Er war doch eben noch hinter mir!"

Rachel Gayle hatte sich wieder gefangen. Sie stand auf und strich sich die Locken aus der Stirn. „Wir müssen Hilfe holen! Wenn er da drin verschüttet ist, schaffen wir das nicht alleine!"

Die Männer nickten zustimmend, und Mannheim sagte: „Gehen Sie! Ich gehe zurück in den Stollen und beginne mit der Suche. Immerhin habe ich dies alles verursacht!"

Bishop wollte protestieren, doch Mannheim war bereits verschwunden. „Bringen Sie Werkzeug mit!", tönte es noch aus dem Schacht. „In einem der Schuppen finden Sie bestimmt etwas!"

Gayle zog ihn am Ärmel. „Kommen Sie, Walter! Im Wagen hat es ein Funkgerät."

Er nickte abermals und lief ihr hinterher, den staubigen, ausgewaschenen Weg hinunter, der zu den Verarbeitungsanlagen mit den Förderbändern und den unzähligen Wellblechschuppen führte. *Du hast schon viele brenzlige Situationen überstanden,* redete er seinem Freund in Gedanken zu. *Denk nur an Korea! Du wirst es auch diesmal schaffen!* Er rannte so schnell er konnte und nahm die erste Hütte ins Auge, in der er nach Schaufel und Pickel suchen würde. Sie würden umkehren und zu graben beginnen. Und bald schon würde Verstärkung von einem Rettungsteam eintreffen.

Doch als er näher zu den Schuppen kam und neben ihrem rostroten Lincoln Continental zwei weitere Fahrzeuge erblickte, überkam ihn eine dunkle Vorahnung.

54.

Die Stressreaktion seines Körpers ließ Hall die Schmerzen in seiner Schulter nur mehr als dumpfes Gefühl erleben. Er stemmte sich vom Boden hoch und stolperte vorwärts durch den Fluchtgang, der gerade so weit in den Felsen getrieben worden war, dass sich ein Mann in stark gebeugter Haltung darin fortbewegen konnte.

Hinter sich hörte er ein scharrendes Geräusch. Er wagte es nicht, sich umzusehen, und rannte weiter, blindlings in die Dunkelheit des Tunnels. Mit den Händen tastete er sich der Felswand entlang, die eine Linkskurve beschrieb. Seine Füße fühlten, wie die Steigung zunahm und trugen ihn weiter, ließen ihn stoisch einen Schritt vor den anderen setzen. Der Fluchtstollen schien nach oben zu führen. Plötzlich erhellte das schwache Licht einer einzelnen Glühbirne das graue Gestein. Hall strauchelte darauf zu und übersah dabei den Stützbalken unter der Stollendecke, der ihn mit voller Wucht an der Stirn erwischte. Der Schmerz zog ihm die letzte Kraft aus den Beinen. Er fiel auf die Knie, rappelte sich noch einmal zur Hälfte hoch, spürte, wie ihm schwarz vor Augen wurde.

Das letzte, was Hall sah, war der sattblaue Himmel am Ende des Stollens und die Umrisse eines menschlichen Körpers. Dann erschütterte ein gewaltiges Donnern das Innere des Berges. Das Gestein um ihn herum erzitterte, und Sand rieselte auf sein Gesicht, als er bewusstlos zu Boden ging.

Gayle und Bishop gingen hinter einem Gespann aus drei Güterloren in Deckung und spähten zu den Autos hinüber.

„Ich glaube, es ist niemand in den Autos", flüsterte sie. „Besser, ich sehe nach." Sie verließ die Deckung und schlich in gebückter Haltung vorwärts. Neben ihrem Lincoln waren ein dunkelblauer Buick und ein schwarzer Chevrolet geparkt, die unter einer dicken Staubschicht fast gleich aussahen. Sie umkreiste die Wagen und spähte hinein. „Keiner da", rief sie Bishop zu und ging weiter zu dem Lincoln. „Ich versuche, über Funk Hilfe zu bekommen."

„Alles klar", antwortete Bishop und richtete sich auf. „Ich schaue nach, ob ich irgendein Werkzeug finde." Er ging zu dem Schuppen, der zu seiner Rechten lag. Die Tür hatte keinen Griff mehr und stand einen Spalt offen. Mit dem Fuß stieß er sie nach innen auf. Als er hineingehen wollte, hörte er, wie Rachel Gayle seinen Namen schrie.

Er fuhr herum und sah, wie sie ihn heftig gestikulierend herbeiwinkte. Sie sprang in den Wagen, startete den Motor und beugte sich hinüber, um die Beifahrertür aufzustoßen. Der Grund für ihre panische Reaktion wurde ihm klar, als er den Lincoln erreicht hatte und die zwei Männer sah, die von den Mineneingängen her auf sie zuliefen. Der eine hinkte stark und blieb schon auf halber Strecke zurück. Der andere aber kam schnell näher und riss eine Pistole hoch, die er aus dem Laufschritt heraus abfeuerte. Das Heulen der Kugeln hallte durch den Canyon, doch sie schlugen lediglich in den sandigen Boden ein.

Bishop wuchtete sich in den Wagen und zog die Tür hinter sich zu, während Gayle das Gaspedal durchtrat. Der Wagen machte einen Satz nach vorne. „Was ist mit Peter?", rief er. Sein Kopf wurde gegen das Fenster geschleudert. Fluchend streckte er die Hände aus, um sich irgendwo festhalten zu können. „Wir müssen ihm helfen!“

„Verdammt, Walter! Was denken Sie, wem diese Kugeln gelten? Es wird ein Rettungsteam kommen. Mit einer Kugel im Kopf sind sie Peter keine Hilfe!“

In dem Moment ließ ein Schuss die Heckscheibe zerbersten. Instinktiv zogen die beiden ihre Köpfe ein. Gayle schlug das Steuer hart nach rechts ein und gab Gas. Die Räder drehten durch, fanden vorübergehend Halt, dann scherte der Wagen seitwärts aus und schleuderte gegen einen Stapel Kisten. Splitterndes Holz flog an den Wagenscheiben vorbei, dann stabilisierte sich der Kurs und der Wagen schoss vorwärts davon.

55.

Der kalte Stein, auf dem er lag, ließ Hall allmählich erwachen. Sein Gesicht fühlte sich überall geschwollen an, und der Geschmack von Blut lag ihm im Mund. Langsam öffnete er die Augenlider. Er sah ein bizarres Mosaik aus einzelnen Lichtpunkten, die durch winzige Ritzen zu ihm drangen und streckte seine Hand danach aus. Seine Hand ertastete einen Haufen loser Steine, die sich sofort lösten und herunter kullerten. Erst jetzt kam ihm ins Bewusstsein, was geschehen war und wo er sich befinden musste. Die Sprengladungen, die Dr. Mannheim scharf gemacht hatte, waren hochgegangen und hatten den halben Berg zum Beben gebracht. Eine Welle panischer Angst überkam ihn, als er begriff, dass er verschüttet worden war. Er öffnete den Mund und wollte um Hilfe rufen. Stattdessen verfiel er in ein hysterisches Husten, das andauerte, bis sich seine Lunge von dem Staub befreit hatte.

Sein Gehirn fing wieder an, rational zu arbeiten. *Dort, wo das Licht herkommt, ist der Ausgang. Grabe!*

Durch die rechte Schulter jagte ein brennender Schmerz, als er sie bewegte. Er richtete sich halbwegs auf und begann, mit der linken Hand Steine wegzuschieben. Plötzlich meinte er, auf der anderen Seite ein Echo seiner Geräusche zu hören und hielt einen Moment lang inne. Waren es bloß Steine, die auf der anderen Seite des Schutthaufens hinunter rollten, oder grub da tatsächlich jemand?

„Hallo?“, rief er mit stickiger Stimme und hustete erneut.

Ein dumpfes, unverständliches Grummeln kam zurück. *Walter!,* dachte er. Die Hoffnung wirkte wie eine Adrenalinspritze. Sein Gehirn blendete die Schmerzen aus, und seine Hände verselbstständigten sich. Sie rotierten wie ein Baggerwerkzeug, schlugen seine Finger blutig und rissen seine Fingernägel auf. „Walter!“, rief er immer wieder und grub weiter. Als ihm schwindlig wurde und er spürte, dass er bald wieder das Bewusstsein verlieren würde, hörte er die Stimme von der anderen Seite immer deutlicher.

Er rief den Namen seines Freundes noch zweimal, ehe er erneut zusammenbrach.

Halls Rufe verhallten, ohne dass Bishop sie hörte. Dieser saß in diesem Augenblick auf dem Beifahrersitz des Lincoln, mit verrenktem Kopf, um durch die zerschossene Heckscheibe zu sehen, was hinter ihnen passierte. Der Mann mit der Beinverletzung war nicht mehr zu sehen. Aber der mit der Waffe war gerade dabei, in eines der Autos zu steigen. *Zwei gegen zwei,* dachte Bishop blitzschnell. *Der im Auto wird Rachel verfolgen. Und mit dem Hinkebein werde ich wohl fertig werden. Vielleicht sieht er mich gar nicht, wenn ich vorsichtig bin.* „Halten Sie an! Ich gehe zurück!"

„Schwachsinn!", antwortete sie. „Die werden Sie erschießen! Wir müssen warten, bis Verstärkung kommt!"

„Bis dann ist es vielleicht zu spät! Halten Sie an!" Er stieß sie zur Seite, umklammerte mit beiden Händen das Steuer und riss es herum, so dass der Wagen seitlich wegdriftete. Gayle wurde gegen die Wagentür gedrückt. Sie schrie auf, rammte ihm den Ellbogen in die Rippen und versuchte ihn vom Steuer loszureißen. Erfolglos. Dann trat sie mit voller Kraft auf die Bremse.

Bishop stieß mit dem Kopf gegen die Windschutzscheibe, ehe er in den Sitz zurückgeschleudert wurde. Der Wagen wippte noch einmal nach und blieb dann in einer Staubwolke stehen. Gayle stieß einen lauten Fluch hervor.

„Kümmern Sie sich um den im Auto!", rief Bishop, als er aus dem Wagen taumelte. Die Brille hing ihm schief im Gesicht. In seinen Augen loderte Feuer.

56.

Sie legte den ersten Gang ein und stellte den Fuß auf das Gaspedal. Ihr Blick war auf den Rückspiegel geheftet, und sie wartete gebannt darauf, was der Mann, der in das Auto gestiegen war, tun würde. Wen würde er verfolgen? Sie oder Bishop? Sie zog Hendersons Pistole aus der Innentasche ihrer Jacke, entsicherte sie, und legte sie auf den Beifahrersitz. „Komm schon“, flüsterte sie und kniff die Augen zusammen.

Als hätte er lediglich auf ihre Aufforderung gewartet, preschte der Buick los wie ein losgelassener Stier, geradewegs auf sie zu. Gayle trat das Gaspedal durch und steuerte sofort unebenes Gebiet an, um ein möglichst schwer zu treffendes Ziel abzugeben.

Tatsächlich gelang es ihr, den Verfolger auf Distanz zu halten, während sie sich vom Minengelände entfernte. Dann aber tauchten immer größere Felsblöcke vor ihr auf. Sie musste verlangsamen, um einen Weg zwischen Steinen, Furchen und Mulden hindurch zu finden.

Jetzt holte der andere, der nur ihrer Spur zu folgen hatte, in unheimlichem Tempo auf.

Ihr Puls beschleunigte. Sie hielt sich nach links, wo sie sich eine Verbesserung des Geländes erhoffte. Die rechte Wagenseite schlug gegen eine Mauer kniehoher Steine. Es klang, als würden ein paar ein Dutzend Konservendosen auf einmal zerknüllt.

Nur Sekunden darauf ein Schuss, der die Wagenseite traf. Gayle stieß einen Schrei aus und blickte hinunter, wo das Projektil die Tür durchschlagen hatte. Als sie wieder aufsah, war es zu spät - sie konnte der Vertiefung, die sich vor ihr auftat, nicht mehr ausweichen.

Der Motor des Lincoln heulte auf als die Räder in der Luft durchdrehten, kurz darauf erstarb er in einer eineinhalb Meter tiefen Senke. Wie auf einem Trampolin wurde Rachel Gayle tief in das Polster gedrückt, dann wurde sie hart mit dem Kopf gegen die Wagendecke zurückgeschleudert, um daraufhin erneut in den Sessel zu fallen. Hastig blickte sie sich nach allen Seiten um. Durch das Seitenfenster sah sie eine Gestalt oben am Rand der Mulde, den Arm nach ihr ausgestreckt.

Zuerst sah sie das Mündungsfeuer, dann hörte sie den Schuss. Instinktiv warf sie sich auf die Beifahrerseite, zog den Kopf ein und tastete nach dem Türgriff. Die Tür war verklemmt. *Wo ist die Pistole?*, blitzte es ihr durch den Kopf.

Sie hörte ein knirschendes Geräusch, und wusste sofort, dass der Mann in die Grube hinuntergesprungen war. Dann Schritte. *Wo ist die verdammte Pistole?*

Ihre Augen jagten von einer Seite zur anderen, während sie blindlings nach der Waffe tastete, unter dem Sitz, neben dem Sitz, zwischen den Sitzen. Nichts. Verzweifelt tastete sie weiter.

Sie zog die Beine ganz nah an ihren Körper und machte sich im Beinbereich der Beifahrerseite so klein wie sie nur konnte. Wie versteinert lag sie da, als der Kopf über ihr auftauchte und vom Fahrerfenster her in den Wagen spähte. Ein schmieriges Grinsen lag auf dem Gesicht, als es sie erblickte. Dann erschien in dem Fensterrahmen eine Hand, die eine Waffe hielt.

Im selben Moment bekam ihre Hand den Griff der Pistole zu fassen. Mit einem Ruck riss sie die Waffe zwischen den Sitzen hervor und drückte aus der Drehung heraus ab.

Der Knall betäubte ihre Ohren, Glas zersprang, und in ihrem Kopf schwoll ein monotones Pfeifen an. Blutverschmierte Scherben überall. Sie ließ die Waffe fallen und schlang die Arme um sich. Sie zitterte am ganzen Körper.

Nach einigen Momenten gelang es ihr, klarer zu denken. Sie hatte einen der Killer getötet. Sein Komplize war irgendwo auf dem Minengelände, verletzt zwar, aber dies hieß nicht, dass er ungefährlich war. Was, wenn noch mehr von Kammlers Männern die Explosionen im unterirdischen Labor überlebt hatten? Ihr nächster Gedanke galt Walter Bishop. Was ihr als erstes in den Sinn kam, war, dass der Mann ein über fünfzigjähriger Historiker und Buchhändler war. Sie schüttelte den Kopf; unschlüssig, ob dessen Entscheidung, zurückzukehren, Löwenmut war oder totaler Leichtsinn.

Sie wälzte sich auf die Fahrerseite und stieg aus dem Wagen. Die blutüberströmte Leiche des Killers lag vor ihr am Boden. Angewidert wandte sie sich ab und ging um den Wagen herum.

Hinter dem Heck des Lincoln war der Muldenrand weniger steil, und nach einigen Anläufen gelang es ihr, hinauszuklettern. Sie stieg in den Buick, der wenige Meter neben der Grube stand, und brauste den Weg zurück, den sie gekommen war.

Aus den Mineneingängen traten inzwischen graue und schwarze Rauchsäulen aus, die hoch über dem Bergplateau vom Wind verweht wurden. Wer immer die Folgen der Explosionen überlebt haben sollte, vor dem Feuer und dem Rauch gab es kein Entrinnen. Rachel Gayle schloss kurzerhand die Augen und schickte ein Stoßgebet für Peter Hall in den Himmel. Es zählte jede Sekunde. Der Wagen preschte querfeldein über das steinige Gelände.

Kurz darauf erreichte sie den Platz mit den Wellblechschuppen. Ihr Blick folgte den Schienensträngen zu den Minen. Was sie dort sah, überstieg ihre schlimmsten Befürchtungen: Zwei weitere Männer, die sich aus der

Mine hatten retten können. Sie stützten einen Komplizen und halfen ihm in den schwarzen Chevrolet, der mit offener Hintertür bereit stand. Gayle wusste, dass die Männer auf diese Distanz nicht erkennen konnten, wer hinter dem Steuer saß. Dass in dem Buick nicht ihr Komplize war, bemerkten sie erst, als Gayle nicht in ihre, sondern in Richtung des Stollens fuhr, wo Hall auf Hilfe wartete. Die Männer hielten einen Moment lang inne und schauten konsterniert zu ihr hinüber. Einer hob die Hand. Sie warf einen Blick zurück. Angstschweiß schoss ihr aus den Poren, als sie sah, wie um den Chevrolet heillose Aufregung aufkam und einer der Männer um den Wagen herum lief und die Fahrertür aufriss.

Sie klammerte sich am Steuer fest und drückte aufs Gas. Panisch sprang ihr Blick zwischen der Frontscheibe und dem Rückspiegel hin und her. Hinter ihr breitete sich eine Staubwolke aus, und mitten drin sah sie die Umrisse des Wagens, der sie verfolgte.

Sekunden später kam die Felsgruppierung mit dem Holzverschlag in Sicht, wo der Notausgang ins Freie führte. Ein völlig entkräfteter Walter Bishop taumelte ihr entgegen, seinen Freund stützend, der ohnmächtig, mit hängendem Kopf und blut- und dreckverschmiert, über seiner Schulter hing. Der Anblick trieb ihr Tränen in die Augen.

Sie trat hart auf die Bremse, lehnte sich auf die Beifahrerseite und stieß die Wagentür auf. „Schnell, Walter!"

Ein überraschter Ausdruck blitzte in seinem schmerzverzerrten Gesicht auf. Er nahm er noch einmal seine letzte Kraft zusammen und schleppte sich und Peter Hall die letzten Meter zum Wagen. Stöhnend ging er in die Knie und ließ seinen Freund auf den Beifahrersitz sinken. Gayle zerrte den Bewusstlosen ganz ins Wageninnere, und kaum hatte sich Bishop auf den Rücksitz fallen gelassen und die Tür zugezogen, gab sie erneut Gas. Der Wagen schoss nach vorne.

„Warten Sie!“ Bishop rang nach Luft. „Wo ist Mannheim?“, stieß er hervor.

„Ich weiß es nicht. Aber diesmal kehren wir nicht wieder um! Wir haben drei Killer auf den Fersen!“

Bishop blickte zurück. Der Chevrolet war kurzzeitig bedrohlich nahegerückt. Jetzt, wo Gayle den Wagen auf die Sandpiste gelenkt hatte, vergrößerte sich der Abstand wieder. Er sah noch etwas anderes, als er zu den Mineneingängen hochblickte. „Mannheims Wagen - der grüne Pickup - er ist weg!“

Sie warf einen Blick in den Rückspiegel, konnte aber nichts erkennen. „Glück für ihn - er hat es geschafft, zu fliehen!“

Der Buick jagte über das Minengelände, eine immer größere Wolke aus feinem Sand hinterlassend. Plötzlich ertönten aus der Ferne Martinshörner, und als sie auf der Höhe der Umzäunung angelangt waren, kam ihnen ein Tross aus Feuerwehrfahrzeugen entgegen. Gayle normalisierte die Geschwindigkeit und beschleunigte wieder, als sie den Konvoi passiert hatten.

Der Chevrolet war zu diesem Zeitpunkt bereits aus ihrem Blickfeld verschwunden, und als sie eine Viertelstunde später den Highway 53 erreicht hatten, waren sie sich sicher, dass die Verfolger aufgegeben hatten.

Gayle bog rechts in die Straße ein und setzte die Fahrt in hohem Tempo fort. Voller Sorge blickte sie neben sich auf den Beifahrersitz. Mit der linken Hand griff sie Peter Hall an den Hals und fühlte seinen schwachen Puls. Seine Augen waren geschlossen, und sein Kopf lag auf seiner rechten Schulter, von wo aus sein Hemd mit Blut getränkt war. *Halte durch, Peter!*, sprach sie ihm innerlich zu. *Bis zum Spital in Albuquerque ist es nicht mehr weit.*

57. Albuquerque

Gegen Mittag am Tag nach seiner Einlieferung ins presbyterianischen Spital in Albuquerque öffnete Hall langsam die Augen. Sein Gesicht war voller Schwellungen, und das rechte Augenlid blieb auf halbem Weg hängen. Die Stimmen, die er schon seit geraumer Zeit mehr oder weniger bewusst wahrgenommen hatte, erhielten ein Gesicht, als Walter Bishop von links und Rachel Gayle von rechts in sein Gesichtsfeld traten. Die beiden berichteten ihm, dass er gestern an der rechten Schulter operiert worden, und soeben aus einem vierundzwanzigstündigen Schlaf aufgewacht war.

„Wo ist Dr. Mannheim?", wollte Hall wissen, kaum dass er einen klaren Gedanken formulieren konnte.

Gayle verzog die Mundwinkel. „Er ist verschwunden - wohin, wissen die Götter."

Hall schaute hinüber zu seinem Freund, doch auch der hob ahnungslos die Hände.

„Als ich dich beim Notausgang des Labors gefunden habe, war er schon weg."

„Du hast mich gefunden?" Hall war verwirrt. „Du hast mich doch ausgebuddelt!" In diesem Moment wurde allen klar, was sich kurz nach den Detonationen im unterirdischen Labor abgespielt haben musste.

„Das war Dr. Mannheim", folgerte Gayle und blickte hinüber zu Bishop. „Während wir beide unterwegs waren, um Hilfe zu holen, befreite er Sie aus dem verschütteten Stollen. Danach nutzte er wohl eine günstige Gelegenheit, um mit seinem Pickup zu fliehen."

„Mindestens drei von Kammlers Helfershelfern haben die Explosion überlebt, musst du wissen", ergänzte Bishop.

Sie berichteten ihm den Rest ihrer Geschichte - von der Flucht aus dem Minengelände und der rasanten Fahrt ins Spital, von der Hall, ohnmächtig durch den hohen Blutverlust, nichts mitbekommen hatte. Nach einer Weile trat der behandelnde Arzt in den Raum. Er hielt ein Papierklemmbrett in der Hand und kam, nachdem er zur Begrüßung allen zugenickt hatte, ohne Umschweife zur Sache.

„Sie haben Glück gehabt, Mr. Hall. Sie haben Prellungen, aber keine Frakturen. Abgesehen natürlich von ihrer Schulterverletzung - wir mussten Splitter des Schlüsselbeins und ihres Schulterblatts entfernen. Sie werden ihren rechten Arm einige Zeit nicht brauchen können."

Hall kommentierte die Worte des Doktors mit einem halbwegs zufriedenen Grunzen. Tatsächlich hatte er aufgrund dessen, wie sich sein Körper anfühlte, mit einer weit schlimmeren Diagnose gerechnet.

„Was die Tatsache betrifft, dass es sich um eine Schussverletzung handelt…" Der Arzt wurde durch ein Klopfen an der offen stehenden Tür unterbrochen. Colonel Geoffrey Miller, Gayles Vorgesetzter, trat genau zum richtigen Zeitpunkt ein, um den Faden aufzunehmen.

„Darum haben wir uns bereits gekümmert", sagte er und hielt dem Arzt seinen CIA-Ausweis unter die Nase. „Danke, Doktor", fügte er an und schaute ihm dabei auffordernd in die Augen. Er wartete, bis der Arzt das Zimmer verlassen hatte, dann trat er nahe an Halls Bett heran. Seine Mundwinkel verzogen sich zu einer Grimasse. „Es ist tatsächlich ein Wunder, wenn man Sie so anschaut." Er warf ein gefaltetes Papier auf die Decke - „Ihre Entlassungspapiere" - und ließ einen länglichen Umschlag folgen. „Ihre Flugtickets. Ich denke, das wär's dann."

„Keine Blumen?", fragte Hall lakonisch.

Miller lächelte gequält. „Gute Besserung. Und guten Flug." Er ging zurück zur Tür, wo er sich noch einmal umdrehte und alle drei mit einem letzten Blick bedachte. Auf Rachel Gayle verweilte er etwas länger. „Seien Sie pünktlich!", sagte er und er zeigte mit dem Finger auf sie. „Je schneller wir mit der Sache durch sind, desto besser für uns alle." Er berührte mit dem Finger eine imaginäre Hutkrempe und verließ das Zimmer.

„Was wohl mit Kammler geschehen wird?", stellte Bishop in den Raum, nachdem die Tür ins Schloss gefallen war. „Wird man ihn wenigstens intern zur Rechenschaft ziehen?"

Gayle zuckte mit der Schulter. „Ich werde natürlich zu Protokoll geben, was ich weiß. Was die im Weißen Haus für Schlüsse daraus ziehen, steht auf einem anderen Blatt."

„Das Pentagon wird ihn decken", meinte Hall bestimmt. „Vergessen wir nicht: Der Mann ist offiziell inexistent. Wenn die Öffentlichkeit erfährt, welch üble Nazis man sich nach dem Krieg ins Land geholt hat, wird das ein Köpferollen in ganz hohen Etagen nach sich ziehen. Man wird nach dem bewährten Prinzip verfahren: Vertuschen, dementieren, desavouieren."

Die letzten Worte blieben in dem Raum hängen wie das Amen in der Kirche. Es gab nichts mehr, dass sich hinzuzufügen ließ, nichts, das der ganzen Geschichte ein wenig Zuversicht verleihen konnte.

„Wie wird die Geschichte für *Sie* enden, Rachel?", fragte Bishop nach einer Weile. „Ich meine, jetzt, wo die Aufzeichnungen Bergers unwiderruflich verloren sind, macht es kaum mehr einen Sinn, die Anlage wieder aufzubauen - das *Chronos*-Projekt ist endgültig begraben."

Die Augen der Männer ruhten fragend auf ihr. Sie senkte kurz den Blick, bevor sie ihre Befürchtung formulierte: „Miller wird versuchen, seinen Kopf zu retten. Er wird alles auf mich abschieben, und wohl auch auf Henderson. Dabei muss er ja nicht einmal lügen; ich habe meine Kompetenzen ganz klar überschritten."

Hall griff nach dem Bügel, der über dem Krankenbett baumelte und richtete sich auf. „Wird man Sie rauswerfen?"

Sie nickte schweigend, doch dann blitzten ihre Augen temperamentvoll auf. „Glauben Sie mir - sie werden mir damit einen Gefallen tun! Ich habe genug gesehen, genug gehört und mit Sicherheit genug erlebt." Erneut senkte sie den Kopf, und Hall konnte sehen, dass sich ihre Augen mit Tränen füllten. Er streckte die Hand aus, und sie ergriff sie, als hätte sie schon lange darauf gewartet.

Er konnte ihr nachfühlen, was in ihr vorging. Die schmerzliche Erfahrung, dass das politische System die patriotischen Gefühle und ideologischen Werte seines Volkes systematisch hintergeht, um sich selbst zu erhalten. Was war an diesem System, das sich durch Korruption und Kollaboration mit Massenmördern auszeichnet, besser, als jenes, das es unter der Flagge der Freiheit und Demokratie vernichten wollte? Hall betrachtete sie mit einer Mischung aus Respekt und Dankbarkeit und wusste nicht, was er sagen sollte. Sie lächelte ihn an.

Bishop spürte, dass dies der Zeitpunkt war, die beiden einen Augenblick allein zu lassen und verließ das

Zimmer. Durch das Fenster war ein vorbeifliegendes Flugzeug zu hören.

Sie schwiegen einen Augenblick. Beide fühlten, wie ihr Abschied näher rückte und sich in die Stille zwischen Ihnen schob. Sie sahen sich lange in die Augen wie zwei Vertraute, die sich ewig kennen. Sie sagten nichts.

58. Polson, Montana - Zwei Monate Später

Der Mann im graublauen Overall warf einen letzten, unsicheren Blick in den Rückspiegel. Dass der Bart falsch war, schien offensichtlich. Die Brille und die Mütze waren eine Maske. Doch dies spielte keine Rolle. Seine Tarnung als Inspektor des Tiefbauamts brauchte höchstens fünf Sekunden lang ihren Dienst zu tun. Also los.

Er stieg aus dem Pontiac aus, den er am Waldrand gleich bei der Hauptstraße geparkt hatte, und ging die kurze Auffahrt zu Fuß hoch. Sie führte durch eine schmale Waldschneise zu einem zweistöckigen Ferienhaus im Blockhausstil mit Südlage. *Schöne Aussicht*, ging ihm durch den Kopf. Vom See her kam eine frische Brise, die leicht nach Harz duftete und das Laub in den Bäumen rauschen ließ.

Als er die Stufen zur Veranda hochging, hämmerte sein Herz so stark, dass er dachte, es würde seine Schritte auf den Holzplanken übertönen. *Du machst einfach weiter*, sagte er zu sich selber. Jeden seiner Schritte hatte er akribisch geplant, jede Bewegung unzählige Male vor dem inneren Auge durchgespielt.

Er atmete ein letztes Mal durch. Dann drückte er auf die Klingel.

Damit das Emblem der öffentlichen Dienste auf seinem Overall auch durch den Türspion zu erkennen war, stellte er sich entsprechend vor die Tür. Den Blick auf das Klemmbrett gesenkt, das er mit der linken Hand vor sich hielt, wartete er. Es begann mit jeder Sekunde stärker zu zittern.

Später würde er sich mit Erstaunen nur noch daran erinnern, wie schnell alles ging. Nachdem der Schlüssel im Schloss gedreht und die Tür einen Fuß breit aufgemacht worden war, war ein schmales Gesicht mit einer langen, markanten Nase erschienen, dessen Mundwinkel abweisend nach unten zeigten. Der Mann fragte, was er wolle.

Es waren nur wenige Worte, doch sie klangen genau wie damals: Herrisch. Arrogant.

Der Anblick Hans Kammlers ließ seine Knie weich werden, seine Brust verengte sich, und für einen Augenblick glaubte er, er würde jeden Moment zusammenbrechen. Der Satz, den er sich als Antwort zurechtgelegt hatte, blieb ihm im Hals stecken. Doch dann kam aus seinem tiefsten Inneren eine Kraft in ihm hoch, die dagegen ankämpfte, was zu geschehen im Begriff war. *Du wirst nicht vor den Augen dieses Monsters in die Knie gehen!*, schoss es ihm durch den Kopf. Der andere weitete den Türspalt und ließ seinen Blick mit einer Mischung aus Misstrauen und Neugier an seinem Gegenüber hinabwandern.

Es war, als stünde er hinter seinem eigenen Körper und blickte über seine eigene Schulter nach vorne. Er sah seine linke Hand, wie sie auf die Brust des Mannes zuschnellte, sich um den Stoff seines Hemdes schloss und zupackte. Er sah, wie seine Rechte folgte, ihm ein feuchtes Baumwolltuch ins Gesicht drückte, und wie sein Körper hinterher stürzte und den anderen rückwärts ins Haus taumeln ließ. Noch ehe Kammler seine Arme heben konnte, um sich zu verteidigen, fiel er nach hinten auf den Boden, sein Angreifer auf ihn.

Kammler zappelte und warf sich hin und her, und irgendwie riss er dem Mann, der rittlings auf ihm saß, den falschen Bart ab. Es kam das Gesicht eines Mannes Ende Sechzig zum Vorschein, mit Brandnarben, die quer über die rechte Gesichtshälfte liefen. Als hätte er einen Geist gesehen, riss Kammler die Augen auf. Sein Angreifer war sich sicher, dass er ihn erkannt hatte, bevor ihm das Chloroform das Bewusstsein raubte.

Er stand auf, strauchelte durch den Flur und stieß die Haustür mit einem Fußtritt zu. Dann ging er zurück, stieg über den Bewusstlosen hinweg und fand sich wieder in einem offenen Wohnzimmer, das bis unter das Giebeldach reichte, mit einem Kamin aus Naturstein, Orientteppichen am Boden und zahlreichen Sitzgelegenheiten. Er ließ sich auf ein schwarzes Ledersofa sinken und vergrub das Gesicht in den Händen.

Bring es zu Ende, sagte seine innere Stimme.

Ich kann es nicht tun, antwortete er ihr, *ich kann es nicht tun!*

Erinnere dich!

Er schloss die Augenlider und machte sich bereit, dem zu begegnen, was er am liebsten für immer aus seinem Gedächtnis verbannt hätte. In diesem Moment wurde augenscheinlich, dass jeder Versuch der Verdrängung in all den Jahren das pure Gegenteil bewirkt hatte. Die Reise zurück in das Jahr, in dem der Krieg endete, und an jenen Ort in Niederschlesien, wo alles geschah, war so einfach wie in einen Bus einzusteigen.

An die Gesichter der wissenschaftlichen Mitarbeiter konnte er sich nicht erinnern. Aber er erinnerte sich an ihre Namen, an den Klang der einen oder anderen Stimme, und er fragte sich insbesondere, welchen Weg die Jungen unter ihnen wohl gegangen wären, hätte ihr Leben nicht ein solch brutales, abruptes Ende gefunden. Diese vielversprechenden Talente mit dem Ausdruck von Zuversicht und Hoffnung in den Augen, die Köpfe voller Ideen und Pläne. Zweiundsechzig Menschenleben, ermordet in einem Massaker, um das Geheimnis des *Chronos*-Projekts zu bewahren. Damit die Macht darüber in den Händen eines einzigen Mannes bleibt.

Jetzt lag dieser Mann, der sich für seine zahlreichen Kriegsverbrecher nie vor einem Gericht hatte verantworten müssen, wenige Meter von ihm entfernt auf dem Fussboden seines Ferienhauses. Eine von vielen Privilegien und Annehmlichkeiten, die ihm das Pentagon hatte zukommen lassen.

Er öffnete die Augen und schaute sich um. An den Wänden aus hellem Fichtenholz hingen Jagdtrophäen und Bilder. Er stand auf, um sie näher zu betrachten. Kleinformatige Gemälde mit Jagdszenen. Stillleben. Neben einer riesigen, ausgestopften Forelle hing ein Bild, das ihn stutzig machte. Es passte nicht zu den anderen. Es war eine Strandszene in Öl auf Leinwand, und die grüne Färbung des Meeres ließ ihn vermuten, dass es die Nordsee war. Die deutsche Nordseeküste.

Sein Blick wanderte zu den Fotos, die in der Ecke neben dem Kamin hingen. Von weitem waren es bloß Männer in Uniformen. Doch von nahem war es die Elite des schrecklichsten Regimes, das die Welt je gesehen hatte: Himmler, Göring und Heydrich, Goebbels, Bormann und Hess, alle waren sie da, gerahmt in Blattgold.

Manche Bilder waren richtige Porträts, andere schienen eher zufällig, etwa an einer Sitzung, geschossen worden zu sein. Über all den Köpfen prangte schließlich das Konterfei Adolf Hitlers.

Dann fiel sein Blick auf eine freistehende Vitrine neben der Bilderwand. Sie war von vorne leicht verdeckt durch eine Ständerlampe und hatte die Länge und Breite eines Unterarms. Auf jedem der Glasregale lag ein Objekt zur Schau gestellt. Zuoberst lagen die Kriegsorden: Das Kriegsverdienstkreuz, das Eiserne Kreuz 1. Klasse, das Eiserne Kreuz 2. Klasse, das Deutsche Kreuz in Gold. Darunter der SS-Totenkopfring, eine von Heinrich Himmler persönlich verliehene Auszeichnung. Noch eine Etage tiefer befand sich ein aufgeklapptes Holzetui. Darin lag, auf dunkelrotem Samt gebettet, ein auf Hochglanz polierter Dolch. Den massigen, schwarzen Griff zierte der Reichsadler mit Hakenkreuz, und auf der Klinge stand, eingraviert in Frakturschrift: *Meine Ehre heißt Treue.*

Sein Puls hämmerte und sein Magen krampfte sich zusammen. *Welches ist deine Ehre?,* fragte seine innere Stimme.

Dann öffnete er die Vitrinentür, und seine Hand griff nach dem Dolch, wie ferngesteuert.

59. London

Der trübe Septembertag kündigte einen frühen Beginn des Herbsts an. Es wehte ein nasskalter Wind, der seit dem Morgen stetig zugenommen hatte. Noch während der Bus fuhr, schlug Peter Hall den Kragen seines Mantels umständlich mit der linken Hand hoch und hielt ihn unter dem Kinn zusammen. In den zwei Monaten, die seit seiner Rückkehr aus den USA vergangen waren, war seine Schulter bei weitem nicht so gut verheilt wie er gehofft hatte, und er vermied es wann immer möglich, den rechten Arm zu heben. Er schaffte es gerade einmal seit ein paar Wochen, einigermaßen schmerzfrei an der Schreibmaschine zu arbeiten.

An der Haltestelle Cambridge Circus stieg er aus dem Bus, warf hastige Blicke nach beiden Seiten und überquerte dann mit zügigen Schritten die Charing Cross Road, verfolgt von einer Traube von Menschen, die noch vor den heranziehenden Regenböen ihr Ziel erreichen wollten. Hall hatte jedoch einen ganz anderen Grund für seine Eile als das schlechte Wetter, das sich abzeichnete - in der Innentasche seines Mantels trug er einen Brief, der seinen Puls nach oben trieb, seit er ihn diesen Morgen im Briefkasten gefunden hatte.

Wenig später stand er vor der Buchhandlung *Willis & Bishop Science Books.* Mit einem einzigen Satz überwand er die drei Stufen zum Eingang, öffnete schwungvoll die Glastür und ging in den Laden.

Im Gegensatz zu seinem Freund, dessen Buchhandlung zu Beginn des neuen Hochschulsemesters gerade dabei war, den Hauptumsatz des Jahres zu machen, hatte der Alltag bei Peter Hall seit ihrer Rückkehr nur schleichend Einzug gehalten. Natürlich lag ihm sein Agent Thomas

Wilson von der Nachrichtenagentur Reuters ständig in den Ohren mit der Frage, wann und wie er die *Kammler-Story* bringen würde. „*Das ist die Story deines Lebens, Peter! Das ist der Pulitzerpreis!*", hatte er immer wieder gesagt und damit, zumindest was den ersten Teil seiner Aussage betraf, wohl nicht ganz unrecht gehabt. Was Wilson jedoch großzügig ausblendete, war die Tatsache, dass die Geschichte objektiv betrachtet auf ziemlich dünnen Fakten beruhte. Sie spielte sich fast komplett in der schwarzen Parallelwelt des Pentagon und der ihm zudienenden Geheimdienste, ab - eine Welt, die offiziell gar nicht existierte und nach der Doktrin der *plausiblen Bestreitbarkeit* funktionierte, wodurch sichergestellt wurde, dass ihre Machtträger bis hinauf zum Präsidenten die Existenz verdeckter Operationen und Programme abstreiten konnte, sollten etwa durch die Medien unangenehme Fragen aufgeworfen werden. Eine Organisation bestehend aus undurchsichtigen, informellen Strukturen und einem mit antikommunistischer Ideologie, Geld und Macht geschmierten Netzwerk, das überall hinreichte - auch in die Redaktionsstuben der westeuropäischen Presse.

Eine Publikation der *Kammler-Story* stand zumindest zu diesem Zeitpunkt außer Frage, denn sie würde unweigerlich hohe Wellen in Richtung des Weißen Hauses werfen. Und Präsident Johnson, der sich stetig zunehmender Proteste ausgesetzt sah, während er fortlaufend Truppen nach Vietnam schickte, konnte genau dies am wenigsten brauchen: Ein Nestbeschmutzer, der die Öffentlichkeit gegen ihn aufbrachte. Hall hatte am eigenen Leib erfahren, dass die schwarze Welt funktionierte, und wie sie funktionierte. Er zweifelte keine Sekunde daran, dass alle Hebel in Bewegung gesetzt werden würden, um ihn mundtot zu machen.

Walter Bishop war dabei, einen Stapel Bücher auszupacken, als das Türglöckchen bimmelte. Er blickte über seine Brille hinweg und spähte durch den düsteren Raum. Es kostete ihn eine akrobatische Verrenkung, um den eintretenden Freund erkennen zu können.

Hall winkte ihm zu und machte mit dem Daumen hektische Zeichen in Richtung der unscheinbaren Wendeltreppe, die in den oberen Stock führte. Bishop nickte, doch zunächst tauchte dessen Frau Julia zwischen den deckenhohen Bücherregalen auf. Hall schloss aus ihrem unterkühlten Lächeln, dass sie den Schock über den abenteuerlichen Bericht ihres Gatten noch immer nicht ganz überwunden hatte. Und dass sie noch immer in ihm, Peter Hall, denjenigen sah, der ihr letztlich all die Sorgen aufgebürdet hatte. Er hob die Hand und versuchte, ein fröhliches Gesicht zu machen.

„Hallo Julia. Ganz schöner Betrieb hier!"

Sie knurrte etwas Unverständliches, dann tauchte auch schon Walter Bishop hinter ihr auf, und sie verschwand wieder zwischen den Bücherregalen.

Bishops Augen klebten an ihr, bis sie außer Sichtweite war. „Hallo Peter", sagte er mit einem entschuldigenden Lächeln, „was führt dich hierher?" Als er den Briefumschlag mit dem rot-blau gestreiften Rand der Luftpost sah, den Hall hochhielt, blitzte Neugier in seinen Augen auf. „Ich komme gleich nach", sagte er, bevor er sich wieder seinem Kunden zuwandte.

Hall ging die schmale Wendeltreppe nach oben und betrat den niedrigen Raum, der dem Geschäft gleichermaßen als Büro und Aufenthaltsraum diente. An diesem runden Eichentisch hatten sie vor nicht allzu langer Zeit mit Rachel Gayle gesessen und über die Ausführungen von Professor Rufus Covington über alternative Physik sinniert. Er setzte sich auf denselben Platz wie damals und betrachtete den leeren Stuhl, auf dem Rachel Gayle gesessen hatte. Er sah sie vor sich, mit ihren olivbraunen Augen, die manchmal entschlossen wirkten und manchmal düster, als läge hinter ihnen ein Geheimnis verborgen. Auf der kroatischen Insel Krina waren sie sich als Kontrahenten begegnet - Hall mit dem Motiv, herauszufinden, warum sein Freund Edward Stewart getötet wurde, und Gayle mit dem Auftrag, an sich zu bringen, was derselbe Stewart der CIA vorenthalten hatte. Sie hatten sich bekämpft - nicht auf einer persönlichen Ebene, aber für das, was sie repräsentierten. Dann, nach einigen weiteren Begegnungen und Gesprächen, hatte sich herausgestellt, dass sie in ihrem Inneren nicht so weit voneinander entfernt waren, wie sie gedacht hatten. Sie waren hier an diesem Tisch zu einem Team geworden - Gayle, Bishop und er. Und schon wenige Tage später war ihre Freundschaft in New Mexico bis aufs Mark geprüft worden. Und sie hatten einander vertraut; sie hatten einander sogar das Leben gerettet.

Was für eine mutige Frau, dachte er und legte den Brief auf den Tisch, dessen Absender ihren Namen trug.

Nach ein paar Minuten waren Schritte auf der Wendeltreppe zu hören, und Bishop kam herein. Er fand seinen Freund in Gedanken versunken vor dem Umschlag sitzend und setzte sich auf den Platz gegenüber. Hall schaute ihm wortlos in die Augen und schob ihm den Brief zu.

Der Brief begann mit einigen kurzen Worten, die Rachel Gayle vornehmlich an Peter Hall gerichtet hatte. Sie dankte ihm für die inspirierenden Gespräche, die sie zu Gedanken über ihre eigene Zukunft angeregt hätten, und sie berichtete, dass sie noch in diesem Semester ihr abgebrochenes Jurastudium wiederaufnehmen werde. Sie beschloss diesen persönlichen Teil ihre Briefes mit den Worten: *„Aber eigentlich schreibe ich Ihnen weniger aus sentimentalen Gründen, als aus konkretem Anlass. Wie Sie bemerkt haben, habe ich einen Artikel der ‚Seattle Times' beigelegt. Ich habe mich entschlossen, meine Meinung darüber für mich zu behalten und überlasse es Ihnen und Walter, sich unvoreingenommen Ihre Gedanken zu machen. Wie auch immer, ich würde mich freuen, eines Tages von Ihnen persönlich zu hören, zu welchen Schlüssen Sie gekommen sind."*

Bishop legte den Brief zur Seite und schaute verwundert auf. Hall reichte ihm den Fetzten Papier, der kaum die Größe einer gefalteten Papierserviette hatte, über den Tisch.

Mysteriöser Mordfall in Lake County, Montana - war der Tote ein Ex-Nazi?

Am Freitagmorgen fand ein Briefträger in Polson, Montana die Leiche eines ungefähr siebzigjährigen Mannes in einem Ferienhaus am Flathead Lake. Er sei ins Haus gegangen, nachdem er sich über die offen stehende Haustür gewundert habe, und sei dort auf die Leiche des Mannes mit einem Dolch in der Brust gestoßen, sagte der Postbeamte gegenüber einem Reporter der Seattle Times. Laut Polizeibericht handelt es sich bei der Tatwaffe um eine außergewöhnliche Devotionalie aus der Zeit des Nationalsozialismus: einen Dolch mit der Inschrift ‚Meine Ehre heißt Treue'. Diese Waffe wurde von Reichsführer-SS Heinrich Himmler an lediglich zweihundert Auserlesene der Waffen-SS persönlich vergeben, wie Recherchen ergaben. Auf der Innenseite des linken Oberarms wurde bei dem Toten außerdem eine Blutgruppentätowierung gefunden, was darauf hinweist, dass der Mann selbst ehemals Mitglied der Waffen-SS war. Einen Suizid schließt der Kriminalmediziner von Lake

County jedoch aus. Der Sheriff von Lake County steht vor einem Rätsel und spricht vom mysteriösesten Mordfall aller Zeiten im ganzen Bezirk - weder konnte die Identität des Mannes festgestellt werden, noch gibt es Anhaltspunkte zu Täterschaft und Motiv der Tat. Im Ort schien der Mann gänzlich unbekannt gewesen zu sein. Die Polizei bittet darum die Bevölkerung, sachdienliche Hinweise an die nächste Polizeidienststelle zu melden.

Neben dem Bericht war ein gezeichnetes Porträt des Toten. Ein langes Gesicht mit hohen Wangenknochen, einem leicht schiefen Mund und einer markanten Aristokratennase, die beinahe wie eine Karikatur wirkte.

Bishop ließ die Hände auf den Tisch fallen und pfiff zwischen den Zähnen hindurch. Verblüfft und nachdenklich zugleich schüttelte er den Kopf. Hall schaute ihm erwartungsvoll in die Augen.

„Kammler?", fragte er schließlich.

Hall nickte.

„Bist du sicher?"

„Hundertprozentig." Er wies mit dem Kinn auf die Zeichnung. „Die große Frage ist, wer ihn umgebracht hat."

Schweigend wie ein altes Ehepaar, das die Gedanken des anderen erahnt, schauten sich die beiden an. Konnte es tatsächlich Werner Mannheim gewesen sein, der Rache genommen hatte an dem Mann, der zweiundsechzig seiner Mitarbeiter und Kollegen grausam ermorden ließ? War der Alte dazu überhaupt fähig?

Die meisten Dinge blieben ungesagt. Dass Hans Kammler, der Kriegsverbrecher, den Tod längst verdient hatte. Dass Mannheim neben Rudolf Berger die einzige und richtige Person wäre, um über denjenigen zu richten, der das Massaker an seinen Mitarbeitern befohlen hatte. Dass Mannheim aufgrund seiner Position in dem Projekt, und vielleicht mit etwas List und Geschick, tatsächlich in der Lage gewesen sein könnte, Hans Kammler aufzuspüren. Und dass sie vermutlich niemals wirklich wissen würden, was sich in dem kleinen Nest im Norden Amerikas tatsächlich abgespielt hatte.

Hall ließ zwischen seinen Handflächen noch ein weiteres Blatt Papier erscheinen.

„Was hast du noch?", fragte Bishop stirnrunzelnd. Sein Freund hatte ein ungewohntes, hämisches Grinsen auf den Stockzähnen, das ihn stutzig machte.

„Du hast den echten Mikrofilm doch vernichtet?", fragte Hall mit tiefer Stimme.

Bishop bejahte wortlos.

„Du hast ihn verbrannt, auf dem Balkon deines Hotelzimmers in Albuquerque, während ich im Spital lag, oder?"

Bishop verschränkte die Arme vor der Brust und weigerte sich, die insistierende Frage wie ein Schuljunge zu beantworten. Er wusste beim besten Willen nicht, worauf Hall hinauswollte, und schüttelte gereizt den Kopf.

„Keine weiteren Fragen, Euer Ehren", grinste Hall und schob ihm den Brief hinüber.

Hallo Walter
Schauspielerisch haben Sie das ganz gut hingekriegt, als Sie im ‚Jimmy's Diner' in Edgewood den Mikrofilm in meiner Jackentasche mit einem leeren Film austauschten. Nur der Trick mit dem umgeworfenen Gegenstand war ein bisschen zu dick aufgetragen. Ich habe mir noch am selben Abend erlaubt, die wohlgemeinte Aktion rückgängig zu machen. Sie sind mir doch nicht böse?
Herzlichst, Rachel

Zuerst verharrte Walter Bishop in einer Art nachdenklicher Starre. Dann aber, von einem Moment auf den anderen, platzte ein Lachen aus ihm heraus, das ihn schüttelte und in die Stuhllehne zurückwarf. Hall stimmte in sein Lachen ein, bevor seine Stimme wieder ernst wurde.

„Der Mikrofilm lag die ganze Zeit im Motel in Edgewood. Deshalb insistierten Rachel und Henderson nach ihrer Befreiung, dass wir dorthin zurückkehren, verstehst du?"

Bishop nickte zögerlich. Eben wurde ihm bewusst, dass sie alle das Schicksal Hendersons hätte treffen können, wenn sie etwas früher im Motel eingetroffen wären.

„Dann existieren die Aufzeichnungen Bergers also weiterhin", stellte er fest.

„Wenn Rachel den Mikrofilm nicht vernichtet hat, dann ja", sagte Hall. „Aber sie wird sich bestimmt hüten, den Film herauszurücken - obschon es eine hübsche, ironische Wendung der Geschichte wäre, wenn die Amerikaner diesmal mit der anderen Hälfte des Puzzles dastünden."

Hall stand die Genugtuung ins Gesicht geschrieben, dass Gayle diesem sich selbst zerfleischenden Monstrum namens CIA den Rücken gekehrt hatte. Sie würde die Enttäuschungen, die sie erlebt hatte, mit der Zeit überwinden, genau wie ihre Vorstellungen, die sich als nichtig erwiesen hatten. Und was den Mikrofilm mit den heiklen Aufzeichnungen betraf, so hatte ihn die Ex-Agentin schon längst von ihrer Integrität überzeugt - auch wenn er sich insgeheim zugestehen musste, dass er nicht wirklich wusste, was in der ebenso mysteriösen wie faszinierenden Frau vorging. Sicher war nur, dass auch diese Frage bis auf weiteres unbeantwortet bleiben würde.

In den nächsten Wochen erfuhr Hall, dass der Parlamentarier Ronald McDougherty darauf verzichtete, eine Verleumdungsklage gegen ihn einzureichen, wie er vor zwei Monaten in der Presse angekündigt hatte. Dass der Politiker den Ball flach halten wollte, war ein deutliches Indiz dafür, dass an der Story um Veruntreuung von Spendengeldern tatsächlich etwas dran war, und Hall überlegte sich kurz, den Fall wieder aufzunehmen. Doch selbst diese Geschichte ließ ihn seltsam unberührt. Stattdessen unternahm er lange Spaziergänge in den Hügeln von Surrey und an der Küste bei Hastings, und immer wieder beschäftigten ihn dieselben zwei Fragen. Jeder Versuch, sie zu beantworten, führte zu neuen Fragen - ein mentales Ping-Pong-Spiel.

Die erste Frage hatte Rachel Gayle bereits in New Mexico angedeutet: Wie konnte Hans Kammler das Meisterstück gelingen, seine geheimen Forschungszellen aus der Nazizeit, welche nach dem Krieg sowohl in die amerikanischen als auch in die sowjetischen Forschungsprogramme eingegliedert worden waren, weiterhin zu kontrollieren? Was war dran an Gayles Vermutung, dass bereits zur Gründungszeit der CIA eine tiefgreifende Infiltration der amerikanischen Geheimdienste anberaumt worden war, indem man Reinhard Gehlen, Hitlers Experte für Sowjetspionage, mitsamt seiner Organisation in die CIA integrierte? Gehlen war für die Amerikaner deshalb so wertvoll, weil er während des Krieges unter Hitler in Osteuropa ein weitläufiges Spionagenetzwerk aufgebaut hatte - die Amerikaner selber wussten zu Beginn des Kalten Krieges praktisch gar nichts über ihren neuen Feind. In dieser einzigartigen Position wäre Gehlen tatsächlich genau der richtige Mann gewesen für Kammler, der zur selben Zeit dankend das Angebot annahm, für das Pentagon das Nullpunktenergie-Programm der Nazis wiederzubeleben.

Diese Fragen um das *wie* führten unweigerlich zur Frage des *warum*. Was wollte Kammler mit dem Monopol über die Nullpunktenergie, die er anstrebte, wirklich erreichen? Auch darüber ließ sich letztlich nur spekulieren. Alles, was sie über Kammler wussten war, dass er es stets geschafft hatte, sich bedeckt zu halten. Seine unglaubliche Macht hatte er im stillen Hintergrund angehäuft, und im Gegensatz zu anderen Größen wie Himmler, Göring oder Goebbels, war sein Leben bis zum Schluss ein Mysterium geblieben. Hall und Bishop waren sich einig, dass Kammler dafür die Eigenschaften eines Chamäleons besessen haben musste, anpassungsfähig, geduldig und knallhart berechnend - Eigenschaften, die ihm auch zwanzig Jahre nach dem Krieg beinahe dazu verholfen hatten, sein Ziel zu erreichen. Doch während Hall zu der Meinung tendierte, Kammler wollte die Technologie an den Meistbietenden, oder gar an beide Seiten, verscherbeln, war Bishop nicht dazu bereit, ihm jegliche ideologische Motivation abzusprechen. Gerüchten zufolge existierte eine *Organisation der ehemaligen SS-Angehörigen*, kurz *ODESSA*, welche die Flucht ehemaliger Nazis und ihrer Sympathisanten nach Südamerika organisieren und konspirative Netzwerke unterhalten solle - eine Nazi-Internationale, in der Kammler bestimmt gut aufgehoben gewesen wäre. Bishop musste jedoch einräumen, dass es für die Existenz dieser Geheimorganisation letzten Endes keine handfesten Beweise gab. Es waren Gerüchte. Gerüchte führten zu Mythen, und die waren manchmal sehr weit weg von der Wahrheit.

Bishop meinte bei einem ihrer Treffen einmal, die Suche nach der Wahrheit sei eine Aufgabe für Archäologen.

Stück für Stück gelange sie ans Licht, unendlich langsam vielleicht, aber dann stünde sie eines Tages vor uns, und keiner würde mehr sagen können, ich sehe sie nicht.

Du bist ein Archäologe, hatte Bishop zu ihm gesagt. *Du musst nur lernen, geduldig zu sein.*

Anmerkung des Verfassers

Der Trojaner ist ein fiktiver Roman. Er basiert allerdings auf realen Personen und Ereignissen, deren Zusammenhänge bis heute nicht lückenlos bekannt sind - denn wichtige historische Dokumente werden bis heute in den nationalen Geheimarchiven unter Verschluss gehalten.

Hans Kammler gilt gemeinhin als eine der undurchsichtigsten Figuren des Dritten Reichs. Seine beispiellose Karriere und Machtanhäufung, besonders in den letzten Kriegsjahren, als er in die engste Entourage Hitlers aufrückte, steht in krassem Widerspruch zu seiner Bekanntheit und der Tatsache, dass sein Name nach dem Krieg praktisch verschwand. Trotz seiner Beteiligung an zahlreichen Kriegsverbrechen findet sich sein Name in den Protokollen der Nürnberger Prozesse gerade ein einziges Mal - in unbedeutendem Zusammenhang. Zu seinem angeblichen Selbstmord existieren mindestens vier widersprüchliche Berichte, seine Leiche wurde indessen nie gefunden. Der General der Waffen-SS und Oberbefehlshaber des Raketen- und Strahlflugzeugprogramms hatte parallel zu seiner „Haupttätigkeit" in Pilsen eine militärtechnologische Denkfabrik unter höchster Geheimhaltungsstufe installiert und befehligt.

Es steht außer Frage, dass Kammlers Name zuoberst auf der Wunschliste der Siegermächte stand, die unmittelbar nach dem Krieg das Land auf der Jagd nach Hochtechnologie und den potentesten Köpfen durchkämmten. Wie viele und welche Technologien aus der Nazizeit in den Folgejahren in den geheimen Forschungsprogrammen der USA und der ehemaligen Sowjetunion eingesickerten sind Fragen, welche bis heute meterweise spekulative Literatur hervorgebracht haben. Allein im Zuge der US-Operation *Paperclip* wurden 1600 Wissenschaftler illegal und bedarfsweise durch Aktenfälschung eilends entnazifiziert, um dem moralischen Dilemma auszuweichen, den eben besiegten Feind nicht vors Tribunal, sondern in die gute Stube des eigenen Landes holen. So lässt sich heute etwa Wernher von Braun, dem Vater der US-Raumfahrt, nicht nur die SS- und NSDAP-Mitgliedschaft zweifelsfrei nachweisen, sondern auch die Mitverantwortung an der Ausbeutung tausender Zwangsarbeiter, die sich in den unterirdischen Raketenproduktionsanlagen Nordhausen zu Tode schufteten.

Die Integration von Hitlers Abteilung für Sowjetspionage, General Reinhard Gehlens *Fremde Heere Ost,* in die nach dem Krieg aufgebaute CIA ist ein Beispiel dafür, mit welcher Leitpolitik der US-Geheimdienst in den Kampf gegen den Kommunismus geschickt wurde - ungeschickte Allianzen mit ehemaligen Feinden und fatale Fehleinschätzungen, die einen wahren Bumerangeffekt zur Folge hatten, durchziehen wie ein roter Faden seine Geschichte. Persönlichkeiten in leitenden Positionen, wie der langjährige, paranoide Chef der Spionageabwehr, James Jesus Angleton, höhlten die CIA von innen heraus aus und paralysierten sie.

Ein geheimes Nullpunktenergieprojekt hat in Hitlerdeutschland indessen mit größter Wahrscheinlichkeit nie existiert. Es mag zutreffen, dass Figuren wie Walther Gerlach und Viktor Schauberger sich mit einer Art *alternativer* Physik beschäftigt haben. Der *Glocke* aber, jenem geheimnisumrankten Gerät, dem in zahlreichen verschwörungstheoretischen Publikationen die Fähigkeit zugeschrieben wird, Nullpunktenergie anzuzapfen, die Gravitation aufzuheben, oder gar das Raum-Zeit-Kontinuum zu beeinflussen, fehlt jede faktenbasierte Grundlage.

Was bleibt, sind ungelöste Fragen und geheimnisvolle Relikte aus vergangenen Zeiten, welche Stoff für immer neue Spekulationen bieten - und dabei trotz aller Bemühungen vielleicht für immer rätselhaft bleiben werden.

tredition®

www.tredition.de

Über tredition

Der tredition Verlag wurde 2006 in Hamburg gegründet. Seitdem hat tredition Hunderte von Büchern veröffentlicht. Autoren können in wenigen leichten Schritten print-Books, e-Books und audio-Books publizieren. Der Verlag hat das Ziel, die beste und fairste Veröffentlichungsmöglichkeit für Autoren zu bieten.

tredition wurde mit der Erkenntnis gegründet, dass nur etwa jedes 200. bei Verlagen eingereichte Manuskript veröffentlicht wird. Dabei hat jedes Buch seinen Markt, also seine Leser. tredition sorgt dafür, dass für jedes Buch die Leserschaft auch erreicht wird

Autoren können das einzigartige Literatur-Netzwerk von tredition nutzen. Hier bieten zahlreiche Literatur-Partner (das sind Lektoren, Übersetzer, Hörbuchsprecher und Illustratoren) ihre Dienstleistung an, um Manuskripte zu verbessern oder die Vielfalt zu erhöhen. Autoren vereinbaren unabhängig von tredition mit Literatur-Partnern die Konditionen ihrer Zusammenarbeit und können gemeinsam am Erfolg des Buches partizipieren.

Das gesamte Verlagsprogramm von tredition ist bei allen stationären Buchhandlungen und Online-

Buchhändlern wie z. B. Amazon erhältlich. e-Books stehen bei den führenden Online-Portalen (z. B. iBookstore von Apple) zum Verkauf.

Seit 2009 bietet tredition sein Verlagskonzept auch als sogenanntes "White-Label" an. Das bedeutet, dass andere Personen oder Institutionen risikofrei und unkompliziert selbst zum Herausgeber von Büchern und Buchreihen unter eigener Marke werden können.

Mittlerweile zählen zahlreiche renommierte Unternehmen, Zeitschriften-, Zeitungs- und Buchverlage, Universitäten, Forschungseinrichtungen, Unternehmensberatungen zu den Kunden von tredition. Unter www.tredition-corporate.de bietet tredition vielfältige weitere Verlagsleistungen speziell für Geschäftskunden an.

tredition wurde mit mehreren Innovationspreisen ausgezeichnet, u. a. Webfuture Award und Innovationspreis der Buch-Digitale.

tredition ist Mitglied im Börsenverein des Deutschen Buchhandels.